Martin Österdahl
Der Geier

MARTIN ÖSTERDAHL

DER GEIER

Thriller

Deutsch von Leena Flegler

blanvalet

Die Originalausgabe erschien 2019 unter dem Titel »Järnänglar«
bei Bokförlaget Forum, Sweden.

Das Zitat auf S. 5 stammt aus der Rede von
US-Präsident John F. Kennedy vor der
American Newspaper Publishers Association
im Waldorf-Astoria Hotel, New York City, am 27. April 1961,
übersetzt von Axel B. C. Krauss.

MIX
Papier aus verantwortungsvollen Quellen
FSC® C014496

Penguin Random House Verlagsgruppe FSC® N001967

1. Auflage

Redaktion: Nike Müller
Umschlaggestaltung: © www.buerosued.de
Umschlagmotiv: © plainpicture/Stephen Carroll
JaB · Herstellung: sam
Satz: Vornehm Mediengestaltung GmbH, München
Druck und Bindung: GGP Media GmbH, Pößneck
Printed in Germany
ISBN 978-3-7341-0493-0

www.blanvalet.de

Für meine New Yorker Freunde

»Allein das Wort ›Geheimhaltung‹ muss auf eine freie und offene Gesellschaft abstoßend wirken; und wir als Volk stehen von Natur aus sowie historisch Geheimgesellschaften ablehnend gegenüber, geheimen Eiden und geheimen Beratungen.«

John F. Kennedy

Prolog

Max Anger hatte keine Ahnung, wie lange er geschlafen hatte oder warum er aufgewacht war. Er setzte sich in seinem Bett auf und blickte hinaus auf die Kastanie auf dem Brända tomten. Die Sonne stand tief. Ihm tat alles weh. Die Kleider, in denen er ins Wasser gewatet war, klebten ihm brettsteif am Körper. Er konnte immer noch das Schießpulver riechen. Den Luftzug der Kugel spüren, die seine Wange nur knapp verfehlt hatte.

Er sah auf die Uhr auf dem Nachttisch. Kurz vor drei am Nachmittag. In seiner Hosentasche vibrierte das Handy. Sarah Hansen rief an, seine Chefin und beste Freundin.

»Max, schalt sofort den Fernseher ein. CNN.«

Eine Straße in New York war zu sehen. Ein Feuerwehrmann hatte die Hand an seinen Helm gelegt und sah nach oben. Die Kamera folgte seinem Blick, der wiederum einem Geräusch oder einer Bewegung nachzufolgen schien und dann an zwei himmelhohen Wolkenkratzern hängen blieb.

Der obere Teil des einen Turms war in eine graue Wolke gehüllt, und Flammen schlugen aus der Fassade.

Es fühlte sich an als hätte er in einen Spielfilm gezappt; der Himmel war klar und wolkenlos. Das Einzige, was die perfekte Szenerie störte, war der Rauch, der von einem der Türme aufstieg wie aus einem gigantischen Schornstein.

»Wie Sie sehen, sind die Livebilder sehr besorgniserregend«, sagte jemand auf Englisch. »Wir haben einen Augenzeugen hier – was können Sie uns erzählen?«

»Ich habe gesehen, wie ein Flugzeug ins World Trade Center gekracht ist. Ein Jet, zweimotorig – womöglich eine 737?«

»Sie sprechen von einem großen Passagierflugzeug?«

»Ja, die Maschine hat leicht geschwankt und dann direkt auf den Turm zugehalten. Sah aus, als wäre sie mit dem Turm verschmolzen. Ich hab sie auf der anderen Seite nicht wieder rauskommen sehen.«

Von überallher näherten sich Einsatzfahrzeuge der Feuerwehr. Glasscherben und Metallteile fielen mit Getöse zu Boden. Auf dem Platz zwischen den beiden Hochhäusern befanden sich inzwischen Tausende Menschen – und die ganze Zeit über stieg Rauch auf und wurde immer schwärzer. Minuten verstrichen. Die Zeit stand still. Vom achtzigsten Stockwerk aufwärts stand das Gebäude in Flammen.

Dann glitt am rechten Rand ein weiteres Flugzeug ins Bild und in das Hochhaus hinein. Was folgte, war eine gigantische Explosion.

Max zitterte am ganzen Leib.

In New York war es jetzt 9.05 Uhr.

Er atmete schwer. Seine linke Hand zitterte. Für einen Augenblick musste er die Lider schließen, um von seinen Gefühlen nicht übermannt zu werden. Doch es passierte das Gegenteil.

Er war wieder mittendrin in den Ereignissen der vergangenen Nacht, als er sich gegen die verschlossene Tür geworfen hatte, um sie irgendwie aufzukriegen. Als sein Körper nach dem heftigen Stromschlag, den er abbekommen hatte, immer noch unkontrolliert zitterte. Als die

Schritte sich entfernten. Die schleppende, selbstsichere Stimme ertönte.

»Wir sind die Welt, Max. Es gibt keine andere. Ich hätte Ihnen noch aus meinem Grab entgegengelacht.«

Er schlug die Augen wieder auf. Sah auf den Fernsehbildschirm.

CNN LIVE: BREAKING NEWS.
Amerika angegriffen. Tausende Tote befürchtet.

Keine halbe Stunde später sackte der südliche Turm mitten in Manhattan in sich zusammen. Graue Asche schoss in alle Richtungen. Als hätte jemand einen Staubsaugerbeutel zum Platzen gebracht.

Menschen wurden zu Boden gerissen, rappelten sich wieder auf, rannten um ihr Leben, kletterten über Wagendächer, um sich in Sicherheit zu bringen. Sie alle waren staubgrau im Gesicht.

Ein neues Pearl Harbor.

Aus dem Fernseher war George W. Bush zu hören.

»Ich bete darum, dass sie Trost finden in einer Macht, die größer ist als wir alle, wie es von alters her zum Ausdruck kommt in Psalm 23: ›Und ob ich schon wanderte im finstern Tal, fürchte ich kein Unheil; denn du bist bei mir.‹«

Dienstag, 4. September 2001

1

Gustav Barck schob die Tür hinter sich zu, ging langsam über den Perserteppich und setzte sich an den Schreibtisch in seiner Hotelsuite. Klappte den Bildschirm seines Laptops hoch. Überflog noch ein letztes Mal die E-Mail, die er in der vergangenen Nacht verfasst hatte. Stellte sich vor, wie überrascht die Frau wäre, die er als Empfängerin ausgewählt hatte.

Er schickte die E-Mail ab, dann schob er den Brief in einen Umschlag, der nach Stockholm geschickt werden sollte, klebte ihn zu und rief die Rezeption an. Keine zwei Minuten später klopfte es an der Tür. Er legte das Ohr ans Türblatt und lauschte. Das Herz hämmerte laut in seiner Brust. Er bekam kaum Luft.

Vorsichtig näherte er sich dem Türspion.

Draußen auf dem Flur stand ein Junge, wahrscheinlich gerade mal achtzehn und in die Concierge-Uniform des Waldorf Astoria Jerusalem gekleidet. Barck machte die Tür auf und überreichte ihm den Brief.

Die Schritte des Laufburschen verhallten im Flur, Gustav lockerte den Krawattenknoten, machte den obersten Hemdknopf auf und versuchte, wieder ruhiger zu atmen. In seinem Hotelzimmer war es stickig und warm. Die Klimaanlage hatte der unerbittlichen Hitze Jerusalems nichts entgegenzusetzen. Er zog die Balkontür auf, trat hinaus und warf einen Blick auf die Straße hinunter. Neun Stockwerke unter ihm fuhren wie immer Fahrräder, Mopeds, Autos und Transporter wild durcheinander. Sein Herz schlug so heftig, dass er den Verkehrslärm nicht einmal hörte.

Hinter der sandbraunen Hotelfassade lagen die zypressen- und olivengesäumten Gassen der Altstadt. Ein Stück weiter entfernt ruhte der Felsendom mit seinen blauen Keramikfliesen und der goldenen Kuppel auf seinem Hügel. Davor – inmitten des Parks, der sich bis zum Hotel erstreckte – wehte die US-amerikanische Flagge. Überall waren Passanten unterwegs, auf dem Weg irgendwohin, um ihren Verpflichtungen nachzukommen. Wie von einer höheren Macht gesteuert.

Der graue Asphalt unter ihm sah glutheiß aus. Erneut spülte die Paranoia über ihn hinweg. Schweiß rann ihm den Rücken hinunter. Seine Hände zitterten.

Alle sehen weg, um nur nichts mitzubekommen, jetzt, da es wirklich um etwas geht.

Er schob die Hände in die Taschen seiner Anzughose. Zog dann seine goldene Taschenuhr heraus.

Ich kann nicht länger wegsehen.

Dann kamen ihm die Tränen.

Er ließ den Uhrendeckel aufschnappen. In der Innenseite war das Foto eines kleinen Kindes befestigt.

Erinnere dich an mich, so wie ich früher gewesen bin.

Er kletterte auf das Balkongeländer und richtete sich auf. Spürte die Brise im Gesicht. Er schwankte leicht, schloss die Faust um die Uhr und presste sie sich an die Brust.

Weder Tod noch Leben, weder Gegenwärtiges noch Zukünftiges, weder Hohes noch Tiefes kann uns scheiden von der Liebe Gottes.

Mein Gehorsam gilt Dir bis zum Ende.

Er machte einen Schritt nach vorn, winkelte die Arme vom Körper ab und spürte, wie die warme Brise ihn umfing, als er fiel.

2

Max Anger stand ganz oben, dort wo kein Gras mehr den Fels bedeckte, und blickte auf Österhamn hinab. Am Fuß des Hangs lag die wettergeschützte Bucht – der letzte Halt, wenn man die Ostsee überqueren und Schweden hinter sich lassen wollte.

Ein paar Segelboote lagen landeinwärts an der Gästebrücke vertäut. Der Himmel war strahlend blau, wolkenlos und die Luft mit Sauerstoff gesättigt. Jenseits der Grundstücksgrenze verlief ein Schotterweg – die Schlagader, die die Gebäude mit den gemeinschaftlich genutzten Anlegestellen verband. Der Weg führte an den Weiden sowie den uralten, ergrauten Fischerhütten und Bootsschuppen vorbei, die aufgrund der isostatischen Bodenhebung inzwischen aussahen, als hätten sie sich einen halben Meter über dem Meeresspiegel auf kleinere Felsvorsprünge zurückgezogen. Dahinter lagen die alten Dampfer- und Marine-Anlegestellen. Der Weg schlängelte sich weiter über das Rückgrat der Insel in Richtung Kirche, Mühle und Leuchtturm und anschließend auf der nordwestlichen Seite weiter hinunter ans Wasser, wo der kleine Supermarkt und der Tanzboden lagen und wo die Fähren mit den Tagesgästen und Inselbewohnern anlegten.

Das letzte Mal war er vor fünf Jahren hier gewesen. Er und seine Freundin Paschie Kowalenko hatten mehrere Wochen auf der Insel verbracht und ihre geschundenen

Leiber durch die Stille und die Luft heilen lassen. Die Entführung in Sankt Petersburg hatte bei Paschie Spuren hinterlassen, ihr Körper war von Kopf bis Fuß voller Entzündungen gewesen. Max hatte schon befürchtet, dass sie nie wieder die Alte werden würde.

Zunächst hatte sie tagelang auf der Küchenbank gelegen und geschlafen. Er hatte neben ihr gesessen, auf sie aufgepasst und sich in einem fort versichert, dass ihr Brustkorb sich im Takt der lautlosen Atmung immer noch hob und senkte.

Eines Nachts war er aufgeschreckt. Die Küchenbank war verwaist gewesen. Er hatte durchs Fenster zum Wasser hinuntergeblickt und Paschie entdeckt – sie saß unter dem sternklaren Himmel, blickte auf das Wasser auf dem Bootssteg und baumelte mit den Beinen. Max lief zu ihr, so schnell er konnte, und legte ihr den Arm um die Schultern. Sie zitterte am ganzen Leib, und er versprach ihr in jener Nacht, sie nie wieder loszulassen.

Später dann hatte er sie zurück in die Küche getragen. Er konnte sich noch genau daran erinnern, wie es sich angefühlt hatte, sie in seinen Armen zu halten. Wie federleicht sie gewesen war. Wie sie zugelassen hatte, dass er sie in seinen Armen hielt – trotz allem, was ihr die Männer angetan hatten.

Er drehte sich zu dem Haus um, in dem er aufgewachsen war. Der Mann, mit dem er zur Insel gefahren war, lief gerade daran entlang: Stefan Lindqvist, ein hiesiger Makler. In aufgekrempelten Jeans und Gummistiefeln stapfte Stefan durch das hohe Gras rund um das überwucherte Gebäude. Der Bootsschlüssel mit dem Korkschwimmer, den er um den Hals trug, tanzte mit jedem Schritt auf seiner Brust.

Als sie hier eingetroffen waren, hatte der Makler klare Worte gefunden: »Am besten wirft man da ein Streichholz rein und fängt noch mal ganz von vorne an.« Der Verfall, der mit dem Tod von Max' Eltern eingesetzt hatte, war einfach zu weit fortgeschritten. Der Wacholder vor der Eingangstür war in alle Richtungen gewuchert, Gestrüpp bohrte sich durch eine Hausecke hindurch, und der Apfelbaum drillte sich mittlerweile sogar bis unter die Dachziegel. Wahrscheinlich wäre für denjenigen, der die nächsten Jahre mit Roden und Renovieren zubringen wollte, lediglich das Grundstück von Wert. Max konnte sich nicht erklären, wie es so weit hatte kommen können – und so schnell – und wie die Natur derartige Kräfte entwickeln konnte. Er hatte komplett aus den Augen verloren, dass es auf Inseln wie dieser die Aufgabe der Menschen war, die Natur dauerhaft in Schach zu halten. Er hatte das Handtuch geworfen, ohne auch nur einen Gedanken daran zu verschwenden.

Der Makler hatte ja keine Ahnung, wie richtig er lag. Es wäre wirklich am besten, das Ganze einer anderen Familie zu übergeben, die hier auf der Insel noch mal komplett neu anfangen konnte.

Nachdem sie das Haus betreten hatten, stellte Stefan eine Thermoskanne mit Kaffee auf den Küchentisch und Max suchte zwei Becher heraus.

»Funktioniert der noch?«, fragte Stefan und nickte in Richtung des alten gusseisernen Herds und Ofens in der Mauernische.

»Als ich es zuletzt versucht habe, schon«, erwiderte Max. »Allerdings müsste wohl mal ein Schornsteinfeger kommen.«

Stefan zog die Augenbrauen in die Höhe, als wäre der Schornsteinfeger gerade ihr geringstes Problem. Als wäre ein Bulldozer wesentlich passender. Max wusste genau, was dem Makler vorschwebte: Eine wohlsituierte Familie aus der Stadt, die hier alles dem Erdboden gleichmachte, sich aus einer Broschüre ein Haus aussuchte und das dann mitten hinein ins Grundstück auf die Bergkuppe pfropfte, um den bestmöglichen Ausblick aufs Meer zu haben. Und um auf diese Weise ausgerechnet das zu zerstören, was allem hier das spezielle Schärenfeeling verlieh. Ob er das vertraglich verbieten könnte? Wenn man so etwas wollte, konnte man sich auch einfach in Sandhamn etwas suchen.

»Wie wollen wir es mit dem Inventar machen?«, fragte Stefan. »Hier steht ja eine Menge Plunder herum.«

»Das sehe ich noch mal alles durch«, erklärte Max.

»Okay. Ich muss in einer Stunde wieder auf dem Festland sein. Wir sollten in zwanzig Minuten ablegen.«

Max sah auf die Taucheruhr an seinem Handgelenk. Er war zum Mittagessen in der Stadt verabredet.

Er schulterte eine leere Stofftasche und ging mit dem Kaffeebecher in der Hand nach oben. Dort blieb er vor der geschlossenen Tür zum Schlafzimmer seiner Eltern stehen. Wie oft er hier nachts gestanden und auf die Klinke gestarrt hatte und dann wieder umgekehrt war. Er betrat sein altes Kinderzimmer. Links der weiße Schreibtisch, an dem er seine Hausaufgaben gemacht hatte. Darüber Bilder von Eishockey-Stars. Daneben das Bücherregal. Er nahm einen Schluck Kaffee. Vielleicht half der ja gegen den Anflug von Kopfschmerzen. Mit der freien Hand strich er über die Buchrücken und blieb bei Robert Louis Stevensons *Abenteuer des David Balfour* hängen – das erste Buch, das ihn je gefesselt und seine Fantasie so sehr beflügelt hatte, dass er von einem Leben und einer Welt geträumt hatte, die größer waren als diese Schäreninsel.

Vor dem Fenster ging das Grundstück nahtlos in ein Wäldchen über. Er legte die flache Hand an die Mauer neben dem Fenster, um die Feuchtigkeit und Kühle auf der Haut zu spüren. In den Wochen nach dem Unfalltod seines Vaters Jakob Anger hatte er ständig so dagestanden – mit der Hand an der Wand – und aus dem Fenster gestarrt. Josefin, seine Mutter, hatte immer wieder nach dem Rechten geschaut und ihn dort reglos stehen sehen. War er deshalb hier hochgekommen? Um sicherzugehen, dass er die klamme Kälte von draußen immer noch am ganzen Körper spüren konnte? Um ihre Stimme noch einmal zu hören. Um ein für alle Mal Abschied zu nehmen.

Nur, dass er weder etwas spürte noch hören konnte.

Er nahm die Hand von der Wand. Der schwarze Stoffbeutel lag leer zu seinen Füßen. Sah aus, als wäre die Luft aus ihm herausgelassen worden. Warum hatte er den überhaupt mitgenommen? Er wäre doch ohnehin zu klein für all das, was ihm dieser Ort bedeutete. Und viel zu groß für all das, was noch Bedeutung hatte und mitgenommen werden konnte.

Auf dem Weg nach unten hörte er Stefans Stimme.

»Da ist ja sogar ein Keller. Hier auf der Insel gibt's das nicht oft, nehm ich an.«

In der Diele trafen sie wieder aufeinander. Stefan hatte Kaffee über sein Flanellhemd gekleckert. Er blickte auf den leeren Beutel in Max' Hand.

»Gar nichts mitgenommen von oben?«

»Ich brauche mehr Zeit«, erwiderte Max.

Stefan warf einen Blick auf seine schwere, protzige Armbanduhr. Dann zuckte er mit den Schultern.

»Da unten ist eine Tür abgeschlossen. Genau wie das Wohnzimmer. Und die alte Anrichte. Habt ihr hier immer alles abgesperrt?«

Einmal war eingebrochen worden. Nachdem Max' Vater Jakob gestorben war, während er selbst in Norrtälje studiert und Mutter Josefin allein hier gewohnt hatte. Zum Glück war sie gerade nicht zu Hause gewesen, als die Einbrecher gekommen waren. Trotzdem hatte es sie mächtig mitgenommen, und seither hatte sie immer penibel darauf geachtet, alles abzuschließen. Allerdings sah er keinen Grund, dem Makler all das zu erzählen.

»Wie gesagt, ich brauche noch ein bisschen mehr Zeit.«

Endlich fiel bei Stefan der Groschen.

»Okay, dann sehe ich mir so lange das Nebengebäude an.«

Sobald er allein war, betrat Max das Wohnzimmer. Hier war immer noch alles so, wie er es in Erinnerung gehabt hatte. Wie in einem Museum seiner Kindheit. Die alten, verschlissenen Möbel mit den hellbraunen Cordbezügen. Der rechteckige Glastisch mit Messingbeinen. Der alte Knüpfteppich, der einst das Kostbarste in diesem Haus und unendlich weich und kuschlig gewesen war. Er hatte mit Papa darauf gehockt, wann immer sie näher am Fernseher sitzen wollten. Inzwischen war er abgewetzt und verschlissen, die Sitzmöbel durchgesessen, die Polster zerknautscht, als hätte irgendeine unsichtbare Präsenz darauf gekauert.

Er angelte den Alustreifen mit den Benzodiazepinen aus der Tasche, drückte eine lila Tablette heraus und spülte sie mit dem Rest Kaffee hinunter.

Ich kann mich jetzt nicht darum kümmern.

Andere Dinge waren jetzt wichtiger. Von Paschie kaum

eine Silbe, seit sie Stockholm verlassen hatte. Er wusste noch immer nicht, wie es ihr ergangen war. Allerdings wusste er, warum sie gegangen war. Er hatte sein Versprechen gebrochen und sie losgelassen. War zu sehr mit sich selbst beschäftigt gewesen und hatte sich in etwas hineingestürzt, wovon er sich hätte fernhalten sollen, wie sie einander geschworen hatten.

Als sie zuletzt miteinander gesprochen hatten, hatte sie ihn aus einem Krankenhaus in Murmansk angerufen und ihm eröffnet, dass sie trotz aller Widrigkeiten tatsächlich schwanger geworden war. Doch was sie mit dem Embryo zu tun gedachte, hatte sie ihm nicht erzählt. Das war ihre Strafe für ihn gewesen – es nicht zu erfahren und stattdessen allein zurückzubleiben und für alle Zeiten darüber zu grübeln, was er ihr und dem Kind, das sie unterm Herzen trug, angetan hatte.

Trotzdem hatte er immer gehofft, dass er eines Tages noch eine zweite Chance bekäme. Deshalb hatte er auch seinen Freund Ilja in Moskau damit beauftragt, sie aufzuspüren.

Ein Jahr war seitdem vergangen.

Als Max sich zur Kellertreppe umwandte, breitete sich endlich die wärmende und zutiefst beruhigende Wirkung der Tablette aus. Er ging die Treppe hinunter und machte das Licht an. Die Luft in dem alten Waschkeller roch muffig. Max tastete hinter dem Wäscheschrank über die Wand, bis seine Fingerspitzen auf das kalte Metall eines Schlüsselbunds stießen.

Er schloss die Tür zu Papas Arbeitszimmer auf und trat ein. Es handelte sich um eine alte Werkstatt mitsamt Werkzeugarsenal und Werkbank, die Papa mit der Zeit in eine Art Büro umfunktioniert hatte. Auf einem Schreibtisch ruhte eine alte Schreibmaschine, vollkommen eingestaubt und mit Spinnweben überzogen. Unter der Schreibtischplatte stand ein kleiner Aktenschrank aus Metall.

Max setzte sich auf den Schreibtischstuhl und schloss mit dem kleinsten Schlüssel am Schlüsselbund die Schubladen des Schränkchens auf. Ganz oben lagerte Büromaterial – Bleistifte, Anspitzer, Radiergummi. In der nächsten ein Collegeblock.

Er nahm ihn zur Hand. Fotokopien von Zeitungsartikeln und Notizen. Die erste Kopie stammte von einer Seite mit Todesanzeigen. Er überflog die Namen der Toten, erkannte aber keinen wieder. Er blätterte um. Die nächste Kopie, die zwischen den Seiten steckte, handelte von einem Skandal, den man Ende der Siebziger aufgedeckt hatte: Da hatte Schweden den Fehler begangen, ein Flugleitsystem an die Sowjets zu verkaufen, das amerikanische Bauteile enthielt – was gemäß schwedisch-US-amerikanischen Handelsabkommen verboten war. Das Ganze wurde unter dem Namen Datasaab-Affäre bekannt und zog noch lange Konsequenzen nach sich.

Dass Jakob Anger ausgerechnet eine solche Meldung aufbewahrt hatte, war typisch, dachte Max. Sein Vater schien immer und überall eine Bedrohung vonseiten Russlands gesehen zu haben und hatte bereitwillig jeder Verschwörungstheorie beigepflichtet, derzufolge die Sozialdemokraten heimlich mit den Moskauer Bonzen kooperierten.

Nachdem er weitergeblättert hatte, fand Max überdies einen Artikel über einen Mann, dessen Name ihm seit Langem geläufig war: Jonas Albrektsson, der Kriegsmaterialinspektor gewesen war, ehe er auf den Gleisen des Stockholmer Hauptbahnhofs den Tod gefunden hatte. Um seinen Sturz vom Bahnsteig gab es bis heute Gerüchte, es kursierten widersprüchliche Informationen und Zeugenaussagen. Albrektssons Tod war nie vollständig aufgeklärt worden.

Der nächste Artikel handelte von einem Mann, den man im Hafen von Norrtälje tot aufgefunden hatte: Kenneth Bergström. Den Namen hatte Max noch nie gehört.

Unter dem Artikel war handschriftlich notiert worden:

Jakob Anger, 6. Juni 1982

Kenneth Bergström, 12. Juni 1982

Jonas Albrektsson, 8. September 1986

Am 6. Juni 1982 war Max' Vater gestorben. Er hatte Max und Josefin vor dem Friseursalon im neu eröffneten Einkaufszentrum Elmsta abgesetzt, in dem die Mutter arbeitete, und war weiter zu einer Autowerkstatt in Norrtälje gefahren, um seinen weißen Volvo 140 zur Inspektion zu bringen. Anschließend hatte er in Stockholm etwas erledigen wollen. Was er in der Hauptstadt vorgehabt hatte, wusste kein Mensch; der Wagen war auf dem Rückweg von der Werkstatt in eine Felswand gekracht. Die Polizei war von einem Selbstmord ausgegangen. Daran hatte Max nie geglaubt.

Drei Männer, drei Todesdaten.

Warum?

Was hatten sie gemeinsam?

Irgendwas stimmte da nicht. Die Handschrift, das Karopapier …

Max schob den Stuhl zurück und stand auf.

Er hätte viel früher schalten müssen. Es gab bloß eine Person, die solches Karopapier verwendet hatte – und zwar für alles, egal ob es sich um den Punktestand bei einem Kartenspiel, um eine Einkaufsliste oder um Telefonnummern von Freunden handelte.

»Mama?«, flüsterte Max.

Er beugte sich über die Schreibtischplatte. Dem Artikel zufolge war Kenneth Bergström zum Zeitpunkt seines Todes fünfunddreißig Jahre alt gewesen, ledig, keine Kinder. Ein Arbeitskollege hatte ihn als vermisst gemeldet, ehe er aus dem Hafenbecken gefischt worden war.

Max blätterte zurück zur ersten Kopie. Überflog die Todesanzeigen. Da stand er. Kenneth Bergström. Die Trauerfeier hatte am 24. Juni 1982 in der Estunakirche in Norrtälje stattgefunden.

Warum hatte Mama sich über ihn informiert?

Und über Albrektsson?

Max blätterte wieder vor. Da, nur eine einzige Zeile.

»Alles weg.«

»Max, sind wir so weit?«, rief der Makler von draußen.

Max starrte auf den Collegeblock hinab. Hatte seine Mutter nach Erklärungen für den Tod ihres Mannes gesucht? Hatte sie trotz ihrer Ermahnungen an Max, er solle die Vergangenheit ruhen lassen, selbst herauszufinden versucht, was hinter Jakobs Tod steckte? Hatte sie allen Ernstes geglaubt, dass die Todesfälle Albrektsson und Bergström mit Papas Unfall zu tun hatten?

Und was hatte »alles weg« zu bedeuten?

Es gab noch eine dritte Schublade, die unterste, die er noch nicht aufgezogen hatte. Was erwartete ihn dort?

Nein, Schluss jetzt, dachte er. Einfach ein Streichholz hier reinwerfen und noch mal bei null anfangen. Es war an der Zeit, nach vorn zu blicken.

Er griff nach dem Stoffbeutel und legte den Collegeblock hinein. Bevor er ging, schloss er die Schubladen des Aktenschränkchens und die Tür zum Arbeitszimmer ab. Den Schlüsselbund steckte er in die Tasche. Er schloss die Faust darum und drückte fest zu.

3

Cornelius Strömberg hängte seinen Mantel in der Diele auf. Während seines Spaziergangs entlang des Norr Mälarstrand hatte er die ganze Zeit an Gustav Barck denken müssen, ihren Mann in Jerusalem. Welche Qualen Barck durchlitten haben musste. Für sein Land zu arbeiten konnte eine Last sein – wer, wenn nicht Strömberg wusste das nur zu gut.

Auch in seinem Leben hatte es Momente gegeben, in denen die Dunkelheit alles überschattet hatte. Doch da hatten ihm die engsten Freunde beiseitegestanden. Nicht nur seine eigenen, auch die der Nation.

Sie hatten stets die Leerstelle für ihn gefüllt.

Die Achtziger, als sie dem brüllenden Russischen Bären schreckstarr gegenübergestanden hatten, waren eine besonders kritische Zeit gewesen. Da hatte die Gefahr eines Krieges, der allen Kriegen ein Ende setzen würde, um die Ecke gelauert. Für den Fall, dass irgendwer den entscheidenden Knopf drückte, waren Schutzräume für die komplette Bevölkerung gebaut worden. Nur eine Handvoll der besten Männer war in die Geheimpläne eingeweiht worden, wäre geblieben und hätte an der Seite der Amerikaner im Fall der sowjetischen Invasion Widerstand geleistet. Strömberg war einer der Privilegierten gewesen.

Die Amerikaner hatten eine Art Club initiiert, der sich jeden Donnerstag in der Botschaft traf. Dazu luden die Mitglieder die besten Jazzmusiker der Stadt sowie eine handverlesene Elite ein. Und ausgerechnet einer dieser Leute hatte ihn angerufen und ihm von dem Todessturz in Jerusalem erzählt. Jemand, der wusste, wozu Barcks Selbstmord führen konnte, wenn sie jetzt nicht äußerst umsichtig vorgingen.

Viele hatten sich seither von jener Zeit und den Zusammenkünften in der US-Botschaft distanziert, unter anderem der Sozialdemokrat Ingvar Carlsson, der nach dem Mord an Olof Palme die Regierungsgeschäfte übernommen hatte und wohl glaubte, jene alten Freundschaftsbande seien allzu kompromittierend.

Doch Strömberg hatte immer noch Fotos. Von ihnen allen. Nur deshalb war es ihm auch gelungen, über all die Jahre seine Position zu halten: weil er immer auf der Hut gewesen war, um seiner selbst und um des Vaterlandes willen. Und genau deshalb war er in der Causa Barck auch angerufen worden.

Womöglich würde jetzt, da Barck aus freien Stücken sein Leben auf solch spektakuläre Weise beendet hatte, die Wahrheit über die Achtziger endlich ans Licht kommen? Oder würde die Welt wieder einmal bloß mit den Schultern zucken und weitermachen wie bisher?

Er war gebeten worden, einen Ermittler zu benennen, der die Umstände rund um den Todesfall in Jerusalem durchleuchten sollte. Als er an den Landungsbrücken am Rålambshovsparken vorbeispaziert war, war ihm auch ein potenzieller Kandidat eingefallen.

Max Anger.

Er war die gleichermaßen naheliegende wie riskante Wahl. Aber so war es oft in Situationen wie dieser, das hatte die Erfahrung Strömberg gelehrt. Max wäre wie Öl, das man in ein Feuer goss – aber sie brauchten jetzt nun mal jemanden mit der entsprechenden Power, wenn sie der Sache so schnell wie möglich auf den Grund gehen wollten.

Er durchquerte die Wohnung und setzte sich an seinen Schreibtisch. Der Pressemitteilung auf der Vektor-Webseite zufolge, hatte Max in letzter Zeit an einem Gutachten für das Außenministerium gearbeitet, an einer Art Kommentar zu einer Regierungserklärung zum schwedischen Waffenexportvolumen. Insofern wären Max' Kenntnisse der Welt, in der Gustav Barck gearbeitet hatte, auf dem neuesten Stand.

Sie hatten sogar eine gemeinsame Historie, Max und er selbst. Ein durchaus belastbares Band der Loyalität. Darauf würde er sich jetzt berufen können. Dann wiederum war Historie das eine; das Hier und Jetzt war etwas ganz anderes.

Er angelte sein Handy heraus und rief eine Nummer auf.

»Magnus«, sagte er, »könntest du für mich bitte einen meiner ehemaligen Aspiranten von der Marineakademie ausfindig machen? Der Kontakt ist abgebrochen, und wir haben lange nichts mehr voneinander gehört. Ich bräuchte den kompletten Werdegang, seit er die Armee verlassen hat. Mail mir alles, was du finden kannst.«

Während er auf die E-Mail wartete, holte er sich ein Glas Wasser aus der Küche und ging ins Wohnzimmer. Er trank ein paar Schlucke, stellte das Glas ins Bücherregal und ließ den Blick über seine Fotos schweifen. Eins war beim Ball der Militärakademie Karlberg aufgenommen worden, bei einem der jährlichen Absolvententreffen Mitte der Achtziger, auch wenn es sich anfühlte, als wäre es erst gestern gewesen, obwohl sich Strömberg längst nicht mehr auf dem Zenit seiner Militärlaufbahn befand.

Das Bild hatte Magnus geschossen, der Athlet, damals der attraktivste Mann an der Akademie. Ein Auslandseinsatz hatte seinem Leben eine unerwartete Wendung gegeben. Das perfekte Gesicht war seither von Narben gezeichnet. Und die Zukunft des Mannes ein Trümmerhaufen.

Den Mittelpunkt des Fotos bildete natürlich die wunderhübsche Vanessa. Magnus hatte den Blick nicht von ihr abwenden können. Ihr Freund Jonas Albrektsson hatte damals nicht auf den Ball gehen wollen, sodass an jenem Abend Casten ihr Tischherr gewesen war. Casten war in ihrer Clique das akademische Hirn gewesen und hatte letztlich zur Überraschung aller Vanessa zur Frau genommen.

Auf Vanessas anderer Seite stand ihr damaliger amerikanischer Gast, mit einem breiten Grinsen im Gesicht, hoher Stirn, der Einzige in der Menge mit einer anderen Uniform. Er blickte schelmisch in die Kamera, als hätte er die Spannungen in der Gruppe gespürt und bereits vor sich gesehen, was passieren würde.

Strömberg wischte mit den Fingern den Staub vom Bild und betrachtete erneut sein eigenes Gesicht. Seine Frau Barbro an seiner Seite, im eng geschnittenen lila Abendkleid. Hochsteckfrisur vom Friseur. Sie hatte schier den ganzen Tag gebraucht, um sich zurechtzumachen. Ihr Lächeln hatte immer noch diese erstaunliche Kraft, die seine Brust wärmte. Eine Wärme, die gleichzeitig wohl- und wehtat. In ihrem Blick lag neugieriges Verlangen, als hätte sie durchschaut, welchen Bluff er auf der Hand hatte – sowohl auf dem Bild als auch später nach dem Ball im Hotelzimmer und bis heute an diesem Nachmittag.

Er strich auch über die anderen Fotografien – er selbst in Uniform zu seiner Zeit bei der MUST, dem Nachrichtendienst der Streitkräfte, als er gerade zum Oberst befördert und mit der geheimsten aller Abteilungen innerhalb des schwedischen Militärs betraut worden war. Auf einem anderen Bild leitete er als Direktor des Ausbildungszentrums der Küstenjäger in voller Kampfmontur ein Manöver in den Stockholmer Schären. Die Gesichter in Tarnbemalung ... und er mit stolzgeschwellter Brust.

Strömbergs Jungs.

So hießen sie damals.

Dann das Foto, nach dem er gesucht hatte. Anfang der Neunziger, er selbst und Max, beide in Kampfmontur. Auf dem dunklen Übungsplatz vor ihrem Quartier, im Zwielicht der Scheinwerfer eines Einsatzfahrzeugs. Die Köpfe zusammengesteckt. Den Arm um die Schulter des jeweils anderen gelegt.

Wie Vater und Sohn.

Auf den Signalton seines E-Mail-Programms wandte er sich vom Bücherregal ab, setzte sich wieder an seinen Schreibtisch und weckte den Bildschirm auf.

Magnus' E-Mail war von einer anonymen Absenderadresse gekommen. Im Anhang befand sich eine Übersicht über Berufs- und Privatleben, die Strömberg sofort aufklickte. Die Übersicht enthielt sogar einen Auszug aus einer als geheim eingestuften Rikskrim-Ermittlung, in der Max' Name aufgetaucht war. Dann der komplette Krankenbericht, aus dem hervorging, dass eine erblich bedingte genetische Abweichung vorlag, die eine neurodegenerative Krankheit begünstigte. Langjährige Einnahme von Benzodiazepinen, die ein enormes Abhängigkeitspotenzial hatten.

Ein versehrter Soldat, der nach dem Sinn und Zweck im Leben suchte? Ob er ihn wieder aufs rechte Gleis setzen konnte?

Strömberg rieb sich das stoppelige Kinn.

Manchmal ging das Leben seltsame Wege, dachte er. Und urplötzlich fiel alles an seinen Platz. Der Kreis war geschlossen.

Die E-Mail hatte alle notwendigen Infos enthalten, die er brauchte, um den Kontakt wieder aufzunehmen. Er klickte den Anhang zu und widmete sich der Mail selbst.

In die Betreffzeile hatte Magnus ein einziges Wort geschrieben. Ein Wort, das Strömbergs eigene Einschätzung untermauerte.

Perfekt.

4

Als Max Tom Sandbergs Sprechzimmer im Stockholmer Sophiahemmet betrat, leuchteten die Augen des Oberarzts auf, als wartete er sehnlichst auf Neuigkeiten. Sandberg war einer der führenden Spezialisten für neurologische Erkrankungen in ganz Europa und brennend an Max' Fall interessiert.

Max' Gendefekt war im Zusammenhang mit Untersuchungen diagnostiziert worden, denen er und Paschie sich im Jahr zuvor in der Kinderwunschstation unterzogen hatten. Der Arzt hatte versucht – leider vergebens –, Max zu beruhigen, indem er darauf hingewiesen hatte, dass einige der einflussreichsten Männer der Geschichte die gleiche Genmutation gehabt hatten: Roosevelt, Kekkonen, Stalin.

Die Demenzerkrankung hatte bei Stalin zu Paranoia und abnehmender Empathiefähigkeit geführt, während seine intellektuellen und kognitiven Fähigkeiten unverändert geblieben waren. Dass Max die gleiche Krankheit entwickeln sollte, kam einem Albtraum gleich.

Nachdem sie die Fertilitätstherapie abgeschlossen hatten, hatte Sandberg Max als Patienten übernommen; binnen eines Jahres hatten sämtliche Untersuchungen das Gleiche ergeben: Die genetische Anlage war Realität und somit eine tickende Zeitbombe, die jederzeit hochgehen und dafür sorgen konnte, dass seine Persönlichkeit sich veränderte.

Nachdem Sandberg routinemäßig Max' Blutdruck kontrolliert hatte, stellte er ihm die gleichen Fragen wie immer.

»Der Blutdruck ist immer noch genauso hoch, spüren Sie das?«

»Nein.«

»Und wie sieht es mit dem Schwindel, den Kopfschmerzen und dem Tremor aus?«

»Unverändert«, antwortete Max.

»Immer noch dieselbe Hand, die zittert?«

»Ja, die linke.«

»Und sonst? Keine Verstimmungen? Keine depressiven Gedanken?«

»Ich bin das personifizierte Glück, Herr Doktor.«

Sandberg musste lachen.

»Nur weil Sie die Erbanlage tragen, heißt das noch lange nicht, dass die Demenz auch ausbricht. Aber wir sollten das im Blick behalten.«

»Ich braver Junge sitze einmal im Monat hier«, kommentierte Max.

»Und dieser Junge bettelt mich um mehr Benzodiazepine an.« Sandberg räusperte sich. »Auch wenn Sie die früher von einem Kollegen verschrieben bekommen haben, ist das nun wirklich nicht die richtige Therapie. Die Pillen tun Ihnen nicht gut.«

Aber sie freiwillig an den Nagel zu hängen, wäre der Bitte gleichgekommen, durch die Hölle gehen zu dürfen. Max hatte sie schon einmal abgesetzt, ein halbes Jahr lang. Doch da war Paschie noch da gewesen. Es waren andere Zeiten gewesen.

»Ich denke drüber nach«, sagte er.

»Halten Sie sich an die Dosierung?«

»Im Großen und Ganzen, ja.«

Sandberg schob sich die Brille den Nasenrücken hinauf. Nickte knapp. Sie wussten beide, was das bedeutete. Bedeuten konnte. Es gab gute Tage. Heute war kein guter Tag, und Max fragte sich, ob der Arzt es ihm ansehen konnte.

»Können wir noch mal die Liste durchgehen, die ich Ihnen gegeben habe?«, fragte Max.

Sandberg griff nach einem Aktendeckel. In dem schmalen Pappordner konnte Max auch die handgeschriebene Liste mit Fragen ausmachen, die er dem Arzt bei ihrem letzten Gespräch vor der Sommerpause dagelassen hatte. Max hatte die Fragen so lange zurückgehalten, bis er das Gefühl hatte, zu seinem Gegenüber vollstes Vertrauen zu haben.

»Was den Arzt aus Norrtälje betrifft, habe ich keine überzeugende Erklärung für Sie. Ich kann mir nicht erklären, warum er Ihnen das Alprazolam überhaupt verschrieben hat. In der Literatur zur frontotemporalen Demenz wird das Präparat jedenfalls nirgends erwähnt.«

»Haben Sie ihn erreicht?«

»Nein, und ich weiß ja, dass Sie es auch versucht haben, insofern habe ich keine allzu großen Hoffnungen. Anscheinend ist er im Ruhestand und nach Spanien gezogen.«

»Was ist mit dem Militär?«

»Diesbezüglich bin ich weitergekommen. In Ihrer Dienstzeit ist auf solche Krankheiten nicht getestet worden. An und für sich ist das nicht ungewöhnlich – Ihre Veranlagung ist einfach zu selten und schwierig zu diagnostizieren, wenn noch keine Symptome in Erscheinung getreten sind.«

»Das Zittern habe ich erst seit letztem Jahr«, warf Max ein. »Ist das nicht ein Anzeichen dafür, dass sich da etwas entwickelt?«

»Nicht notwendigerweise. Und ich kann auch keine anderen Symptome feststellen. Das Zittern kann genauso gut von Ihrer Selbstmedikation herrühren.«

Sandberg zupfte sich im Nacken an einer Haarsträhne. Er ließ wirklich keine Chance ungenutzt, um seine Einstellung zu den Benzodiazepinen zu unterstreichen.

»Und mein Vater hat die gleichen Präparate erhalten?«

»Sie beide hatten in Norrtälje denselben Arzt, insofern läge es nahe. Allerdings habe ich das nicht verifizieren können. Es ist durchaus schon vorgekommen, dass Patienten beschließen, sich das Leben zu nehmen, sobald eine neurologische Erkrankung sie zunehmend beeinträchtigt, keine Frage. Aber das empirisch zu erheben, ist schlichtweg unmöglich.«

»Verstehe. Tut mir leid, wenn ich Ihnen da Umstände gemacht habe«, sagte Max. »Die Frage ist bloß in einem Gespräch mit Ihrem Kollegen aus der Kinderwunschabteilung aufgekommen.«

»Und ich frage mich wirklich, warum. Ich habe Doktor Axelsson deswegen zur Rede gestellt. Ich finde nicht, dass die Frage angemessen war.«

»Wir haben damals versucht, ein Kind zu bekommen. Ich nehme an, er war der Ansicht, die Info wäre für meine Freundin wichtig gewesen.«

Sandberg nickte.

»Hat sie es erfahren?«, fragte er dann.

»Nein«, antwortete Max. »Das mit uns ist in die Brüche gegangen, bevor sich die Gelegenheit ergab.«

5

Als Max in den Vektor-Räumlichkeiten am Valhallavägen eintraf, saß seine Chefin Sarah Hansen über ihre Tastatur gebeugt am Schreibtisch. Zu beiden Seiten stapelte sich Papier. Selbst von der Tür aus konnte er erkennen, worum es sich dabei handelte. Sie markierte Rechnungen, die sie beglichen hatte, immer mit einem großen X und dem Datum darüber – doch diesmal hatte sie noch eine ganze Menge abzuarbeiten.

Sarah blickte zu ihm auf. Ihr blondiertes Haar hatte sie zu einem Pferdeschwanz zusammengebunden, und der dunkle Ansatz verriet ihre natürliche Haarfarbe. Ihre neue winzige Brille sah aus wie diese Dinger, die man im Solarium benutzte.

»Wie war's auf Arholma?«

»Windig«, antwortete Max.

»Willst du wirklich verkaufen?«

»Ich kann mich jedenfalls nicht darum kümmern. Und es ist jetzt schon baufällig.«

Sarah kniff die Augen zusammen.

»Ich kann mir dich ohne deine Außenstelle gar nicht vorstellen.«

»Manchmal muss man eben den nächsten Schritt gehen.«

»Wir haben zurzeit nicht gerade viel auf der hohen Kante, wie du weißt«, sagte sie. »Aber vielleicht könnten

Lisette und ich uns ein Wochenende freinehmen und dir dort draußen beim Aufräumen helfen?«

»Ich glaube, es wird allmählich Zeit, dass andere übernehmen.«

»Trotzdem hast du von dort etwas mitgebracht.«

Sarahs Blick haftete an dem Stoffbeutel in Max' Hand. Ein Collegeblock mit neuen unbeantworteten Fragen. Max überlegte kurz, ob er ihr erzählen sollte, was er im Keller seines Elternhauses entdeckt hatte. Dann wiederum hatte er selbst keine Ahnung, was Mamas Artikel und Aufzeichnungen bedeuteten, insofern hätte es nicht allzu viel zu berichten gegeben.

»Nur ein, zwei persönliche Dinge«, gab er zurück. »Ich verkaufe das Haus mitsamt Inventar.«

»Schlaf noch mal darüber, bevor du den Vertrag unterschreibst, versprichst du mir das?«

Max zuckte mit den Schultern.

»Ist das Gutachten für das Außenministerium fertig?«, fragte sie dann.

»Hab ich letzte Woche eingeschickt und gestern Abend noch mal komplett durchgesehen. Bin für das Meeting morgen früh bestens gewappnet.«

Max' Handy klingelte.

Die Nummer gehörte zu keinem seiner Kontakte, trotzdem kam sie ihm bekannt vor.

»Musst du da rangehen?«, wollte Sarah wissen.

»Nein, nicht wirklich.«

Er ließ den Anruf auf der Mailbox landen.

»Komm und setz dich für einen Moment.«

Max ließ sich auf den Besucherstuhl sinken. Erst als er ihr direkt gegenübersaß, dämmerte ihm, wie erschöpft sie aussah.

»Schlechten Tag gehabt?«, fragte er. »Ich beneide dich wirklich nicht.«

»Ach was … trotzdem wär es nicht schlecht, wenn du über die Firmenfinanzen Bescheid wüsstest, wenn du hier eines Tages alles übernimmst.«

Beide brachen in Gelächter aus. Niemand von ihnen glaubte ernsthaft, dass Vektor überleben könnte, wenn sich Sarah Hansen zurückzöge. Die Vorstellung, dass Max eines Tages Chef und damit für administrative und Personalfragen verantwortlich sein sollte, war schlichtweg verrückt. Büroarbeit funktionierte für ihn nur, solange er alleine oder an ihrer Seite vor sich hin werkelte und kommen und gehen durfte, wie es ihm passte.

»Ich habe sowohl mit dem Vorstand als auch mit der Bank gesprochen«, fuhr Sarah fort. »Und zu allem Überfluss hat sich heute auch noch unser Vermieter gemeldet. Wir sind mit der Miete im Rückstand.«

»Nach dem Meeting morgen können wir dem Ministerium eine Rechnung stellen«, erwiderte Max.

»Ja, aber die reicht nicht lange. Siehst du diesen Stapel hier?« Sie zeigte auf den Papierstoß. »Sofern wir keinen zusätzlichen Auftrag vom Außenministerium oder neue Jobs an Land ziehen, kann ich die nicht alle bezahlen.«

»Darüber sprechen wir jetzt doch schon seit einem Jahr, Sarah. Unser Fokus auf Russland und die Ostseeanrainer reicht einfach nicht, um die Firma am Laufen zu halten. Wir müssen uns breiter aufstellen und neue Kunden akquirieren.«

»Leichter gesagt als getan, ohne Charlie.«

Max musste schlucken. Ihr Vorstandsvorsitzender Charlie Knutsson war nicht nur mit beiden befreundet, sondern für Sarah auch eine Art Mentor gewesen. Er hatte zu sämtlichen Stockholmer Unternehmern und Geschäftsführern Kontakte gepflegt, war mit allen bekannt gewesen, die im Stadshuset ein und aus gingen, und hatte Minister zu Krebsfesten in sein altes Haus auf Värmdö am Strömma kanal eingeladen. Er war derjenige gewesen, der sämtliche Türen für Sarah aufgestoßen hatte – das lesbische Einwanderermädchen mit polnischen Wurzeln, das sich später freiwillig zum Wehrdienst gemeldet und zusammen mit Max Russisch gelernt hatte. Als sie später beschloss, mit Vektor den ersten unabhängigen Thinktank zu gründen und sich als Beraterin in allen Fragen der Demokratisierung und Sicherheit der Ostsee-Nachbarstaaten und Russlands selbstständig zu machen, überzeugte Charlie Investoren, Sponsoren und Kunden, dass sie ihren Einflussbereich gen Osten mit Expertenhilfe von Vektor erweitern konnten. Charlie hatte eine enorme Ausstrahlung und Tatendrang an den Tag gelegt, die ansteckend gewesen waren – und zwar nicht nur intern. Er hatte Sarah dabei unterstützt, organisatorische Strukturen zu entwickeln, und in vielfacher Hinsicht war sie ohne ihn komplett verloren.

Und Vektor war in die Knie gegangen.

Die Umstände seines Todes im vergangenen Jahr warfen immer noch lange Schatten. Es kursierten Gerüchte über Charlie; war er, der bis in die Fingerspitzen anglophil gewesen war und in Oxford studiert hatte, in Wahrheit informeller Mitarbeiter des britischen Geheimdienstes gewesen? Also ein Spion? Derlei Mutmaßungen waren Wasser auf die Mühlen all jener, in deren Kritik Vektor jahrelang gestanden hatte. Man munkelte sogar, dass sie inzwischen ins Visier der Säpo geraten waren. Kunden scheuten und Sponsoren zogen sich von ihnen zurück. Das gesamte vergangene Jahr hatten sie hauptsächlich der Polizei bei deren Ermittlungen geholfen. Nur wenige wussten, dass Vektor maßgeblich daran beteiligt gewesen war, im Kungsträdgården mitten in Stockholm eine Katastrophe abzuwenden. Doch denjenigen, die Bescheid wussten, waren durch Geheimhaltungsvereinbarungen die Hände gebunden, sodass sie der Firma nicht mal ein gutes Zeugnis ausstellen durften.

»Wir kommen auch ohne Charlie klar«, sagte Max. »Das hast du doch selbst gesagt.«

»Ach ja? Ich weiß nicht mal, wie ich mit diesen Rechnungen klarkommen soll, wenn ich gleichzeitig ...«

»Gehälter zahlen muss? Behalte meins ein, bis es wieder besser läuft.«

»Ich hoffe, du willst dein Elternhaus nicht deshalb verkaufen.«

»Nein, wirklich nicht. Ich hab genug auf dem Konto.«

Sarah lächelte ihn an.

»Danke, Max. Ehrlich. Ist auch nur vorübergehend, hoffe ich.«

»Gibt's sonst noch was?«

»Komm heute Abend zum Essen zu uns. Lisette kocht Mofongos. Und zwar die besten der Welt, ich schwöre es!«

Max war schon einmal in den Genuss des Gerichts aus Kochbananen, marinierten Zwiebeln, Knoblauch und Olivenöl gekommen. Es war zweifelsohne Weltklasse gewesen.

»Mit Garnelen oder Schweinefleisch?«

Sarah musste lachen.

»Die Zeiten sind schlecht, Max. Und es ist unter der Woche.«

»Dann also Schwein.«

»Die Kinder haben auch schon nach dir gefragt. Und nach Paschie.«

Max schüttelte den Kopf. Natürlich hatte Sarah nicht nur über sein Gehalt sprechen wollen.

»Ein andermal. Richte den Kids liebe Grüße aus.«

»Das sagst du jedes Mal! Du kannst doch nicht Abend für Abend alleine zu Hause sitzen.«

»Hast du eine Ahnung.«

Sarah lächelte ihn schief an.

»Seit Paschie weg ist, bist du kaum noch draußen gewesen. Hat sich Ilja gemeldet?«

»Ich wollte ihn heute Abend anrufen. Sofern ich nach Hause komme, bevor es in Moskau Mitternacht ist.«

Als Max schließlich wieder zu Hause war – in seiner Sechshundert-Quadratmeter-Wohnung an der Köpmangatan in Gamla stan –, ging er erst einmal die Post durch. Nichts aus Russland. Wie immer. Er ging in die Küche, griff sich die Whiskyflasche vom Kühlschrank und nahm sie die schmale Wendeltreppe mit hinauf, die in jenen Teil der Wohnung führte, den er tatsächlich bewohnte, jetzt seitdem er allein war.

Wie jeden Abend rief er sich ihr letztes Gespräch in Erinnerung und versuchte zu ergründen, was Paschie gemeint haben mochte. Früher hatten sie einander so gut verstanden, dass sie nicht einmal Worte gebraucht hatten – ein Blick, ein Lächeln hatte damals genügt. An jenem Tag aber, als sie sich aus Murmansk gemeldet hatte, hatten sie nicht mehr dieselbe Sprache gesprochen, zumindest kam es ihm so vor. Klar war lediglich, dass sie nicht mehr nach Stockholm zurückzukehren gedachte.

Wie alt wäre ihr Kind jetzt? Fünf Monate? Was konnte

ein Kind in dem Alter – gerade sitzen? War es ein Junge oder ein Mädchen? Sah es eher Paschie ähnlich oder ihm? Oder ihnen beiden?

Oder hatte sie es wegmachen lassen?

Genau das hatte sie doch gewollt. Dass er grübelte.

Sich mit einer Russin einzulassen wollte wohlüberlegt sein.

Wenn es stimmte, was die Ärzte ihr mitgeteilt hatten, würde Paschie wohl kaum ein zweites Mal schwanger werden. Insofern konnte Max sich vorstellen, dass sie sich letztlich doch für das Kind entschieden hatte, ganz gleich wie wütend sie auf ihn gewesen war. Doch bei ihrem letzten Gespräch hatte sie auf diese Frage nicht klar geantwortet.

Nur das Sofa vor dem Fernseher und die Bilder darüber erinnerten noch an sie. Sie hatte die ganze Wohnung umgestalten wollen, hatte schon damit angefangen, die alten Möbel aus Max' Junggesellenwohnung am Sveavägen auszusortieren. Die Antiquitäten, die Carl Borgenstierna gehört hatten – jenem Mann, der Wohnung und Vermögen in seinem Testament Max überlassen hatte –, hatten vorübergehend bleiben dürfen.

Als Max damals von einem Einsatz bei der Rikskrim nach Hause gekommen war, hatte sie jede einzelne Schublade im Schlafzimmer geleert. Alles von den Kleiderhaken abgenommen. Klinisch sauber und endgültig – kein Abschiedsbrief, so unendlich typisch für sie. Nur einen russischen Schal hatte sie liegen gelassen. Der war hinter das Sofa gerutscht. Inzwischen hing er einsam über der Stange in ihrem Teil des Kleiderschranks. Max hatte es nicht übers Herz gebracht, ihn zu entsorgen.

Er ging ins Bad und legte die Hände flach auf die Spiegeltür des Badezimmerschranks. Er hatte sich lange anhören müssen, dass er das Aussehen seiner Mutter und den Charakter seines Vaters geerbt hatte. Jetzt dachte er wieder an sie, wie sie in seiner Kindheit gewesen war, ehe die Krankheit sie so sehr verändert hatte. Sie war die Fürsorge, die Sicherheit in seinem Leben gewesen, sein Schutzengel.

Warum hatte sie die Namen und Todesdaten der drei Männer aufgeschrieben? Auf dem Karopapier ihres Collegeblocks? Was hatten Kenneth Bergström und Jonas Albrektsson mit Jakob Anger zu tun gehabt?

Vor allem Bergström war ihm ein Rätsel. Der Name sagte ihm nichts, während Albrektsson fast schon ein Promi gewesen war. Es wäre nicht allzu schwierig, über sein Leben und seinen Tod Informationen einzuholen.

Aber wo sollte er damit anfangen? Er konnte schließlich nicht Albrektssons Familie und Freunde anrufen – Personen, die er gar nicht kannte, und ihnen Fragen zu den unzusammenhängenden Notizen aus dem Block stellen. In etwa das hätte sein Vater getan. Nur dass es ihn nie weit gebracht hatte.

Die Einzige, die ihm einfiel und die möglicherweise wusste, womit sich seine Mutter beschäftigt hatte, war Ulla, ihre beste Freundin von der Insel. Ulla war gegen Ende ständig an Josefins Seite gewesen, hatte täglich nach ihr geschaut und ihr bei den praktischen Dingen geholfen. Vielleicht wusste sie ja irgendetwas über die Aufzeichnungen aus dem Keller? Allerdings hatte Max sich schon seit Jahren nicht mehr bei ihr gemeldet.

Und wäre es überhaupt klug, wieder an diesen alten Dingen zu rühren?

Wäre es nicht besser, all das auf sich beruhen zu lassen?

Wieder dachte er an seine Kindheit zurück, an die Tage

und Nächte in ihrem Haus auf Arholma, an den Wald, in dem er die Wege entlanggerannt war, um mit Papa Schritt zu halten, an die äußeren Schären, wo sie gefischt und gejagt hatten, wo er den Geschichten und Räuberpistolen des Vaters und seiner Freunde gelauscht hatte. An die Stille, die sich an jenem Schicksalstag über das Haus gesenkt hatte, als Papa gestorben war.

Noch während er sein Spiegelbild anstarrte, kam ihm eine Idee, wie er trotz allem erfahren könnte, womit Mama beschäftigt gewesen war. Ein Datum aus ihren Aufzeichnungen reichte bis in die Gegenwart.

Der 8. September 1986.

In wenigen Tagen jährte sich Albrektssons Todestag zum fünfzehnten Mal.

Er zog die Schranktür auf. Nahm die Schachtel Alprazolam heraus und spülte mit einem ordentlichen Schluck Whisky eine Tablette hinunter. Dann griff er zum Handy, und erst jetzt fiel ihm der Anruf wieder ein, den er während der Unterhaltung mit Sarah verpasst hatte.

Außerdem fiel ihm wieder ein, wem die Nummer gehörte: Cornelius Strömberg, seinem einstigen Vorgesetzten, damals an der Akademie bei den Küstenjägern. Weshalb hatte der sich denn bitte gemeldet? Er beschloss, ihn fürs Erste warten zu lassen. Stattdessen rief er eine Moskauer Nummer auf.

»Ilja, mein Freund. Habe ich dich geweckt?«, fragte Max auf Russisch, sobald die Leitung stand.

»Ich bin in Moskau, nicht in Kamtschatka. So früh geht in Moskau niemand ins Bett.«

»Wie läuft's mit der Arbeit?«

»Hochtourig. Das Business wächst und gedeiht, wo man hinsieht.«

Max musste lachen. Er sah Ilja regelrecht vor sich – den Oberkörper, den er in seiner Jugend mit Anabolika aufgepumpt hatte, um im Fitnessstudio mehr zu stemmen als alle anderen und um auf der Straße nicht unterzugehen. Die breite Narbe am Hals. In Moskaus feinen Anwaltskanzleien war er für die Klienten garantiert ein Hingucker. In Stockholm wäre er Verteidiger für sämtliche Bikergangs aus der Vorstadt.

»Wie läuft's in unserer Sache?«, fragte Max.

»Paschie hab ich noch nicht gefunden. Wenn es das ist, was du wissen willst.«

Max nickte. Spürte, wie sein ganzer Körper schlagartig schwer wurde. Genau diesen Effekt hatte er sich gewünscht. Das Tempo aus den Gedanken zu nehmen. Seine Gefühle zu dimmen.

»Weißt du, ob sie in Moskau ist?«

Er hörte regelrecht, wie sich die Müdigkeit bis zu den Muskeln in seinem Kiefer und Mund ausbreitete. Er lallte regelrecht.

»Ich werde keinen Ton sagen, bis ich genau weiß, wo sie steckt. Ich will nicht, dass du dir zu große Hoffnungen machst.«

»Mach ich mir nicht, Ilja. Ich will's doch nur wissen.«

»Wie geht es dir?«

»Das weißt du genau.«

»Wirfst du dir immer noch dieses Zeug ein?«

»Das sind meine Medikamente. Meine Medikamente gegen die ...«

»Gegen dich selbst. Hör endlich auf damit. Hast du niemanden, mit dem du reden kannst?«

Er hatte Sarah. Aber Sarah war nicht Paschie. Darüber hinaus sah es mit alten Freunden dürftig aus, denen er sich hätte anvertrauen können. Als Cornelius Strömberg noch Teil seines Lebens war, war alles viel leichter gewesen.

»Mein alter Ausbilder hat sich bei mir gemeldet«, berichtete er. »Von dem habe ich dir mal erzählt. Keine Ahnung, was der von mir will.«

In einer jener langen Nächte, die sie in Sankt Petersburg gemeinsam verbracht hatten, hatte Max Ilja erzählt, wie sie während eines Manövers mit den Küstenjägern nachts im Zelt am Feuer gesessen und Wache geschoben hatten. Ein paar jüngere Offiziere hatten sie mitten in der Nacht mit einem simulierten Angriff überrascht. Max hatte den ersten, der ins Zelt eingedrungen war, sofort überwältigt, sich auf ihn draufgehockt und ihm das Messer so fest an den Hals gedrückt, dass Blut geflossen war. Daraufhin hatten die Offiziere darauf gedrängt, dass Max aus der Armee entlassen würde. Stattdessen hatte ihr Vorgesetzter, Cornelius Strömberg, ihn zum Befehlshaber der Kampftaucher befördert – zum Chef seiner eigenen *Jungs.* Von diesem Tag an hatte niemand mehr auch nur versucht, Max in einen Hinterhalt zu locken.

»Sei froh, wenn ein alter Freund wieder mit dir Kontakt aufnimmt. So was ist Gold wert. Klingt übrigens ganz so, als wär's in Stockholm schon spät. Versuch, dich auszuruhen. Und verlass dich auf mich. Ich werde sie finden.«

Mittwoch, 5. September

6

Als Max vom Boxsack abließ, hämmerte sein Herz wie wild. Der metallische Geschmack im Mund nach der Tablette vom Vortag war ekelerregend. Wie besessen zu trainieren war das Einzige, was da half. Er blickte an seinem nackten Oberkörper hinab. Auf seiner Haut perlte der Schweiß; die Brust- und Bauchmuskeln waren definierter denn je. Vor ihm baumelte der Boxsack vor und zurück und schien regelrecht zu verschnaufen, war erleichtert darüber, dass dieser Verrückte endlich aufgehört hatte.

Er drehte sich zur Bank um und ließ sich darauf nieder. Gestattete sich einen kurzen Moment, um wieder Atem zu schöpfen. Als er sich gerade nach den Hanteln ausstreckte, fing sein Handy neben der Bank am Boden an zu vibrieren. Dieselbe Nummer wie gestern.

Cornelius Strömberg.

Er nahm das Telefon zur Hand.

Die Stimme am anderen Ende klang älter, trotzdem handelte es sich ohne jeden Zweifel um seinen einstigen Vorgesetzten.

»Oberst«, sagte Max. »Wir haben uns ja eine Ewigkeit nicht gehört.«

»Viel zu lange! Sind Sie gerade in Ihrer Wohnung im Sveavägen?«

Max war drei Jahre zuvor dort ausgezogen, aber das konnte der Oberst natürlich nicht wissen. Oder vielleicht wusste er es auch. Früher hatte er immer über alles Bescheid gewusst.

»Ich bin gerade auf dem Sprung zur Arbeit …«

»Dann haben Sie also zu tun, oder hätten Sie Zeit für einen alten Freund?«

»Für Sie habe ich immer Zeit, ich hab's nur gerade ein bisschen eilig, weil ich zu einem Meeting in der Stadt muss. Um halb elf bin ich dort fertig.«

»Können wir uns anschließend vielleicht treffen?«

»Finden Sie zu uns ins Vektor-Büro?«

»Am Valhallavägen? Ich werde da sein.«

Kanzleirat Anton Niklasson aus dem Außenministerium hieß Max am Eingang willkommen und wies ihm den Weg zu einem Besprechungsraum ganz in der Nähe. Er war vielleicht fünfundzwanzig, dreißig Jahre alt, trug eine graue Anzughose und ein weiß gepunktetes, türkisfarbenes Baumwollhemd. Der oberste Knopf stand offen, keine Krawatte, kein Jackett.

»Ich war so frei«, sagte er und zeigte auf zwei Pappbecher mit Kaffee von einem der hippen Coffeeshops, die in der Stockholmer Innenstadt gerade wie die Pilze aus dem Boden schossen. »Man weiß ja nie, was für eine Brühe die Leute morgens sonst so trinken. Die Automaten hier kosten Sie jedenfalls mit jedem Becher zwei Minuten Ihrer Lebenszeit. Zucker?«

»Nein danke«, sagte Max und suchte sich einen Platz.

Gerade als Anton sich ebenfalls setzen wollte, klingelte sein Handy. Er bedachte es mit einem flüchtigen Blick.

»Entschuldigung, aber da muss ich rangehen.«

Dann ließ er sich schwer gegen die Rückenlehne fallen.

»Sterner!«, rief er ins Telefon. »Ja, richtig, im Tre Brunnar. Was, bist du verrückt – heute Abend? In ein paar Tagen! Klar, keine Panik. Du, hör mal, ich hab gerade zu tun. Ich ruf nachher noch mal an, okay?«

Dann drückte er das Gespräch weg und schüttelte leicht den Kopf. Strich sich mit der sonnenverbrannten Hand durchs blonde Haar.

Max hatte mit Anton bislang nur telefoniert, ansonsten hatte sich der Kontakt auf E-Mails beschränkt. Der Typ sah gut aus, eher wie ein Surfer oder Saisonarbeiter in den Alpen denn wie ein Kanzleirat im Außenministerium. Er passte so gar nicht ins Bild des typischen Ministerialbeamten, wobei Max durchaus klar war, dass er mit derlei vorgefertigten Meinungen über Menschen vorsichtig sein musste.

Anton legte das Handy weg. Er hatte die hohe Stirn gerunzelt und ein breites Grinsen im Gesicht.

»Das war Sterner aus dem Justizministerium«, erklärte er. »Ich organisiere gerade einen Stand-up-Abend im Tre Brunnar. Das wird unter Garantie mein Untergang. Wir sind eine Clique aus mehreren Ministerien und glauben allesamt, dass wir witzig sind. Was meinen Sie?«

»Klingt so, als sollte man es nicht verpassen.«

»Achtung, Lachkrampfgefahr. Übrigens – danke für das Gutachten. Ich dachte mir, wir könnten die Zusammenfassung noch mal gemeinsam durchgehen. Wollen Sie Ihren Kaffee gar nicht?«

Anton schob den Becher zu Max herüber, riss die Papiertüte auf, die danebengelegen hatte, und nahm Löffel und Zuckerbriefchen heraus. Dann wühlte er in seiner Tasche am Boden und warf das Gutachten auf den Tisch.

»Da müssen wir noch ein bisschen was drehen«, sagte er. »Das verstehen Sie sicher? An Ihrem Job an sich habe ich auch null Komma nichts auszusetzen. Das Ding ist gelinde gesagt umfassend. Das Problem ist einzig und allein die Prognose für die kommenden zehn, fünfzehn Jahre.«

Anton zog den Deckel von seinem Kaffeebecher, riss das Zuckerbriefchen auf und rührte um.

»Dann sehen wir es uns doch mal an«, sagte Max. »Die Prognose orientiert sich an dem, was wir in anderen Ländern beobachten können. Bofors ist an die US-amerikanische Allied Defense & Armor verkauft worden. Die neuen Eigner werden von großen Investmentgesellschaften gesteuert. Sie gehen hin und kaufen Firmen, bei denen sie Zuwachspotenziale sehen. Sobald die Übernahme perfekt ist, werden Taktung und Verkaufszahlen nach oben gejagt.«

Anton blätterte ein paar Seiten im Gutachten vor.

»Aber was ist mit dem Anteil, der in Entwicklungsländer geht? Von fünfzehn auf dreißig Prozent in zehn Jahren? Das wäre eine Verdoppelung. Außerdem sagen Sie, dass zehn Prozent in nicht-demokratische Staaten gehen.«

»Und das ist hoch problematisch.«

»Trotzdem müssen wir dieses Fazit der Zusammenfassung irgendwie leicht umschreiben.«

Anton tippte auf eine Zeile und las laut vor: *»Der Anteil am schwedischen Waffenexport, der an Krieg führende Länder verkauft wird, wird von heute zwei Komma acht Prozent binnen der kommenden fünfzehn Jahre auf* fünfzig *Prozent anwachsen.«* Er zog die Augenbrauen hoch. »*Fünfzig* Prozent? Das ist doch nicht seriös, Max! Das verstehen Sie doch?«

»Entspricht aber dem Muster, das wir bei US-amerikanischen Neu-Eignern von Rüstungsunternehmen in anderen Ländern beobachtet haben.«

»Ach, da übertreiben Sie bestimmt. Wir müssen es

zumindest anders formulieren. Ein bisschen aufhübschen.«

Max nahm einen ordentlichen Schluck aus seinem Becher. Der Kaffee war inzwischen kalt geworden.

»Sie wollen, dass ich das Ganze beschönige?«, hakte er nach. »Es irgendwo in einen Absatz reinschummle und runterspiele? Oder wollen Sie, dass ich gleich eine kleinere, unrealistische Zahl reinschreibe? Damit wir irgendwann auf Tippfehler plädieren können, wenn in fünfzehn Jahren jemand das Papier wieder rauszieht?«

Anton schüttelte den Kopf. Das charmante Lächeln war wie weggefegt.

»Okay, wenn Sie nicht so flexibel sind, muss ich das hier wohl mitnehmen und intern absprechen, wie wir weiter vorgehen.«

»Es geht hier um schwedische Unternehmen, die einige der weltweit effizientesten, gefragtesten Waffensysteme produzieren. Im Kaufvertrag stand das schwedische Gewissen wohl nicht zur Debatte.«

Erneut zog Anton die Augenbrauen hoch.

»Was war das gerade?«, fragte er beharrlich.

»Sie hätten uns vielleicht mit diesem Gutachten beauftragen sollen, bevor Bofors über den Ladentisch ging.«

Wieder klingelte Antons Handy. Er stand auf und klemmte sich die Unterlagen unter den Arm.

»Ich hoffe, der Kaffee schmeckt Ihnen. Dieses Meeting ist jedenfalls zu Ende.«

7

Im Büro pfefferte Max seine Tasche in die Ecke, warf die Post auf den Schreibtisch. Er hatte sich nicht einmal setzen können, ehe Sarah auch schon in der Tür erschien – mit einem dampfenden Becher Kaffee in der einen und Rechnungen in der anderen Hand.

Allem Anschein nach war sie gestern damit nicht mehr fertig geworden.

»Morgen«, sagte Max.

Sarah setzte sich auf den Besucherstuhl.

»Das war ja ein kurzes Meeting. Wie ist es gelaufen?«

»Ihm hat meine Zusammenfassung nicht gefallen.«

Sarah führte den Kaffeebecher zum Mund.

»Und was hast du ihm gesagt?«

»Dass das schwedische Gewissen beim Bofors-Verkauf anscheinend keine Rolle gespielt hat.«

Sarah zuckte zusammen und Kaffee schwappte auf ihre Bluse.

»*Verdammt!*«

Sie stellte den Becher ab und streckte sich nach dem kleinen Stapel Servietten, die Max aus der Valhallabäckerei von gegenüber mitgenommen hatte.

»Solche Gutachten sollten sie in Auftrag geben, bevor sie zulassen, dass amerikanische Venture-Kapitalisten schwedische Waffenproduzenten kaufen«, sagte er. »Dass sie jetzt noch unseren Segen wollen, nachdem das Geschäft abgeschlossen ist, ist doch ein Witz! Das weißt du genauso gut wie ich.«

»Und auch das hast du ihnen in dem Meeting gesagt, nehme ich an?«, hakte Sarah nach und legte die Serviette weg.

»Klar.«

»Und was haben sie geantwortet?«

»Das Meeting ist hiermit beendet.«

»Ach verdammt, Max! Dann nimm du jetzt die Rechnungen und sieh zu, wie du sie bezahlst. Bitte sehr.«

Sie ließ die Rechnungen auf Max' Schreibtisch fallen.

»Ich musste doch sagen, was Sache ist, Sarah!«

»Und du musstest dich natürlich mit dem Kopf voran rauswerfen lassen.«

»Okay, vielleicht sind da die Pferde mit mir durchgegangen. Aber es ist doch so, dass dieser Typ, dieser Kanzleirat Anton Niklasson, genau *weiß*, dass ich recht habe. Nur will er nicht, dass wir das genauso klar und deutlich schreiben. Weil es nun mal nicht politisch erwünscht ist.«

»Hör jetzt endlich auf mit deiner Rechthaberei! Du willst doch bloß, dass alles wieder so läuft wie früher, aber die Zeiten ändern sich. Schweden ist ein Fliegenschiss auf der Weltkarte, eine unabhängige Verteidigung können wir uns nicht mehr leisten. Wir brauchen ausländisches Kapital und müssen dann versuchen, mit den Konsequenzen zu leben.«

»Und wenn wir schon mal dabei sind, sollten wir auch gleich der NATO beitreten. Im Augenblick haben sich auf der Welt doch ohnehin alle lieb, oder etwa nicht?«

»Wenn Menschen wie du das Sagen hätten, wäre Russland noch zehn Jahre früher als wir in der NATO! Du bist wirklich dermaßen rückschrittlich!«

Sie sahen einander reglos an, bis das Klingeln der Wechselsprechanlage die Stille unterbrach.

»Das ist für mich«, sagte Max. »Da muss ich mich jetzt kümmern.«

»Verdammt, du bist echt unglaublich …«

8

Cornelius Strömberg hatte dieselbe Altherren-Schirmmütze auf, die er immer schon getragen hatte. Als er seinen braunen Trenchcoat am Eingang aufhängte, fiel Max auf, dass der Rücken des Mannes immer noch genauso gerade und die Schultern immer noch genauso breit waren wie früher.

Er ließ sich auf der anderen Seite des Schreibtisches nieder. Das Gesicht war immer noch wie aus Granit gemeißelt, ebene Nase, markantes Kinn. Eisblaue Augen. Max wusste noch, dass er früher mit dem alten US-Filmstar Errol Flynn verglichen worden war.

»Hier sitzen Sie also«, stellte Strömberg fest. »Und die Geschäfte laufen gut?«

Max war klar, dass er vor Cornelius Strömberg kein Blatt vor den Mund nehmen musste. Der Mann war, genau wie einst Charlie Knutsson, eine Spinne inmitten des Netzes, in dem Max und Sarah arbeiteten. Unter Garantie wusste er, wie es für Vektor seit einem Jahr lief.

»Wir haben schon bessere Zeiten gesehen. Aber mir geht es hier gut – als Analyst und Berater für Sicherheits- und Demokratiefragen. Habe kürzlich ein Gutachten fürs Außenministerium abgeliefert.«

»Ja, das habe ich auf der Vektor-Seite gesehen«, sagte Strömberg.

Um die Webseite kümmerte sich Sarah; was die Transparenz ihrer Arbeit anging, hatten sie und Max leicht unterschiedliche Ansichten. Sarah hatte dabei immer die finanzielle Lage der Firma vor Augen und fand es daher unerlässlich, aktuelle Aufträge aufzuführen.

»Ehrlich gesagt weiß ich nicht, ob in nächster Zeit noch viel reinkommt. Meiner Kontaktperson im Ministerium scheint mein Stil nicht besonders zu liegen.«

»Meiner Erfahrung nach war Ihr Stil immer wegweisend. Sie sind ehrlich. Das schafft Vertrauen.«

»Ich habe wohl was Unpassendes über den Bofors-Verkauf und das schwedische Gewissen gesagt«, erklärte Max. »Meine Chefin findet, dass ich rückschrittlich bin und will, dass alles wieder so wird wie früher.«

»Wir wissen doch alle, wie die Produktion aussehen würde, wenn wir Waffen und Fahrzeuge nur für das schwedische Militär fertigen würden. Und wir wissen auch, was das den Steuerzahler dann kosten würde.«

»Ich habe einfach eine Grenze überschritten«, murmelte Max.

»Ihr Gerechtigkeitssinn war immer schon enorm. Das hat Ihnen Arholma in die Wiege gelegt.«

Lächelnd setzte sich Strömberg auf seinem Stuhl zurecht.

Bei Strömbergs Kommentar musste Max wieder an den Collegeblock mit den Kopien der Zeitungsartikel und Notizen seiner Mutter denken. Er konnte den Schlüsselbund in seiner Hosentasche spüren.

Er konnte sich gar nicht daran erinnern, dass er Strömberg je viel von seiner Kindheit und Jugend erzählt hatte; dann wiederum hatte er sich damals einer Reihe beinharter Prüfungen unterzogen. Bestimmt war da auch seine Kindheit durchleuchtet worden.

»Ich nehme an, als Sie diese Grenze überschritten haben, hatte das etwas damit zu tun, dass wir zwar mit Waffen handeln, die dann aber nicht bei kriegerischen Auseinandersetzungen eingesetzt werden dürfen? Da bin ich allerdings ganz Ihrer Meinung – diese Forderungen sind schon ziemlich unsinnig.«

»Was halten Sie denn vom Bofors-Verkauf?«, wollte Max wissen.

»Ich persönlich hätte es lieber gesehen, wenn Bofors schwedisch geblieben wäre. Aber vielleicht bin ich da auch nostalgisch. Genau wie Sie.«

»Wie geht es Barbro?«, fragte Max, um das Thema zu wechseln.

Strömbergs Lächeln erlosch schlagartig, und er starrte auf seine Hände im Schoß.

»Barbro ist vor zwei Jahren gestorben.«

Max schluckte schwer. Er bereute zutiefst, dass er sich nie gemeldet hatte. Sich nie auf einen Kaffee verabredet oder eine Weihnachtskarte geschickt hatte.

»Das tut mir aufrichtig leid.«

Strömberg schüttelte leicht den Kopf.

»Tja, so ist es nun mal.«

»Was kann ich denn für Sie tun?«

Strömberg räusperte sich.

»Ein schwedischer Regierungsbeamter hat sich dieser Tage in Jerusalem im neunten Stock vom Balkon gestürzt.«

»Wer?«

»Ein gewisser Gustav Barck. Er hat für das Außenministerium im Waffenexportsektor gearbeitet. Genau für die Leute, mit denen Sie es gerade zu tun haben.«

Max versuchte, was der Oberst ihm gerade erzählte, in einen größeren Zusammenhang zu bringen. Es war doch falsch gewesen, die Probleme ihrer Firma so offen anzusprechen.

»Himmel auch, was ich zu denen gesagt habe, war wirklich unangemessen«, erklärte er. »Gerade jetzt, nachdem einer von ihnen sich das Leben genommen hat.«

»Ein unglücklicher Zufall, ist doch nicht Ihre Schuld. Sie wussten doch nichts. Und seine Kollegen wissen es im Übrigen auch noch nicht. Barcks Schwester und sein Vorgesetzter im Außenministerium stehen in Kontakt und sind sich einig, dass sie damit noch nicht rausgehen wollen.«

Max schüttelte den Kopf. Wenn Sarah das erführe, wäre sie alles andere als begeistert. Da hatte er sich wirklich selbst ins Knie geschossen.

»Wir wollen einen Ermittler einsetzen, der die Umstände von Barcks Tod untersuchen soll.«

»Und deshalb sind Sie hier?«

Strömberg nickte.

»Es soll eine inoffizielle Untersuchung werden, also weder durch Angehörige des Ministeriums, des Militärs noch durch die Polizei.«

Es hatte sich schon mehrfach als vertrackt erwiesen, wenn die Behörden oder das Militär selbst derlei Dinge untersuchten. Und die Polizei würde nur dann eingreifen, wenn der Verdacht eines Verbrechens vorläge.

»Was genau soll denn untersucht werden?«

»Wir wollen wissen, ob Barcks Selbstmord eventuell mit seiner Arbeit zusammenhängt. Oder schlimmer: ob womöglich ein Verbrechen vorliegt. Die dortige Polizei geht allerdings nicht davon aus.«

»Was steht denn auf dem Spiel?«

»Wir haben es mit einer ganzen Reihe von Risiken zu

tun – sowohl finanzieller als auch politischer Art. In einem Jahr wird der *riksdag* neu gewählt. Barcks Tod könnte unserer Regierung einen üblen Streich spielen.«

»Wie hat Sten Andersson nach der Bofors-Affäre in den Achtzigern das formuliert? Dann soll alles, was nach schmutziger Wäsche riecht, reingewaschen werden?«, hakte Max nach.

»Genau so hat er sich ausgedrückt.«

Strömberg lächelte.

Dass der heutige Außenminister Sten Andersson damals alles getan hatte, um die Sache schnellstmöglich aus der Welt zu schaffen, mussten sie nicht erst erwähnen.

»Aber diesmal soll es anders zugehen?«, fragte Max.

Strömberg nickte zum Zeichen, dass er verstanden hatte, worauf Max anspielte.

»Ich komme gerade aus einer Besprechung mit der außenpolitischen Sprecherin der Sozialdemokraten, Yvonne Niklasson. Die Partei hat beschlossen, die Sache intern zu klären und Ministerium sowie Regierung außen vor zu lassen. Das Ganze muss unter dem Radar laufen, ohne dass die erwähnten Instanzen Wind davon bekommen. Deshalb haben wir uns auch bei ihr zu Hause und nicht in der Parteizentrale getroffen.« Strömberg schüttelte leicht den Kopf. »Hat sich merkwürdig angefühlt und dann wieder genau wie früher – wie damals, als die wichtigsten Besprechungen in den privaten vier Wänden stattgefunden haben und im Nachbarzimmer komplett arglose Angehörige saßen … Aber es ist unerlässlich, dass von der Sache niemand erfährt. Wenn es doch so weit käme, würden Niklasson, die Partei und die Regierung jegliche Kenntnis weit von sich weisen.«

Yvonne Niklasson, dachte Max. War sie möglicherweise

verwandt mit Anton Niklasson, seinem Kontakt im Außenministerium? Vetternwirtschaft war dort bekanntlich keine Seltenheit. Ausgeschlossen wäre es also nicht, und das fühlte sich ungut an.

»Erzählen Sie mir mehr von Yvonne«, sagte Max.

»Sie war in ihrer Jugend als Rote Flamme aus Västergötaland bekannt – und das nicht allein wegen der Haarfarbe oder ihrer politischen Gesinnung. Sie hatte einen recht ausschweifenden Lebenswandel und diverse Liebeleien, was ihre Karriere anfangs auch ausbremste, weil sie ziemlich früh Mutter wurde. Aber eine überzeugte Sozialdemokratin bereits zu Schulzeiten. Hat sich Olof Palme auf den Arm tätowieren lassen. Eine kompetente, ehrgeizige Frau, der es gelungen ist, Kind und politische Karriere unter einen Hut zu bringen und sich innerhalb der Partei bis an die Spitze hochzuarbeiten.«

»Und warum kommen Sie damit zu mir?«, gab Max den Ahnungslosen.

»Sie hat mich angesprochen, weil ich einen Ermittler benennen soll. Und ich will Sie benennen.«

Max nickte langsam. Die Sache hatte Vor- und Nachteile. Möglichkeiten und Fallstricke.

»Warum ausgerechnet ich?«

»Sie wollen äußerste Diskretion. Deshalb brauchen sie jemanden, der bereits mit Barcks Welt vertraut ist – und das sind Sie in höchstem Maße. Und Sie sind schnell. Außerdem kann ich mich auf Sie verlassen.«

»Ich bin weder Experte für Suizide noch für Kapitalverbrechen.«

Darauf reagierte Strömberg nicht.

Er kannte Max durch und durch – und wusste eben auch, dass Max' Vater mit dem Wagen in eine Felswand gerast war, was später als Selbstmord deklariert wurde. Und er wusste überdies, dass Max diese Schlussfolgerung nie akzeptiert hatte.

»Nach welcher Methode soll ich vorgehen?«

»Folgen Sie einfach Ihrer Intuition. Improvisieren Sie. Nutzen Sie die Mittel, die Sie weiterbringen – innerhalb des Rahmens des Gesetzes, versteht sich –, und ohne dass Justizmaßnahmen notwendig würden. Die Polizei wäre nicht erfreut, wenn sie von dieser Untersuchung erführe. Dann wäre der Teufel los. Sie sind darin ausgebildet, an Informationen zu kommen, die höchste Diskretion erfordern. Machen Sie einfach alles so, wie ich es Ihnen beigebracht habe.«

Was Strömberg da sagte, hieß im Klartext, Spionage zu betreiben – eins der zentralen Themen, die Strömberg bei den Küstenjägern unterrichtet hatte.

»Wer war er?«, erkundigte sich Max. »Barck?«

»Abitur am Sven-Eriksson-Gymnasium in Borås. Studium der Politik- und Rechtswissenschaften in Uppsala. Dann Karlberg wie wir alle – nur eben später als Sie und ich.«

»Ich war bei den Kampftauchern«, warf Max ein, »nicht in Karlberg.«

»Ist heutzutage ein und dasselbe. Nach der Militärakademie hat Barck direkt im Außenministerium angefangen und ist dort geblieben. Ist aufgrund seiner Tätigkeit die meiste Zeit auf Reisen gewesen – in Afrika und im Nahen Osten.«

»Und was hat er in Jerusalem gemacht?«

»Dort war er außer Dienst, soweit ich weiß. Hatte sich ein paar Tage freigenommen. Dass Gustav ein tiefgläubiger Mensch war, ist allgemein bekannt.«

»Hat er Familie?«

»Nur die Schwester, die ich schon erwähnt habe, Jessica Barck. Ledig, genau wie Gustav.«

»Dann leben die Eltern nicht mehr? Und es gibt keine Kinder?«

»Die Eltern waren schon relativ alt, als Gustav zur Welt gekommen ist, und sind schon länger tot. Soweit wir wissen, keine Kinder. Die Untersuchung soll übrigens auch die Schwester beruhigen. Sie fängt schon an, alle möglichen Institutionen abzutelefonieren, und wird sicher Unruhe stiften. Es wäre nicht schlecht, wenn Sie wüsste, dass ihr Wunsch nach einer Ermittlung ernst genommen wird. Allerdings müssen wir das wirklich im engsten Kreis halten.«

Max nickte. Vektor war diesbezüglich die perfekte Tarnung. Trotzdem stellten die Unsicherheiten, die Max und Sarah im vergangenen Jahr durchlebt hatten, ein Problem für die Durchführung des Auftrags dar.

»Ich weiß ja nicht, über welche Kontakte Sie noch verfügen, aber man munkelt, die Säpo ermittelt gegen unseren früheren Vorstandsvorsitzenden und somit indirekt auch gegen uns. Für uns ist das ein Riesenproblem – und für Sie auch. Sofern wir den Auftrag annehmen.«

»Okay«, sagte Strömberg. »Ich sehe mal, was ich da tun kann.«

Der Oberst klappte seine Aktentasche auf und nahm einen Umschlag heraus, den er vor Max auf den Tisch legte.

»Da drin stecken ein kurzer Überblick über Barcks Leben und die Kontaktdaten seiner Schwester. Ich schlage vor, Sie melden sich zuallererst bei ihr. Dann fliegen Sie nach Jerusalem und versuchen, vor Ort zu recherchieren. Ich habe grünes Licht, dass ich Ihnen hunderttausend Kronen

Startkapital überweisen kann, um Ihre Kosten zu decken. Vektor soll einfach im Anschluss Ihre Arbeitszeit in Rechnung stellen.«

Max rührte den Umschlag nicht an.

»Das hier ist nicht nur eine wunderbare Gelegenheit, unsere gute Zusammenarbeit und Freundschaft wieder aufleben zu lassen«, sagte Strömberg. »Es ist auch eine Chance für Sie und Vektor, unserem Land zu dienen und Ihre Kritiker zum Schweigen zu bringen.«

Es war ein höchst ungewöhnlicher Auftrag, aber der Oberst hatte durchaus recht: Es würde ihr Problem ein für alle Mal lösen. Und auch auf der Gefühlsebene regte sich bei Max etwas, was er lange nicht mehr verspürt hatte – nicht mehr seit Charlie gestorben war. Bei allen Bedenken und Unklarheiten, was diesen Auftrag betraf, keimte auch ein klein wenig Hoffnung in ihm auf.

»Danke, Cornelius«, sagte er. »Lassen Sie mich das mit Sarah abstimmen. Ich melde mich dann.«

9

Sobald Strömberg Vektor verlassen hatte, betrat Max Sarahs Arbeitszimmer. Sie blickte wortlos von ihrem Bildschirm auf.

»Du kannst doch nicht für alle Zeiten sauer auf mich sein. Tut mir wirklich leid, dass ich die Sache im Außenministerium vermasselt hab. Und du hattest natürlich recht – die Zeiten ändern sich.«

Sarah nickte.

»Was gedenkst du in Sachen Außenministerium zu tun?«

»Ich gehe auf dem Heimweg dort vorbei, ich entschuldige mich und stelle ihnen in Aussicht, dass ich die Formulierung noch mal überdenke.«

Sarah zog eine Augenbraue in die Höhe.

»Das willst du wirklich machen? Dann nehme ich hiermit deine Entschuldigung an. Trotzdem muss ich dein Gehalt für diesen Monat einfrieren.«

»Du bist echt ein harter Knochen.«

»Nein, bloß ein Feigling. Wer hat dich denn gerade besucht?«

»Mein alter Befehlshaber.«

»Strömberg?«

Sarah legte die Füße auf den Tisch. Die schmalen Vorfußsohlen sowie die spitzen Absätze zeigten in seine Richtung.

»Ich bin ganz Ohr«, sagte sie.

»Ich soll die Schwester eines Selbstmörders beschwichtigen«, erklärte Max.

»Bitte?« Sarah sah gleichermaßen überrascht und ungläubig aus. »Warum denn das?«

»Damit sie nicht an die Regierung herantritt, wenn ich das richtig verstanden habe.«

»Wer ist der Selbstmörder überhaupt?«

»Gustav Barck, Mitarbeiter im Außenministerium im Bereich Waffenexport. Ist in Jerusalem aus dem neunten Stock gesprungen. Ich soll herausfinden, wie es dazu kommen konnte. Der Auftrag kommt von der außenpolitischen Sprecherin der Sozialdemokraten.«

»Und was hätten wir davon?«

»Wir dürfen meine Arbeitszeit in Rechnung stellen. Die Ausgaben begleichen sie im Vorfeld.«

Max hatte den Satz hastig beendet und runzelte die Stirn.

»Und? An und für sich klingt das gut, aber du siehst gerade aus, als steckte da noch ein bisschen mehr dahinter.«

»Es ist angeblich unsere Chance, wieder mal unserem Land zu dienen. Und unsere Kritiker zum Schweigen zu bringen.«

»Das hat er gesagt?«

Sarah nahm die Brille ab und wischte sich etwas aus dem Augenwinkel.

»Ich hab ihm von Charlie und der Säpo erzählt. Er will sehen, was er tun kann.«

»Um also unseren guten Namen wieder reinzuwaschen, sollen wir Geheimdienst spielen – als würde uns nicht genau das vorgeworfen.«

Sarah nahm die Füße vom Tisch und stand auf. Dann machte sie ein paar Schritte auf Max zu.

»Hat Strömberg wirklich solche Kontakte zur Säpo, dass er so etwas möglich machen kann? Eine Art Deal?«

»Wir wissen doch nicht mal, ob die Säpo wirklich gegen Charlie und uns ermittelt. Er war ja wohl kaum ein Landesverräter – allenfalls ein Informant der Briten. Und sollte Charlie tatsächlich illegal gehandelt haben, kann man ihn ohnehin nicht mehr zur Rechenschaft ziehen. Aber wenn irgendwer das herausbekommt, dann Strömberg. Er hat versprochen, alles dafür zu tun.«

»Wär schön, unter all das einen Schlussstrich zu ziehen.«

Max nickte.

»Ich weiß, du stehst ihm auch persönlich sehr nahe …«

»Aber?«, hakte Max nach.

»Deine Gesundheit ist wichtiger als das, was der Auftrag uns einbringen könnte.«

»Du meinst, wenn ich in einem Selbstmord ermittle, könnte das alte Wunden bei mir aufreißen? Danke, dass du dir Sorgen machst – aber du wirst mich ohnehin im Blick behalten. Denn wenn ich den Auftrag annehme, brauche ich deine Hilfe.«

»Schon klar«, sagte Sarah. »Trotzdem, wenn man bedenkt, worum es hier geht, ist es vielleicht keine allzu gute Idee.«

»Oder aber dieser Auftrag ist genau das, was du und ich derzeit brauchen.«

10

Max stand mit dem Rücken zur Oper am Gustav Adolfs torget und starrte auf den Eingang des Außenministeriums. Er hatte schon gut zwanzig Minuten lang gewartet und zig Leute aus dem Gebäudekomplex kommen sehen, die den späten Nachmittag lieber zu Hause verbringen wollten.

Zu guter Letzt tauchte auch Anton Niklasson auf – in Ledermontur. Er sah sich in alle Richtungen um, ehe sein Blick auf eine junge Frau fiel, die ein Stück vom Eingang entfernt stand. Sie trug eine rote Lederjacke und die dazu passende Handtasche, die sie sich unter den Arm geklemmt hatte, um die Hände für einen Motorradhelm freizuhaben. Sie umarmten einander, und Max wandte den Blick ab in Richtung Strömmen, als die Umarmung in einen Kuss überging. Sie erinnerte ihn an Paschie. Die gleiche Figur – und selbst das dunkle Haar umrahmte ihr Gesicht genau wie bei Paschie.

Nicht gerade das beste Timing, schoss es Max durch den Kopf. Anton hatte sich mit seiner Freundin verabredet, und ganz offensichtlich waren die beiden immer noch frisch verliebt. Aber er hatte es Sarah versprochen. Er überquerte die Straße und lief auf das Pärchen zu. Anton schwang sich auf die PS-starke BMW und wollte sich gerade seinen Helm aufsetzen, als Max sich näherte.

»Anton«, rief er, »tut mir leid wegen des Meetings heute Vormittag. Ich habe darüber nachgedacht, was Sie gesagt haben. Sie haben recht – ich nehme mir die Details noch einmal vor, auf die Sie mich hingewiesen haben.«

Anton sah ihn verwundert an.

»Erika, das ist Max Anger von Vektor«, sagte er.

Erika nickte ihm zu.

»Wie lange haben Sie mir denn schon aufgelauert?«, wollte er von Max wissen. »Dann stimmt es womöglich, dass Vektor zu den berüchtigtsten Spionageringen gehört?«

Wieder dieses selbstgefällige Grinsen.

Max grinste zurück und schüttelte den Kopf.

»Nein, ich wollte mich einfach nur persönlich bei Ihnen entschuldigen. Und zwar so schnell wie möglich. Ich setze mich noch mal an das Gutachten, wollte nur, dass Sie Bescheid wissen.«

»Das freut mich«, erwiderte Anton. »Dann hören wir voneinander – oder vielleicht sehen wir uns? Den Stand-up-Abend haben Sie hoffentlich nicht verdrängt?« Er lachte.

Erika setzte ihren Helm auf und bestieg das Motorrad hinter seinem.

»Darf ich Ihnen vielleicht noch schnell eine Frage stellen?«, ging Max dazwischen. »Sind Sie verwandt mit Yvonne Niklasson?«

Anton seufzte.

»Ich hätte es wissen müssen … Sie sind nur wegen meiner Mutter hier und kriechen zu Kreuze. Dann noch einen schönen Abend, Max.«

Er startete seine Maschine und fuhr davon.

11

Sarah stellte ihren Wagen in der Einfahrt vor ihrem Haus auf Tyresö ab. Durch das Fenster konnte sie Lisette in der Küche stehen sehen. Sie hatte sich über die Töpfe gebeugt, und eine Wasserdampfwolke umwaberte ihr blondes Haar.

Manchmal ist das Leben wie im Film, dachte Sarah. Nach genau so einer Szene hatte sie sich immer gesehnt.

Sie leerte den Briefkasten, weil sich Lisette darum nicht scherte, auch wenn sie derzeit vorübergehend daheim war und nichts zu tun hatte. Es komme ja doch keine Post für sie, sagte sie immer – was auch nicht weiter verwunderlich war, nachdem sie sich nach sechs Jahren in Namibia noch nicht wieder hier gemeldet hatte.

Die Realität holte Sarah sofort ein. Das Gefühlspendel im Film über ihr Leben schlug augenblicklich um ins Negative. Drei Fensterkuverts, alle an sie adressiert. Einer davon sah aus wie eine Mahnung. Sie schob den Fingernagel unter die Lasche und riss den Umschlag auf. Eine unbezahlte Stromrechnung. Wie hatte sie die vergessen können? Das Gespräch mit Max fiel ihr wieder ein – dass er damit leben konnte, fürs Erste kein Gehalt zu beziehen. Dass sie selbst sich schon seit einem halben Jahr kein Gehalt mehr ausgezahlt hatte, brauchte weder ihn noch Lisette zu interessieren. Trotz allem war es immer noch ihre Firma.

Was passierte eigentlich, wenn man seine Stromrechnung nicht bezahlte? In Schweden wurde doch wohl nicht einfach der Strom abgestellt wie in Polen oder Russland? Es wurde bald Herbst. Ließ man Leute in Schweden tatsächlich frieren?

Es klopfte gegen die Fensterscheibe. Eilig stopfte sie die Briefe in ihre Handtasche, legte ein Lächeln auf und blickte zu Lisette hinüber, die sie hereinwinkte.

In der Diele begrüßten sie einander mit einer Umarmung. Lisette war größer als Sarah. Sie drückte ihr Kinn an Lisettes Hals und spürte ihre Wärme. Aus der Küche duftete es nach frischen Kräutern – immer diese frischen Kräuter! Knoblauch, Basilikum, Koriander.

»Gestern gab es Mofongo. Und was hast du heute gezaubert?«

»Ein neues Rezept«, sagte Lisette. Ihr dänischer Akzent war nicht zu überhören. »Spaghetti vongole auf Asiatisch.«

»Du bist echt ein *feeder*«, sagte Sarah. »Denk dran, dass du am Strand neben mir liegen musst.«

»Ach, bis zum nächsten Sommer ist es noch lange hin. Komm rein und geh den Kindern Gute Nacht sagen, sie warten schon.«

Björns und Lisas Betten standen nur durch einen Nachttisch getrennt in ihrem gemeinsamen Kinderzimmer. Zuvor hatte jeder von ihnen ein eigenes Zimmer gehabt, doch dann hatte Sarah beschlossen, eins davon zum Arbeitszimmer umzufunktionieren, weil sie gehofft hatte, häufiger von zu Hause aus arbeiten zu können. Ihre Ehe hatte unverhofft eine zweite Chance bekommen, und sie war fest entschlossen, die Familie diesmal zusammenzuhalten. Außerdem fanden die Kinder es toll, sich ein Zimmer zu teilen, wie sich herausstellte. Womit hatte sie nur so großartige Kinder verdient? Das würde sie nie begreifen.

Sie setzten sich beide auf, als Sarah in ihr Zimmer trat.

»Mama, wir haben Wunschzettel geschrieben!«, rief Lisa.

Sommersprossen auf den Wangen. Augen, die vor Müdigkeit schielten. Braunes Haar, das zu Berge stand, als hätte sie bereits seit Stunden geschlafen – mit Mütze auf dem Kopf. Morgen würde sie baden und wieder mal ordentlich gekämmt werden müssen.

»Wir haben sie an den Kühlschrank gehängt«, ergänzte Björn. »Warte, ich hole sie schnell!«

Sarah setzte sich auf die Bettkante und legte die Hand an die Hüfte ihres Sohnes. Sein Körper war im letzten Jahr männlicher und schwerer geworden. Der Junge wurde langsam erwachsen. Manchmal wünschte sich Sarah, dass sie es verhindern könnte.

»Musst du nicht, Schätzchen. Ich gehe in der Küche nachsehen, wenn ich euch Gute Nacht gesagt habe. Ich schaue sie mir an, versprochen.«

»Lisette hat uns geholfen. Sie war echt cool!«

Lisette ist auch eure Mama, dachte Sarah. Also könnt ihr sie auch so nennen, ich bin deshalb schon nicht traurig. Aber es dauert wohl noch ein bisschen, bis wir wieder so weit sind.

»Okay, dann schlaft jetzt. Morgen müsst ihr wieder zur Schule.«

Sie gab jedem von ihnen einen Kuss auf die Stirn, knipste das Licht aus und zog vorsichtig die Tür hinter sich zu. In all den Jahren, die sie alleinerziehend gewesen war, war das unmöglich gewesen. Die Kinder hatten Abend für Abend darauf bestanden, dass sie bei ihnen blieb, bis sie eingeschlafen waren. In neun von zehn Fällen war Sarah dann selbst eingeschlafen. War das der Lisette-Effekt? Kapierten diese zwei Zwerge allen Ernstes, dass auch die Mütter Zeit für sich brauchten? Bescherte der Umstand, dass Lisette wieder da war, ihnen ein neues Gefühl von Sicherheit? Als gäbe es da ein Naturgesetz, dass zwei Elternteile nötig waren, um das System im Gleichgewicht zu halten. Oder waren ihre Kinder einfach nur verständiger geworden?

Sie trat von hinten an ihre Frau heran und schlang die Arme um sie.

»Sieht köstlich aus«, sagte sie mit Blick auf die Muscheln. »Wo hast du die her?«

»Ich habe einen Umweg durch die Stadt gemacht und war in der Östermalmshallen.«

»Ich merke jetzt erst, wie hungrig ich bin. Die Kinder haben Wunschzettel erwähnt …«

»Hängen am Kühlschrank.«

»Aber sie hatten doch schon Geburtstag?«

»Weihnachten«, erwiderte Lisette lächelnd. »Bis dahin sind es nur noch drei Monate, Frau Hansen.«

»Hast du auch einen Wunschzettel?«

»Du weißt, dass mein größter Wunsch immer schon eine New-York-Reise war.«

»Klingt verlockend!«

»Aber ich habe noch eine Idee.«

Lisette schnappte sich den Spaghettitopf und hielt ihn übers Spülbecken.

»Ich dachte mir, wir könnten uns noch ein bisschen darüber unterhalten, worüber wir am Wochenende geredet haben. Wenn du bereit wärst.«

Sarah schluckte.

Sie hatten diverse Vorhaben diskutiert: von Lisettes Traumreise nach New York – *ich war noch nie dort, das wollte ich schon mein Leben lang* – über einen Umbau des Hauses – *ich habe ja nicht dabei sein dürfen, als du es geplant hast* – bis hin zu einem Sabbatjahr auf Mallorca – *das machen schwedische Paare doch heutzutage, wenn es bei ihnen kriselt.* Sarah war insgeheim der Ansicht, dass Lisette einfach eine Aufgabe brauchte – oder irgendetwas, worauf sie hinfiebern konnte. Sie selbst war der Meinung, dass sie irgendein gemeinsames Projekt brauchten, um die Risse zu kitten, die zwischen ihnen immer noch da waren.

Vielleicht wäre die Reise nach New York trotz allem das Richtige? In einem todschicken Hotel in der Nähe des Central Park wohnen und die Vormittage im Bett verbringen. Bellinis zum Frühstück schlürfen.

»Was ist denn?«, fragte Lisette.

»Ich habe einen eher durchwachsenen Tag gehabt. Es läuft gerade nicht so gut, wie du weißt.«

»Das wird schon wieder. Du hast so was doch noch immer geschafft.«

Sarah nickte.

Ja, kann sein. Zumindest glaubst du das jedes Mal.

»Ein Auftrag ist den Bach runtergegangen. Der einzig handfeste, den wir hatten«, erklärte sie. »Allerdings ist dann was Neues am Horizont aufgetaucht.«

»Siehst du, das wird schon wieder. Worum geht's bei dem neuen Auftrag?«

»Einer von Max' alten Kontakten hat sich gemeldet. Ein eher ungewöhnlicher Job, nichts, was wir normalerweise machen würden. Ich bin ziemlich hin- und hergerissen.«

Lisette schreckte die Nudeln ab und träufelte Olivenöl und streute Meersalz darüber.

»Aber ihr habt zugesagt?«

»Ich mache mir Sorgen um ihn.«

Sie war selbst überrascht, wie unverblümt sie klang. Sie hatte es sich zuvor nicht eingestanden, doch genau dieser Umstand belastete sie gerade am meisten. Mehr als der Vermieter, mehr als die Mahnungen.

»Weshalb?«

»Weil mit diesem Auftrag wieder alte Wunden bei ihm aufbrechen können. Was damals mit seinem Vater passiert ist.«

»Was ist denn mit seinem Vater passiert?«

»Ich weiß es ehrlich gesagt nicht genau. Ich glaube, er ist in den Selbstmord getrieben worden. Allerdings ist Max da anderer Ansicht.«

Lisette nahm ihre Hand.

»Das Essen ist fertig. Max kommt schon klar. Du musst endlich aufhören, die große Schwester für ihn zu spielen.«

12

Max eilte auf den alten Mahagonischreibtisch in der Bibliothek zu. Legte die heutige Post auf den täglich anwachsenden Stapel mit ungeöffneten Briefen. Daneben lag Mamas Collegeblock mit den merkwürdigen Kopien und Notizen.

»Alles weg.«

Er drehte sich wieder vom Schreibtisch weg und angelte sein Handy heraus. Blätterte zu der Nummer durch. Ließ seinen Blick lange darauf ruhen, ohne etwas zu unternehmen. Er hatte sofort an Sofia Karlsson gedacht, als der Oberst erzählt hatte, worum es ging. Als Polizistin gehörte sie dem Personenkreis an, den er nicht in die Sache hineinziehen durfte, aber noch hatte er den Auftrag nicht angenommen und konnte tun und lassen, was er wollte. Er war sich sicher, er würde sich mit ihr unterhalten können, ohne den Auftrag zu gefährden.

Nach einer Ewigkeit drückte er auf Anrufen.

»Wir müssen uns treffen«, sagte er, als sie ranging. »Kannst du bei mir vorbeikommen?«

»Um diese Uhrzeit?«, gab Sofia zurück. »Waren wir uns nicht einig, dass das eine ganz blöde Idee ist?«

»Ich will nur reden.«

Eine halbe Stunde später stand Sofia vor seiner Tür. Sie trug zerrissene Jeans und ein hellgraues Poloshirt. Die Handtasche ließ sie zu Boden fallen. Im Vergleich zu sonst war sie kaum geschminkt und trug das aschblonde Haar offen. Sie war nicht in ihrer Rolle als Mordermittlerin der Rikskrim hier, sondern als Freundin.

Sie umarmten sich zur Begrüßung. Ein wenig unbeholfener als beim letzten Mal. Sofia ließ als Erste von ihm ab. Nachdem sie zuletzt gestritten hatten – es war in dieser Wohnung gewesen, früh am Morgen –, hatte keiner von beiden mehr an eine Fortsetzung geglaubt.

»Wie geht's deinem Vater?«, fragte Max.

Sofia und ihr Vater, der seine Zeit am liebsten in seinem Schrebergarten auf Södermalm verbrachte, hatten ein sehr vertrautes Verhältnis.

»Er hat ein Last-Minute-Schnäppchen nach Alicante gemacht. Wollte den Sommer noch ein bisschen verlängern.«

Max lächelte. Das klang fast so, als wäre es dem Vater endlich gelungen, über den tragischen Tod seiner Frau hinwegzukommen.

»Und selbst? Warst du im Sommer draußen auf Arholma?«

»Nein, dafür aber gestern erst. Ich denke darüber nach, das Haus zu verkaufen.«

»Was? Damit habe ich nicht gerechnet.« Sie berührte seinen Arm. »Du trainierst, wie ich sehe.« Lächelnd strich sie sich eine Strähne aus dem Gesicht.

»Jeden Morgen«, erwiderte Max. »Und zweimal die Woche Boxen.«

»In diesem zwielichtigen Stall in Vasastan?« Sie legte ihre dünne schwarze Jacke aus der Hand. »Warum bin ich hier, Max?«

»Komm, gehen wir rein.«

Um ihr zu beweisen, dass er es am Telefon ernst gemeint

hatte, bat Max Sofia in den großen Salon und nicht in das privatere Wohnzimmer im Obergeschoss oder in die Küche, die durch ihre Vorgeschichte belastet waren.

Den Salon benutzte er für gewöhnlich nicht. Max hatte die weißen Laken von den Möbeln gezogen und würde sie nach Sofias Besuch wieder darüberwerfen. Es war ihm wichtig, hier alles in Ordnung zu halten, und niemand durfte hier etwas durcheinanderbringen. Sofia ließ den Blick über die Gespenstergesichter auf den Ölgemälden und die aufgemalten Lilien unter der Decke wandern.

Sie hatte bei einem ihrer früheren Besuche eine Führung durch die Wohnung erhalten. Die Gespenster waren allesamt Angehörige der Borgenstierna-Dynastie, einer Adelsfamilie, in deren Besitz dieses Haus gewesen war, ehe Max es vom Letzten in der Erbfolge, Carl Borgenstierna, geerbt hatte. Carl war seinerzeit einer der einflussreichsten Juristen des Landes gewesen; seine Karriere hatte indes ein jähes Ende gefunden, als er sich in Tatjana verliebt hatte, eine fahnenflüchtige sowjetische Spionin und ausgerechnet Max' Großmutter. Sie hatte am 22. Februar 1944 während eines Fliegerangriffs auf Stockholm einen Sohn zur Welt gebracht, ehe ihr Herz einen Augenblick später aufgehört hatte zu schlagen. Dieser Sohn war Jakob Anger gewesen, Max' Vater.

Carl Borgenstierna hatte angenommen, dass Jakob sein Sohn gewesen sei, und sein Leben darauf verwendet, ihn zu beschützen. Er hatte ihn nach Arholma gebracht, so weit weg von Stockholm und russischen Agenten wie nur möglich und gleichzeitig nahe genug, um ihn im Blick behalten zu können.

Als es Max fünf Jahre zuvor gelungen war, Borgenstierna aufzuspüren, war er schnell zu dem Schluss gekommen, dass zwischen ihnen beiden wohl kaum Blutsbande bestanden. Nichtsdestoweniger hatte Borgenstierna ihm alles vermacht: das Haus mit dem Antiquitätengeschäft im Erdgeschoss sowie die Ostseestiftung mitsamt einem enormen Stiftungsvermögen, jedoch ruhte die Tätigkeit der Stiftung derzeit. Die violette Lilie entstammte dem Familienwappen und prangte sogar auf einem Schild im Riddarhuset.

Sie setzten sich einander gegenüber aufs Sofa. Sofia schlug die Beine übereinander und verschränkte die Arme.

»Ich habe die vergangenen Monate mehr oder weniger mit einem Beraterjob zugebracht«, hob Max an. »Und jetzt ist ausgerechnet in der Institution, die uns beauftragt hat, jemand ums Leben gekommen, was sowohl für mich als auch für Vektor Auswirkungen haben könnte. Anscheinend befürchten sie, dass es sich um einen Selbstmord handelt.«

»Hier in der Stadt?«, hakte Sofia nach. »Ist die Polizei hinzugezogen worden?«

»Nein, es ist nicht in Schweden passiert. Was mich beschäftigt, ist aber das Folgende: Wenn man irgendwo hinbeordert wird, wo ein Toter liegt – was lässt darauf schließen, dass es sich um einen Selbstmord handelt?«

Sofia lehnte sich leicht vor.

»Am häufigsten schließt man wohl aufgrund eines Abschiedsbriefs darauf.«

»Aber manchmal findet man auch keinen Brief, oder?«

»Klar, kommt vor. Meistens gibt es einen.«

»Wer begeht Selbstmord, rein statistisch betrachtet?«

»Etwa zwei Drittel der Selbstmörder in Schweden sind Männer. Im mittleren Lebensabschnitt sind es ungefähr doppelt so viele Männer wie Frauen, die sich das Leben nehmen. Es wird viel über Suizid bei Jugendlichen gesprochen, aber de facto sind es deutlich mehr Männer mittleren Alters. Fast immer stecken persönliche Krisen dahinter. Eine aussichtslose Situation. Familienquerelen. Konflikte oder Unzulänglichkeiten im engsten Bezugskreis.«

»Und *wie* begeht man Selbstmord?«, fragte Max. »Vor allem als Mann mittleren Alters.«

»Die üblichste Methode durch sämtliche Altersgruppen hindurch ist die Vergiftung – meistens in Form von Schlaftabletten. Männer zeichnen sich dadurch aus, dass sie sich erhängen. Und es sind fast ausschließlich Männer, die sich erschießen.«

Gustav Barck hatte unter dem Dach des Außenministeriums für eine Abteilung gearbeitet, die für die Freigabe von Spitzentechnologie- und Waffenexport-Deals zuständig war. Um überhaupt einen solchen Posten bekleiden zu können, hatte er einen akademischen Background und beste Arbeitsreferenzen gehabt. Sicher auch ein tiefer gehendes Interesse an Sicherheitsfragen. Barck hatte in Karlberg studiert. Wie kam es, dass ausgerechnet er sich dann nicht den Revolver unters Kinn gehalten hatte?

»Wie sieht es aus mit Sprüngen aus großer Höhe?«

»Extrem selten, auch wenn viele das Gegenteil annehmen«, erwiderte Sofia. »Da sind sogar bewegliche Objekte wesentlich häufiger.«

»Du meinst Autos, die vor einer Felswand nicht bremsen.«

Sie sah ihn lange an.

»Willst du dich wirklich damit beschäftigen – bei deiner Historie?«

»Glaub mir, hier geht es nicht um meinen Vater.«

»Geht es nicht immer um deinen Vater?«

Mit dieser Frage hatte sie bei ihm einen wunden Punkt berührt, und Max schwante, dass genau das ihre Absicht gewesen war. Es war fast, als stünde ein Teil von ihm immer noch in jenem Keller auf Arholma und versuchte, all die Fragen rund um seinen Vater, der zu Gewalt geneigt hatte, und um die Nachforschungen seiner Mutter zu klären. Der Collegeblock, der immer noch auf dem Schreibtisch in der Bibliothek lag, hatte sowohl gedanklich als auch gefühlsmäßig eine schier magische Anziehungskraft auf ihn. Anscheinend war es ihm nicht gelungen, das vor Sofia zu verbergen.

»Es fühlt sich irgendwie an, als wäre es meine Schuld, dass du diese Medikamente wieder nimmst«, sagte sie. »Du warst ein ganzes Jahr lang schon davon weg, aber als wir dich im letzten Jahr als Berater zu den Ermittlungen hinzugezogen haben, hast du wieder damit angefangen. Und danach ist es immer schlimmer geworden.«

Betreten schüttelte Sofia den Kopf. Sie wusste genau, dass er darüber mit ihr nicht reden würde.

»Du vermisst sie immer noch, hab ich recht?«

Mit dieser Frage hatte er nicht gerechnet. Aber es lag irgendwie auf der Hand. Der berühmte rosa Elefant, der immer dagestanden hatte, ganz gleich in welchem Zusammenhang sie sich getroffen hatten. Der ihr Verhältnis und sein Wohlbefinden dauerhaft beeinträchtigte. Die Freundin, die schwanger gewesen war, als sie verschwand. Paschie Kowalenko.

»Ja, ich vermisse sie.«

»Immer noch kein Lebenszeichen?«

»Nein.«

An der Tür gingen sie wieder förmlich und unbeholfen miteinander um. Keiner der beiden wollte den Abend wirklich beenden. Zumindest nicht so.

»Danke, dass du vorbeigekommen bist«, sagte Max.

»Ich hab immer noch nicht ganz verstanden, warum ich kommen sollte. Es gibt auch andere, Experten, die wesentlich mehr von Suiziden verstehen als ich.«

Sie machte einen Schritt auf ihn zu – nah genug, dass sie seinen Geruch in der Nase hatte. Er war herb und süßlich zugleich. Sie legte ihm die Hand an die Taille, fuhr mit den Fingern an seinem Ledergürtel entlang und hielt an der Gürtelschnalle inne.

»Du solltest inzwischen wissen, dass deine Geheimnisse bei mir sicher sind.«

Er sah weg. Sofia wusste, was das zu bedeuten hatte, und ließ ihn los. Dann schulterte sie ihre Handtasche. Sie hatte die große dabei.

»Weißt du, ob die Säpo uns immer noch im Visier hat?«, fragte Max. »Ob sie die potenzielle Verbindung zwischen Charlie Knutsson und den Briten weiterverfolgt hat?«

»Nein, keine Ahnung. Ich bin ja nicht bei der Säpo.«

Der Unterton in Sofias Stimme hallte immer noch nach, selbst als die Haustür im Erdgeschoss ins Schloss fiel. Ihr letzter Satz hatte enttäuscht geklungen. Als wäre sie davon ausgegangen, dass er ihre Gefühle ausnutzte, um an Informationen zu kommen. Max bereute, dass er diese letzte Frage gestellt hatte, aber jetzt war es zu spät, um sie zurückzunehmen.

Er ging wieder in die Bibliothek und kramte sein Handy hervor. Gustav Barck gehörte statistisch betrachtet zur größten Gruppe von Selbstmördern in Schweden. So weit, so unauffällig. Sofia hatte erzählt, dass die meisten Suizide einen familiären Auslöser hatten. Vielleicht hatte Barck sich ja ebenfalls aus rein privaten Gründen umgebracht und hatte eine Schwester hinterlassen, deren offene Fragen wohl nie beantwortet würden. Mit Barcks Schwester hatte er sich zwar immer noch nicht getroffen, und dennoch empfand er eine Art Verbundenheit mit ihr, mit ihrer Situation. Er wusste, wie es sich anfühlte, wenn der Tod mitten in den Alltag hineinplatzte, ohne dass man die Chance bekam, sich zu verabschieden, dafür aber mit einer Reihe unbeantworteter Fragen zurückblieb.

Als er sich mit Sofia unterhalten hatte, hatte er mit einem Mal das bestimmte Gefühl gehabt, dass hier etwas nicht stimmte. Wenn ein Mann sich aus freien Stücken entschied, aus dem Leben zu treten, ohne dass unmittelbar etwas vorgefallen wäre, dann sprang er nicht von einem Balkon. Eine solche Maßnahme wäre nicht nur ungewöhnlich, wie Max zunächst gedacht hatte – es wäre ein Zeichen tiefster Verzweiflung.

Als Cornelius Strömberg ans Telefon ging, teilte Max ihm mit: »Morgen fange ich an.«

13

Lawrence Watts III. wachte auf, als die Tür zu seinem Schlafzimmer aufging. Er drehte den Kopf zum Fenster, sah die Sonnenstrahlen, die zwischen den Zweigen der alten Trauerweide hindurchfielen.

Im nächsten Moment betrat Samson, der alternde schwarze Hausangestellte, das Zimmer.

»Sir, ich bitte um Entschuldigung, aber da ist ein Anruf für Sie aus Stockholm. Angeblich ist es wichtig – der Mann klang jedenfalls sehr überzeugend.«

Es gab nur eine Person in Schweden, die seine private Telefonnummer hatte.

»Danke«, sagte Lawrence. »Stellen Sie ihn durch.«

Samson nickte – ein Nicken, das stumme Zustimmung und Verbeugung gleichermaßen war.

Lawrence stemmte sich aus dem Bett und nahm den Hörer ab.

»Magnus, ich hoffe doch sehr«, sagte er auf Schwedisch, »dass Sie keine schlechten Nachrichten für mich haben.«

»Barck ist tot«, erwiderte Magnus. »Er hat sich in seinem Hotelzimmer in Jerusalem vom Balkon gestürzt.«

Eine Tragödie. Angesichts der bevorstehenden Ereignisse war es dennoch nicht ihre Aufgabe, einen dankbaren Abgesang auf Barck zu schreiben.

»Von einer gewissen politischen Seite soll ein Ermittler Barcks Tod untersuchen.«

»Woher wissen Sie das?«

»Ich persönlich habe das Profil des Kandidaten zusammenstellen sollen. Er hat gerade zugesagt und bucht sich einen Flug nach Jerusalem.«

»Weiß irgendjemand, dass wir in Kontakt stehen?«

»Nein, ich dachte mir, das ist besser so.«

»Wenn ich Ihnen ein Flugzeug bereitstellte, wie schnell könnten Sie in Jerusalem sein?«, fragte Watts.

»Morgen früh habe ich noch einen Termin im Krankenhaus. Anschließend könnte ich direkt los.«

»Dann treffen wir uns in Stockholm, wenn Sie wieder zurück sind. Ich komme so schnell wie möglich dorthin.«

Samson machte ein paar Schritte auf ihn zu, sobald er sein Telefonat beendet hatte. Mit behandschuhten Händen nahm er das Tablett an sich, das auf Lawrences Nachttisch stand.

»Noch einen Eistee, Sir?«

»Nein, rufen Sie am Flugplatz an und fragen Sie dort nach, ob mein Flieger betankt ist.«

Kurz nachdem Samson verschwunden war, lief Lawrence die breite, geschwungene Treppe hinunter ins Erdgeschoss und durch den Anbau ins Freie. Seine Gedanken kreisten immer noch um die Nachricht, die er soeben erhalten hatte.

Die Welt bestand doch aus Abermillionen Bedürfnissen und Begierden. Wenn man diese zusammensetzte, konnte man ein Muster erkennen. Wenn man nur den richtigen Blickwinkel einnahm, die richtigen Kenntnisse und Ressourcen hatte.

Er sah in Richtung des lang gezogenen, holprigen Schotterwegs, der sich zwischen den Bäumen hindurchschlängelte und sein Reich mit der Außenwelt verband. Die Bienenzucht lag etwa fünfhundert Meter vom Haus entfernt an einer leichten Anhöhe, wo sie durch die alte Trauerweide, die er durchs Fenster sehen konnte, vor der heißen Mittagssonne geschützt war. Vom höchsten Punkt aus konnte man das dreihundertfünfzig Hektar große Anwesen überblicken. In den Bäumen hing Louisianamoos. Gen Osten lagen der seichte Wasserlauf mit dem reichen Vogelleben, der lang gestreckte Pier und die Kähne, mit denen die Bediensteten hinausfuhren, um Garnelen und Krabben zu fangen, in westlicher Richtung die mit Trauerweiden gesäumte, lange Allee und Verbindungsstraße zwischen Plantage und Festland.

Das Haus mit seinem grauen Schieferdach, der breiten, säulengetragenen Veranda und den grünen Fensterläden war das älteste und besterhaltene der ganzen Gegend. Rundherum standen mehrere Nebengebäude: Stallungen, eine Garage und die Personalbehausungen. Früher einmal hatten die kleineren Hütten, die ein Stück abseits der Anhöhe lagen, Sklaven beherbergt, die auf der Baumwollplantage gearbeitet hatten. Wenn es nach gewissen Personen ging, sollte genau deshalb das Anwesen auch nicht mehr unter seinem angestammten Namen laufen, er entsprach einfach nicht mehr dem Zeitgeist. Aber der Zeitgeist war veränderlich. In der Familie hieß das Anwesen nach wie vor *Seabrok Plantation*.

Lawrence ließ die Gedanken schweifen – bis nach Jerusalem im Heiligen Land. So weit entfernt und doch stets so nah.

Dann ging es jetzt also los.

Aus einem der Bienenstöcke zog er einen Rahmen heraus. Um ihn herum schwärmten die Bienen aus. Er liebte dieses starke spirituelle Band, das zwischen ihm und den Insekten bestand.

Ihr schenkt den Pflanzen dieser Erde Leben.

Er schob den Finger in den Mund, schmeckte den Honig, genoss das süße Aroma. Die Königin war noch nicht alt.

Die Bienen schwirrten um ihn herum, setzten sich auf seine nackten Arme und an seinen Hals. Seit seiner Stationierung im Ausland war er gegen Bienengift immun – infolge seiner Arbeit mit Imkereien in Zentralasien. In Afghanistan, jenem Land, das die dortigen Kriegsherren selbst Grab der Imperien nannten.

Die spontane Eingebung, die ihm das Telefonat mit Stockholm beschert hatte, hatte sich von Minute zu Minute verfestigt und fühlte sich jetzt umso überzeugender an, da sein Körper von Leben bedeckt war.

Gustav Barck hatte sich das Leben genommen. Das konnte nur eines bedeuten. Seine Zweifel hatten ihn an den Abgrund geführt. Er hatte einen Ausweg gesucht und ihn lediglich an der Schwelle zu seinem Balkon gesehen. War als Hasenherz in den Tod gestürzt.

Lawrence ließ die Arme sinken, schüttelte sachte die Tierchen ab und kehrte zum Haus zurück. Die Börse in New York würde alsbald schließen. Er rief die Nummer seines Brokers an der Wall Street an.

»Mr. Watts«, sagte der Mann. »Was kann ich heute für Sie tun?«

»Ich will alles verkaufen.«

Lawrence hörte genau, wie der Mann am anderen Ende so trocken schluckte, dass er fast keine Luft mehr bekam.

Nach einer Weile erwiderte er: »Sie meinen wirklich *alles*?«

Lawrence war einer der größten Kapitaleigner des Landes. Seine Firma BE Investment Group war bei Weitem der wichtigste Kunde der Broker-Gesellschaft. Eine solche Reaktion war erwartbar gewesen.

»Hab ich irgendetwas verpasst?«, hakte er nach. »Was genau ist passiert?«

»Conrad, es hat sich eben so angehört, als hätten Sie fast Ihre Zunge verschluckt«, sagte Lawrence. »Wenn von diesem Gespräch auch nur eine Silbe durchsickert, sei es an Ihre Kollegen an der Börse oder an die Koksnutten, bei denen Sie Trost suchen, sobald die Börse schließt, sorge ich dafür, dass Sie noch viel größere Körperteile als Ihre Zunge schlucken müssen. Haben wir uns verstanden?«

»Ja, Sir, aber …«

»Sie verkaufen jetzt all meine Wertpapiere – außer die folgender vier Unternehmen.«

Dann zählte er ruhig und beherrscht ein Unternehmen nach dem anderen auf.

»Alles ein und dieselbe Branche«, stellte Conrad fest. »Sie wollen alles verkaufen, außer …«

»Hören Sie auf, alles zu kommentierten.«

»Verzeihung, ich …«

»Ich habe Sie im Visier, Conrad. Keine weiteren Fragen, keine Kommentare, kein Flurfunk, keine schnellen Schritte auf den Gängen, kein Wimpernzucken. Sie drücken jetzt einfach auf Ihren Knopf, tun wie geheißen und schicken mir anschließend die Auftragsbestätigung. Und dann wird nie wieder ein Wort darüber gesprochen, mit niemandem. Nicht mal mit Gott, wenn Sie beten.«

Arholma, im Juni 1982

Josefin Anger wurde mitten in der Nacht aus dem Schlaf gerissen. Draußen tobte ein Sturm, der mit schöner Regelmäßigkeit an Fenstern und Mauerwerk rüttelte. Durchs Fenster war kein Stern zu sehen, nichts außer ihrem eigenen Spiegelbild. Sie band den Gürtel des Morgenmantels fest um die Taille und lief die Treppe hinunter. In der Küche setzte sie Tee auf und nahm die Zigarettenschachtel zur Hand, auch wenn ihr ständig alle vom Rauchen abrieten. Sie schaltete das Radio ein und setzte sich mit der aktuellen *Norrtelje Tidning* an den Küchentisch.

Dort zündete sie sich eine Zigarette an und blätterte durch die Zeitung. Das schwarz-weiße Gewirr aus Buchstaben überforderte ihr müdes Gehirn. Worte und Sätze wie in einer Fremdsprache.

Jakobs Unfall war jetzt eine Woche her. Sie spürte immer noch seine Nähe im Haus und fragte sich, ob er je aus diesen vier Wänden verschwinden würde. Sein Geruch war am stärksten – in den Jacken in der Diele, in seinen Hemden im Schrank. Mitunter hatte sie ihm nachts im Halbschlaf Platz im Bett gemacht, nur um im nächsten Augenblick aufzuwachen und festzustellen, dass die Geräusche, die sie für Schritte gehalten hatte, bloß von der Treppe gekommen waren, die knarzte, wenn der Wind durch die Wände pfiff.

Sie hielt jäh bei einer Meldung inne, deren Wortlaut urplötzlich Bedeutung gewann. Ein Toter war aus dem Hafenbecken in Norrtälje geborgen worden. Ein gewisser Kenneth Bergström.

Woher kannte sie diesen Namen?

Sie zog ein paarmal tief an der Zigarette. Ja, allmählich war sie sich sicher: Jakob hatte ihn erwähnt.

Sie drückte die Zigarette aus und schlich hinunter in den Keller. Dort blieb sie stehen und starrte die Tür an, die seit einer Woche niemand mehr aufgesperrt hatte. Sie zögerte. Trotzdem – irgendwas zog sie hinein. Sie schob ihre Hand hinter den Wäscheschrank und nahm den Schlüssel vom Haken. Schob ihn ins Schloss, drehte ihn herum und machte die Tür auf.

Nirgends im Haus war Jakobs Anwesenheit stärker zu spüren als hier. Auf dem Tisch lag eine aufgeschlagene Zeitung, drum herum jede Menge Notizen, Zeitungsausschnitte, aufgerissene Briefumschläge. Ein Kaffeebecher an der Tischkante mit eingetrocknetem Kaffee.

Sie hatte einen Kloß im Hals, und ihr Brustkorb zog sich schmerzhaft zusammen. Als sie sich an den Schreibtisch setzte, trat sie versehentlich gegen einen Gegenstand und sah unter dem Schreibtisch nach. Ein Karton. Als sie sich wieder aufrichtete, fiel ihr Blick auf den Wandkalender. Dort, am 6. Juni, an Jakobs Todestag, stand der Name. Kenneth Bergström. Jakob war am Vormittag mit ihm verabredet gewesen. Am selben Nachmittag hätte er sich mit *Albrektsson, Kriegsmaterialinspektion* treffen wollen.

Von jenem Tag, der ihr Leben auf den Kopf gestellt hatte, wusste Josefin lediglich, dass Jakob ihren Wagen zur Inspektion nach Norrtälje bringen und anschließend etwas in Stockholm hatte erledigen wollen.

Wie passte Bergström da ins Bild? Der Zeitungsmeldung zufolge hatte er mehrere Tage im Wasser gelegen. Dann war er also zur gleichen Zeit oder kurz nach Jakob ums Leben gekommen. Aber wer war er?

Sie schloss die Augen, hörte Jakobs Stimme.

Ich bin da auf etwas gestoßen, was ich den Behörden mitteilen muss.

Sie wusste natürlich, welche Behörden damit gemeint gewesen waren: die Kriegsmaterialinspektion und die Führung des militärischen Nachrichtendienstes. Sie starrte auf den Artikel hinab, der aufgeschlagen auf dem Schreibtisch lag. Darin ging es um einen Exportskandal – schwedische Flugleitsysteme, die an die Sowjets verkauft worden waren. Das, worauf er gestoßen war, hatte unter Garantie damit zu tun. Jakob hatte immer wieder Versuche unternommen, mit den Behörden in Kontakt zu treten. Und die Sowjetunion spielte dabei eine Rolle, da war sie sich sicher.

Worum geht es hier?, fragte sie sich. Was soll ich denn jetzt machen?

Sie nahm den Altpapierkarton vom Fußboden hoch und leerte ihn über der Tischplatte aus. Dann wühlte sie sich durch die Papiere, ohne zu wissen, wonach sie suchte.

Irgendwann fand sie etwas, und ihr stockte der Atem. Sie hielt eine Auftragsbestätigung von der Autowerkstatt in Norrtälje in der Hand. Der Mechaniker hatte sie selbst unterzeichnet.

Kenneth Bergström. Der draußen im Hafen aus dem Wasser gefischt worden war.

Um sie herum geriet der Raum ins Wanken.

Wie so oft kehrten ihre Gedanken zu ihrem Sohn zurück. Max hatte sich instinktiv geweigert zu glauben, dass sein Papa verunglückt war. Er hatte das Temperament seines Vaters geerbt, und er würde jede Sekunde seines Lebens darauf verwenden herauszufinden, was Jakob zugestoßen war. Und damit sein eigenes Leben ruinieren, genau wie sein Vater es getan hatte. Er würde alles von dieser Besessenheit durchdringen lassen …

Das durfte nicht passieren.

Ihr schwirrte der Kopf.

Hatte Bergström von Jakobs Unfall erfahren? War ihm in der Werkstatt irgendein schicksalhafter Fehler unterlaufen, der dazu geführt hatte, dass Jakob die Kontrolle über sein Fahrzeug verloren hatte? Hatte er sich anschließend aus schierer Verzweiflung darüber in einer der Hafenkneipen betrunken und war auf dem nächtlichen Heimweg ins Becken gestürzt? Dass Betrunkene von Pieren und Kaimauern ins Hafenbecken fielen, war nicht ungewöhnlich.

Hatte er sich das Leben genommen?

Oder hatte er die Bremsen manipuliert? Und war anschließend zum Schweigen gebracht worden?

Sie hielt sich die Stirn und versuchte, ruhig zu atmen, um den Schwindel zu vertreiben.

Im selben Moment kam ihr noch ein ganz anderer Gedanke. Konnte dieser Albrektsson damit zu tun haben? Der Mann, den Jakob nach dem Termin in der Werkstatt hätte treffen sollen? Hatte die bevorstehende Besprechung mit dem Kriegswaffeninspektor Jakob das Leben gekostet?

Sie wusste nicht mehr, was sie sagen oder denken, was sie sich einreden sollte.

Mein Mann hatte einen tödlichen Autounfall. Einen Unfall, nichts anderes.

Donnerstag, 6. September

14

Anton Niklasson stand unter der Dusche und ließ das heiße Wasser über Nacken und Rücken laufen. Er schloss die Augen und hoffte, dass die Gedanken, die ihn am Vorabend verärgert hatten und jetzt am Morgen wiedergekehrt waren, sich endlich verziehen würden.

Die Tür zum Bad ging auf, und er drehte sich um. Durch das beschlagene Plexiglas konnte er Erikas milchweißen Körper sehen. Sie sah aus wie ein Energiefeld aus Licht. Ihr dunkelbraunes Haar fiel über die Schultern bis auf die großen Brüste hinab. Frech trippelte sie auf die Dusche zu, als wollte sie ihn überfallen. Sie drückte einen Kuss auf die Kabinentür.

»Willst du Gesellschaft?«

Er lächelte, schob die Tür auf und zog sie zu sich herein.

»Komm her.«

»Oh, ganz schön warm«, stellte sie fest und presste die Brüste an seinen Leib.

»Man gewöhnt sich daran.«

Erika strich ihm durch das nasse Brusthaar bis hinauf zu der Goldkette mit dem Kreuz, die er um den Hals trug.

»Ich hab noch nie gesehen, dass du das abgenommen hast.«

Neugierig sah sie ihn an.

»Das habe ich nicht von einer anderen, wenn du das denkst«, erwiderte er und gab ihr einen Kuss.

»Immer diese Geheimnisse!«

»Die Kette hat mir Gustav, mein Mentor, zur Konfirmation geschenkt.«

»Wer ist dieser Gustav?«

»Ein alter Freund meiner Mutter.«

»Wie, *Freund*? Ein Liebhaber oder was?«

»Nein, ein alter Vertrauter. Den kenne ich, seit ich denken kann. Er ist immer an meinem Geburtstag vorbeigekommen und hat was mitgebracht. Er arbeitet auch fürs Außenministerium und ist mir bis heute ein guter Ratgeber.«

Anton griff nach dem Duschgel und drückte einen Klecks in die offene Hand. Seifte ihr die Schultern ein, die Achseln, die Brust.

»Du warst gestern komisch«, sagte Erika. »Und ich hab gemerkt, dass du schlecht geschlafen hast. Das war wegen diesem Typ, oder, der nach der Arbeit auf dich gewartet hat? Dieser Max?«

»Ach, der spielt keine Rolle. Bloß ein bisschen Stress bei der Arbeit. Das ist nicht der Rede wert.«

Er verstrich das Duschgel auf ihrem Rücken bis zu ihrem Hintern.

»War's wegen der Frage, die er dir gestellt hat? Über deine Mutter?«

»Erika, müssen wir wirklich darüber reden?«

»Mich vögeln geht schon klar, aber du erzählst nie etwas von dir, von deinem Leben. Wir sind jetzt seit vier Monaten zusammen, und ich will einfach mehr von dir wissen, Anton.«

»Es ist einfach so, dass die Leute sich anders verhalten, sobald sie wissen, dass ich Yvonne Niklassons Sohn bin.«

»Ach, du Ärmster.«

»Hör auf damit«, sagte Anton und grinste.

Er strich ihr über die Taille, sodass es kitzelte. Sie wand sich aus seinem Griff.

»Und dein Vater?«, fragte sie mit einem Kichern in der Stimme. »Wer ist das?«

Anton schüttelte den Kopf.

»Hab keinen Vater. Meine Mama spielt gerne Gott, okay? Sie hat sich quasi selbst befruchtet. Und als ihr dämmerte, dass ihr Sohn vielleicht auch einen Vater brauchen könnte, hat sie Gustav gebeten, die unbesetzte Rolle zu übernehmen. Darüber bin ich echt froh.«

»Das Kreuz ist aus Gold«, stellte sie fest.

Er zog sie enger an sich heran.

»Ist das einzige Konfirmationsgeschenk, das ich bis heute trage – überhaupt das einzige, an das ich mich noch erinnern kann. Du glaubst gar nicht, wie froh ich war, als ich ihn damals bei der Feier entdeckt habe. Nicht nur weil er mir ein Geschenk gemacht, sondern weil er sich für mich Zeit genommen hat. Kam im Anzug, hatte echt Stil. Im Unterschied zu den ganzen Bauerntrampeln und Sozen, die meine Mutter sonst so eingeladen hatte. Mit ihm habe ich mich enger verbunden gefühlt als mit allen anderen, die da waren. Und das können ja wohl die wenigsten über ihre Väter sagen.«

»Trefft ihr euch denn noch?«

»Wir versuchen meistens, zusammen mittagessen zu gehen, wenn er in der Stadt ist. Irgendwo in einem schicken Lokal in der City, das er aussucht. Das letzte Mal hat er abgesagt. Er ist viel unterwegs.«

Erika nestelte erneut an dem Kreuz um seinen Hals.

»Dann will dieser Gustav also, dass du ein guter Christ bist?«

»Er gibt mir so manche Ratschläge, was ich sein oder nicht sein soll. Siehst du, ich brauche gar keinen Vater.«

Er nahm ihren Kopf in beide Hände und beugte sich zu ihr hinab, um sie zu küssen.

»Und jetzt ist doch die Frage, was ich mit dir machen soll, Erika«, sagte er. »Wo du doch nur Sünde in mein Leben bringst.«

15

Magnus Bexton lag reglos in seinem Krankenhausbett. In der vergangenen Stunde waren diverse Ärzte mitsamt Pflegepersonal da gewesen, inzwischen war er wieder allein mit den Maschinen.

Um ihn herum schimmerte alles steril und weiß wie Phosphorfeuer. Seine Augen machten in einer solchen Umgebung immer noch Probleme, besonders wenn auch noch die Sonne durchs Fenster schien und von den kahlen weißen Wänden reflektiert wurde.

Nachdem er sich ausgezogen hatte, waren für die Behandlung zwei Schwestern nötig gewesen. Immer schickten sie neue Frauen, oftmals aus Ländern dieser Erde, in denen sie gesehen hatten, was er gesehen hatte, und in denen nicht nur die Erde brannte, sondern auch Menschen brannten.

Die Reaktion war immer die gleiche. Immer die gleichen unausgesprochenen Fragen. Es fing an mit der Dame am Empfang, wenn er kam: ein muskulöser Mann mit verspiegelter Sonnenbrille und schwarzen Nylonhandschuhen. Alles noch halbwegs normal. Doch sobald sie den Blick von der Tastatur hob und ihm ins Gesicht sah, entglitten ihr die Züge.

Er sah aus wie eine Wachsfigur, die geschmolzen und wieder erstarrt war. Verzerrt zur Unkenntlichkeit.

Ein Mann, der seiner äußeren Erscheinung beraubt worden war.

Wenn sie ihm die Kleidung abnahmen und seine verbrannte, vernarbte Haut einsalbten, konnte er ihren Duft riechen. Ihr billiges Parfüm, den Schweiß, die Haare, das Geschlecht. Der Schmerz, den sie ihm bereiteten, war derart intensiv, dass er davon schier von Sinnen war.

Heute waren es zwei junge Krankenschwestern gewesen. Wie alt mochten sie gewesen sein? Fünfundzwanzig, sechsundzwanzig? Die eine blond, die andere brünett. Sie hatten ausgesehen wie zwei Schulkameradinnen, die bei einem Praktikum »irgendwas mit Menschen« machen wollten. Das lange Haar zum Pferdeschwanz zusammengezurrt. Hohe Taille, füllige Körper. Ganz aufgekratzt bei dem Versuch, den Schrecken zu überspielen. Sie hatten mit ihm gesprochen, als wäre er ein gebrechlicher alter Mann oder ein kleiner Junge, der seine Motorik noch nicht ganz beherrschte.

Habt ihr Mitleid mit mir? Soll ich euch meine Geschichte erzählen? Was bekomme ich von euch im Gegenzug dafür?

Seine Fantasie ging mit ihm durch.

Mit meiner Motorik ist rein gar nichts verkehrt.

Unter dem Bett stand der Luftbefeuchter und pustete vor sich hin, blies warme, feuchte Luft über seine brennenden Beine. Neben ihm stand ein Galgen mit einem Beutel Kochsalzlösung. Die Flüssigkeit tröpfelte über einen Schlauch und Ventile in die Ballons unter der Haut seiner Oberschenkel. Die Beine beulten sich unter der gedehnten Haut. Diese Haut würde irgendwann transplantiert und seine verbrannte Gesichtshaut ersetzen.

In Schweden betäubte man bei derlei Behandlungen nicht. Der Patient lag hellwach da und betrachtete stundenlang einsam seinen Körper, allein mit seinen Gedanken, ohne jede Ablenkung. Die innere Stimme als einzige

Gesellschaft. Nach jeder Behandlungseinheit wurde einem schlecht, und erst wenn er den kompletten Mageninhalt von sich gegeben hatte, wurde es wieder besser.

Die ersten Behandlungen hatte ich in Afghanistan. Von einem Amerikaner namens Lawrence Watt. Er war mein Retter. Ein Mann, der zupackte, der die diplomatischen Winkelzüge der Politiker in die Tat umsetzte. Ein Pionier, der ihnen die Zukunft weisen sollte.

Um mir das Leben zu retten, hatte der Amerikaner Wachs aus Bienenstöcken entnommen. Eure Ärzte würden mir kein Wort glauben, wenn ich ihnen erzählte, welche heilende Kraft in Honig steckt, wenn man schwerste Brandverletzungen behandeln will. Gegen Infektionen effektiver als jedes Antibiotikum. Damals war ich ewig betäubt gewesen. Als ich wieder aufwachte, hatte neue Haut meinen Körper zusammengehalten.

Watts brachte mir bei, dass der erste Honig aus den Tränen des Gottes Ra, des altägyptischen Sonnengottes, entstanden war. Dem antiken Glauben zufolge standen Bienen für das Leben, die Geburt, den Tod und die Wiederauferstehung. Für Weisheit und Unsterblichkeit. Für Treue und unermüdliche harte Arbeit.

Im Gegensatz zu den Menschen fliegen Bienen nicht von Blüte zu Blüte, weil sie der Süße nachjagen. Wusstet ihr das, Mädchen? Sie sind loyal und kehren wieder, sobald sie ihren Nektar gesammelt haben.

Einer Biene würde nie einfallen, sich in ein fremdes Volk einzuschleichen.

Von der Schleuse zu seinem Zimmer waren Geräusche zu hören, es kam jemand, und seine Gedanken waren sofort wieder im Hier und Jetzt. Bexton schluckte seine Übelkeit hinunter und schlug die Augen auf. Es war eine der

Krankenschwestern. Sie trat an den Beutel mit der Kochsalzlösung. Ihm war von den Schmerzen ganz schwindlig, sodass ihr Gesicht auf ihn wie eine Art Wachtraum wirkte. Als sie neben ihm stehen blieb, so nah und ganz allein, spürte er eine Verbindung zu ihr, als wäre sie in seinen Gedanken bei ihm gewesen.

Willst du hören, was mit mir passiert ist? Und wie ich meinen Glauben gefunden und gelernt habe zu beten?

Er hob die Hand und streckte sie nach ihr aus.

Soll ich euch erzählen, wie sich Fleisch anhört, das verbrennt? Und wie Angst riecht?

Bexton hatte kaum die Hand zurückgezogen, als sie sich unvermittelt zu ihm umdrehte und ihm direkt ins Gesicht sah. Er fing ihren Blick auf.

Sei vorsichtig, was du dir wünschst.

16

Von der breiten Straße, die von der Tranebergsbron westwärts verlief, bog Max ab auf eine der Gassen, die durch das Einfamilienhäuseridyll in Bromma führten. Als er die Straße fand, in der Gustav Barcks Schwester Jessica wohnte, sah er gerade noch, wie ein grauer Ford davonfuhr. Der Fahrer hatte es anscheinend ziemlich eilig, zumindest war er mit quietschenden Reifen angefahren.

Max stellte seinen Wagen ab, stieg aus und sah dem Ford nach, obwohl der längst verschwunden war. Dann blickte er sich um. Stattliche Häuser mit weitläufigen Gärten – Trampoline und Schaukelgerüste inklusive. Hier und da sogar ein Pool.

Er ging die Vordertreppe hoch, blieb vor der dunkelbraunen Haustür mit Glaseinsatz stehen und klingelte. Kurz darauf tauchte in der Scheibe ein Frauengesicht auf. Er hob die Hand zum Gruß, und sie machte ihm auf.

»Jessica? Wir haben vorhin miteinander telefoniert«, sagte er.

»Dann sind Sie Max Anger?«

Sie trug einen Strickpullover mit Norwegermuster. Genau wie ihr Bruder war auch sie groß und sportlich gebaut. Ihr dickes blondes Haar hatte sie zu zwei Zöpfen geflochten.

»Kommen Sie rein.«

Sie durchschritt die Diele mit der weiß-goldfarbenen

Blümchentapete und führte Max in die Küche, wo sie sich an einer großen Kücheninsel mit einer grauen Steinplatte niederließ. Max sah sich erst einmal um – eine großzügige Küchenlandschaft, die aussah, als wäre sie eher von einem Industriedesigner als von einem Inneneinrichter geplant worden. Solche Küchen hatte er bislang nur in Hochglanzmagazinen gesehen. Sie erinnerten ihn an deutsche Flugzeughangars und kosteten ein Vermögen.

Jessica legte die Hände um einen dampfenden Kaffeebecher und deutete mit dem Kinn auf die Kaffeekanne, doch Max schüttelte den Kopf.

»Mein Beileid«, sagte er. »Ich habe den Auftrag erhalten, die Umstände zu untersuchen, die zum Tod Ihres Bruders Gustav geführt haben. Es handelt sich hierbei nicht um eine offizielle Ermittlung, denn es gibt aktuell keinerlei Hinweise auf ein Verbrechen, und ich bin auch kein Polizist.«

»Was sind Sie dann?«

»Ich arbeite auf freiberuflicher Basis für schwedische Unternehmen und Institutionen. Die meisten Aufträge haben mit Sicherheitsfragen zu tun. Ich war früher beim Militär und arbeite unter anderem für das Außenministerium. Mein Arbeitgeber ist Vektor, aber Sie bekommen von mir ein komplettes Profil. Wenn Sie nichts dagegen haben, würde ich mir während unseres Gesprächs gern Notizen machen.«

»Völlig in Ordnung«, erwiderte Jessica. »Wo fangen wir an?«

Max klappte seine Schultertasche auf und nahm Stift und Papier heraus.

»Vielleicht könnten Sie mir zunächst einmal schildern, wie Ihr Verhältnis zu Gustav war.«

Jessica wischte sich einen Fussel aus dem Augenwinkel.

»Haben Sie Geschwister?«

Max schüttelte den Kopf.

»Es gibt Geschwister, die alles miteinander teilen und sich gegenseitig stützen, durchs Leben tragen. Gustav und ich hatten nicht ganz so viel Kontakt. Und jetzt, seitdem er nicht mehr da ist, kommen die unterschiedlichsten Gefühle für ihn in mir hoch. Vielleicht ist das auch ein Zeichen von Selbstmitleid; immerhin bin jetzt nur noch ich übrig.«

Sie zuckte leicht mit den Schultern. Zwang sich zu einem entschuldigenden Lächeln.

»Wann hatten Sie zuletzt Kontakt, Sie und Gustav?«, fragte Max.

»Genau heute vor einer Woche. Da haben wir telefoniert.«

»Hatten Sie regelmäßigen Telefonkontakt?«

»Nein, gar nicht. Meist nur, wenn praktische Dinge anstanden. Er war immerhin hier gemeldet, das wissen Sie vielleicht.«

»Nein, wusste ich nicht«, entgegnete Max.

»Er war so viel auf Reisen, dass er irgendwann seine Wohnung verkauft hat. Trotzdem brauchte er eine Adresse in Schweden. Wenn er zwischendurch kurz hier war, hat er im Hotel gewohnt.«

»Und als Sie zuletzt telefoniert haben, wollte er Sie da treffen?«

»Nein, er war wie immer nur kurz in der Stadt, weil ein Meeting anstand, meinte er. Ich habe ihn zum Abendessen eingeladen, aber er hatte vor, mit irgendwelchen Kollegen ein Konzert in der Filadelfiakyrkan zu besuchen, und sollte tags darauf schon wieder abreisen.«

»Weshalb hat er dann angerufen?«

»Das weiß ich ehrlich gesagt auch nicht genau.«

Jessica setzte sich auf ihrem Hocker zurecht.

»Er wollte mir einen Tipp geben, meinte er. Und dieser Tipp hat mich dann nächtelang wach gehalten. Jetzt im Nachhinein kommt es mir fast wie eine Warnung vor. Er klang so …«

Sie brachte den Satz nicht zu Ende.

»Ich kann mir vorstellen, dass das alles für Sie erschütternd sein muss«, sagte Max.

»Man glaubt ja immer, man kennt den Menschen, mit dem man aufgewachsen ist.«

Oder mit dem man zusammengelebt hat, dachte Max. Er sah die leeren Schubladen in der Wohnung in Gamla stan vor sich. Immer war Paschie diejenige gewesen, die darauf bestanden hatte, dass sie reden mussten, und die nichts davon hielt, Konflikte einfach auszusitzen, bis sie am Ende nur noch größer würden. Über Gefühle und Bedürfnisse müsse man reden. Trotzdem hatte sie ihn sitzen lassen, ohne ein Wort des Abschieds. Nicht eine Zeile mit einer Erklärung. Manchmal fühlte es sich an, als hätte er sie in Wahrheit nie gekannt. Als wäre sie niemals da gewesen.

»Mal abgesehen von unseren Eltern hatten wir im Grunde nichts gemeinsam«, fuhr Jessica fort. »Als wir von zu Hause ausgezogen sind, hielt uns im Großen und Ganzen nichts mehr zusammen. Ich habe ihn nie vermisst, können Sie sich das vorstellen? Meinen eigenen großen Bruder. Das ist jetzt anders.«

»Haben Sie sich nach der Zeit in Borås denn nie getroffen? Sie haben doch beide jahrelang in Stockholm gewohnt.«

»Schon, wir hatten so eine Art Tradition, dass wir uns kurz vor Weihnachten zum Mittagessen verabredet haben.

Um einander wieder auf den neuesten Stand zu bringen, sozusagen. Als er immer öfter auf Reisen war und dann auch das ganze Jahr im Ausland verbrachte, ist diese Tradition eingeschlafen. Da haben wir nur noch gelegentlich telefoniert.«

»Dieses letzte Telefonat«, sagte Max, »um was für einen Tipp hat es sich da gehandelt?«

»Er meinte, ich sollte alles veräußern, was ich an Wertpapieren besitze. Er hat eine ganze Weile ohne Punkt und Komma auf mich eingeredet, ich bin überhaupt nicht mehr zu Wort gekommen. So hatte ich ihn noch nie erlebt – es wirkte fast, als hätte er es eilig, sich das alles von der Seele zu reden. Klang ein bisschen wie eine Weltuntergangspredigt – als würde unser letztes Stündchen schlagen. Wenn ich's nicht besser gewusst hätte, dann hätte ich geglaubt, dass er betrunken war.«

»Wo hat er gewohnt, wenn er in Stockholm war?«, wollte Max wissen.

»Im Diplomat.«

»Ist er dann mit dem Auto oder mit dem Bus durch die Stadt gefahren?«

Jessica musste lachen und schüttelte den Kopf.

»Was ist das denn für eine Frage?«

»Ich versuche nur, mir ein Bild von ihm zu machen«, sagte Max.

»Taxi. Er ist immer mit Taxi Stockholm gefahren. Öffentliche Verkehrsmittel hat er zutiefst verabscheut. Das hatte schon während der Kadettenschule angefangen und ist in seiner Zeit im Außenministerium kein bisschen besser geworden.«

»Ich habe gelesen, dass er das Militär verlassen hat. Warum?«

»Ich glaube, Gustav war immer nur am guten Ruf von Karlberg interessiert. Er meinte, Karlberg sei die beste Kaderschmiede für Führungskräfte in ganz Schweden. Einen Militärposten hat er nie angestrebt. Er war immer schon drauf aus, ins Außenministerium zu wechseln.«

»Hat er aus dieser Zeit noch alte Bekannte?«

»Ich habe seine Freunde nie kennengelernt. Ich weiß, dass er in Karlberg eine Art Clique hatte, mit der er viel unternommen hat. Glaube, das waren Jungs, zu denen er aufblickte, aus besseren Kreisen. Nun sind wir selbst auch nicht von schlechten Eltern, wie man so schön sagt, aber so etwas ist mir nicht wichtig. Verarmter alter Adel, der sämtliche sozialen Privilegien schon vor Urzeiten eingebüßt hat.«

Wieder lachte Jessica ihr resigniertes Lachen.

»Diese Adelssache ist heutzutage doch keinen Pfifferling mehr wert. Trotzdem hat Gustav versucht, die Fahne hochzuhalten, als wären wir irgendwer. Oder als wäre er irgendwer.«

»Hatte er Freundinnen?«, fragte Max.

»Nein, nicht dass ich wüsste. Ich fand das immer komisch. Er sah doch eigentlich gut aus. Ja klar, er hatte damals in Borås eine feste Freundin, aber das ist in die Brüche gegangen. Ich weiß auch nicht, vielleicht ist er nie darüber hinweggekommen?«

»Und Kinder?«

Jessica starrte mit zusammengebissenen Zähnen in ihren Kaffeebecher.

»Gustav wollte nie Kinder«, sagte sie und blickte bedächtig auf. »Ausgerechnet darüber haben wir einmal sogar gesprochen.«

»Warum wollte er keine Kinder?«

»Er meinte, in so eine Welt sollte man keine Kinder setzen. Wie verstehen Sie das?«

Max konnte nachvollziehen, wie man auf so einen Gedanken kam. Immer wenn er in letzter Zeit an Paschie gedacht hatte, hatte er sich gefragt, ob er insgeheim hoffte, dass sie ihr Kind behalten hatte, oder eher nicht. All die Male, die er zu dem Schluss gekommen war, dass es gewiss besser wäre, wenn das Kind nie zur Welt gekommen wäre, hatte es sicher teils daran gelegen, dass ihre Beziehung gescheitert war. Teils aber auch daran, dass er in dieser Welt schon Sachen erlebt hatte, die kein Kind je erleben sollte.

Was hatte Barck erlebt, das er keinem Kind zumuten wollte? Und das zu seiner Weltuntergangswarnung geführt hatte? Zu seinem Sturz vom Balkon?

»Soweit ich weiß, war er sehr gläubig. Sind Sie das auch?«

Jessica schüttelte den Kopf.

»Wir haben alle beide während des Studiums in Sünde gelebt, wie man so sagt. Oder anders: Wir waren nicht allzu oft in der Kirche.«

»War er als Student dem Alkohol zu- oder eher abgeneigt?«

Jessica musste lachen.

»Gustav hat sich damals einen Namen gemacht, indem er sämtliche Kneipenwirte in Uppsala zur Aufgabe gezwungen hat. Er war viermal die Woche feiern – mindestens!«

»Meinen Informationen zufolge war er gläubig und Abstinenzler, was im Nahen Osten für ihn sicher von Vorteil war. Dann ist er das aber erst später geworden?«

»Ja, kann man so sagen.«

»Haben Sie mitbekommen, dass er irgendwann sein Leben ändern wollte? Andere Schwerpunkte setzte?«

»Gustav war einer, der immerzu auf der Suche war, ununterbrochen. Und immer unendlich ehrgeizig, wenn auch auf seine eigene, langsame, geduldige Art und Weise. Ich weiß noch, wie wir uns mal zufällig in der Stadt über den Weg gelaufen sind. Oder besser: Ich hatte ihn gesehen, hab mich dann aber nicht zu erkennen gegeben.«

»Warum nicht?«

»Er war mit mehreren Männern unterwegs, alle in Uniform. Die sahen samt und sonders dermaßen aufgeblasen aus, dass ich mir nicht vorstellen konnte, dass er erfreut gewesen wäre, wenn seine kleine Schwester auf einmal vor ihm gestanden und irgendwie an seinem Image gekratzt hätte. Das waren Leute aus Karlberg. Ich dachte damals, das wäre bloß eine Phase – solche Phasen hatte er immer gehabt. Zwei, drei Jahre lang brannte er für etwas und steckte all seine Energie hinein – bis es ihn irgendwann langweilte. Dann suchte er sich etwas anderes, kehrte dem Alten komplett den Rücken. Nur das mit den Uniformen und dem christlichen Glauben ist ihm wohl geblieben. Bis zuletzt.«

»Wissen Sie, warum er in Jerusalem war?«

»Keinen Schimmer.«

Erneut konnte Max sehen, wie sie von Gefühlen übermannt zu werden drohte. Er wartete ab, bis es vorbei war.

»Ich will wissen, was mit ihm passiert ist, Max. Warum mein Bruder sich so verändert und sich am Ende sogar das Leben genommen …«

Sie sprach den Satz nicht zu Ende, weil ihr die Tränen kamen.

»Er hat während unseres letzten Gesprächs etwas

erwähnt – dass die Welt schlecht sei. Aber das ist sie nicht. Und sofern ich noch die Chance bekomme, dann werde ich Kinder in diese Welt setzen, weil ich nämlich glaube, dass es nichts Schöneres gibt. Ich glaube, bei meinem Bruder ist da etwas durchgebrannt. Und ich muss wissen, warum.«

»War Gustav in ärztlicher Behandlung? Bei einem Psychologen?«

»Nein, nicht dass ich wüsste.«

Sie ließ den Blick durch die große Küche schweifen. Schloss die Finger fester um ihren Kaffeebecher.

»Geld ist Gustav immer wichtig gewesen. Er hatte Geld – aber wenn man ihn gefragt hat, war es nie genug.«

»Wissen Sie irgendetwas aus seinem Berufsalltag, was für die Ermittlung relevant sein könnte?«

»Die Arbeit war sein Leben. Er hatte nichts anderes. Ich weiß auch nicht, warum er sich ausgerechnet für diese Laufbahn entschieden hat. Das habe ich nie richtig verstanden.«

»Das Außenministerium und Rüstungsexporte?«

»Ich hatte manchmal den Eindruck, als wäre es eine Art Kleinjungentraum, dass er sich ein bisschen auf heißem Pflaster tummeln durfte.«

»Er war im Staatsdienst und für Exportfreigaben zuständig. Er war kein Geheimagent.«

»Da wissen Sie ganz bestimmt besser Bescheid.«

Max fragte sich, ob Jessica in Wahrheit darum trauerte, dass ihr Bruder vermeintlich aus ihrem Leben verschwunden war, um eine Art geheimes James-Bond-Leben zu führen, und ob sie jetzt wollte, dass dies von staatlicher Seite bestätigt würde, damit sie ihren Frieden damit machen konnte. Doch Gustav Barcks Arbeit hatte mit James Bond rein gar nichts gemein. Sondern mit einer Welt voller Bürokraten.

»Ich kenne niemanden, der so einsam gewesen wäre wie Gustav in den letzten Jahren«, fuhr sie fort. »Aber wenn Sie ihn noch aus Unizeiten gekannt hätten, dann wüssten Sie, dass er sich nicht aus freien Stücken für die Einsamkeit entschieden hat.«

»Dann war die Einsamkeit ein Erfordernis seines Jobs?«

Jessica nickte.

»Ich hatte im vergangenen Jahr Kontakt zu ihm, kurz nachdem dieser Südafrika-Flugzeug-Deal implodiert war. Da war er fix und fertig. Ich war die Einzige, die ihn kontaktiert hat ... weil ich Angst hatte, dass genau so etwas passieren würde.«

»Sie haben befürchtet, dass die Südafrika-Affäre Ihren Bruder in den Selbstmord treiben könnte?«, hakte Max nach.

»Ja. Ich hatte in den Zeitungen von dem Konzertfiasko im Soweto-Stadion erfahren. Schwedische Popsternchen, die vor leeren Rängen aufgetreten waren. Ich weiß, dass ihn das schwer getroffen hat. Ich habe ihn damals zum Abendessen eingeladen, aber wie immer hatte er da seine kontrollierte Maske aufgelegt: Alles okay, keinerlei Schwierigkeiten. Aber ich habe ihm ansehen können, dass er angeschossen war.«

Die Südafrika-Affäre war im vergangenen Jahr in den Zeitungen und Nachrichtensendungen lange Thema gewesen. Wenn Barck dabei eine Schlüsselrolle gespielt hatte, konnte das durchaus erklären, warum sich sein seelischer Zustand derart verschlechtert hatte. Der Regierungschef persönlich hatte auf den Deal gedrängt und, als das Ganze gefloppt war, sein Bestes getan, um sich von der Sache zu distanzieren. Vielleicht war die Südafrika-Affäre ja auch der Grund, warum die Politik jetzt derart an Barcks Tod interessiert war? Der Regierungschef hätte einiges zu verlieren, wenn sich jenes Fiasko zu einem waschechten Skandal auswüchse, bei dem auch noch jemand umgekommen war.

»Aber selbst wenn der Südafrika-Deal für Gustav ein Tiefpunkt gewesen sein sollte, hat er weitergemacht«, sagte Max. »Sowohl beruflich als auch privat. Seither ist doch wohl genug Gras über die Sache gewachsen?«

»Na ja, genau darum geht es ja«, wandte Jessica ein. »Er *hat* weitergemacht – allerdings nur insofern, als selbst nach dem Kampfjet-Deal, also nachdem sie den Sack zugemacht hatten, sämtliche Fragen, die mit Südafrika zusammenhingen, weiterhin auf seinem Tisch gelandet sind. Er war einfach überlastet.«

»Er hat die letzten zwölf Monate doch immer noch in der Rüstungskontrolle fürs Außenministerium gearbeitet«, warf Max ein. »Von dessen Seite wären mir für Südafrika keinerlei weitere Freigaben bekannt.«

»Er war damals zusätzlich in Teilzeit an den Ausschuss ausgeliehen, der Kredite für die Exportbestrebungen des Rüstungsunternehmens bewilligte. Da hatten sie natürlich auch wieder einiges mit Südafrika zu tun – gerade im Zusammenhang mit der Kampfjet-Affäre. Im Übrigen hat er dort nicht in Teilzeit, sondern zu zweihundert Prozent gearbeitet.«

Dass er anscheinend nicht von Südafrika hatte ablassen wollen, war offensichtlich. Aber dass er zugleich für die Einhaltung von Rüstungsabkommen und als Quasigeldgeber tätig gewesen war? Allem Anschein nach hatte er eine Doppelrolle innegehabt – und das in einem Prozess, der wie kaum ein anderer klare Zuständigkeiten und höchste Transparenz erfordert hätte.

Max hatte das untrügliche Gefühl, dass diese Konstellation mehr als heikel gewesen war. Barck hatte sich in eine Position manövriert, in der er eine enorme Macht innehatte – und zwar die Art von Macht, die für ihn Gefahren mit sich bringen konnte.

»Ich sehe mir den Südafrika-Deal noch mal an. Vielleicht steckt ja mehr dahinter«, sagte Max.

»Als ich damals mit ihm zu Mittag gegessen habe, trug er eine goldene Armbanduhr – vom Allerfeinsten, so eine kostet Hunderttausende Kronen, wenn nicht sogar noch viel mehr. An Ihrer Stelle würde ich nachsehen, wie er an so viel Geld kommen konnte und wo dieses Geld jetzt ist. Gustav hatte ein stattliches Aktienportfolio. Nicht gerade alltäglich für einen Staatsbediensteten, oder?«

Geld. Da war es wieder. War es Argwohn oder der blanke Neid? Oder spekulierte sie möglicherweise auf ein Erbe?

»Danke, dass Sie sich Zeit für mich genommen haben, Jessica.«

Er griff erneut in seine Schultertasche und zückte eine Visitenkarte.

»Wenn Ihnen noch mehr einfallen sollte, was für mich relevant sein könnte, erreichen Sie mich unter dieser Nummer.«

Sie begleitete Max noch zur Tür.

»Als ich hier ankam, bin ich einem anderen Wagen beinahe vor den Kühler gefahren, der mit Höchstgeschwindigkeit von hier wegfuhr«, erzählte er. »Ein grauer Ford. War jemand hier, bevor ich aufgetaucht bin?«

Sie neigte den Kopf zur Seite.

»Leider nicht – kein Liebhaber heute Morgen. Aber ich wüsste nicht, was mein Privatleben mit Ihrer Ermittlung zu tun hätte.«

Max lächelte sie an. Er war weniger an ihrem Liebesleben als an ihrer Sicherheit interessiert, aber er wollte sie auch nicht mehr als nötig beunruhigen.

»Könnte einer der Leute gewesen sein, die hier Reklameblättchen verteilen«, fuhr sie fort. »Die haben es immer brandeilig. Manchmal wenden die hier auf meiner Einfahrt.«

Max nickte.

»Bestimmt war es das.«

Jessica bedachte ihn mit einem langen Blick.

»Ich hoffe, Sie können ein paar Antworten auf meine Fragen finden.«

17

Die Limousine, die Bexton vor dem Krankenhaus abgeholt hatte, hielt direkt vor dem Büro an der Landebahn für Privatjets. Er ließ den Blick über den kleinen Parkplatz und das Wegegewirr auf dem Flughafen Arlanda schweifen. Überall hinreichend Polizei. Als er noch im Dienst gewesen war, waren sie oft hier draußen gewesen, von wo aus sich Luftbrücken aus Stockholm in alle Welt erstreckten. Wo der Zoll die Polizei hundertfach im Jahr zu Hilfe rief.

Er sah zu den eleganten kleinen Maschinen hinüber, die hinter dem Zaun aufgereiht standen. Eine davon war für ihn bestimmt.

Er zog die Tür auf und betrat das Gebäude. Im vorderen Bereich lag ein kleiner Aufenthaltsraum mit Fensterfront in Richtung der Landebahnen und grauen Plastikstühlen, die wie eine abgespeckte Version der Sitzreihen in den Abflughallen großer Flughäfen aussahen. Hier saß die wahre Elite und wartete, bis eine Art Concierge sich um ihr Gepäck kümmerte und die Papiere kontrollierte. Hier fand auch die Sicherheitskontrolle statt – per Hand, ohne Röntgengeräte, Metalldetektoren und Zeugen. Genau das war einer der Gründe, warum diese Form der Fliegerei gerade in gewissen Kreisen so populär war.

Eine Tür ging auf, und ein junger Mann in dunklem Anzug trat ein.

»Wie war gleich noch der Name?«, fragte er, ohne Bexton anzusehen.

»Magnus Bexton.«

Der junge Mann nickte, umrundete ein Pult und warf einen Blick auf einen Monitor.

»Die Maschine wird gerade betankt. Sie dürfen gerne schon mitkommen.«

Sie kamen an mehreren nichtssagenden grauen Türen vorbei. Vor einer davon blieb der Mann stehen, machte sie für Bexton auf und eilte dann den geweißelten Gang entlang.

Jenseits der Tür befand sich ein kleiner, fensterloser Raum, an dessen Rückwand eine weitere Tür hinaus zum Flugzeug führte. Der Teppichboden war im selben Grauton gehalten wie die Tür. Auf dem Boden stand eine schwarze Tasche mit dem weißen Aufdruck *Allied Defense & Armor* auf beiden Seiten. Bexton zog die Tasche auf, nahm ein Kästchen heraus, öffnete es und sah anerkennend auf den schimmernden Revolver hinab.

In seiner Tasche vibrierte das Handy. Er angelte es heraus und warf einen Blick aufs Display.

»Der Countdown läuft, Magnus. In exakt einhundert Stunden muss ich wieder zurück in den USA sein, und bis dahin ist unsere Arbeit erledigt. Es ist an der Zeit, Gottes Haus einzurichten. Und das Feuer zurück nach Afghanistan zu bringen.«

Das war wie Balsam für seine Seele und erfüllte ihn mit neuer Kraft. Sie würde reichen, um die vielen alten Wunden zu schließen.

Eine Tür wurde von außen aufgemacht, und ein Pilot winkte ihn nach draußen.

Jerusalem.

Einhundert Stunden. Keine Minute zu verlieren.

18

Es dauerte nicht lange, bis Max bei diesen Außentemperaturen anfing zu schwitzen. Die Bürgersteige waren voller Menschen – Männer in Anzughosen und Kurzarmhemden, genau wie in jeder beliebigen europäischen Großstadt, hier jedoch durchmischt mit orthodoxen Juden in langen schwarzen Gewändern und mit Schläfenlocken und Kippa. Frauen in Sommerkleidern – einige von ihnen mit Tüchern um die Schultern – oder aber in Vollverschleierung. Vor den Ladengeschäften waren die Markisen ausgefahren und schützten vor der starken Sonne. Vor einigen der ausnahmslos sandfarbenen Fassaden hingen Planen, weil dahinter Renovierungsarbeiten stattfanden. Die Passanten überquerten kreuz und quer die Straße.

Max ließ den Blick über den Verkehr vor dem Hotel schweifen. Das hier war allem Anschein nach eines der besseren Viertel der Stadt. Kein Riesenschild vor dem Eingang des ehrwürdigen Waldorf Astoria – allerdings standen in einer Mauernische zwei Männer in Zylinder und schwarzem Frack, die den Gästen die Türen aufhielten.

Geld, genau wie Barcks Schwester Jessica es mehrfach erwähnt hatte. Waren Barcks Kollegen aus dem Außenministerium auch alle so vermögend, dass sie sich bei einer Reise in die Heilige Stadt das angesehenste Hotel der Welt leisten konnten?

Von dem tragischen Unglück, das sich einige Tage

zuvor hier ereignet hatte, war nichts mehr zu sehen. Taxis, Transporter, Fahrräder und Mopeds donnerten vorüber. Geschäftsleute, Touristen ... auch heute wieder ein ganz normaler Tag in einer der legendenumwobensten, umstrittensten Städte der Welt, in der leben und leben lassen zum Alltag gehörten.

Max sah an der Fassade hinauf. Das Hauptgebäude war lediglich vier Stockwerke hoch. Das jüngere Nebengebäude ragte hoch in den Himmel auf. Dort musste Barck gewohnt haben, im neunten Stock. Wenn man sich von dort oben vom Balkon stürzte, hatte man keine Chance zu überleben. Wenn man ferner bedachte, wie turbulent es hier unten zuging, war nicht davon auszugehen, dass irgendjemandem ein Mann aufgefallen wäre, der hoch oben auf einem Balkon stand und beschloss, seinem Leben ein Ende zu setzen. Der Aufprall auf dem Asphalt hatte sie alle überrascht. Ein unvorhergesehenes Hindernis auf dem Weg von A nach B. Max malte sich quietschende Bremsen und abrupte Ausweichmanöver aus. Chaos in einer Stadt, in der Chaos eher die Regel als die Ausnahme war.

Ein Passant rumpelte gegen Max' Ellbogen. Max sah ihm sofort nach, suchte die Umgebung vor ihm und rundherum ab. Er war Strömbergs Auftrag so schnell wie nur möglich nachgekommen, nachdem er erst einmal zugesagt hatte. Hatte niemandem erzählt, wohin seine Reise führte. Weshalb hatte er dann das Gefühl, dass seine Anwesenheit in dieser Stadt nicht unbemerkt geblieben war? Gab es hier jemanden unter den Abertausenden, der wusste, dass Max hier war – und in welcher Mission noch dazu?

Er betrat die Lobby und sah sich um. Hinter der Rezeption lag ein offenes, atriumähnliches Areal, über dem sich vier Stockwerke höher ein Glasdach befand. Auf dem blank polierten weißen Marmorboden standen Olivenbäumchen in großen Kübeln. Am hinteren Ende waren rund um eine Art nahöstliche Mora-Uhr am Fuß einer breiten Treppe mit einem edlen handgeschmiedeten Geländer und Handlauf aus schwarzem Holz großzügig Ledersessel gruppiert.

Max nahm die Treppe zur Konferenzebene hinauf, die einer Schautafel zufolge die größte des ganzen Landes war. Die Türen zum großen Empfangssaal standen offen. Elfenbein-sandfarbene Einrichtung, genau wie im ganzen Rest der Stadt, riesige Kristallleuchter unter der Decke, akkurate Stuhlreihen, eine Beamer-Leinwand an der Stirnseite. Hier hatte vor einer Woche etwa eine Konferenz oder ein Vortrag stattgefunden, hinter dem das Personal jetzt aufräumte. Max ging auf eine große schwarze Mülltüte zu, die gegen die Wand lehnte. Sobald niemand mehr auf ihn zu achten schien, zog er sie auf und spähte hinein. Dann schob er die Hand hinein. Zwischen Pappbechern, leeren PET-Flaschen und kleinen Notizblöcken steckte ein verbogener Folder mit dem Logo des Hotels auf schwerem Papier, der Unterlagen zu der Konferenz zu enthalten schien. Er schob den Folder unter seine Jacke, verließ lautlos den Saal und lief die Treppe wieder hinunter.

Auf dem Rückweg zur Lobby zog er den Folder hervor und schlug ihn auf. Ein Investorentreffen mit einem berühmten US-Finanzier namens Lawrence Watts III. Der Termin überschnitt sich mit Barcks Aufenthalt hier im Hotel.

Gustavs Interesse an Aktien und Geld. Eine Armbanduhr, die sicher mehrere Hunderttausend gekostet hatte. Die Weltuntergangsprophezeiung. War der Besuch dieses berühmten Amerikaners in Jerusalem der Grund gewesen, warum Barck hergekommen war? Hatte irgendetwas, was

Watts auf dem Podium gesagt hatte, Barck derart umgetrieben, dass er sich später vom Balkon gestürzt hatte?

Max trat an den Rezeptionstresen.

»Kann ich Ihnen helfen?«, fragte eine Frau mittleren Alters.

»Ich bin wegen Ihres schwedischen Gastes hier, der ums Leben gekommen ist – Gustav Barck. Tut mir sehr leid, was passiert ist. Ich ahne, dass die Sache für Sie alle traumatisch gewesen sein muss.«

»Kommen Sie aus Stockholm?«, fragte sie.

»Ja, und ich frage mich, ob es wohl jemanden gibt, mit dem ich mich unterhalten könnte. Vielleicht jemand aus der Security-Abteilung des Hotels?«

»Die Polizei war hier und hat mit dem gesamten Personal gesprochen«, erklärte die Frau. »Aber lassen Sie doch Ihre Kontaktdaten hier, damit ich dort Bescheid geben kann, dass Sie einen Ansprechpartner suchen.«

»Danke, aber ich weiß ehrlich gesagt nicht, wie lange ich vor Ort bin. Könnten Sie mir vielleicht sagen, ob Barck während seines Aufenthalts in Begleitung war?«

»Nein, leider nicht. Diskretion ist uns enorm wichtig, derlei Informationen über unsere Gäste geben wir daher nicht weiter.«

»Verstehe. Vielen Dank.«

Am Ausgang blieb Max kurz stehen und gab vor, mit seinem Handy beschäftigt zu sein. Aus dem Augenwinkel beobachtete er, wie die Rezeptionistin zum Hörer griff und mit jemandem telefonierte. Bestimmt mit der Security, wenn nicht mit der Polizei.

Vor der Tür beschloss Max, sich erst mal das Viertel näher anzusehen. Er stellte sich an die Straßenecke, wo Barck auf den Asphalt aufgeschlagen sein musste – hinter ihm der Hoteleingang, vor ihm die Straße. Nirgends Absperrungen, keinerlei Spuren auf dem Gehweg vor dem höheren der beiden Hotelgebäude. War vielleicht während der Konferenz im Hotel irgendetwas vorgefallen, was Barck unter Druck gesetzt hatte? Dass Besucher der Heiligen Stadt besorgniserregendes Verhalten an den Tag legten, war tatsächlich nicht ungewöhnlich – es gab dafür sogar einen Namen: Jerusalem-Syndrom. Touristen wachten mitten in der Nacht auf und waren überzeugt, dass Jesus durch den ausgeschalteten Fernseher an der Hotelzimmerwand zu ihnen gesprochen hatte. Barcks Schwester hatte ein paar Details erwähnt, die darauf schließen ließen, dass Barck psychische Probleme gehabt haben oder zumindest psychisch labil gewesen sein könnte.

Im Hotel gingen immer noch unzählige Menschen ein und aus. Einige fuhren mit Privatwagen vor, um die sich jemand vom hauseigenen Parkservice kümmerte. Andere kamen mit dem Taxi.

Von einem Platz ein Stück weiter unten an der Straße kam ein steter Strom weißer Taxis in Richtung Hotel gefahren – unterschiedlichste Modelle, aber alle mit dem erleuchteten gelben Taxischild auf dem Dach. Barck war privat hier gewesen; entweder hatte er sich fürs internationale Börsenparkett interessiert, oder aber er war aus religiösen Beweggründen hier gewesen. Abgesehen davon, hatte er irgendwas nebenbei betrieben – eine Nebenbeschäftigung, die ihm ein Luxusleben und ein privates Vermögen versprach.

Doch auch wenn Barck privat hier gewesen war, hatte er sich die Vergünstigungen seines Diplomatenstatus zunutze gemacht. Und er hatte aller Wahrscheinlichkeit nach kein teures Auto gemietet, weil man das hätte zurückverfolgen können. Er würde es wie viele andere gemacht haben und mit dem Taxi gefahren sein.

Als Max den Platz mit dem Taxistand erreichte, entdeckte er mehrere Fahrer, die zusammenstanden und plauderten. An der Zufahrt zum Taxistand befand sich ein kleiner Büroverschlag.

Max nickte den Fahrern im Vorbeigehen zu, zog die Tür zu dem Häuschen auf und trat ein.

An einem Holztisch mit Papierkram beladen und einem Teller mit Essen saß ein übergewichtiger Mann mit Kippa. Er hielt eine brennende Zigarette in der einen Hand und presste sich mit der anderen einen Telefonhörer ans Ohr. Im Raum hing dichter Zigarettenqualm. Der Mann hatte auf Hebräisch gehetzt ins Telefon gesprochen, beendete das Gespräch jedoch sowie Max eingetreten war.

»Yes?«

»Ich bin auf der Suche nach Informationen über einen Schweden, der vor einigen Tagen hier im Hotel gewohnt hat«, erklärte Max auf Englisch.

»Der tote Schwede, ja? Über den wird ja einiges erzählt.«

»Was denn?«

»Dass er wie ein abgeschossener Vogel runtergekracht ist.«

»Hat jemand mehr gesehen?«

Der Mann zuckte mit den Schultern.

»Irgendwer, der irgendwen kannte, war zufällig dort auf der Straße. Die waren natürlich alle schockiert. Was sind Sie – Journalist? Oder von den schwedischen Behörden?«

Max schüttelte den Kopf.

»Bloß jemand, der versucht, die offenen Fragen der Familie zu beantworten.«

Der Mann nickte.

»Tragisch, das Ganze. Sich auf diese Weise das Leben zu nehmen.«

»Hat einer Ihrer Leute ihn mal irgendwo hingefahren?«

Es entstand eine kurze Pause. Max hielt dem Mann ein paar Scheine hin, die sofort in dessen Hosentasche verschwanden.

»Der Schwede war tiefgläubig. Er hatte tatsächlich einen ungewöhnlichen Wunsch. Normalerweise sammelt der Fahrer den Gast am Hoteleingang auf, das wäre normal, aber in seinem Fall war ich mit eingebunden.«

»Weshalb?«

»Weil er in die West Bank wollte. Nicht dass das ungesetzlich wäre. Aber nicht jeder Fahrer will dort hin. Sie haben das Recht, Nein zu sagen. Solche Fahrten müssen sie nicht durchführen. Aber wenn einer zusagt, fährt er zum Checkpoint an der Grenze zum Palästinensergebiet, setzt den Fahrgast dort ab, und auf der anderen Seite übernimmt ein palästinensisches Taxi. Nur dass der Typ das nicht wollte, der Schwede – der wollte vom Hotel bis ans Ziel kutschiert werden, und dort sollte das Taxi warten und ihn dann wieder mit zurücknehmen. Unsere Wagen dürfen die Grenze passieren, aber die Fahrer müssen von mir erst das Okay einholen. Wir haben uns dann auf eine Ausnahmeregelung geeinigt.«

»Wissen Sie noch, wo genau er hinwollte?«

»Genau nicht, nein.«

»Und der Fahrer?«

»In Anbetracht dessen, was anschließend passiert ist, ist er nicht sonderlich erpicht darauf, darüber zu reden. Die Polizei hat ihn befragt. Er ist nicht verpflichtet, mit anderen darüber zu sprechen – nicht mal mit mir. Der Typ hat die Summe gezahlt, auf die wir uns geeinigt hatten, und der Wagen ist unversehrt wieder zurückgekommen. Mehr musste mich nicht interessieren.«

»Ich müsste mit dem Fahrer reden.«

Der Mann lehnte sich auf seinem Stuhl zurück und nahm einen tiefen Zug von seiner Zigarette. Dann drückte er die Kippe im vollen Aschenbecher aus.

»Wenn Sie wirklich ein Freund der Familie sind, dann laufen Sie mal schön die Straße runter und zum Polizeirevier. Die israelische Polizei heißt Sie bestimmt herzlich willkommen – und als Zeichen meiner Gastfreundlichkeit zeige ich Ihnen auch noch den Weg.«

Max überlegte, welche Möglichkeiten er hatte. Ein Stück von hier entfernt lag das Hotel, in dem die Security inzwischen garantiert schon alarmiert worden war. Durchs Fenster konnte er die Fahrer sehen, die vor dem Bürokabuff zusammenstanden. Einer von ihnen sah zu ihnen herein.

»Ich habe die Erfahrung gemacht, dass man auf Polizeirevieren immer ewig festhängt, bis man endlich den richtigen Ansprechpartner hat«, erklärte er dann. »So viel Zeit habe ich leider nicht. Vielleicht können wir beide uns ja auch auf eine Ausnahmeregelung einigen?«

19

Lawrence Watts III. verließ das Hotel, sofort nachdem er eingecheckt hatte. Dann bog er um die nächste Ecke in Richtung Nybroplan.

Sobald die Börse geschlossen hatte, war natürlich bekannt geworden, dass einer der größten Aktieneigner der USA sein komplettes Portfolio abgestoßen hatte. So etwas war einfach nicht zu verhindern. Allerdings hatte er das Momentum ausgenutzt, das er selbst in Gang gesetzt hatte, und einer New Yorker Branchenzeitung ein Interview gegeben. Der Journalist hatte schon länger jede Transaktion verfolgt, die Watts und seine BE Investment Group getätigt hatten. Wirtschaftsjournalisten auf der ganzen Welt sowie Watts' Fangemeinde folgten diesem Journalisten beinahe schon sklavisch; mit ein paar wohlgewählten Worten war die Botschaft also verkündet gewesen. Indem jetzt immer mehr seinem Beispiel folgten, schien sich die Prophezeiung auch prompt zu bewahrheiten. So einfach war das. Wie ein paar Kleinkindern die Süßigkeiten zu klauen.

Die Wirtschaft, Friedensorganisationen und Journalisten würden sich jetzt alle auf ihn stürzen wie Fliegen auf einen Scheißhaufen. Und alle würden dieselben Fragen stellen: *Warum haben Sie alles verkauft? Was passiert jetzt? Und was machen Sie heute ausgerechnet in Stockholm?*

Während der ersten Tage und Wochen im Feldlazarett hatten er und Bexton viel über die potenziell notwendigen Schritte diskutiert. Bexton gehörte einer Organisation klarsichtiger schwedischer Gesinnungsgenossen aus Verwaltung, Wirtschaft und Militär an, die imstande waren, das dringend benötigte Gegengewicht zu der sozialistischen Verschwörung darzustellen, die Watts zufolge das Land regierte.

Seither hatten sie die Sozen nicht mehr von der Leine gelassen. Olof Palme waren sie losgeworden, aber noch war die Ordnung nicht vollends wiederhergestellt.

Von der Stallgatan bog er auf die Blasieholmsgatan ab und klingelte bei Ahlboms Fondsgesellschaft. Der hohläugige Mann in den Dreißigern, der ihm die Tür aufmachte, starrte ihn mit offenem Mund an und brachte kein Wort heraus.

»Ich muss mit Nils sprechen«, sagte Watts auf Schwedisch.

Als er das Großraumbüro durchquerte, kam das geschäftige Treiben hinter all den blinkenden Bildschirmen für einen Moment zum Erliegen.

Allesamt Wallenberg-Jünger, dachte Watts. Mit einem symbiotischen Verhältnis zur politischen Macht am linken Rand. Magnaten und Diplomaten zu gleichen Teilen. Opportunistenschweine.

Watts hatte Nils Ahlbom in seiner Zeit hier in Stockholm kennengelernt. Ahlbom war Finanzchef der Machtzentrale des Wallenberg-Clans gewesen – damals schon jenseits des Pensionsalters. Mit seinen gut fünfundachtzig Jahren saß er mittlerweile hier zwischen zwanzig und mehr Mitarbeitern und verwaltete das Vermögen der reichsten Nordeuropäer. Er hatte seit den Fünfzigern seine Finger in jedem einzelnen schwedischen Außenhandelsdeal gehabt und zeigte nach wie vor nicht das geringste Interesse daran, seine Taktung herunterzufahren.

Durch die Glasscheibe, die Nils' großes Büro von seinen Angestellten trennte, sah Watts, wie der schwedische Nestor aufstand, sich Krawatte und Hosenträger zurechtrückte und sich dann durch den weißen Schopf fuhr. Danach bedeutete er den zwei Personen, die bei ihm saßen, das Büro zu verlassen. Ein warmes Lächeln erstrahlte auf seinem Gesicht.

Watts trat ein und streckte ihm die Hand entgegen, die Ahlbom mit beiden Händen ergriff. Sein Hemdkragen war ein bisschen zu weit, und die Handgelenke ragten aus den doppelt genähten Manschetten wie dürre Zweige. Das Alter hatte Ahlbom ausgelaugt, auch wenn der Bauch immer noch spannte wie ein Medizinball. Jeder wusste, dass er Herzprobleme und zu hohe Cholesterinwerte hatte; den ersten Infarkt hatte er bereits in den Achtzigern gehabt. Doch im Kopf war er immer noch klar.

»Du hast den Surströmming verpasst, Lawrence«, sagte Ahlbom. »Trotzdem freue ich mich, dich zu sehen.«

»Der September war immer schon mein Lieblingsmonat in Stockholm. Zu dieser Jahreszeit ist das hier die schönste Stadt der Welt.«

Ahlbom lachte.

»Das kannst du sonst wem erzählen. Komm, setzen wir uns.«

Ahlbom bedeutete Watts mit einer Geste, sich auf dem Sofa oder Sessel im Erker niederzulassen. Draußen glitzerte das Wasser in der Nybroviken.

»Du bist heute früh *das* Gesprächsthema«, sagte Ahlbom und hielt die aktuelle *Dagens Industri* hoch.

Die Schlagzeile auf der Titelseite lautete: *Lawrence Watts kehrt Börse den Rücken.*

»Was hast du in deiner Kristallkugel gesehen?«

»Ein paar einschneidende Veränderungen in der Welt«, antwortete Watts. »In meiner Heimat stochern viel zu viele noch immer im Nebel. Meine Erfahrung sagt mir, dass meine Vertrauten hier in Schweden eher imstande sind, die derzeitigen Ereignisse zu verstehen. Ihr habt immer schon auf der richtigen Seite stehen wollen – und hinreichend Diskretion an den Tag gelegt, um auch auf diese Seite hinübergebeten zu werden.«

»Wie man hört, habt ihr jüngst ein neues Portfolio zusammengestellt«, fuhr Ahlbom fort.

»Die ersten Invests sind an Partnerorganisationen im Nahen Osten geflossen – neulich erst bei einem Meeting in Jerusalem.«

»Ich hoffe, wir dürfen das Portfolio hier in Schweden auch anbieten. Eure Pakete haben bislang noch immer den Index übertroffen.«

Watts lächelte. Er hatte damit gerechnet, dass Ahlbom das sagen würde.

»Ich will dir einen Vorschlag machen«, sagte er und schob Ahlbom einen Umschlag zu.

Ahlbom nahm ein Dokument heraus. Nachdem er die Bedingungen überflogen hatte, für die er die exklusiven Rechte erhalten sollte, den Fond in Skandinavien zu vermarkten, faltete er das Blatt zusammen und nickte.

»Wir haben einen Deal«, sagte er. »Ich rufe unsere Investoren zusammen. Eigentlich brauchen sie ein bisschen Vorlauf, aber in diesem Fall sollten wir auch kurzfristig genügend Leute zusammenkriegen. Der Artikel in der *Dagens Industri* spielt uns da sicherlich in die Hände. Trotzdem musst du mir erzählen, was du weißt, was kein anderer weiß.«

»Eins nach dem anderen«, entgegnete Watts. »Man fängt immer klein an, auch wenn man große Ziele hat. Und das hier ist erst der Anfang.«

20

Der Fahrer war ein junger Mann namens Wasil, der Taxi fuhr, um sein Studium zu finanzieren. Er war Moslem und wohnte im arabischen Viertel im Osten Jerusalems. Nachdem der Chef des Taxiunternehmens durch die Haustür verschwunden war, um ihn zu holen, war wenig später bis hinaus auf die Straße eine lautstarke Diskussion zu hören gewesen. Während er wartete, nahm Max die Umgebung in Augenschein. Wasil wohnte inmitten eines Wirrwarrs aus Straßen jenseits des Damaskustors und der Via Dolorosa. Das Haus war verhältnismäßig klein, nur zweistöckig, und während das Erdgeschoss mit unbehandelten rotbraunen Ziegeln versehen war, war der erste Stock ockergelb verputzt. Allerdings verlief oben ein Balkon über die komplette Breite. Dort hingen an einer Wäscheleine Kleider zum Trocknen. Neben dem Hauseingang stand eine alte Sitzbank. Auf der gegenüberliegenden Straßenseite parkte ein alter, durchgerosteter blauer Transporter. Der Fahrer – das Gesicht so dunkel und zerfurcht wie wettergegerbtes Leder – saß mit geschlossenen Augen am Steuer. Der linke Arm lag im offenen Fahrerfenster. An seinem Handgelenk baumelte ein Holzperlenkettchen. Max sah eine ganze Weile zu ihm hinüber, aber er schien tatsächlich zu schlafen.

Letztlich schien Wasil auf Max' Wunsch eingegangen zu sein. Die Aufwandsentschädigung war allerdings auch stattlich ausgefallen. Max hatte den Großteil der Summe, die er von Strömberg erhalten hatte, in die Waagschale geworfen und hoffte nun, dass das Geld gut investiert wäre.

Wasil war hoch aufgeschossen und hatte große Rehaugen, trug ausgewaschene Jeans und ein hellblaues Kurzarmhemd. Er war höchstens Anfang zwanzig.

»Erzählen Sie mir von Ihrer Begegnung mit Gustav Barck«, bat Max.

»Er kam durch den Hoteleingang, wie alle anderen auch.«

»War er alleine?«

»Ja.«

»Auch keiner in der Nähe?«

»Als er rauskam, ist gerade eine größere Gruppe nach drinnen gegangen. Weiße, knöchellange Gewänder. Sahen aus wie saudische Prinzen. Sicher aus Riad.«

»Haben sie einander gegrüßt?«

»Nein. Mr. Barck hat mit keinem gesprochen. Er kam direkt auf den Wagen zu, sah ziemlich gehetzt aus, schien es wirklich eilig zu haben, von dort wegzukommen. Sah aus wie ein gejagtes Tier.«

»Wo sind Sie hingefahren?«, fragte Max.

»Barck wollte einen Ausflug in die West Bank machen. Aber das wissen Sie ja schon.«

»Fahren Sie mich dort hin.«

Als das Taxi losfuhr und das arabische Viertel hinter sich ließ, warf Max einen Blick zurück auf den blauen Transporter am Straßenrand. Der Arm ruhte nach wie vor im runtergekurbelten Fahrerfenster, und das Fahrzeug bewegte sich keinen Zentimeter.

Zu Beginn der zwanzig Kilometer langen Strecke gen Norden über den Sderot Begin sagte keiner von ihnen auch nur ein Wort. Den Checkpoint passierten sie ohne besondere Vorkommnisse. Hinter Ramallah wurden die Straßen merklich schmaler – und schlechter. Inzwischen befanden sie sich tief im Westjordanland, in den besetzten Gebieten. Als Max den Blick über die Landschaft vor dem Wagenfenster schweifen ließ, fragte er sich ernsthaft, warum sich die ganze Welt über dieses Ödland entzweit hatte. Hier hörte doch nicht mal die Sonne, wenn jemand ein Gebet zum Himmel schickte.

Wasil ging vom Gas und hielt am Straßenrand.

»Wir hätten einen Jeep nehmen sollen«, sagte er. »Hab ich Ihrem Freund damals auch gesagt.«

»Sicher, dass Sie hier unterwegs waren?«

»Das Navi zickt wieder, ich muss kurz in die Karte gucken.«

Wasil breitete eine Landkarte auf dem Beifahrersitz aus.

»Hier sind wir richtig.«

Er ließ die Kupplung kommen und fuhr wieder an.

Ödland aus Geröll und gelber Erde. Eine Handvoll krüppeliger Olivenbäume. Die Abendsonne ergoss sich über die Berge im Westen und legte Goldstaub über die Landschaft, die zum Jordan hin abzufallen schien. Ihr Wagen neigte sich in dieselbe Richtung. Es war fast, als würde hier alles unweigerlich vom Toten Meer angezogen.

Die Federung des Wagens gab auf dem steinigen Weg ihr Äußerstes. Wasil warf Max einen flüchtigen Blick zu, wie um sich zu vergewissern, dass ihm von der holprigen Strecke nicht schlecht wurde.

Sie kamen am Hinweisschild nach Bet-El vorbei und fuhren weiter, bis ihr Navi verkündete, sie seien am Ziel. Wasil zögerte kurz, dann stellte er den Motor ab.

»Wir sind da«, sagte er.

Max stieg aus und streckte den Rücken.

»Wo sind wir hier?«

»Kommen Sie mit.«

Mit der Abendsonne im Gesicht steuerte Wasil einen Hügel an. Max heftete sich an seine Fersen. Dann blieben sie ein Stück den Hang hinauf stehen. Über ihnen verlief eine Stromleitung quer durch die Landschaft. Dahinter erstreckte sich ein gewundener Pfad. Durch die flimmernde Wärme und den Staub hindurch fiel Max' Blick auf einen dunklen Lieferwagen. Ob es sich um denselben handelte, der vor Wasils Haus geparkt hatte, war aus der Ferne nicht zu erkennen.

Überall lagen Steine; einige waren übereinandergeschichtet worden wie zu niedrigen, unfertigen Mäuerchen, andere waren zu Haufen aufgeworfen worden oder lagen vereinzelt in der Landschaft. Ein Sirren hing in der Luft, wahrscheinlich von der Stromleitung. Ein Stück weiter entdeckte Max ein Gebilde, das aussah wie eine verfallene Ruine mit einer Gewölbenische – als hätte sich dort einst ein antiker Erker befunden. Allerdings waren die Mauern dicker und mit deutlich mehr Steinen errichtet worden als die Mäuerchen rundherum. Das Dach und Teile der Fassade fehlten.

War das ein Tempel? Irgendwas Urzeitliches, Verfallenes …

»Sicher, dass Sie Barck genau hierher gefahren haben?«, wollte Max wissen.

»Ja. Kommen Sie, gehen wir näher heran.«

Sie gingen auf das alte Gemäuer zu.

»Was ist das?«, erkundigte sich Max.

»Bet-El. Das ist Hebräisch und bedeutet ›Haus Gottes‹. Also, Haus Ihres Gottes, nicht meines.«

Max glaubte an keinen Gott. Aber das brauchte Wasil nicht zu wissen.

Stattdessen sagte er: »Erzählen Sie mir von diesem Ort.«

»Ich weiß nur, was Ihr Freund mir erzählt hat«, entgegnete Wasil. »Dass der Apostel Jakob vor seinem Bruder hierhergeflüchtet sein soll. Hier hat er einen Altar gebaut, weil er an dieser Stelle eine Leiter gen Himmel gesehen hatte.«

Eine Leiter gen Himmel?, dachte Max. Einen Ausweg? Die letzte Hoffnung eines Christen, der dem Tod entgegensah? Das Ganze war doch verrückt. Genau wie Jessica gesagt hatte. Hatte Barck den Verstand verloren?

»Was hat Barck noch erzählt?«, fragte Max.

»Dass die Stunde der Rechenschaft bevorstehen soll.«

Da war es wieder. Die Warnung, von der Barcks Schwester gesprochen hatte. Als wäre etwas Schreckliches im Gange.

»Haben Sie das auch der Polizei erzählt?«

Wasil strich sich übers Kinn, schien sich leicht zu winden.

»Nein«, sagte er schließlich. »Ich habe nicht mal erzählt, dass wir hier waren.«

»Und warum nicht?«

»Weil das Teil der Abmachung war.«

Direkt nach dem Boarding verschwand Max im Flieger nach Frankfurt auf die Toilette. Im Spiegel sah er, dass sein Haar sich gelockt hatte; bei warmer, feuchter Luft passierte das immer. Sein Kinn war stoppelig, und er hatte die Augen weit aufgerissen. Ihm schwirrte immer noch der Kopf.

Die Schwester in Bromma. Ihre Verbitterung und Trauer.

Südafrika und die Kampfjet-Affäre, die Barck schwer in Mitleidenschaft gezogen haben musste. Sein Besuch in Bet-El. Beim Haus Gottes. Die Himmelsleiter.

Die Stunde der Rechenschaft steht bevor.

Was hatte Barck damit gemeint? War er durchgedreht, oder hatte das wirklich etwas zu bedeuten?

Mit einem Schluck Wasser nahm er eine Tablette ein. Wartete, bis die beruhigende Wirkung einsetzte. Der Nachteil an Medikamenten wie Alprazolam war, dass man zwischen echter Paranoia und chemisch erzeugten Geisteszuständen nicht mehr richtig unterscheiden konnte. Er brauchte jetzt einen kühlen Kopf. Durfte keine voreiligen Schlussfolgerungen ziehen.

Doch eine Handvoll Ereignisse des vergangenen Tages ließen ihm keine Ruhe. Die Rezeptionistin im Hotel, die sofort zum Hörer gegriffen hatte. Der Taxiunternehmer, der ihm das Geld aus der Tasche gezogen hatte. Der schlafende Mann in dem abgehalfterten Transporter. Der Transporter, der davongefahren war, als Max in Bet-El in der Nähe des alten Tempels auf der Anhöhe gestanden hatte.

Allerdings war er zuvor schon beunruhigt gewesen. Als er noch in Schweden gewesen war.

Anton Niklasson, der Mitarbeiter im Außenministerium, war Yvonne Niklassons Sohn, und die wiederum steckte ursprünglich hinter Max' Auftrag. Strömberg hatte Max gebeten, den Tod eines Mannes zu untersuchen, der ausgerechnet für dieselbe Institution wie Anton gearbeitet hatte. Max glaubte nicht an Zufälle, insbesondere dann nicht, wenn der Oberst in die Sache involviert war. Hatte er tatsächlich auf der Vektor-Webseite davon erfahren, dass Max jenes Gutachten für das Außenministerium verfassen sollte, oder hatte er ihn in Wahrheit schon viel länger ausgespäht?

Hatten sie alle kommen sehen, dass Barck sterben würde?

Dieser Auftrag war wichtig, sowohl für Sarah als auch für Vektor insgesamt. Und weil sein Instinkt ihm sagte, dass noch etwas ganz anderes dahintersteckte. Er musste die Wahrheit ans Licht bringen. Nicht nur um Gustav Barcks willen.

»Ihr Gerechtigkeitssinn war immer schon enorm. Das hat Ihnen Arholma in die Wiege gelegt.«

Die drei Toten aus dem Notizblock seiner Mutter.

Er war eine Marionette, deren Fäden ein anderer in der Hand hielt. Irgendwo hinter den Kulissen gab es einen Puppenspieler, der genau wusste, was vor sich ging.

Der graue Ford, der mit quietschenden Reifen davongefahren war, als er Barcks Schwester besucht hatte. War der auch Zufall gewesen? Oder wurde er beschattet?

Stockholm, im September 1986

Josefin Anger war den kurzen Weg vom Hauptbahnhof über den Tegelbacken zu Fuß gegangen und hatte unterwegs zur Vasabron und zum Regierungsgebäude am anderen Ufer hinübergeblickt. Inzwischen stand sie vor dem Rosenbad-Komplex, in dem auch die Amtsräume der Kriegswaffeninspektion untergebracht waren, und ließ den Blick über die reich geschmückte Fassade schweifen. Hohe Fenster, bauchige Verzierungen. Am Relief eines Fisches mit breiten Schuppen, riesigen Augen und wulstigem Maul an einer der Säulen blieb sie hängen; er sah traurig und ausgelaugt aus. Die Fragen, derentwegen sie hergekommen war, quälten sie mittlerweile schon vier lange Jahre.

Zwischenzeitlich hatte sie ihre Nachforschungen umständehalber unterbrechen müssen. Erst eine Nacht im Februar hatte sie wieder darauf gestoßen. Sie hatte auch in jener Nacht wach dagesessen, geraucht, aus dem Fenster gesehen und Radio gehört. Um zehn nach eins war die Musik auf P3 abrupt abgedreht worden. In einer Sondernachrichtensendung hatte ein Moderator verlesen: *Der schwedische Regierungschef Olof Palme ist tot. Er wurde in der Stockholmer Innenstadt erschossen.*

Selbst ein gutes halbes Jahr später füllten die Ermittlungen sämtliche Zeitungen. Heute war es die PKK, gestern war es noch Südafrika gewesen. Vorgestern eine Verschwörung innerhalb der Polizei. Davor ein geisteskranker Einzeltäter. Seit Palme tot war, war nichts mehr wie früher. Schweden hatte sich für alle Zeiten verändert.

Und mit dem Palme-Mord waren Josefins Fragen wieder zum Leben erwacht. Ein Mann, der aus dem Leben gerissen wurde und eine trauernde Witwe hinterließ. Auch Josefins Mann war unvermittelt gestorben. Ihr war Palme nicht wichtiger als anderen; sie wollte eigentlich nur wissen, was ihrem eigenen Ehemann zugestoßen war.

Sie hatte sich bestmöglich in Schale geworfen, hatte sich das strähnige Haar aus dem Gesicht gestrichen und sogar ein bisschen Rouge aufgetragen, um die dunklen Schatten unter ihren Augen zu kaschieren. Die Konturen in ihrem Gesicht waren immer noch die alten; sie fand selbst, dass sie sich äußerlich seit ihrer Jugend nicht allzu sehr verändert hatte. Die paar Fältchen waren schon in Ordnung. Die großen Veränderungen hatten in ihrem Innern stattgefunden – erst die labile Gesundheit, erste Warnsignale. Dann Wucherungen. Und schließlich eine Hölle aus Operationen, Bestrahlungen, Zellgiften.

Im Entree saß eine Frau an einem Schreibtisch. Hübsch, rotbraunes Haar, das sie zu einem Pagenkopf geschnitten hatte. Etwa im selben Alter wie Josefin, allerdings wesentlich fitter. Sie sah auf und lächelte, als Josefin auf sie zutrat.

»Was kann ich für Sie tun?«

»Ich möchte gern mit Jonas Albrektsson sprechen.«

»Und Ihr Name wäre …?«

»Josefin Anger.«

Die Frau blätterte in einem dicken Besucherbuch und blickte erneut auf. Hier drinnen war es wahnsinnig warm. Der September auf Arholma hatte mit kaltem Nordwind begonnen, und entsprechend war Josefin auch gekleidet, mitsamt Mantel und Mütze, nicht für ein Bürogebäude in der Großstadt. Der Schweiß lief ihr bereits den Rücken hinab.

»Haben Sie einen Termin? Ich kann hier nichts finden.«

»Nein, aber ich muss mit ihm reden.«

»Leider hat er den ganzen Tag Termine.«

»Bitte, ich flehe Sie an – fragen Sie ihn, ob er kurz Zeit für mich hat. Es geht um meinen Mann, Jakob Anger … aus Arholma.«

Die Frau bat Josefin, sich in den Wartebereich zu setzen, und verschwand über einen Flur. Nach einem kurzen Moment war sie wieder da, und Josefin stand auf, um ihr entgegenzugehen.

»Tut mir leid«, sagte die Frau. »Heute hat er wirklich keine Zeit für ein Treffen. Vielleicht können wir für einen anderen Tag einen Termin vereinbaren?«

»Ich bin extra angereist«, entgegnete Josefin, »ich warte hier einfach, bis der Inspektor rauskommt. Ich habe bloß eine ganz kurze Frage an ihn. Es dauert nur ein paar Minuten.«

»Ich muss Sie leider bitten zu gehen.«

Josefin schluckte trocken und blinzelte die Tränen weg. Diese Genugtuung würde sie ihnen nicht geben. Sie würde hier nicht wie die letzte Heulsuse dastehen.

»Sind Sie seine Sekretärin? Wie heißen Sie?«

»Ich heiße Vanessa.«

Erneut rollte eine Hitzewelle über sie hinweg – und zwar so jäh und intensiv, dass sie in Panik geriet. Sie knöpfte den Mantel auf und zog sich die Mütze vom Kopf.

Die Perücke riss sie mit hinunter. Fuhr sich über den kahlen Schädel. Fühlte sich splitterfasernackt. Ausgeliefert.

Vanessa sah sie mit großen Augen an.

»Mein Mann, Jakob Anger, ist vor vier Jahren gestorben«, erklärte Josefin hektisch. »Ich weiß, dass Sie seinen

Namen kennen, weil er Ihrem Vorgesetzten eine Menge Briefe geschrieben hat – Briefe, die Sie doch gesehen haben müssen! Jakob hatte hier einen Termin – und am selben Tag ist er gestorben. Das Treffen hat nicht mehr stattgefunden. Ich muss mit Albrektsson reden, weil ich wissen will, welche Verbindung die beiden hatten … bevor es zu spät für mich ist.«

Als sie antwortete, sah Vanessa Josefin nicht einmal an.

»Es tut mir wahnsinnig leid … Aber ich bin gebeten worden, den Sicherheitsdienst zu informieren, wenn Sie sich weigern zu gehen.«

Josefin drohte vor Frust in die Knie zu gehen. Genau so musste Jakob sich auch gefühlt haben, als niemand ihm hatte zuhören wollen.

»Mein Mann ist gestorben, als er auf dem Weg zu Albrektsson war. Ich glaube, dass jemand das Treffen verhindern wollte. Da wollte irgendwer, dass dieses Treffen nicht stattfindet …«

»Was wollen Sie damit andeuten?«, flüsterte Vanessa und umrundete ihren Schreibtisch. »Von welchem Datum reden wir?«

»Vom 6. Juni 1982.«

»Vom 6. Juni? Vom Nationalfeiertag?«, hakte Vanessa nach. Dann blätterte sie in ihrem Wälzer zurück. »Ich habe hier alle möglichen Termine notiert, aber an dem Tag keinen einzigen.«

»Mein Mann hat diverse Briefe geschickt und irgendwann die Antwort erhalten, dass der Inspektor keine Zeit für ihn hätte. Die nächsten Briefe kamen dann zurück, alle ungeöffnet.«

»Es tut mir sehr leid, ich kann Ihnen wirklich nicht weiterhelfen.«

Josefin sah, wie Vanessa unter der Tischplatte nach etwas tastete.

»Mein Mann hatte wichtige Informationen, die er mit Ihnen teilen wollte.«

Josefin stellte ihre Handtasche auf dem Tisch ab und zog ein Bündel Artikel und Briefe heraus. Einen Artikel über ein Flugleitsystem, das an die Sowjetunion verkauft worden war, drückte sie Vanessa in die Hand.

Widerwillig nahm sie ihn entgegen.

»Ich glaube, es hatte damit zu tun – mit der Sowjetunion auf jeden Fall, das weiß ich genau. Mein Mann war angesprochen worden, sollte als Strohmann für Schmuggler herhalten. Irgendwas, was gegen schwedisches Recht verstoßen hätte. Er hat von einem Netzwerk gesprochen, einem Netzwerk aus Männern, die dieses Land heimlich verteidigen. Dass die staatlichen Behörden aufgegeben hätten. Dass sogar das Militär auf unserer Insel, auf Arholma, aufgegeben hätte. Ich muss wissen, warum mein Mann sterben musste.«

Hinter ihr ging eine Tür auf, und Josefin hatte sich kaum umgedreht, als ein breit gebauter Mann vom Sicherheitsdienst sie auch schon fest am Ellbogen packte.

»Ich muss Sie jetzt bitten mitzukommen«, sagte er.

Josefin riss sich los und starrte ihn finster an. Verkniffenes Gesicht, durchtrainiert, Dienstuniform.

»Fassen Sie mich nicht an!«, fauchte sie, dann drehte sie sich zu Vanessa um. »Richten Sie Ihrem Chef aus, dass mein Mann auf dem Weg nach Stockholm die Kontrolle über sein Auto verloren hat, das gerade erst bei der Inspektion gewesen war. Er ist frontal gegen eine Felswand geprallt und war sofort tot. Der Mechaniker, der die Inspektion ausgeführt hatte, ist ein paar Tage später tot aus dem Hafenbecken in Norrtälje gezogen worden. Er hieß Kenneth Bergström. Schlagen Sie den Namen gerne nach.«

»Los jetzt«, sagte der Wachmann. »Sie müssen jetzt mitkommen.«

Er streckte sich erneut nach ihr aus, doch sie wand sich aus seinem Griff.

»Ich finde allein raus.«

Auf dem Weg nach draußen drehte sie sich noch mal um.

»Wissen Sie, wie es sich anfühlt, Vanessa, wenn man jemanden verliert, den man geliebt hat?«

Die Sekretärin schüttelte stumm den Kopf.

»Ich schicke Ihnen die Infos per Post. Und dann hoffe ich, dass Sie und Albrektsson diesmal die Zeit finden zu antworten. Sonst komme ich nämlich wieder.«

Freitag, 7. September

21

In dem abgehalfterten, alten blauen Transporter neben Bexton saß Raheem, ihr hiesiger Kontaktmann. Raheem lehnte sich vor und ließ – die armkettchengeschmückten Unterarme auf das Lenkrad gestützt – den Blick über den Suk am Damaskustor schweifen. Auf dem leeren Sitz zwischen ihnen lag das Brett mit den Souvenirs.

»Sicher, was die Zeit angeht?«, fragte Bexton.

»Ja, er kommt jeden Morgen um dieselbe Zeit.«

Bexton kramte eine Tube Hydrokortisonsalbe hervor und cremte sich das Gesicht ein. Dann setzte er die verspiegelte Sonnenbrille und eine große weiße Schirmmütze auf.

»Dann mal los.«

Auf dem Markt war wie immer der Teufel los. Raheems Zeitplan erwies sich als richtig. Genau zur vorgesehenen Zeit tauchte der Taxifahrer Wasil vor ihnen auf. Bexton nahm ihn aus sicherer Entfernung in Augenschein: ein junger Mann, der immer noch ein bisschen Babyspeck um die Hüften trug und den schlaksigen Körper nicht ganz unter Kontrolle hatte.

Wasil steuerte einen Marktstand an, wo er seinen Proviant für den Tag an der Universität kaufen wollte. Knusprige Börekröllchen und Humus. Rundum wimmelte es von palästinensischen Frauen und Männern und ein paar verirrten Touristen, die sich durch die unzähligen Waren wühlten, die hier zum Verkauf standen, und sich hinabbeugten, um an orientalischen Gewürzen und Parfüms zu schnuppern.

Die Gänge zwischen den Marktständen sahen aus wie zu schmale Tunnel. Textilwaren in allen Farben des Regenbogens hingen an den Ständen und bildeten ein Dach.

Auf der einen Seite des Durchgangs waren Absperrgitter aufgestellt worden, hinter denen Sanierungsarbeiten durchgeführt wurden. Auf Schildern war der Name der Baufirma zu sehen. Dasselbe Logo hatte Raheem am Morgen an beide Seiten des blauen Transporters geklebt.

Raheem kletterte aus dem Fahrerhäuschen. Er sah wie ein Souvenirhändler aus.

Als Wasil bezahlt hatte, schlenderte er weiter zur Bushaltestelle. Unterwegs blieb er kurz stehen, um ein Tuch zu inspizieren, das an einer Hauswand befestigt war. Mit seinen schmalen Fingern befühlte er den Stoff, ließ ihn wieder los und spazierte weiter.

Im Transporter ließ Bexton den Motor an und fuhr ihm entgegen. Er fuhr absichtlich ein bisschen zu schnell, sodass andere Marktgänger aus dem Weg sprangen. Er wollte Aufruhr und Chaos verbreiten.

Kaum war er an ihm vorbei, sah er im Rückspiegel, wie Raheem Wasil von hinten anrempelte. Ansichtskarten, Perlenkettchen und Gebetsschals fielen kreuz und quer zu Boden. Raheem fing an zu zetern und wild zu gestikulieren, und sofort war inmitten des Gewühls ein Tumult entstanden. Wasil legte sein Lunchpaket beiseite und ging in die Hocke, um Raheem zu helfen, den Plunder wieder aufzusammeln. Sowie sie sich hinkauerten, waren sie in der Menschenmenge nicht mehr zu sehen.

Bexton sprang aus dem Wagen und lief auf sie zu. Presste seinen Handschuh auf Wasils Mund und zerrte ihn in den Transporter. Das Ganze dauerte nur ein paar Sekunden.

Sobald er die Transportertüren verschlossen hatte, wandte er sich wieder dem Gewühl zu.

Raheem, der seine Siebensachen wieder beisammenhatte, richtete sich auf, sah sich einmal kurz um und nickte Bexton zu.

Alles im Griff.

Bedächtig schlenderten sie zum Transporter zurück. Aus dem Laderaum waren Wasils empörte Schreie und das Hämmern seiner Fäuste zu hören. Jenseits der Windschutzscheibe wurde wieder laut geflucht und protestiert, als sich der Wagen erneut mit erhöhter Geschwindigkeit vom Markt entfernte und dann weiter durch den Stadtverkehr mäanderte.

Bexton schob die Luke in der Trennwand zur Ladefläche auf.

»Wenn du im Leben noch mal Tageslicht sehen willst, dann halt jetzt still und tu, was ich dir sage.«

22

Sarah saß in der Kaffeeküche und aß Salat direkt aus der Plastikdose, die sie von zu Hause mitgebracht hatte.

»Wie war Jerusalem?«, fragte sie zwischen zwei Bissen. »Hat's was gebracht?«

»Gustav Barck war allein in Jerusalem. Im selben Hotel, in dem er gewohnt hat, hat zeitgleich das Investorenmeeting eines Finanzunternehmens namens BE Investment Group stattgefunden. Chef der Firma ist ein gewisser Lawrence Watts III. Keine Ahnung, ob dieses Meeting der Grund dafür war, dass Barck in der Stadt war. Aber laut seiner Schwester war er an Aktien und Vermögensgeschichten durchaus interessiert.«

»Okay, und sonst?«, hakte Sarah nach.

»Ich hab mit einem Taxifahrer gesprochen, der Barck in die West Bank gefahren hat. Nach Bet-El, zu einer religiösen Stätte. Der Fahrer hat Barck als ›gehetzt‹ beschrieben, als ›gejagtes Tier‹. Ob das an diesem Investorentreffen lag, an irgendwas Religiösem oder ob er einfach nur einen Knacks hatte, weiß ich allerdings nicht. Anscheinend hat ihn diese Südafrika-Sache mit den Kampfjets ziemlich hart getroffen.«

»Hart getroffen – da sagst du was«, warf Sarah ein. »Da hätte wahrscheinlich jeder einen Knacks bekommen.«

»Barck hat von der Stunde der Rechenschaft gesprochen. Steht so was vielleicht in der Bibel?«

»Ganz sicher«, antwortete Sarah, stellte ihren Salat beiseite und griff nach der aktuellen Ausgabe der *Dagens Industri.* »Hier, dieses Finanzunternehmen, das du erwähnt hast, die BE Investment Group … Die Hauptattraktion ist anscheinend dieser Lawrence Watts. Und angeblich ist er zurzeit in Schweden.« Sarah zog die Augenbrauen in die Höhe. »In Schweden auf Einladung der Ahlboms Fondsgesellschaft, die zum Wallenberg-Imperium gehört«, fuhr sie fort. »Offenbar findet übermorgen im Wintergarten des Grand Hôtel ebenfalls ein Investorenmeeting statt. Anschließend dann ein Festbankett beim Zimmermannsorden.«

»Das kann doch kein Zufall sein«, murmelte Max. »Dass ein und derselbe Investor, den Barck in Jerusalem gehört hat, jetzt in Schweden ist. Barck hat nach dieser Konferenz angeblich beunruhigt gewirkt und hatte es eilig, von dort wegzukommen. Vielleicht hat Watts irgendetwas gesagt, was ihn aus der Bahn geworfen hat? Mal abgesehen davon, dass es bestimmt spannend sein dürfte zu hören, was dieser Watts zu sagen hat.«

»Spannend?« Sarah bedachte ihn über ihr Brillengestell hinweg mit einem Gouvernantenblick. »Du willst mir jetzt doch wohl nicht erzählen, dass du zu dem Investorentreffen gehst?«

»Doch.«

»Denk daran, dass du diese Firma repräsentierst …«

»Wir müssen uns über Watts einfach erst schlaumachen, bevor ich hingehe.«

»Du vergisst bitte nicht, was hier gerade am wichtigsten ist. Bei diesem Treffen könnte es von potenziellen Kunden und Sponsoren nur so wimmeln.«

»Ich habe wirklich nicht vor, dort eine Szene zu machen.«

»Das hast du vor deinem Termin im Außenministerium auch gesagt.«

Sarah warf ihr Besteck und die Salatdose in ihre Tasche.

»Schon verstanden«, sagte Max. »Aber du meinst doch wohl nicht ernsthaft, ich sollte *nicht* in den Wintergarten gehen und Watts zuhören?«

Sie sah ihn müde an.

»Willst du das nicht erst mit Strömberg abstimmen?«

Noch nicht, dachte er. Zuerst musste er noch etwas anderes klären.

»Ich spreche vorab mit ihm.«

»Okay. Dann machen wir folgendermaßen weiter«, sagte Sarah. »Nachdem du ja ach so gern zu diesem Treffen im Grand Hôtel gehen willst, verfolgst du die Finanzspur weiter – diese Konferenz und Barcks Geld. Ich kümmere mich um Watts' Background und die Bibelsache. Ich finde übrigens, es wäre gar nicht so schlecht, wenn du dich ein bisschen besser in Wirtschaftsfragen auskennen würdest.«

Max nickte.

Er zog die Tür zu den Büroräumen hinter sich zu. Noch war es nicht an der Zeit, Strömberg einen Lagebericht aus Jerusalem zukommen zu lassen. Denn eine andere Sache ging ihm nach wie vor im Kopf herum. Ein grauer Ford, der vor ihm davongerast war.

23

Nach dem Mittagessen kehrte Anton Niklasson ins Ministerium zurück. Er war eine anstrengende halbe Stunde lang im Fitnessstudio gewesen und hatte sich dann in einem Kiosk Hüttenkäse und eine Banane gekauft. Als er das Büro betrat, fühlte es sich an, als wären die Kollegen mit irgendetwas beschäftigt, wovon er ausgeschlossen war. Das Gefühl hatte er nicht zum ersten Mal. Er wusste, was seine Kollegen dachten und von ihm hielten – dass er nur über Vitamin B und nicht aus eigener Kraft im Außenministerium gelandet war. Ein ganz ähnliches Gefühl hatte er seine gesamte Schulzeit hindurch gehabt, allerdings hatte das an der Engstirnigkeit jener Kleinstadt gelegen, in der er mit seiner Mutter ohne Mann im Haus aufgewachsen war.

Er sah zum hinteren Ende des Großraumbüros hinüber, wo die nächste Ebene in der Hierarchie ihre Schreibtische hatte. Vier von ihnen kannte er gut: Abteilungsleiterin Marcella Claesson und ihren Führungstrupp, die sogenannte Gruppe 2, die sich mit Fragen rund um den schwedischen Rüstungsexport und um die Exportkontrolle beschäftigte. Ein paar Mitarbeiter standen dort um einen Tisch herum und unterhielten sich leise. Irgendwas war da doch los?

Er wollte nicht neugierig sein, brannte aber darauf zu erfahren, worüber dort gesprochen wurde. Doch als sie ihn entdeckten, verstummten sie sofort.

Er nickte ihnen zu und ging weiter zu seinem Postfach.

Ein Umschlag für ihn, mit aufgedruckter Absenderadresse und Logo. Kanzlei Hedergren. Eine der besten Kanzleien der Stadt, deren Mandanten allesamt der schwedischen Oberschicht angehörten. Bestimmt ein Irrläufer.

»Anton?«, rief Marcella, und er blickte auf.

Sie winkte ihn zu sich. Er ließ den Brief in seine Aktentasche gleiten und lief zu ihr. Die Kollegen, mit denen sie sich unterhalten hatte, kehrten an ihre Plätze zurück.

»Wie läuft's mit dem Vektor-Gutachten?«, wollte sie wissen.

»Läuft, alles gut. Hatte vorgestern erst ein Treffen mit Max Anger, der das Gutachten verfasst hat.«

»Dann war's ein erfolgreiches Treffen?«

»Absolut.«

»Ich habe das Gutachten quergelesen, und ganz ehrlich, Anton, gewisse Dinge passen uns ausgerechnet jetzt nicht sonderlich gut in den Kram.«

In Situationen wie diesen, hatte Gustav oft gesagt, müsse man sich *so tief verbeugen, dass dein Gegenüber dein Grinsen nicht sieht*. Leichter gesagt als getan.

Er räusperte sich.

»Ich weiß, wir sitzen schon an den Änderungen. Aber was meinst du mit *ausgerechnet jetzt*? Ist etwas vorgefallen?«

»Ich kann darüber leider noch nicht sprechen, aber die Lage ist heikel.«

In welcher Hinsicht heikel will sie mir nicht erzählen, schoss es Anton durch den Kopf, aber mit den Kollegen eben noch darüber tratschen – das geht?

Er musste sich zusammenreißen, um seine Verärgerung nicht allzu deutlich zu zeigen.

»Ich habe dir ein paar Stellen markiert und Korrekturvorschläge danebengeschrieben.«

Sie hielt ihm ein paar Ausdrucke hin.

»Schau dir meine Kommentare mal an, vielleicht könntest du den einen oder anderen Sachverhalt umformulieren? Und dann mit Vektor abstimmen.«

Sie kehrte ihm den Rücken und marschierte zu ihrem Schreibtisch zurück. In ihm brodelte die Wut.

»Das wäre nicht nötig gewesen«, rief er ihr nach. »Ich sage doch, wir sind da dran!«

Marcella nickte nur knapp.

»Gut. Ich verlasse mich darauf, dass das erledigt wird.«

24

Max hatte seinen Wagen ein paar Häuserblocks entfernt abgestellt und war das letzte Stück zu Fuß an den stillen, gepflegten Gärten entlanggegangen.

An der letzten Straßenkreuzung blieb er stehen und musterte das Grundstück an der Ecke. Als er sicher war, dass niemand zu Hause war, schob er das Gartentor auf und schlich über den Rasen an den Apfelbäumen vorbei zur Rückseite des Hauses. Dort ging er an der Hecke zwischen Jessica Barcks Grundstück und dem des Nachbarn in die Hocke und spähte durchs Laub.

Der graue Ford war wieder da, parkte mit der Schnauze in seine Richtung ein Stück zurückversetzt an der nächsten Querstraße. Es saß jemand am Steuer. Wohl kaum einer, der hier Werbung austrug.

Konnte das jemand von der Polizei sein? Hatte Barcks Tod am Ende doch dazu geführt, dass Ermittlungen aufgenommen worden waren? Oder war das ein privater Sicherheitsdienst? Dann wiederum hatte Jessica keinen Grund, jemanden mit der Observierung des Hauses zu beauftragen; sie hatte nicht den Eindruck erweckt, dass sie sich bedroht fühlte. Wenn doch, war sie eine talentierte Schauspielerin. Es war sogar das falsche Auto für einen Sicherheitsdienst oder die Polizei – es sah aus wie ein normaler Mietwagen.

Die Person am Steuer war eine dunkelhäutige Frau mit einem dicken schwarzen Zopf. Eine Journalistin?

Er wartete noch einen Moment, bis ihre Aufmerksamkeit auf etwas im Wageninneren gerichtet war, kletterte über den Zaun, schlich sich von hinten an den Wagen heran und zog unvermittelt die Beifahrertür auf. Noch ehe sie reagieren konnte, saß er auch schon mit dem Bündel Papier, das auf dem Sitz gelegen hatte, neben ihr.

Sie riss die Augen auf.

»Sie sind neulich ziemlich schnell weggefahren«, sagte Max.

»Wer sind Sie?«, fragte sie auf Englisch.

»Die Frage ist eher, wer Sie sind«, gab er nun ebenfalls auf Englisch zurück, »warum Sie hier sitzen und auf dieses Haus dort starren.«

Er zeigte in Richtung von Jessicas Grundstück.

»Ich habe hier nirgends ein Halteverbotsschild gesehen.«

Sie sprach fließend Englisch. Die Intonation erinnerte vage an Niederländisch, aber sie war ohne jeden Zweifel Südafrikanerin.

Auf dem obersten Blatt, das Max in Händen hielt, stand ein Name, von dem er ahnte, dass es sich um die Organisation handelte, für die sie arbeitete.

»Scorpio, Johannesburg?« Er hielt die Papiere in die Höhe. »Wenn Sie hier auf Gustav Barck warten, dann warten Sie vergebens.«

Mit einem Mal sah sie selbstsicher aus, hatte die Contenance wiedererlangt.

»Ich weiß, dass er tot ist.«

»Was machen Sie dann hier?«

»Ich bin nicht um den halben Erdball gereist, um mit leeren Händen wieder zurückzufliegen. Ich sehe mich nach etwas um, womit ich weiterarbeiten kann.«

»Nach jemandem, der unversehens hier auftauchen könnte?«, wollte Max wissen.

»Ja, so ungefähr«, sagte sie.

»Und dann tauche ich hier auf.«

»Und dann tauchen Sie hier auf. Warum sind *Sie* hier?«

»Ich will wissen, was mit Gustav Barck passiert ist.«

»Vielleicht können wir uns gegenseitig helfen? Sofern Sie noch vorhaben, sich mir vorzustellen.«

»Ich soll die Todesumstände durchleuchten. Im Auftrag einer schwedischen Behörde und der Schwester des Toten. Mein Name ist Max Anger, und ich arbeite für eine Firma namens Vektor.«

Sie überreichte ihm ihre Visitenkarte.

»Erklären Sie mir, inwieweit wir einander helfen könnten«, forderte Max sie auf.

»Ich finde es überaus bemerkenswert, dass er im selben Moment stirbt, als ich ihn vorladen will.«

Vorladen? Dann war sie also vielleicht doch Ermittlerin?

Barck hatte gehetzt gewirkt, wie ein gejagtes Tier. Konnte das etwas mit dieser Vorladung zu tun haben?

»Wusste er, dass er vorgeladen werden sollte, als er sich umgebracht hat?«, fragte Max.

»Nein, und genau das ist einer der merkwürdigen Umstände in diesem Zusammenhang«, erwiderte die Frau. »Ich kam nicht mehr dazu, ihm die Vorladung auszuhändigen.«

25

Als Lawrence Watts vor dem Schmetterlingshaus im Hagapark nördlich von Stockholm aus seiner Limousine stieg, ließ er den Blick über die Palmen schweifen, die in großen Kübeln vor dem Eingang standen. Die Luft war im Laufe des Nachmittags abgekühlt, es roch allmählich nach Herbst. Bald würden die Palmen ins Gewächshaus gebracht, die Temperaturen in Schweden waren einfach zu niedrig. Die Natur hatte nun mal ihre Gesetze, denen sich nur die Tolldreisten widersetzten.

Palme und Mondsichel waren die Symbole seines Heimat-Bundesstaats, des *Palmetto State*, South Carolina. Die Flagge stammte noch aus Zeiten des Unabhängigkeitskrieges und war damals als Freiheitsflagge bezeichnet worden. Der blaue Hintergrund war der Uniformfarbe der Südstaatenarmee entlehnt. Erstmals war die Flagge über Fort Johnson auf Sullivan's Island gehisst worden – ganz in der Nähe der Seabrok Plantation. Der Mann, der sie entworfen hatte, Colonel Moultrie, war ein guter Freund der Familie gewesen.

Im feuchtwarmen Gewächshaus durchlebten Tausende Schmetterlinge ihren Lebenszyklus. Der perfekt geordnete Lauf der Welt – von der Larve über den Falter bis in den Tod. Watts steuerte eine Vitrine mit *Apatura iris* an, dem Großen Schillerfalter. Als er hinter sich Schritte hörte, wandte er sich um und lächelte Nils Ahlbom zu. Der alte

Trader schien in seinem viel zu großen dunkelblauen Doppelreiher mit gelber Krawatte regelrecht zu versinken.

»Hier bin ich schon seit Jahren nicht mehr gewesen«, sagte er.

»Ist für morgen alles in die Wege geleitet?«, erkundigte sich Watts.

»Wir haben den Wintergarten im Grand reserviert. Hat ein bisschen was gekostet, weil dort schon eine andere Veranstaltung eingeplant war, aber das ließ sich letztendlich lösen.«

Watts legte Ahlbom die Hand auf die Schulter.

»Du kriegst dein Geld zurück, keine Bange.«

Nils sah sich um.

»Ich habe nie verstanden, wie du von diesen Viechern so besessen sein kannst«, sagte er. »Flüstern sie dir deine unergründlichen Prophezeiungen ein?«

»Mir ist schon klar, dass wir gewisse Dinge unterschiedlich einschätzen«, entgegnete Watts. »Trotzdem bin ich davon überzeugt, dass wir letztlich die gleichen Interessen haben.«

»Hast du vor, mir zu erzählen, warum du alles verkauft hast?«

»*Old news*. Ich rate dir nur, es genauso zu machen – und heute mit mir über die Nachrichten von morgen zu sprechen. Eine private Investition, die alles übertreffen wird, was du je getan hast.«

Ahlbom schob das Hemd zurecht, das ihm aus dem Hosenbund gerutscht war, und machte einen Schritt auf Watts zu.

»Im internationalen Wertpapierhandel wird ein Sektor in allernächster Zeit untergehen wie ein Stein«, fuhr Watts fort. »Und auf den Sturz werden wir alles setzen.«

»Aufgrund welcher Informationen? Wir unterliegen gewissen Regulierungen, die schwedische Börsenaufsicht …«

»Deshalb treffen wir uns ja auch hier und nicht in deinem Büro.«

»Was schwebt dir vor?«

»Tausende winziger Flügelschläge. Kaum merkbar an sich, weil keiner davon auf den ersten Blick irgendwelche Folgen nach sich zieht. Aber wenn Tausende gleichzeitig schlagen, wächst sich das Ganze zu einem perfekten Sturm aus.«

»Sprichst du von Optionen?«, wollte Ahlbom wissen.

»Ich gebe meinem privaten, international operierenden Netzwerk ein Signal, und das Gleiche machst du mit deinem. Was dann mit vereinten Kräften in Gang gesetzt wird, führt mittelbar dazu, dass unser Tipp sich bewahrheitet. Der Wert der Optionen aus zig kleineren Verträgen wird zum entscheidenden Zeitpunkt ins Unermessliche steigen.«

»Von welchem Sektor reden wir?«

»Luftfahrt.«

»Die Luftfahrtindustrie? Ich fürchte«, sagte Ahlbom, »das musst du mir erklären.«

Watts hatte in der Vitrine etwas wahrgenommen, eine Bewegung. Eine neue Form der Energie. Er wandte sich von dem Schweden ab.

»Sieh dir das an«, sagte er. »Jetzt ist es so weit.«

Einer der vier Kokons hatte sich bewegt. Das Gebilde erzitterte. Ein kleiner Riss breitete sich aus. Das Wesen darunter schob erst den Kopf durch die Hülle, nur eine schimmernde Membran trennte es noch von der Außenwelt. Dann kam ein Fühler zum Vorschein. Der ganze Körper wand sich und drängte hinaus. Die Flügel lagen noch immer zusammengelegt am Körper an. Erst als die Hülle abgestreift war, entfalteten sie sich, und der Schmetterling fing an zu krabbeln. Die Vorderflügel waren dunkelbraun wie nasse Erde und hatten weiße und schwarze Flecken auf der Innenseite. Auf der Oberseite zeigte sich bereits das namengebende violettblaue Schillern.

»Ein Großer Schillerfalter«, sagte Watts.

»Er ist wunderschön«, pflichtete Ahlbom ihm bei.

»Stammt aus dem eurasischen Raum. Was uns jetzt bevorsteht, ist die Wiederherstellung der ins Wanken geratenen Balance auf dieser Welt. Nach dem Zerfall der Sowjetunion haben sich die Machtverhältnisse verschoben. Wir haben den Kalten Krieg für uns entschieden, Nils, aber nie kapiert, was danach kommen könnte.«

»Unser Verhältnis zu Russland ist gut, sämtliche Marktsegmente, die mit dem Osten handeln, verzeichnen stattliche Zugewinne.«

»Du hast ja keine Ahnung.«

Der Schwede sah gekränkt aus, als wäre es das erste Mal im Leben, dass ihm jemand derart respektlos begegnet war.

»Dass Europa sich mit Russland versöhnt hat und in der Folge mit Asien – was glaubst du wohl, wozu das führen soll? Zu Frieden auf Erden?«

»Es sichert unsere Exporte und somit die Wirtschaft im Ganzen. Die Globalisierungstendenzen geben …«

»Europa ist ein Museum«, fiel Watts ihm ins Wort. »Auf jedes smarte Gehirn in Stockholm kommen zehntausend in Jakarta, noch mal so viele in Islamabad und hunderttausend in Chongqing. Über kurz oder lang werdet ihr von Menschen im Osten gesteuert – mitsamt ihren mittelalterlichen Gesetzen. Da kannst du deiner Neutralität und Demokratie Lebewohl sagen.«

»Ist nicht im Grunde genommen bloß die US-amerikanische Vormachtstellung gefährdet?«, gab Ahlbom zurück. »Ist nicht das dein eigentliches Problem?«

»Wie ich schon sagte: Wir haben unterschiedliche Ansichten, aber letztlich ein und dasselbe Ziel. Meine Welt ist nicht annähernd so gefährdet wie deine. Sag mir, mein Freund, wer hat deine Gesellschaft und die eurer Nachbarn in der Vergangenheit wohl vor dem Untergang gerettet?«

»Das wissen wir nur zu gut.«

»Gut. Vergiss es nicht. Denn das Einzige, was euren Lebensstil auch weiterhin gewährleisten kann, ist der amerikanische Frieden. Und der hat seinen Preis.«

»Den waren wir immer bereit zu zahlen.«

»Und genau deshalb bin ich jetzt hier. In Schweden, wo eine Handvoll guter Leute immer noch dazu imstande ist, klar zu sehen.«

»Du hast angedeutet, dass unsere Wettbewerbsfähigkeit abnehmen wird, wenn wir nichts unternehmen«, sagte Ahlbom. »Was *sollten* wir denn unternehmen?«

»Der Schlag wird aus Eurasien kommen, und zwar bald. Und Gott allein entscheidet, wer siegreich daraus hervorgeht.«

»Du verlässt dich auf *Gott*?«

Watts machte einen Schritt nach vorn und drückte den Rücken durch.

»Ihr Schweden seid doch alle Heiden. Ihr versucht, unseren Glauben zu unterminieren. Ihr geht auf die Schöpfungsgeschichte los und erzählt uns, das erste Buch Mose sei unlogisch. Ihr behauptet, die Evolution mit all den Wunderwerken der Moderne habe uns dorthin gebracht, wo wir heute stehen – und zwar angefangen mit etwas dermaßen Bescheidenem wie einem schwarzen Loch. Ihr beruft euch auf eure Evolution, als wäre das etwas, was Jesus ad absurdum führte. Ihr zieht die Konfliktlinie zwischen eurer unwidersprechbaren Wissenschaft und dem Haus Gottes – obwohl es ausgerechnet die Kirche und der christliche Glaube waren, die für euren wissenschaftlichen Fortschritt den Grundstein gelegt haben. Die Evolution kann eure Fossilien nicht erklären. Sie kann biomolekulare Entwicklungen nicht erklären. Wenn wir mit einem Mal Hinweise erhielten, dass es intelligentes Leben auf anderen Planeten gäbe, glauben eure Forscher, dass wir alle sofort übereinkämen, dass dieses Leben natürlich existiert. Trotzdem stehen dieselben Forscher vor einem Rätsel, was unsere eigene DNA angeht. Denn wo kommt die bitte her? Sieh dich doch um, Nils!« Watts deutete auf die Ausstellungsvitrinen. »Die Welt ist ein einziges großes Ökosystem und so perfekt organisiert, dass es unseren Verstand übersteigt. So zielgerichtet und so intelligent, dass kein menschliches Wesen das geschaffen haben kann. Sich diesen atheistischen Schlussfolgerungen anzuschließen, ist einem Mann deines Kalibers doch nicht wert!«

Ahlbom hob beide Hände und nickte ergeben.

»Du kannst wirklich überzeugend sein, Lawrence. Aber ich persönlich bin nicht imstande, Gottes Willen zu deuten.«

»Da liegst du erneut falsch«, wandte Watts ein. »Gott ist schließlich kein Passiv Singularis. Er wirkt seine Wunder auf dieser Erde, hier und in diesem Moment. Und Männer wie du und ich – wir sind die ausführenden Kräfte.«

26

Die Frau im Ford hieß Sego Naidu. Sie hatte im Sheraton in der Stockholmer Innenstadt ein Zimmer reserviert und würde in zwei Tagen wieder nach Südafrika zurückfliegen. Sie und Max hatten sich darauf geeinigt, ihr Gespräch in der Hotelbar fortzusetzen. Max war zu dem Schluss gekommen, dass sie weder eine Bedrohung darstellte noch jemand war, vor der er geheim halten müsste, woran er selbst arbeitete. Tatsächlich deutete einiges darauf hin, dass sie ihm sogar helfen könnte. Sie arbeitete für eine südafrikanische Spezialeinheit namens Scorpio, die sich mit organisiertem Verbrechen und Korruption befasste, und war nach Stockholm gekommen, um Gustav Barck die Ladung vors Gericht in Johannesburg zu übergeben. Sein Tod war sowohl für sie persönlich als auch für ihre Behörde ein harter Rückschlag.

Max versuchte, den Barkeeper auf sich aufmerksam zu machen, und wandte sich dann an Sego: »Was möchten Sie trinken?«

»Wodka. Zwei Eiswürfel«, antwortete Sego.

»Und für mich einen Kaffee mit Milch«, teilte Max dem Barkeeper mit.

»Es fing alles damit an«, erklärte Sego, nachdem sie den ersten Schluck genommen hatte, »dass die englischen Behörden Ermittlungen gegen einen britischen Rüstungskonzern eingeleitet haben, der mit Saab kooperiert.

Sie haben uns gebeten, Hausdurchsuchungen bei einer Handvoll südafrikanischer Staatsbürger vorzunehmen, die in Verdacht standen, Schmiergelder in beträchtlicher Höhe kassiert zu haben – bekannte Persönlichkeiten, die Freunde an den richtigen Positionen hatten. Die im Kongo während des Krieges natürliche Ressourcen geplündert und mit Gold, Diamanten und wertvollen Metallen ein Vermögen gemacht haben, während an anderer Stelle ein Völkermord vor sich ging.«

»Und diese Personen sollen als Mittelsmänner zwischen Saab einerseits und dem südafrikanischen Staat andererseits fungiert haben?«, hakte Max nach.

Sego nickte.

»Hatten die Engländer denn Hinweise darauf, dass Barck ebenfalls involviert sein könnte?«

»Zu diesem Zeitpunkt sprach nichts gegen ihn. Dann sind uns vor drei Tagen detailliertere Informationen zugespielt worden. Seither haben wir wie verrückt gearbeitet – bis ich hier gelandet bin und erfahren habe, dass Barck am selben Tag gestorben ist, als wir die Hinweise bekommen haben.«

»Wer war der Hinweisgeber?«

»Wir haben eine E-Mail erhalten, die über diverse Internetschleifen verschlüsselt worden war. Wir haben natürlich versucht herauszufinden, wer der Absender war, unter anderem haben wir die Mabahith kontaktiert, der Barck ins Visier geraten war, weil der wiederum Kontakt zu Personen hatte, die sie dort bewachten.«

Die Mabahith war der saudische Nachrichtendienst. Sofort musste Max an die Männer denken, die zusammen mit Barck in der Jerusalemer Hotellobby gesehen worden waren. Knöchellange weiße Gewänder, wie saudische Prinzen …

»Aber von der Mabahith stammte der Hinweis nicht?«, fragte Max.

»Nein. Allerdings ist mein Chef felsenfest davon überzeugt, dass zumindest die E-Mail von den Saudis kam. Derlei Mittelsmänner, wie ich sie erwähnt habe, werden unter höchster Geheimhaltung bezahlt. Die britische Regierung wusste sogar, um welche enormen Summen es sich handelte: knapp zwei Milliarden Kronen. Die Frage ist, ob die schwedische Regierung das ebenfalls wusste. Denn in diesem Fall würde sich die interne Ermittlung der Briten zu etwas wesentlich Größerem auswachsen, was sowohl für Schweden als auch für Südafrika Konsequenzen haben dürfte. Wir wissen, dass zumindest ein hochrangiger schwedischer Beamter von den Schmiergeldern wusste. Nur wissen wir nicht, ob er seine Regierung informiert hat.«

Sego machte ein vielsagendes Gesicht.

»Ihrer E-Mail zufolge war dieser Beamte Gustav Barck«, schlussfolgerte Max und fasste zusammen: »Er wusste über knapp zwei Milliarden Kronen Schmiergeld Bescheid, Sie können aber nicht sagen, ob er das noch einem Regierungsvertreter mitgeteilt hat.«

Sego nickte und nahm einen großen Schluck Wodka.

»Und mit den zwei Milliarden ist noch lange nicht Schluss – leider«, fügte sie hinzu. »Denn Schweden hat Südafrika überdies einen Kredit über zehn Milliarden bewilligt und weitere sechzehn Milliarden in Aussicht gestellt.«

Barck war durchaus in der Position gewesen, derlei Informationen nach Gutdünken auszuwählen und an handverlesene Kontakte weiterzugeben.

»Was wäre passiert, wenn der Kredit nicht bewilligt worden wäre?«

»Im schlimmsten Fall wäre der schwedische Steuerzahler zur Kasse gebeten worden.«

»Das ist doch ein Fantasiebetrag«, wandte Max ein. »Viel zu groß, als dass da etwas hätte schiefgehen dürfen.«

»Genau deshalb sind sie damit ja auch davongekommen. Es sind immer bloß die kleinen Fische, die ins Netz gehen.«

Barck hatte in diesem Gewirr bis über beide Ohren mit dringesteckt. Irgendwer musste ihn verraten haben. Eine E-Mail von einem unbekannten Absender … Es war nicht allzu schwer, sich vorzustellen, dass Barck sich Feinde gemacht hatte, aber wer immer die E-Mail geschickt hatte, musste Zugang zu streng geheimen Informationen gehabt haben. War er von einem Insider verpfiffen worden?

»Sie arbeiten für den Staat Südafrika«, sagte Max. »Ich nehme an, diese Schmiergelder sind mit Wissen Ihrer Regierung in den Taschen der Verbrecher gelandet? Aber ist die Regierung nicht Ihr Arbeitgeber?«

»Meine Einheit ist relativ neu, aber ja, wir müssen Augen im Hinterkopf haben. Ich verstehe, dass Sie sich fragen, wie man auf diese Weise überhaupt arbeiten kann. Aber ich habe keine andere Wahl.«

Sie nahm einen weiteren Schluck von ihrem Drink.

»Haben Sie Familie?«, fragte Max unvermittelt.

In Segos Blick veränderte sich etwas. Sie war überrascht. Eine persönliche Frage, die mit dem Fall Barck nichts zu tun hatte.

»Ich bin in einer Township aufgewachsen. So etwas hinter sich zu lassen ist gerade für eine junge Frau nicht ganz leicht. Aber wenn man es geschafft hat, dann will man nie wieder dorthin zurück. Ich bin alleinerziehend, zwei Töchter. Eine hat eine neuromuskuläre Krankheit, die es ihr erschwert, tagtäglich zur Schule zu gehen. Ohne den Job könnte ich uns drei nicht mehr lange durchbringen.«

»Ich hab einen Freund, der einer der führenden europäischen Experten auf dem Gebiet solcher Krankheiten ist. Ich habe selbst die Veranlagung für einen neurologischen Defekt. Wenn Sie wollen, bringe ich Sie miteinander in Kontakt.«

»Gerne … Danke, Max.«

Zum ersten Mal lächelte Sego – ein breites, warmes, schönes Lächeln. Max hatte das Gefühl, als wäre sie es nicht gewöhnt, dass andere ihr einen Gefallen taten.

»Ich sollte mit Ihnen über solche Dinge wirklich nicht reden. Weder über meine private Situation noch darüber, wie korrupt meine Vorgesetzten sind. Sie könnten am Ende selbst bei einem Rüstungshersteller arbeiten … Sie strahlen zumindest etwas sehr Soldatisches aus.«

»Ich habe einen militärischen Background, ganz richtig. Aber das ist Geschichte.«

Sego strich über den Rand ihres Wodkaglases.

»Verraten Sie mir eins«, fuhr Max fort. »Barck hat die schwedische Regierung womöglich nicht in dem Maße informiert, wie es angebracht gewesen wäre. Oder vielleicht eben doch? Aber wie dem auch sei – dafür könnte er bei Ihnen doch gar nicht zur Rechenschaft gezogen werden, oder?«

Sego schnaubte.

»Nein, aber diese geheimen Geschäfte, die von südafrikanischen Strohmännern eingefädelt werden, laufen über ein Unternehmen namens Sanip, das zu hundert Prozent zum Saab-Konzern gehört. Wir wollten Barck aus zwei Gründen vernehmen: erstens weil er sicher wusste, inwieweit die schwedische Regierung über die Schmiergelder informiert gewesen war. Und zweitens habe ich mich nach der anonymen Mail in dieses Unternehmen eingearbeitet …«

Sie trank den letzten Schluck.

»… und raten Sie mal, wer die Sanip in Johannesburg mit aufgebaut hat?«

Max musste an Barcks zahlreiche Reisen denken. Die Fixierung darauf, sämtliche Angelegenheiten bei sich zu horten, die mit Südafrika zu tun hatten.

»Gustav Barck«, antwortete er. »Wahrscheinlich hatte er für diese Firma eine ganze Reihe Berater und Mittelsmänner angeheuert. Im Grunde waren die nichts weiter als Waffenhändler und Rohstoffplünderer – und die Beraterhonorare wohl nichts weiter als Schmiergelder. Dafür hätte man ihn in Südafrika sehr wohl wegen Korruption vor Gericht stellen können.«

»Ganz richtig«, sagte Sego.

Max versuchte, sich Gustav Barck mit all diesen korrupten Gangstern vorzustellen, die Sego erwähnt hatte. Ein schwedischer Staatsdiener, gut gekleidet, gewissenhaft, gläubig.

Wer war er wirklich gewesen?

»Ich würde gern mit der Mabahith Kontakt aufnehmen – mit dem saudischen Nachrichtendienst, den Sie erwähnt haben. Wenn es stimmt, dass der Hinweis auf Barcks Verwicklungen in die ganze Sache von dort stammt, könnten sie dort noch mehr wissen. Können Sie da einen Kontakt für mich herstellen?«

»Was meine Menschenkenntnis angeht, bin ich eigentlich immer ganz gut gewesen … Ich hoffe sehr, dass ich Ihnen vertrauen kann.«

Sego hob ihre große Schultertasche vom Boden auf.

Angelte einen Plastikhefter hervor und schob ihn Max über den Tresen zu. In dem Hefter befand sich das Foto eines Mannes. Darunter standen die Kontaktdaten.

»Das hier bekommen Sie von mir nur, weil Sie mir mit meiner Tochter helfen. Meine Kontaktdaten stehen weiter hinten in der Mappe. Ich hoffe, ich höre bald von Ihnen. Und passen Sie auch gut auf Ihre eigenen Kinder auf.«

Max nickte bloß, ohne dass er richtig zugehört hätte. Ihm schwirrte davon, was ganz zuoberst in der Mappe lag, jetzt schon der Kopf, und sein linker Arm zuckte. Während der Heimreise aus Jerusalem hatte Max ein ganz ähnliches Gefühl gehabt – als zöge jemand an seinen Marionettenfäden.

Die Deckfolie, durch die das Gesicht des Kontaktmannes hindurchschimmerte, war genauso blau wie der Transporter, in dem er den Mann zuletzt gesehen hatte. Max hatte geglaubt, der Typ hätte am Steuer gesessen und geschlafen – mit dem kettchengeschmückten Arm im offenen Fenster. An derselben Straße, an der auch der Taxifahrer Wasil wohnte. Jetzt wusste er es besser.

»Unser Kontakt beim saudischen Nachrichtendienst«, erklärte sie, »nennt sich Raheem.«

27

Durch ein Loch in der Wand betrachtete Bexton den jungen Taxifahrer. Im Schuppen war es bestimmt sechzig Grad warm. Die Sonne brannte auf die Wellblechwand, hinter der Wasil gefesselt auf einem Stuhl saß. Durch die schwarze Kapuze auf seinem Kopf drang kein Licht; so als säße er in einem geschlossenen Ofen. Irgendwann fing das Hirn an zu brodeln. Da blieb keine Frage mehr unbeantwortet.

Wasil ruckte hin und her und jaulte.

Derlei Szenen hatte Bexton schon oft vor sich gesehen. Seine Objekte waren häufig Mudschahedin gewesen, die erst von amerikanischen Freunden trainiert worden waren und ihre Loyalitäten dann in den Wind geschossen hatten.

Wasil war kein afghanischer Rebell und Verräter. Er war Student, keine halbe Stunde von seinem Zuhause entfernt in Jerusalem – aber das wusste er nicht. Er musste sich wie in der Hölle vorkommen.

Bexton zog die Schuppentür auf. Bei dem Geräusch zuckte Wasil zusammen.

Als Bexton ihm die Kapuze vom Kopf riss, kniff der Junge die Augen zusammen, denn das Licht blendete ihn.

Bexton beugte sich vor, damit sein vernarbtes Gesicht das Erste wäre, was Wasil sähe, wenn sich seine Augen an die Lichtverhältnisse gewöhnt hätten.

»Wasil«, sagte er.

»Wo bin ich? Wer sind Sie?«

Seine Stimme zitterte vor Angst.

»Du erzählst mir jetzt, was du der Polizei und dem Mann aus Schweden erzählt hast. Von deinem Tag mit Gustav Barck.«

»Welcher Mann aus Schweden?«

»Hör auf damit. Wir haben euch zusammen gesehen, vor deinem Haus. Wir sind euch bis an die Grenze und dann weiter durchs Westjordanland gefolgt.«

Wasil brüllte laut auf, zerrte an Armen und Beinen, versuchte vergebens, sich loszuwinden.

»Wohin hast du den Schweden gefahren, der hinter Barck herschnüffelt?«, wollte Bexton wissen.

»An denselben Ort, an den Barck auch fahren wollte. Am Tag bevor er gestorben ist.«

»Du hast der Polizei erzählt, dass du mit Gustav Barck durch Jerusalem gefahren bist. Vom Westjordanland war keine Rede. Was ist da los?«

Wasils Blick folgte Bextons schwarzen Handschuhen.

»Hast du der Polizei erzählt, wen Barck bei der Konferenz getroffen hat?«

»Das weiß ich doch nicht, was bei dieser Konferenz los war! Das habe ich auch der Polizei erzählt – und diesem Max, dem Schweden, der bei mir aufgetaucht ist. Ich hatte draußen vor der Tür im Wagen gesessen, als Barck aus dem Hotel kam.«

»Okay. Du rufst jetzt deinen Taxichef an und sprichst ihm eine Nachricht aufs Band. Sag, du bist schwer enttäuscht und stinksauer, dass er dich gezwungen hat, zurück ins Westjordanland zu fahren – nach allem, was du durchmachen musstest. Du kommst nicht mehr wieder und fährst auch kein Taxi mehr. Und es hat keinen Sinn, wenn jemand nach dir sucht.«

»Weshalb sollte ich denn so was sagen?«

Bexton wählte eine Nummer und hielt Wasil das Handy ans Ohr.

Mit zitternder Stimme kam Wasil Bextons Aufforderung nach.

Anschließend steckte Bexton das Handy wieder ein.

Dann packte er mit der behandschuhten Hand Wasil am Hals, drückte zu, und Wasil brachte nur mehr ein Fiepen heraus.

»Erzähl mir jetzt von diesem Ort im Westjordanland!«

Er lockerte den Griff um Wasils Hals.

»Bet-El! Der Ort heißt Bet-El!«

Bexton ließ von Wasil ab. Der krümmte sich und rang nach Atem.

»Was hat Barck dort gewollt?«

»Er ist zu dieser alten Ruine gelaufen und hat merkwürdiges Zeug geredet.«

»Was genau?«

»Dass große Veränderungen bevorstehen …«

»Und weiter?«

»Dass die Stunde der Rechenschaft gekommen ist.«

»Und das alles hast du wahrscheinlich auch diesem Max erzählt?«

Es war kaum mehr als ein Flüstern. Trotzdem gab es keinen Zweifel.

»Ja.«

Bexton lief zum Ausgang der Wellblechhütte. Raheem kam ihm entgegen und überreichte ihm einen Revolver.

Auf dem Weg zurück zu Wasils Stuhl spannte er den Hahn.

Wasil riss den Kopf nach oben und starrte ihn mit leerem Blick an, als der kalte Stahl des Revolverlaufs sich gehen seine Schläfe presste.

Stockholm, im September 1986

Draußen auf der Straße nieselte es inzwischen leicht. Der Septemberhimmel über ihr war dicht bewölkt und Josefin hatte das untrügliche Gefühl, dass sie nicht mit leeren Händen nach Arholma würde zurückkehren können. Die Wachleute hatten sich demonstrativ in die Tür gestellt und starrten ihr nach, bis sie außer Sicht war. Dort drinnen war kein Mitleid mit einer krebskranken Frau zu erwarten.

Sie machte einen Spaziergang durchs Viertel. Als sie wieder zurückkam, waren die Wachen verschwunden. Sie betrat die Lobby eines benachbarten Hotels und setzte sich an einen Tisch mit Blick auf den Ausgang von Rosenbad.

Gegen sechs setzte die Dämmerung ein. Ein Mann kam durch die Tür und stiefelte davon. Josefin hatte Albrektsson von einem Zeitungsartikel wiedererkannt, den sie zu Hause im Keller gefunden hatte. Sie sprang sofort auf und lief ihm nach.

Albrektsson war ein hoch aufgeschossener Mann. Seine Schritte waren lang, und er schien es obendrein eilig zu haben. Die Aktentasche in seiner Rechten schlenkerte vor und zurück wie ein Pendel.

Sie folgte ihm durch den Tysta-Marigången-Fußgängertunnel. Als er an der Vasagatan herauskam, blieb er abrupt stehen und drehte sich um. Josefin kramte in ihrer Handtasche, um ihn nicht anstarren zu müssen. Albrektsson schien sich in alle Richtungen umzusehen, als ahnte er, dass er verfolgt wurde. Als sie das nächste Mal aufblickte, hatte er die breite Straße überquert und steuerte den Hauptbahnhof an. Sie schloss die Handtasche und eilte ihm nach, doch inzwischen war sein Vorsprung eindeutig zu groß. Spätestens in dem riesigen Bahnhofsgebäude würde sie ihn im Gewühl aus den Augen verlieren. Sie musste sich zusammenreißen, um nicht aus einem spontanen Impuls heraus seinen Namen zu rufen. Ihr war klar, dass er nicht auf offener Straße stehen bleiben und mit ihr reden würde. Dass er sich geweigert hatte, sie zu empfangen, und stattdessen die Wachen gerufen hatte, sprach eine deutliche Sprache. Sie würde den richtigen Moment abpassen müssen.

Also beschleunigte sie. Er bahnte sich einen Weg durch die Menge, lief dann die Treppe in Richtung der Gleise hinunter und sah sich dabei erneut mehrmals um.

Am Zugang zum Bahnsteig zog er behände seine Zeitkarte durch den Automaten. Josefin indes musste Schlange stehen, um sich am Schalter einen Fahrschein zu kaufen. Als sie endlich so weit war, erklomm sie die letzten paar Stufen.

Auf dem Bahnsteig war es brechend voll. Sie verspürte einen Anflug von Panik, als sie ihn nicht sofort entdeckte, doch dann sah sie, wie er ein Stück weiter den Bahnsteig entlang andere Reisende überragte. Vorsichtig ging sie näher. Sie würde denselben Zug nehmen und ihn ansprechen, sobald er wieder ausstieg.

Albrektsson schien in einem fort von einem Bein aufs andere zu treten, als würde er von Ameisen angegriffen. Josefin musste sich an mehreren Fahrgästen vorbeidrängen, um näher an ihn heranzukommen. Über ihr ertönte das Signal für die Durchsage, und auf der Zuganzeige wurde die Bahn nach Märsta angekündigt. Aus dem Gleisbett war ein Zischen und Knistern zu hören, und dann tauchte ein bleiches Scheinwerferlicht auf, als der Zug sich in einer leichten Kurve dem Bahnsteig näherte.

Und plötzlich passierte etwas. Eine Frau kreischte, und die Wartenden an der Bahnsteigkante bildeten einen Halbkreis. Ein Mann in Schwarz zwängte sich zwischen ihnen hindurch und rannte auf die rückwärtige Treppe zu.

Josefin folgte dem Mann mit dem Blick. Er lief schnell und geschmeidig, war sportlich gebaut und hatte breite Schultern.

Hatte er eine Maske getragen?

Eine Frau, die vor dem Tumult Reißaus nehmen wollte, rempelte Josefin an der Schulter an, aber sie drängte sich zwischen den Gaffern hindurch und trat an die Kante.

Albrektsson lag flach auf den Gleisen und schien sich krampfhaft an seiner Aktentasche festzuhalten, während der Zug rasend schnell näher kam.

Ein Mann wollte bereits zu Albrektsson hinunterspringen und ihm zu Hilfe kommen, doch als der Zugführer das Warnsignal betätigte und die Bremsen schon quietschten, überlegte er es sich anders und wich von der Kante zurück.

Josefin zitterte am ganzen Leib. Sie blickte auf, erhaschte einen Blick auf das kalkweiße Gesicht des Lokführers, der mit bebendem Kinn das Hindernis anstarrte, das vor ihm auf den Gleisen lag.

Die Leute stoben in alle Richtungen auseinander, sahen weg, hielten sich die Ohren zu, um das gellende Schrillen auszublenden.

Josefin stand wie gelähmt da. Konnte den Blick nicht

von den Gleisen abwenden. Im letzten Moment riss ein Fremder sie von der Bahnsteigkante zurück.

Sie hörte nicht einmal mehr ihren eigenen Schrei, als der Zug den Mann überrollte, in den sie all ihre Hoffnungen gesetzt hatte.

Samstag, 8. September

28

»Barck hätte bei Gericht in Johannesburg aussagen sollen«, erzählte Max Sarah am Telefon.

Mit dem Handy am Ohr lief er den Norr Mälarstrand entlang. Er war auf dem Weg zu Cornelius Strömberg. Über den Riddarfjärden rollten kleinere Wellen gen Ufer, seit der Wind aufgefrischt hatte – kein kalter Nordwind, sondern die Art warmer, fast südländischer Wind, der manchmal zu Beginn des Herbstes von der Sahara bis hinauf nach Stockholm wehte.

»Und der bevorstehende Gerichtstermin hat ihn dann derart unter Druck gesetzt, dass er als einzigen Ausweg den Selbstmord gesehen hat?«, fragte Sarah.

»Nicht unwahrscheinlich«, erwiderte Max. »Die Frau, mit der ich mich unterhalten habe, war hier in Stockholm, um ihm die Vorladung persönlich zu übergeben.«

»Wie sind sie denn auf Barck gestoßen?«, wollte Sarah wissen.

»Durch einen anonymen Hinweis, möglicherweise vom saudischen Nachrichtendienst. Sie hat mir die Daten ihres Kontaktmannes gegeben. Ich habe ihn in Jerusalem gesehen, er hat mich verfolgt und hatte zuvor garantiert auch Barck im Visier. Barck hat ein doppeltes Spiel gespielt, und das in seiner Position! Kann sein, dass er sich da Feinde gemacht hat. Was hast du über Watts herausgefunden?«

»Er hat eine faszinierende Lebensgeschichte«, sagte

Sarah. »Hat Molekularbiologie studiert, und zwar an der Liberty University, einer kirchlichen Uni in Lynchburg, Virginia, statt sich um die Familiengeschäfte zu kümmern oder die renommierte Uni zu besuchen, die schon sein Vater und Großvater besucht hatten. Nach dem Abschluss ist er durch die Welt gereist – von 1979 bis 1987. Galt als vagabundierender Dandy, als Glücksritter, auch wenn recht wenig darüber bekannt ist, was er genau in dieser Zeit getrieben hat. Allerdings war das wohl ein Problem; seine Familie ist so dermaßen alter amerikanischer Adel, wie man ihn sich nur vorstellen kann.«

»Und dann ist irgendetwas passiert, woraufhin er in die Geschäftswelt zurückgekehrt ist?«, vermutete Max.

»Ganz genau. Das Familienunternehmen, das früher die feinsten Traktoren der USA produziert hatte, sattelte um auf Panzer. Mitte der Neunziger dann die Wende: Das Pentagon streicht die Mittel für Rüstungsgüter zusammen, Bestellungen bleiben aus. Das Familienimperium droht in sich zusammenzufallen.«

»Da war der Kalte Krieg gerade zu Ende. Die USA waren in keinerlei Auseinandersetzungen mehr verwickelt. Damals wurde das Verteidigungsbudget der USA zum ersten Mal seit dem Zweiten Weltkrieg drastisch zusammengekürzt.«

»Tja, und das wollte Watts anscheinend nicht akzeptieren«, fuhr Sarah fort. »Er hat das Unternehmen sanieren und tatsächlich frisches Kapital beschaffen können. Allerdings nicht aus den USA, weil dort niemand mehr glaubte, dass die alten Rüstungsfirmen aus dem Süden noch zu retten wären.«

»Woher kam das Geld dann?«

»Aus Saudi-Arabien.«

Erneut sah Max die weiß gekleideten Männer vor sich, von denen Wasil erzählt hatte und die das Hotel in Jerusalem betreten hatten, als Barck gerade auf Wasils Taxi zugelaufen war.

»Wie oder wann hat Watts denn reiche Saudis kennengelernt? In seiner Zeit als herumstreunender Playboy?«

»Keine Ahnung. Aber anscheinend ist da eine Menge Geld geflossen. Dann hat Watts überdies neue Bestellungen aus dem Pentagon erhalten, obwohl man dort teilweise der Ansicht war, dass die Produkte des Unternehmens überholt und ineffizient seien. Rund um die alte Traktorenfabrik hat er eine Investmentgesellschaft gebaut, aus der die heutige BE Investment Group hervorgegangen ist. Mit den Gewinnen hat er immer neue Firmen gegründet und umso mehr Geld investieren können. Lawrence Watts III. hat das kränkelnde Industrieunternehmen des Vaters grundlegend umgekrempelt. Heute hat er die gleiche Rolle inne wie einst sein Großvater – als einer der größten Kapitaleigner der USA.«

»Sehr inspirierend«, murmelte Max. »Allerdings haben wir bislang nichts weiter als eine vage Verbindung zwischen Watts und Barck – nämlich dass beide sich vor Barcks Tod im selben Hotel in Jerusalem aufgehalten haben.«

»Eine ziemlich eindeutige Verbindung zwischen Watts und Schweden habe ich allerdings gefunden: Watts hat vor einigen Jahren ein größeres Rüstungsunternehmen aufgekauft, was in US-Zeitungen mit großem Erstaunen zur Kenntnis genommen und worüber ausführlich berichtet wurde.«

»Welches Unternehmen soll das sein?«

»Allied Defense & Armor.«

Max blieb wie angewurzelt stehen. Er war vielleicht zweihundert Meter von Strömbergs Haustür entfernt. Mit einem Mal fühlte es sich an, als hätte er einen Stein im Magen.

»Das Unternehmen, das Bofors gekauft hat? Dann gehört Bofors ihm jetzt auch?«

»Exakt«, sagte Sarah. »Komm nach deinem Treffen mit Strömberg vorbei, dann reden wir weiter.«

Max ließ den Blick über ein paar Segelboote schweifen, die draußen auf dem Wasser dümpelten. Dass es in Watts' und Barcks Welten Überschneidungen gegeben hatte, war glasklar. Die Frage war nur, wie das alles miteinander zusammenhing – sofern hier der Grund für Barcks Selbstmord lag.

Direkt nach seinem Gespräch mit Sarah rief Max Raheems Nummer auf – die jenes saudischen Agenten, der ihm in Jerusalem aufgelauert hatte. Max war überzeugt davon, dass der Mann Licht ins Dunkel bringen konnte. Sie hatten Barck doch nicht ohne Grund beschattet. Nur warum sollten sie ihre Erkenntnisse jetzt ausgerechnet mit Max teilen? Was sollte er dem Mann sagen? Wie sollte er sich vorstellen?

Es bestand durchaus das Risiko, dass Raheem sofort auflegen und seine Freunde in Schweden anrufen würde – Freunde bei der Säpo. Und dass die Säpo daraufhin alles daransetzen würde, Vektor den Auftrag zu entziehen, war ebenfalls sonnenklar. Damit würden sowohl er, Sarah als auch Strömberg mächtig in Schwierigkeiten geraten. Das Telefonat mit Raheem würde warten müssen, bis Max mehr zusammengetragen hatte.

Für die Regierung stand einiges auf dem Spiel; in einem Jahr waren Wahlen.

Die Frage war bloß, wie schwer es Vektor treffen konnte, wenn Max seine Trümpfe nicht geschickt ausspielte.

29

Es sah aus, als wäre die Zeit in der Wohnung stehen geblieben, seit Cornelius und Barbro in den Siebzigern hier eingezogen waren. Das weinrote Sofa, auf dem Max Platz nahm, war durchgesessen. Er konnte die Federn in der Polsterung spüren. Auf dem Couchtisch hatte Cornelius Kaffeetassen mitsamt Untertassen aus gutem, blümchengemustertem Porzellan bereitgestellt. Während Max Bericht erstattete, was er in der Zwischenzeit in Erfahrung gebracht hatte, wiegte sich der Oberst ihm gegenüber leicht vor und zurück.

Sowie Max geendet hatte, stand Strömberg auf.

»Ich bin wirklich beeindruckt, wie viel Sie in so kurzer Zeit herausfinden konnten. Sie haben meine hohen Erwartungen noch übertroffen.«

Max nickte dankbar, sagte aber nichts.

Strömberg setzte sich wieder und streckte sich nach seiner Kaffeetasse.

»Die Stunde der Rechenschaft? Der arme Mann«, sagte Strömberg, nachdem er einen Schluck genommen hatte. »Scheint fast, als hätte das bevorstehende Verhör ihn mächtig unter Druck gesetzt.«

»Das habe ich auch erst gedacht.«

»Warum erst?«, fragte Strömberg. »Haben Sie Ihre Meinung geändert?«

»Barck ist umgekommen, noch bevor Sego Naidu ihn von der Vorladung in Kenntnis setzen konnte.«

»Aber er hatte doch garantiert Wind davon bekommen. Das Ganze ist schlichtweg skandalös – was hätten sie ihm denn vorwerfen wollen? Einem Staatsbediensteten! Das muss ich mit Niklasson besprechen, und dann sehen wir ja, wie sie und die Partei vorgehen wollen. Es würde mich nicht verwundern, wenn die Geschichte diplomatische Konsequenzen hätte.«

»Ich habe außerdem gerade von Sarah erfahren, dass dieser amerikanische Investor, dessen Vortrag Barck in Jerusalem gehört hat, dieser Lawrence Watts III., inzwischen mittelbar Besitzer von Bofors ist – und sich diese Woche in Stockholm aufhält. Ich bin mir nicht sicher, ob das eine Spur ist, die wir verfolgen sollten.«

Strömberg schüttelte den Kopf.

»Klingt, als hätte Barck sich enorm für Vermögens- und Aktiengeschichten interessiert. Er wird wahrscheinlich rein private Gründe gehabt haben, warum er den Vortrag des Amerikaners besucht hat. Diese Episode aus dem Westjordanland spricht meines Erachtens dafür, dass die Südafrika-Verwicklungen ihn so sehr in Mitleidenschaft gezogen haben, dass er darüber den Verstand verloren hat.«

»Ich kann ja noch ein paar Tage an der Sache dranbleiben«, sagte Max.

Strömberg lächelte.

»Sie haben die Arbeit von Wochen binnen weniger Tage geschafft, Max. Nehmen Sie sich ein bisschen frei, und wenn es tatsächlich stimmt, dass die Südafrika-Affäre der Grund für Barcks Selbstmord ist, dann muss ich mir über das weitere Vorgehen erst noch Gedanken machen.«

30

Magnus Bexton ließ den Blick über die Monitorwand schweifen. Auf einer der Digitalanzeigen zählte ein Countdown von hundert Stunden runter. Sobald der bei null angelangt wäre, würden Watts' Pläne in die Tat umgesetzt.

Das Haus Gottes …

Etwas so Unfassbares würde niemand je begreifen können.

Draußen ging das Leben natürlich wie üblich weiter. Das Bowlingzentrum an der Hornsgatan war heute bestens besucht. Das Mädchen an der Kasse hatte wie alle anderen auch einen befristeten Vertrag bekommen. Sie hatte keine Ahnung, dass es hier einen geheimen Raum gab, der als Kommandozentrale diente. Was hinter der Panzertür vor sich ging, war ein Geheimnis, das auf zwei Seiten eines riesigen Ozeans nur einer Handvoll Männer bekannt war.

Unvermittelt war ein Klopfen zu hören. Es kam nicht von der Tür, die in die Bowlinghalle führte, sondern von der Tür zur Werkstatt und zur Garage. Bexton nahm den Revolver vom Steuerpult und ging langsam auf die Tür zu, drehte den Schlüssel herum und machte die Tür auf.

Vor ihm stand Lawrence Watts – diesmal ohne Paschtunengewand und Bart, so wie er Bexton für alle Zeiten ins Gedächtnis geätzt war. Stattdessen trug er einen beigefarbenen Anzug aus einem Stoff, der an Jutegewebe erinnerte, aber mit dem hervorblitzenden türkisfarben schimmernden Futter alles andere als ärmlich wirkte. Darunter ein weißes Hemd mit blau gepunkteter Fliege, an den Füßen weiße Schuhe. Zwischen den grünen Augen mit dem intensiven Blick der auffallendste Zug – der lange Nasenrücken, der vage an einen Schnabel erinnerte. Er sah aus wie ein Mitglied der Südstaaten-High-Society, der zu einer Gartenparty nach Stockholm gekommen war.

Bexton begrüßte ihn mit einer Umarmung. Er war möglicherweise der Einzige hier in Schweden, der wusste, wer Watts in Wahrheit war. Und auch für ihn persönlich hatte er eine enorme Bedeutung.

»Ich hatte bereits befürchtet, wir würden uns nicht sehen können«, sagte er.

»Wir dürfen zumindest nicht zusammen gesehen werden«, erwiderte Watts. »Daher bin ich auch diesen ungewöhnlichen Weg gekommen.«

Watts machte ein paar Schritte in die Kommandozentrale hinein, studierte die Monitore an der Wand und ließ sich dann auf einen Stuhl sinken.

»Hast du hier alles, was du brauchst?«, fragte er.

»Ja«, antwortete Bexton. »Die Überwachung ist besser als alles, was jedwede schwedische Behörde aufzubieten hat. Danke dafür.«

Watts legte Bexton eine Hand auf die Schulter.

»Unsere Operation wird leider nicht auf Jerusalem beschränkt bleiben können. Eine Südafrikanerin ist eingeflogen.«

»Wer?«, wollte Bexton wissen.

»Sie arbeitet für Scorpio und hat Hinweise zu Barck erhalten. Die Infos kommen aus allen erdenklichen Richtungen: aus dem Nahen Osten, London, Afrika. Ihre Ermittlung könnte dazu führen, dass alles ans Licht kommt. Wir müssen auch hier in Stockholm wieder gewisse Maßnahmen ergreifen. Was wir hier aufgebaut haben, hat seine Funktion erfüllt, wir haben einiges wieder geraderücken können – vor allem du, Magnus. Aber du weißt auch, was es bedeuten würde, wenn gewisse Dinge aus der Vergangenheit jetzt ans Licht kämen. Und du kannst dir denken, was das für mich heißt. Umwälzende Veränderungen fordern nun mal ihre Opfer. Unsere Optionen sind da ganz einfach: Entweder gehören wir der Vergangenheit an. Oder der Zukunft.«

»Wo finde ich diese Südafrikanerin?«

»Im Hotel Sheraton. Sie hat für morgen ein Rückflugticket.«

31

Auf der Straße vor Strömbergs Haus kramte Max sein Handy hervor. Sarah hatte gesagt, sie sollten sich im Büro treffen, damit sie sich weiter über Lawrence Watts unterhalten könnten, der sich mittels seiner Investmentgesellschaft Bofors unter den Nagel gerissen und möglicherweise mit Gustav Barck zu tun gehabt hatte. Doch Strömberg wollte nicht, dass sie in dieser Richtung weiterforschten.

Sich jetzt freizunehmen war das Letzte, was Max sich vorstellen konnte.

Sarah ging nicht ans Telefon, also spazierte er weiter in Richtung Kungsholmstorget. Er blieb an einer Kreuzung vor einem Blumengeschäft stehen. Auf dem Gehweg standen Eimer mit Blumensträußen und auf Bänken hübsch arrangierte Topfpflanzen. Im Schaufenster wurde Diverses beworben – sämtliche Feierlichkeiten des Lebens: Geburtstage, Valentinstag, Hochzeiten, Beerdigungen.

Einige Tage zuvor war ihm im Bad etwas in den Sinn gekommen, was ihm dann nicht mehr aus dem Kopf gegangen war. Trotzdem war er sich noch immer nicht sicher, ob es klug wäre, weiter in Mamas merkwürdigen Aufzeichnungen zu stöbern. Er war hin- und hergerissen. Einerseits hatte er unverhofft frei, andererseits trieb ihn seit seiner Rückkehr aus Jerusalem eine extreme Rastlosigkeit um. Dann fiel ihm wieder ein, welcher Tag heute war. Exakt fünfzehn Jahre waren vergangen, seit der Rüstungskontrolleur Albrektsson gestorben war.

Ein Stück weiter die Straße hinunter befand sich ein neu eröffnetes Internetcafé. Max bezahlte für eine Stunde und setzte sich an einen freien Computer. Als er Albrektsson in die Suchmaske eingab, wurden sofort mehrere Ergebnisse angezeigt. Albrektsson war nur achtundvierzig Jahre alt geworden. Im Zuge der Ermittlungen zu seinem Tod war auch seine Assistentin Vanessa befragt worden. An seinem letzten Arbeitstag war Albrektsson wie immer in seinem Büro gewesen. Er hatte wohl ein Einschreiben von der Rikskrim bekommen, das ihn aufgewühlt hatte. Am späten Nachmittag hatte er eine Besprechung mit dem Direktor eines Rüstungskonzerns gehabt. Er hatte Kette geraucht, was für ihn unüblich war und hatte gestresst gewirkt. Am Abend hatte er sein Büro verlassen und war durch den Tysta Marigången via Vasagatan zum Hauptbahnhof gelaufen, um nach Hause in seine Villa in Sollentuna zu fahren. Einige Zeugen meinten, er sei ins Gleisbett gestürzt, andere behaupteten, er sei gestoßen worden. Die Ermittlungen weiteten sich zu einem mittleren Skandal aus, diverse Unterlagen unterlagen bis heute der Geheimhaltung. Wenige Tage nach jenem Schicksalstag hätte er bei Gericht zu der sich endlos hinziehenden Datasaab-Affäre aussagen sollen.

Die kopierten Artikel aus dem Collegeblock seiner Mutter hatten von exakt dieser Firma gehandelt, von ein und demselben Rüstungsskandal. Von den Flugleitsystemen mit US-amerikanischen Platinen, die an die Sowjetunion verkauft worden waren.

Konnte das wirklich nur Zufall sein?

Er überflog erneut die Trefferliste und entdeckte eine

Meldung, derzufolge der Chef der Leibgarde sich dafür eingesetzt hatte, dass Albrektsson auf dem Friedhof der Garnisonskirche Silverdal in Sollentuna beigesetzt werden sollte – offenbar eine große Sache, weil dort seit Jahrzehnten niemand mehr beerdigt worden war. Inwieweit das Militär Albrektssons Gedächtnis heute noch pflegte, stand auf einem anderen Blatt.

Die Suche nach Silverdal bescherte ihm die Telefonnummer des Friedhofsaufsehers. Er wählte die Nummer und hoffte inständig, dass der Mann an einem Samstag erreichbar wäre.

»Hej, ich rufe im Auftrag der Leibgarde an«, sagte Max, als jemand abhob. »Wir haben hier Blumen für Jonas Albrektssons Grab.«

»Wie viele von Ihnen wollen denn kommen?«, fragte der Mann am anderen Ende der Leitung.

»Ich komme allein. Ich war bislang nie bei Ihnen draußen, vielleicht können Sie mir den Weg zum Grab beschreiben?«

Der Mann gab Max die entsprechende Auskunft.

»Danke sehr. Eine Frage hätte ich noch: War heute schon jemand da?«

»Die Frau ist gerade gekommen«, antwortete der Mann. »Die immer da ist.«

Mit einem Blumenstrauß im Arm winkte Max ein Taxi heran. Er bat den Fahrer, sich auf dem Weg zum Friedhof in Sollentuna nördlich von Stockholm zu beeilen. Er wollte dort sein, ehe die Frau den Friedhof wieder verließ.

Vor Ort eilte er an Mäuerchen, Bassins und hübsch bepflanzten Rabatten vorbei über den gewundenen Pfad quer über den Silverdal-Friedhof. Das Grab, nach dem er suchte, lag unweit der Garnisonskapelle. Eine Frau war davor in die Hocke gegangen und stocherte mit einem kleinen Spaten in der Erde. Kurzes rotbraunes Haar. Als Max neben ihr stehen blieb, stand sie auf, streifte die Gartenhandschuhe ab und drehte sich zu ihm um.

Max nickte ihr zum Gruß zu, beugte sich über Albrektssons Grab und legte die Blumen neben ein brennendes Grablicht.

»Sind Sie ein Freund aus Militärzeiten?«

»Unsere Wege haben sich mal gekreuzt«, erwiderte Max. »Allerdings habe ich ihn nie persönlich getroffen. Sind Sie seine Frau?«

»Nein, so weit ist es nie gekommen.«

Sie lächelte ihn an.

»Wenn Sie ihn gar nicht persönlich kannten, was führt Sie dann her?«, wollte sie wissen. »An den Jahrestagen kommt doch sonst niemand von der Armee mit Blumen.«

»Ich bin nicht mehr bei der Armee«, sagte Max. »Inzwischen arbeite ich als Berater für das Außenministerium und habe mit schwedischen Rüstungsexporten zu tun. In diesem Zusammenhang bin ich auf einen Bericht über Albrektssons Arbeit und natürlich über seinen tragischen Tod gestoßen. Das hat bei mir etwas ausgelöst. Deshalb wollte ich am Jahrestag herkommen.«

Sie schnippte ein bisschen Erde von ihrer Hose und streckte ihm die Hand entgegen.

»Vanessa. Ich war Jonas' Assistentin in der Kriegsmaterialinspektion.«

Max gab ihr die Hand. Der Name war ihm bei der Internetrecherche untergekommen. Auch sie hatte im Zuge der Untersuchungen zu Albrektssons Todesumständen ihre Aussage gemacht.

»Max Anger«, stellte er sich vor.

»Anger?« Schlagartig klang ihre Stimme anders. »Sind Sie mit Josefin Anger verwandt?«

Max nickte, versuchte, ihren forschenden Blick zu deuten.

»Ja, Josefin war meine Mutter«, sagte er. »Kannten Sie sie?«

»Ich bin ihr einmal begegnet … Sie ist exakt vor fünfzehn Jahren bei uns im Büro aufgetaucht. Deshalb sind Sie hier, nicht wahr?«

Max gab sein Bestes, um seine Gesichtszüge unter Kontrolle zu halten. Dass seine Mutter Albrektsson an ein und demselben Tag besucht haben sollte, an dem er gestorben war, fühlte sich regelrecht makaber an. Allein dass sie Nachforschungen über ihn angestellt hatte, war schon merkwürdig genug. Dass sie aber eigens in die Stadt gefahren war, um ihn zu treffen, klang schier unfassbar. Trotzdem wollte er fürs Erste nichts weiter preisgeben und fürchtete vielmehr, sein Bluff könnte auffliegen.

Vanessa sah ihn an, als würde sie nach wie vor nicht richtig schlau aus ihm.

»Kommen Sie«, sagte sie dann. »Setzen wir uns dort auf die Bank.«

Nebeneinander und mit Blick über die Gräber hochdekorierter Vaterlandsverteidiger ließen sie sich auf der Bank vor der Kapelle nieder.

»Ihre Mutter hatte damals keinen Termin, und Jonas hatte keine Zeit, sich mit ihr zu unterhalten.«

»Wissen Sie, warum sie mit Albrektsson reden wollte?«

»Sie meinte, Jahre zuvor hätte ihr Mann einen Termin bei Jonas gehabt. Allerdings habe ich das nachgeschlagen, und es stimmte gar nicht.«

»Und warum wollte meine Mutter mit Albrektsson reden?«, beharrte Max.

Vanessa sah auf ihre Hände. Max folgte ihrem Blick. Sie nestelte an einem Ring, an einem Trauring.

»Ich bin mir nicht sicher. Sie hat behauptet, es hätte mit dem Unfall Ihres Vaters zu tun.«

Es war Max ein Rätsel. Der Keller. Das heruntergekommene, staubige Arbeitszimmer. Der Datasaab-Artikel, die drei Namen ... Ein Todesdatum hatte ihn hierhergeführt, hier zu dieser Bank, auf der er jetzt neben Vanessa saß. Was konnte all das mit dem Autounfall seines Vaters zu tun haben?

»Hat meine Mutter gesagt, wann mein Vater den Termin bei Albrektsson gehabt haben soll?«

»Am 6. Juni 1982.«

Wie ein Faustschlag in den Nacken.

»Und da sind Sie sich sicher?«

»Ja«, antwortete Vanessa. »Und ich weiß auch genau, was damals passiert ist. Das hat sie mir ebenfalls erzählt. Wussten Sie, dass ich heute hier sein würde?«

Max hatte Mühe, sich auf das Hier und Jetzt zu konzentrieren und seine Notlüge nicht zu entlarven.

»Nein.«

»Ich wüsste es sehr zu schätzen, wenn das hier unter uns bleiben könnte.«

Max nickte.

Die Verbindung zwischen seinem Vater und Jonas Albrektsson war also ein Gesprächstermin gewesen. Und womöglich hätte es um das Thema des Artikels gehen sollen.

Was Vanessa ihm soeben eröffnet hatte, beantwortete eine der Fragen, die sich Max jahrelang gestellt hatte.

Er hatte gewusst, dass Jakob an jenem Nachmittag nach Stockholm fahren wollte; nur den Grund dafür hatte er nie gekannt.

Jakob hatte Albrektsson treffen wollen. Doch auf dem Weg war er tödlich verunglückt.

Jahre später – auf den Tag vor fünfzehn Jahren – hatte seine Mutter das Gleiche versucht.

Und Albrektsson war ums Leben gekommen.

»Wer weiß von dieser Sache?«, fragte er.

»Keine Ahnung«, antwortete Vanessa.

»Hatten Sie je wieder Kontakt zu meiner Mutter?«

»Nein. Sie hatte angekündigt, sich zu melden und Informationen zu schicken, die Ihr Vater zusammengetragen hatte. Ich habe monatelang tagtäglich die Post genau durchgesehen, da können Sie sicher sein. Aber es ist nie etwas gekommen.«

32

»Warst du bis eben bei Strömberg?«, wollte Sarah wissen.

Sie war hinaus auf den Flur getreten, als Max von seinem Silverdal-Besuch bei Vektor zurückgekommen war.

»Ich musste noch was in Sachen Arholma klären«, erwiderte er.

Sarah ging in Richtung Kaffeeküche.

»Du willst doch nicht verkaufen. Hab ich recht?«

Sie füllte Wasser in die Kaffeemaschine.

»Wir werden sehen.«

»Auch eine Tasse?«

»Ja, gerne. Wie läuft's bei dir?«

Sarah schluckte trocken.

»Die Lage sieht folgendermaßen aus: Lisette hat eine ganze Liste mit Projekten, über die sie mit mir reden will. Bis vor Kurzem stand ganz oben auf dieser Wunschliste eine Reise nach New York. Sie wollte aufs World Trade Center und auf das Empire State Building und dort oben Familienfotos schießen. Cupcakes im Greenwich Village essen. Trendige Boutiquen in Soho durchforsten. Aber jetzt hat sie eine neue Idee: Sie will im Garten ein großes Gewächshaus. Morgen muss ich mit ihr eins besichtigen.«

»Vielleicht solltest du etwas mehr Interesse heucheln …«

»Schon klar. Was hat Strömberg gesagt?«

»Dass ich mir ein paar Tage freinehmen soll. Er will das

Ganze mit seiner Kontaktfrau absprechen und mir dann mitteilen, wie es weitergeht.«

»Hast du diesen Investor, Watts, erwähnt? Der in Jerusalem war, als Barck ebenfalls dort war, und der jetzt hier in der Stadt ist?«

»Strömberg findet nicht, dass die Spur es wert ist, weiter verfolgt zu werden. Er glaubt, die Antwort liegt in der Südafrika-Affäre – die habe Barck in die Knie gezwungen.«

»Dann war's das also?«, fragte sie. »Ehrlich gesagt scheint mir Strömberg die Watts-Verbindung ein bisschen zu leichtfertig abzuhaken.« Sie setzte sich an den kleinen Küchentisch. »Kann es sein, dass du mir etwas verschweigst?«

Max setzte sich ihr gegenüber. Er zögerte; er ahnte bereits, wohin das hier führen würde. Doch die Erfahrung hatte ihn gelehrt, dass es besser war, wenn er mehr mit Sarah teilte. Nach allem, was er an Albrektssons Grab in Erfahrung gebracht hatte, wäre es überdies unverantwortlich, sie nicht ins Vertrauen zu ziehen.

»Das alles ist schon mal passiert«, sagte er. »Barck war nicht der Erste.«

»Was willst du damit andeuten?«

»Kannst du dich noch an einen gewissen Jonas Albrektsson erinnern?«

»Der von einem Zug überrollt wurde?«

»Im Prinzip hatte er damals den gleichen Job wie Barck. Und die gleiche offiziell verlautbarte Todesursache: Selbstmord.«

»Das ist doch Jahre her. Wie bist du denn auf den gekommen?«

Max erzählte ihr von seiner Begegnung mit Albrektssons Sekretärin und den Sachen, die er auf Arholma im Keller gefunden hatte und die ihn ursprünglich auf diese Spur geführt hatten.

Als er verstummte, schüttelte Sarah den Kopf. Max wusste genau, was sie dachte. Dass sie ihn vorgewarnt hatte. Dass die Sache mit Barck für ihn persönlich werden könnte.

»Dann ist es also nicht nur so, dass Albrektssons und Barcks Tode einander ähneln. Du findest, der Tod deines Vaters hat ebenfalls damit zu tun. Aber was soll das heißen? Dass die beiden derselben Verschwörung zum Opfer gefallen sind?«

»Vielleicht ... Keine Ahnung.«

»In all den Jahren, die wir uns jetzt kennen, hast du in einer Tour über den Tod deines Vaters gegrübelt. Du hast von den Russen gesprochen – dass *die* irgendwie hinter dem Unfall gesteckt haben könnten. Glaubst du jetzt, die Russen haben Barck ebenfalls auf dem Gewissen? Und diesen Albrektsson?«

»Ich kann das alles nicht beantworten, Sarah – zumindest noch nicht. Aber auch Albrektsson hätte verhört werden sollen und ist kurz davor gestorben. Genau wie Barck. Damals ging es um die Sowjetunion oder *die Russen*, wenn du es so ausdrücken willst. Schau dir das hier mal an ...«

Er machte seine Tasche auf, schlug den alten Collegeblock seiner Mutter auf und zeigte Sarah den Datasaab-Artikel.

Widerwillig nahm sie ihn entgegen. Überflog den Artikel. Sah sich die Notizen an.

»Und jetzt kannst du das hier nicht einfach so ad acta legen, ganz gleich was Strömberg rückmeldet, nehme ich an.«

»Wir müssen uns das genauer ansehen«, sagte Max. »Um

herauszufinden, ob da ein Muster besteht – ein Fehler im System, der sich wiederholt.«

»Wieso *müssen wir* das? Damit du weiter dem Geist deines Vaters hinterherjagen kannst?«

»Damit nicht noch mehr Menschen umgebracht werden.«

»Woher willst du denn wissen, dass sie umgebracht wurden?«

»Ich kann einfach nicht glauben, dass sie aus freien Stücken vor Züge oder von Balkonen springen. Sag du mir, dass nichts faul daran ist.«

»Nein«, widersprach Sarah ihm. »Daran ist ganz sicher irgendwas faul. Aber das ist nicht unser Problem.«

Sie klang resigniert. Was immer dahintersteckte, schien ihr Angst zu machen – Angst um ihn, um sich selbst, um ihre Firma.

»Okay, verstehe«, sagte er. »Du brauchst dich da auch nicht einzumischen. Ich mache das in meiner Freizeit. Im Moment beziehe ich sowieso kein Gehalt. Fahr du heim und kümmere dich um deine Familie.«

Sarah schüttelte den Kopf.

»Ich meine es ernst, Sarah. Du hast eine Familie, für die du verantwortlich bist. Ich habe keine. Warum sollte ich dich also in die Sache mit hineinziehen?«

Sie zögerte immer noch. Schien abzuwägen.

»Dann war Albrektsson früher auch Berufssoldat?«, fragte sie nach einer Weile.

»Offizier der Sveagarde. Bevor er Rüstungskontrolleur wurde.«

»Mit anderen Worten: Er ist an der Militärakademie ausgebildet worden. Genau wie Barck. Sprich doch mal mit dem Direktor, mit diesem Casten Orrfeldt aus Karlberg.

Er ist schon Ewigkeiten dort und kannte Albrektsson bestimmt. Orrfeldt war auch hin und wieder bei unseren Veranstaltungen.«

»Danke«, sagte Max. »Ganz ehrlich.«

Sarah verzog das Gesicht und setzte sich wieder die Brille auf. Der Kaffee war fertig. Sie stand auf und schenkte sich einen Becher voll. Auf dem Weg in ihr Arbeitszimmer drehte sie sich noch mal um.

»Frag Orrfeldt nach Albrektsson *und* Barck. Vielleicht gibt es noch mehr Parallelen.«

33

Als Max nach Hause kam, sah er die Post durch, die hinter seiner Wohnungstür lag. In der Hoffnung, irgendeine Nachricht von Paschie oder Ilja bekommen zu haben, blätterte er die Umschläge durch, aber auch diesmal keine Nachricht aus Russland.

Er ging in die Küche. Im ganzen Haus war es mucksmäuschenstill, genau wie draußen vor den Fenstern. Ganz Gamla stan schien in einen komatösen Schlaf gefallen zu sein. Nicht mal das Laub in der großen Kastanie auf dem Brända tomten rührte sich. Die Welt hatte auf ihrer andauernden Bahn um die Sonne innegehalten. Das einzige Geräusch im Zimmer war das Brummen des Kühlschranks. Max zog die Tür auf, betrachtete den Milchkarton, dann die Whiskyflasche, die auf dem Kühlschrank stand. Er ließ die Kühlschranktür wieder zuschnappen und griff nach oben.

Er goss sich einen ordentlichen Whisky ein. Jakob, sein Vater, war Säufer gewesen. Hatte es für ihn in Momenten wie diesen angefangen? Aufgehört hatte es jedenfalls damit, dass er mit dem Auto in eine Felswand gerast war.

Nachdem Sarah nach Hause gegangen war, hatte Max noch eine Weile im Büro gesessen und über die Parallelen in Barcks und Albrektssons Leben nachgedacht. Auf dem Whiteboard im Besprechungsraum hatte er zwei Zeitleisten aufgemalt und versucht, sich einen Überblick zu verschaffen. Ihm fehlten noch immer zu viele Informationen, um ein Muster zu erkennen, das in den Achtzigern entstanden oder angelegt worden war und sich jetzt wiederholte. Bislang hatte er nicht viel mehr als sein Bauchgefühl – und ihm war nur zu klar, dass Sarah recht hatte, wenn sie mutmaßte, dass seine private Historie ihn beeinflusste. Trotzdem hatte das Treffen mit Vanessa alles auf den Kopf gestellt. Er konnte noch immer kaum glauben, was sie ihm erzählt hatte.

Sarah hatte ihm etwas gegeben, womit er weiterarbeiten konnte, auch wenn sie klargemacht hatte, dass sie mit der Ausrichtung der Nachforschungen in Wahrheit nicht gerade glücklich war. Er hatte nichtsdestoweniger mit Casten Orrfeldt, dem Direktor der Militärakademie, ein Treffen vereinbart – tags darauf, am Sonntag. Er müsse ohnehin ins Büro, hatte Orrfeldt gesagt und für die kommende Woche noch ein paar Sachen vorbereiten. Sie würden sich also in Karlberg treffen.

Er nahm Flasche und Whiskyglas mit in die Bibliothek. Am Computer tippte er den Namen des Direktors und Karlberg in die Suchmaske ein. Und ergänzte Albrektsson.

Er überflog die Suchergebnisse. Fand einen Hinweis auf die Ermittlungen zu Albrektssons Tod: Orrfeldt hatte damals ebenfalls aussagen müssen.

Er klickte zurück zur Trefferliste und fand ein Foto, das draußen auf dem Schotterplatz vor der Militärakademie aufgenommen worden war. Und zwar in den Achtzigern. Auf der einen Seite stand eine Reihe jüngerer Kadetten, daneben eine Handvoll Männer, unter anderem Albrektsson und Direktor Casten Orrfeldt. Neben Orrfeldt stand ein

Mann in Zivil, der von einem der Kadetten ein Geschenk entgegenzunehmen schien. Die Bildunterschrift lautete: *»Bill Herron, US-Exportkontrolleur, während seines Besuchs in der US-Botschaft in Stockholm«.*

Max' Blick blieb an Bill Herron hängen. Ein hoch aufgeschossener Mann mit strengen Gesichtszügen, mehr als einen Kopf größer als Orrfeldt und der Kadett, der ihm sein Willkommensgeschenk überreichte. Herron sah den Kadetten an wie ein Raubvogel, der Beute erspäht hatte.

»Was bitte macht ein Exportkontrolleur?«, fragte Max sich laut.

Dann klickte er erneut zurück und gab *Bill Herron* in die Suchmaske ein.

Eine Handvoll Treffer. Halbseidene Seiten, die von Verschwörungstheoretikern und Privatspürnasen verfasst worden waren. Max klickte den ersten Link an. Ein Blog-Beitrag. Bill Herron, bekannt als Ausrichter des Donnerstagsclubs in der US-Botschaft – dem Blogger zufolge der Ort, an dem die CIA unerkannt Nachwuchs rekrutierte.

Er ging zurück, klickte den nächsten Link an. Auf einer ganz ähnlichen Amateur-Webseite diskutierten Privatpersonen hinter Decknamen in einem Forum.

»Herron war immer schon kontrovers. Musste Stockholm nach diversen Provokationen verlassen. Angeblich soll er gesagt haben: ›Wenn wir unsere Vision Wirklichkeit werden ließen, wenn wir uns endlich über die nichtsnutzige Diplomatie hinwegsetzen und stattdessen einen totalen Krieg ausrufen könnten, würden unsere Kinder noch in ferner Zukunft Loblieder auf uns singen.‹«

Dann war Herron dem Blogger zufolge nicht nur CIA, sondern obendrein hirnloser Kriegstreiber. Max klickte sich zurück zu dem Foto vom Schotterplatz vor der Akademie Karlberg, um zu sehen, wann es entstanden war.

Im Juni 1984.

Zwei Jahre nachdem Jakob Anger in die Felswand gerast war. Und zwei bevor Albrektsson vom Bahnsteig vor einen einfahrenden Zug gestürzt war. Max' Arm zuckte.

Barck hatte 1984 in Karlberg studiert.

Er kippte den Rest seines Drinks hinunter und füllte sein Glas von Neuem.

Gewisse Dinge wiederholten sich über die Jahre, bildeten Muster. Die Angst vor den Russen, der amerikanische Einfluss, schwedische Rüstungsskandale, unerklärliche Todesfälle. Einsame Männer, die dem Einfluss übermächtiger Kräfte ausgesetzt waren. Die ins Räderwerk des Militärs und der großen Politik geraten waren.

Wenn hinter den beiden Todesfällen ein Verbrechen steckte, wäre dies schwer zu beweisen, das lag auf der Hand. An der Wahrheit hätte in diesem Fall kaum jemand ein Interesse. Viel größer wäre das Interesse daran, unter alles einen Schlussstrich zu ziehen.

Der junge Kadett, der dem CIA-Agenten ein Geschenk überreichte. Die Beute, die dem Raubtier direkt ins Gesicht sah.

Einen Menschen in den Selbstmord zu treiben, war noch viel schlimmer als Mord.

Sarah hatte ihn gefragt, ob er wirklich glaubte, dass die Russen auch hier wieder die Finger im Spiel hatten. Doch diesmal war es vielleicht ganz anders. Vielleicht waren es diesmal die Amerikaner.

Eine eingehende Nachricht auf seinem Handy riss ihn aus den Gedanken. Wer außer ihm selbst hatte in dieser Nacht noch Schlafprobleme? Er rief die Nachricht auf.

»Bist du noch wach?«

Es war Sofia.

Max musste an ihre Verabschiedung neulich denken. Die Hand, die schon an seiner Gürtelschnalle gelegen hatte. Die große Tasche. Sie hatte bestimmt geglaubt, sie würde die Nacht bei ihm verbringen.

Meldete sie sich jetzt als Privatperson? Oder war sie im Dienst?

Er rief zurück.

»Ich habe seit unserem Treffen andauernd an dich denken müssen«, sagte sie. »Hab mich gefragt, wie es dir geht. Können wir uns sehen?«

Max lief die Wendeltreppe hinauf und zog das Badezimmerschränkchen auf. Nahm eine Tablette aus der Alprazolam-Schachtel.

»Ich könnte in zwanzig Minuten bei dir sein«, fuhr sie fort.

Schlagartig hatte Max wieder das gleiche Gefühl, das ihn auch schon in Jerusalem und während des Heimflugs beschlichen hatte; das Gefühl, als hätte er immer noch nicht begriffen, was um ihn herum wirklich vor sich ging. Wollte Sofia tatsächlich nur vorbeikommen, um zu sehen, wie es ihm ging? Oder war sie damit beauftragt worden, gegen den Ermittler zu ermitteln? Hatte die Rikskrim eine parallele Untersuchung des Falles Barck angeordnet?

Oder machte ihn seine Erbkrankheit allmählich paranoid?

Einen langen Tag mit einem Cocktail aus Whisky und Benzodiazepinen zu beschließen, war keine gute Idee. Eines Tages würde er damit aufhören – nur eben noch nicht heute. Aber Sofias Gesellschaft brauchte er heute genauso wenig. Er wollte nicht, dass sie beide sich in eine unmögliche Lage manövrierten – nicht ehe es gar nicht mehr anders ginge. Doch Strömberg hatte ihm wiederum geraten, sich an Menschen zu halten, die er mit etwas Anstrengung im Griff haben könnte.

»Weißt du noch, dieser Mann, über den ich mit dir reden wollte – der sich umgebracht hat«, sagte er. »Ich muss wissen, was er vor einer Woche bei seinem letzten Besuch in Stockholm unternommen hat. Er hieß Gustav Barck, hat im Außenministerium gearbeitet.«

»Max, womit beschäftigst du dich da?«

»Laut seiner Schwester hat er im Hotel Diplomat gewohnt und ein Konzert in der Filadelfiakyrkan besucht. Ist immer mit Taxi Stockholm gefahren. Könntest du das nachprüfen?«

»Hör sofort auf damit. Du weißt genau, dass ich das nicht kann.«

»Ich habe doch mal gesagt, dass mir sicher was einfällt, wie du dieses ganze Elend wiedergutmachen könntest. Ich weiß genau, dass du all das checken kannst. Es muss doch keiner erfahren.«

»Du bist echt so ein Arschloch!«

»Wir sehen uns, wenn du etwas herausgefunden hast. Nicht hier bei mir und auch nicht bei dir. Im Schrebergarten, morgen Abend. Bis dahin hast du genügend Zeit.«

Er warf das Handy beiseite und wandte sich wieder seinem Computer und dem alten Karlberg-Foto zu. Trug alles, was er über Bill Herron, Exportkontrolleure und die mutmaßlich gemeinsame Sache mit der CIA finden konnte, in einer E-Mail an Sarah zusammen. Dann lud er das Foto runter, hängte es ebenfalls an und drückte auf Senden.

Anschließend starrte er noch eine ganze Weile das Foto an. Die blaue Tablette machte ihn müde. Und wärmte. Bis er das Foto urplötzlich mit anderen Augen betrachtete.

Der junge Mann, der Bill Herron sein Geschenk überreichte.

Es bestand nicht der geringste Zweifel.

Das war Gustav Barck.

34

Sego Naidu hatte den Großteil des Tages im Business-Center des Sheraton verbracht. Nachdem sie ihr Arbeitssoll erfüllt hatte, war sie ins Vasa-Museum gegangen. Sie hatte sich von den Geschichten rund um das älteste Schiff des alten Königreichs Schweden verzaubern lassen – jenes Schiff, das noch während der Jungfernfahrt gesunken war. Keine Sekunde lang hatte sie darüber nachgedacht, dass jemand in ihre Tasche an der Garderobe greifen und die Schlüsselkarte zu ihrem Hotelzimmer an sich nehmen könnte.

Am Abend, nachdem sie den ganzen Weg von Djurgården zur Vasagatan zu Fuß zurückgelegt hatte, war sie allein abendessen gegangen. Auf dem Heimweg vom Restaurant hatte sie ein Konzertplakat entdeckt, war spontan ins Fasching gegangen und hatte Livemusik gehört.

Keinen einzigen Augenblick lang hatte sie bemerkt, dass Bexton ihr die ganze Zeit auf den Fersen gewesen war.

Als die Jazzband fertig war, hatte Sego ihre Siebensachen zusammengesucht, um ins Hotel zurückzukehren. Bexton hatte sich zuvor am Ausgang postiert, und um einen kleinen Vorsprung zu haben, verließ er den Club im selben Moment, da die Musiker das letzte Stück gespielt hatten. Jetzt würde es zwanzig, dreißig Minuten dauern, bis sie mit dem übrigen Publikum den Club verlassen hätte. Das würde ihm vollkommen reichen.

Im Aufzug zu ihrem Hotelzimmer hatte er immer noch Jazzsequenzen im Ohr. Als er den Flur entlanglief, sah er sich nach allen Seiten um, wartete, ob noch andere Gäste unterwegs waren, schob dann unbemerkt die Schlüsselkarte in ihre Tür und trat ein. Steuerte den Sicherungskasten an, der sich in der Rückwand des Kleiderschranks gerade so in Reichweite befand. Die Sicherungen für den Eingangsbereich und fürs Bad rührte er nicht an, die Beleuchtung im Schlafraum schaltete er ab.

Dann schob er die Tür zwischen Flur und Zimmer ins Schloss. Auf dem Bett lag der fertig gepackte Koffer. Bexton zog die Klamotten beiseite, die zuoberst lagen. Nahm mit gespreizten Fingern einen schwarzen Spitzenslip hoch. Hielt ihn sich ans Gesicht und atmete tief ein.

Weiter unten lag ein weißer Briefumschlag. Gustav Barcks Vorladung vor das Gericht in Johannesburg. Er starrte darauf hinab und rief sich Watts Worte ins Gedächtnis: Nicht die Vorladung solle verschwinden, besser, die bleibe liegen. Die werde sowohl die Polizei als auch sämtliche Mutmaßungen aufseiten der Staatsmacht in die gewünschte Richtung weisen: nach Südafrika. Sein Auftrag war vielmehr, dafür zu sorgen, dass Sego nicht länger die internationalen Strippen zog, die drohten, ihr heimliches Ansinnen ans Licht zu zerren.

Er warf den Umschlag zuoberst auf eine weiße Bluse und legte den Koffer dann auf den Boden. Aus seiner schwarzen Ledertasche nahm er die Gummiseile und legte sie zu beiden Seiten des Betts bereit. Dann legte er die Spritzen auf die eingebaute Ablage im Wandpaneel über dem Bett. Er zog die Verdunkelungsgardinen zu, sodass der Schlafraum komplett im Finsteren lag, und setzte sich auf den Sessel an der Rückwand. Streifte seine Handschuhe ab und zückte die Tube mit dem Xylocain-Gel. Cremte sich Gesicht und Hände ein. Anschließend zog er die Handschuhe wieder an, atmete ein paarmal tief durch, wartete darauf, dass die Schmerzen nachließen. Und wartete.

Draußen auf dem Flur kündigte ein Glöckchen den Aufzug an. Die neue Schlüsselkarte, die sie sich geholt haben musste, schob sich ins Schloss, und die Tür ging auf. Schritte im Eingangsbereich. Durch den Spalt unter der Tür sah er, wie dort das Licht anging. Sego ließ ihre Klamotten in der Diele einfach zu Boden fallen. Bexton schloss die Augen, sah sie nackt vor sich. Dann hörte er wieder Watts' Ermahnung: Komplette Kontrolle. Keine Fehler.

Sego betrat das Bad, machte dort Licht, drehte das Wasser auf.

Noch nicht.

Minuten verstrichen. Er hörte, wie sie die Toilettenspülung betätigte. Sich die Hände wusch, die Zähne putzte. Dann war sie wieder im Eingangsbereich. Das Licht im Türspalt erlosch, als sie auf den Schalter drückte.

Jetzt war alles schwarz.

Sie, er, die Luft zwischen ihnen beiden.

Sie schob die Tür auf und tastete über die Wand nach dem Lichtschalter im Schlafbereich. Als sie ihn fand, drückte sie darauf – doch nichts passierte. Mitten in der Bewegung hielt sie jäh inne. Er konnte hören, wie sie atmete. Wie ihr Herz hämmerte. Sie schien die Ohren zu spitzen.

Hatte sie bereits begriffen, dass sich noch jemand im Zimmer befand?

Bextons Augen hatten sich inzwischen an die Dunkelheit gewöhnt. Er konnte die Konturen ihrer nackten Schenkel und ihrer Brüste erahnen. Sogar die Schambehaarung.

Sie drehte sich wieder zum Eingangsbereich um und vergewisserte sich, dass die Schlüsselkarte korrekt im Lesegerät steckte, an dem auch die Stromversorgung für die Zimmerbeleuchtung hing. Die Karte steckte korrekt, das wusste sie eigentlich. Sonst hätte sie im Bad kein Licht machen können. Sie knipste das Dielenlicht wieder an. Stand da und starrte das Lesegerät an. Legte die Hand an die Klinke der Zimmertür.

Sie wollte nicht wieder ins Dunkle zurück.

Doch noch ehe sie sich besinnen konnte, hatte Bexton ihr schon die behandschuhte Hand um den Hals gelegt. Wie dünn ihr Hals war, wie zerbrechlich. Sie fiepte, quietschte wie ein kleines Mäuschen, sodass selbst er es kaum hörte. Er drückte zu. Im nächsten Moment hatte er mit der freien Hand ihre beiden Handgelenkte umfasst und riss ihr mit aller Kraft die Arme im Rücken nach oben.

»Du warst im Dunkeln schwer zu sehen«, sagte er. »Kein Widerstand. Dann wird das hier das reinste Vergnügen.«

Sonntag, 9. September

35

Ein Mann saß an einem Schreibtisch. Auf seinem Schoß lag eine Aktentasche. Die Schließen aufgeschoben, die Kante eines Dokuments ragte heraus. Das an der Ecke von einem Streichholz angesengt war.

Der Mann blickte zum Fenster. Dahinter waren große Kiefern, kahler Granit und ein paar Bootshäuser zu sehen. Dann verschwamm all das, und mit einem Mal sah er die Fassade von Rosenbad vor sich.

Er tat nichts. Rauchte. Versuchte, Ruhe in seinen Körper zu bringen. Der Aschenbecher quoll über. Sein Teint hatte inzwischen die gleiche Farbe wie die Zigarettenasche, und mit jeder Stunde, die verstrich, wurden die Falten tiefer. Mit jedem Zug an der Zigarette alterte er um ein Vielfaches. Er rauchte auf Lunge, versuchte, den ganzen Leib mit dem Qualm zu füllen.

Irgendwann stand er auf und verließ mit der Aktentasche in der Hand sein Büro. Die Sekretärin sprang auf, als sie ihn herauskommen sah.

»Wer sind Sie?«, wollte sie wissen.

»Jakob Anger«, antwortete er.

Sie streifte mit dem Blick die Eingangspost.

»Da ist ein Brief für Sie gekommen, von der Rikskrim. Am besten, Sie nehmen ihn mit.«

Er nahm den Umschlag entgegen und nickte zum Abschied.

Draußen an der frischen Luft zählte er seine Schritte. Tysta Marigången. Vasagatan.

Bald wäre er da. Am Ziel.

Ich habe versucht, alles richtig zu machen. So lange versucht, derjenige zu sein, den alle in mir sehen wollten. Bis ich mich irgendwann selbst nicht mehr wiedererkannt habe.

Am Eingang zum Hauptbahnhof hing ein Bild von Stockholm. Eine Luftaufnahme. Eine Stadt aus Inseln und Wasser.

Irgendwo dort draußen in der weitläufigen, wilden Schärenlandschaft habe ich meine Prinzipien verloren. Mein Rückgrat. Es liegt an einem steinigen Ufer. Der Seeadler nagt an meinen Rippen. Zupft das letzte Fleisch von meinen Knochen.

Als der Seeadler seine mächtigen Schwingen ausbreitete und den Kadaver hinter sich ließ, sackte er in sich zusammen. Er wusste nicht mehr, ob er die letzten Schritte in den Zug zur Vorstadt noch schaffen würde. Dann der Weg vom Bahnhof zur Villa. Er hätte nicht mal mehr die Kraft, die Haustür aufzuziehen. Seine Familie zu begrüßen. Sich an den Abendbrottisch zu setzen.

Die Vernehmung in einigen Tagen.

Unmöglich.

Und dann stand er mit einem Mal da – zwischen all den anderen Männern und Frauen, die sich nach der Arbeit auf den Heimweg gemacht hatten.

Es ging alles rasend schnell.

Fast hätten die Beine unter ihm nachgegeben. Mit dem Oberkörper schwankte er vor und zurück. Sein ganzer Körper schwankte. Hinab auf die Gleise dauerte es länger als gedacht. Kaum möglich, sich wieder hochzustemmen. Kaum möglich, sich von den Gleisen zu schleppen …

Warum habe ich auch so nah an der Bahnsteigkante gestanden?

Als die Bremsen anfingen zu kreischen, zuckte er heftig zusammen. Warf einen Blick nach links. Zwei blendende Augen kamen aus der Dunkelheit auf ihn zu.

Ein Untier, das aus seiner Höhle gelockt worden war.

Er wich zurück, versuchte, die Wartenden aus dem Weg zu schieben, um wieder sicheren Boden unter den Füßen zu haben. Er arbeitete sich gegen den Strom, den Menschen entgegen, die den Zug erreichen wollten.

Warum kann ich nicht auch einfach nur mit dem Strom schwimmen? Wie alle anderen?

»Passen Sie auf!«, rief jemand.

Was wollen die von mir? Ich will mich doch nur in Sicherheit bringen!

Der riesige Zug öffnete die Türen und ließ die Passagiere einsteigen. Eine junge Frau mit olivfarbenem Teint, Locken und hohen Wangenknochen sah ihn bekümmert an. Sie hatte die Hände auf den Bauch gelegt. Hochschwanger.

»Wollen Sie gar nicht mitfahren?«, fragte sie ihn auf Russisch.

Jakob schüttelte den Kopf.

»Woher wissen Sie, dass ich Russisch spreche?«

Aber es war zu spät. Die junge Frau war bereits vom Bahnsteig verschwunden, aus dem Bahnhof, aus seinem Leben.

Für einen kurzen Moment war es leer am Gleis, doch in einem fort strömten neue Fahrgäste herbei. Weshalb wollten die alle mit diesem Zug fahren?

Im Handumdrehen war der Bahnsteig wieder voller Menschen. Jakob sah in Richtung einiger Männer, die ihn zu mustern schienen. Es waren Männer, die er bestens kannte: Olof Palme, Bill Herron und Gustav Barck in einer schwedischen Offiziersuniform. Barck kam auf ihn zu, baute sich direkt vor ihm auf und flüsterte ihm ins Ohr: »Unsere Kinder werden noch in ferner Zukunft Loblieder auf uns singen.«

Wieder schwankte er im Windzug leicht vor und zurück. Die Zehen krallten sich in das Leder seiner Schuhe und er konnte die Bahnsteigkante spüren. So nah. Jetzt fehlte nicht mehr viel.

Das Pfeifsignal des sich nähernden Zuges. Die Dunkelheit schlagartig hell, weiß gleißendes Licht. Jakob drehte sich in dessen Richtung, und Wärme durchströmte seinen Körper.

Eine Leiter gen Himmel.

Er lag auf den Gleisen. Sein Leib vibrierte im Takt dessen, was jetzt auf ihn zugerast kam. Seine Körpertemperatur stieg. Entfernte Schreie, entferntes Kreischen, aber das hatte nichts zu bedeuten, war nicht zu verstehen.

Wie bin ich hier gelandet? Bin ich gestürzt? Wurde ich gestoßen?

Alles weg.

Max schreckte aus dem Schlaf. Er war vollständig bekleidet eingeschlafen, auf der Decke, bei Festbeleuchtung. Er brauchte mehrere Sekunden, bis er sich wieder orientiert hatte. Er war zu Hause in seiner Wohnung und lag auf seinem Bett.

Die letzten Worte aus seinem Traum hallten in seinem Kopf wider.

Die Notiz seiner Mutter in ihrem Collegeblock hatte sich derart tief in sein Unterbewusstsein geätzt, dass sie selbst in seinem Albtraum eine Rolle gespielt hatte.

Alles weg.

Was hatte das zu bedeuten?

Als er noch klein gewesen war, hatte er immer versucht, sich vorzustellen, wie es in Papas Arbeitszimmer im Keller wohl aussehen mochte. Dort wo der Vater bis spät in der Nacht saß, schrieb und soff.

Als Max das Zimmer einige Tage zuvor erstmals betreten hatte, hatte es seinen Vorstellungen kein bisschen entsprochen. Er hatte geglaubt, dass die Wände bis zur Decke mit alten Zeitungen und Plunder vollgestellt wären und die Tischplatte mit Unterlagen übersät, an denen Papa gearbeitet hatte. Aschenbecher. Leere Flaschen.

Und dann war alles so aufgeräumt gewesen.

Aber warum hatten diese Artikel in Mamas Collegeblock gesteckt? Warum Kopien und keine Originale?

Hatte das mit dem Einbruch zu tun? Mama hatte damals erzählt, dass nichts Wertvolles weggekommen sei, bloß ein paar alte Schiffsmodelle, die Papa gesammelt hatte. Sie hatte gemutmaßt, es sei jemand von der Insel gewesen, und hatte deshalb auch nie Anzeige erstatten wollen.

Er warf einen Blick auf den Nachttisch, wo sein Handy blinkte und vibrierte. Allmählich dämmerte ihm, dass er wohl davon wach geworden war. Er streckte sich danach aus. Es war schon wieder Sofia.

»Gustav Barck hat kein Konzert in der Filadelfiakyrkan besucht«, teilte sie ihm mit.

»Bist du dir sicher?«

»Ich habe mir das Buchungssystem angesehen. Er hat kein Ticket bestellt …«

»Er könnte bar bezahlt haben.«

»Unwahrscheinlich. Eine christliche Band aus Kalifornien hat gespielt – anscheinend recht populär, die Tickets waren im Handumdrehen ausverkauft. Im Vorverkauf – Bezahlung nur mit Kreditkarte.«

»Vielleicht hat jemand anderes für ihn mitbestellt«, wandte Max ein.

»Das wäre dann Geldverschwendung gewesen. Er war definitiv nicht da. Er hat im Hotel Diplomat gewohnt und dort im Hotelrestaurant zu Abend gegessen. Ein paar Stunden später ist er dann Taxi gefahren – ebenfalls auf Kreditkarte. Dreieinhalb Stunden später ist er wieder mit dem Taxi zurück ins Hotel gefahren.«

»Und weißt du auch, wo er war?«

»Ja, an zwei verschiedenen Orten. Eriksbergsgatan 17 und Engelbrektsgatan 15. Die zweite Adresse war allerdings nicht vorbestellt, da hat er das Taxi rangewinkt.«

»Das ist beides nicht mal in der Nähe der Filadelfiakyrkan.«

Er lief ins untere Stockwerk, trat an die riesige Regalwand und suchte nach einem Stockholm-Stadtplan. Er fand keinen. Er fuhr den Computer hoch. Notierte rasch noch die beiden Adressen.

»Scheint, als sei Gustav Barck schwerreich gewesen«, fuhr Sofia fort.

»Hast du sein Bankkonto überprüft?«

»Die letzte Steuererklärung. Er hatte ein stattliches Aktienvermögen – ein Depot bei einem der besten Fondsverwalter der Stadt. Ahlboms.«

»Wie kamst du darauf, dir seine Finanzen anzusehen?«

»Wenn jemand stirbt, gehört das zur Routine. Sieh es als kleines Goodie an. Ich will einfach nicht mehr das Gefühl haben, länger in deiner Schuld zu stehen. Allerdings muss ich jetzt doch gestehen, dass du mich neugierig gemacht hast. Wenn wir uns heute Abend im Schrebergarten treffen, musst du mir erzählen, was du über den Mann alles weißt.«

Und dann legte sie einfach auf.

Max schüttelte den Kopf. Irgendwie nicht gerade das, was er sich erhofft hatte. Aber was hatte er erwartet? Dass sie artig seinen Befehl ausführte und dann die Segel strich? Er hatte die bissigste Mordermittlerin des Landes auf eine Spur gesetzt.

Er sah erneut aus dem Fenster. Draußen ging wieder Wind, die Krone der Kastanie schwankte.

Sind wir jetzt quitt, Sofia?, fragte er sich. Es fühlte sich nicht wie ein Abschluss an.

Sie hatte nicht sauer geklungen. Sie hatte geklungen, als wäre sie an etwas dran. Jetzt würde er die Justiz nicht länger außen vor lassen können. Aber vielleicht spielte es auch gar keine Rolle mehr. Er würde sich alsbald mit Strömberg treffen, der womöglich der Ansicht war, der Auftrag sei ausgeführt.

Barck hatte also ein Aktiendepot bei Ahlboms gehabt. Bei derselben Fondsgesellschaft, die das Investorentreffen mit Lawrence Watts III. ausrichtete. Die Verbindungen zwischen Barck und Watts wurden sekündlich offensichtlicher.

Max rief den Online-Stadtplan auf und zoomte das Viertel rund um die Eriksbergsgatan und die Engelbrektsgatan heran. Letztere verlief am Humlegården entlang, erstere schlängelte sich um mehrere Häuserblocks und ein großes Gebäude, das genau in deren Mitte lag.

Das große Ordenshaus. Der Zimmermannsorden.

Auch den googelte er. 1761 von einem Leutnant gegründet. Grundlage sämtlicher Tätigkeiten war der christliche Glaube. Das Motto lautete: Gottesfurcht und Menschenliebe. Zimmermannsorden hatten sie sich genannt, weil sie sich auf das Haus Gottes – das Dach über dem Kopf des Gläubigen – und den größten Zimmermann von allen, Jesus Christus, bezogen.

Gerüchten zufolge verfügte der Orden über enorme Finanzmittel, sicher nicht zuletzt weil sich der Kauf des Ordenssitzes im einstigen Stockholmer Sumpfgebiet am Eriksberg als überaus vorausschauend erwiesen hatte. Inzwischen lag dieses nämlich im pulsierenden Herzen der Stadt. Immer wieder hatte Max das majestätische Ordenshaus gemustert und bestaunt, wenn er auf dem Weg von Vasastan zum Stureplan gewesen war. Es stach mit seiner riesigen Vordertreppe und dem dazugehörenden Park inmitten des Stadtverkehrs und der Wohnhäuser heraus wie eine Festung.

An seinem letzten Abend in Stockholm war Barck mit dem Taxi bis vor das Eingangsportal gefahren. Später am selben Abend war er die Engelbrektsgatan ein paar Hundert Meter hinuntergelaufen und hatte sich von dort ein Taxi genommen, das ihn zurück ins Hotel gebracht hatte. Warum? Mitglieder des Zimmermannsordens waren höherstehende Persönlichkeiten des öffentlichen Lebens, oftmals aus Industrie- und Militärkreisen. War Barck ebenfalls Mitglied gewesen?

In dem Artikel aus *Dagens Industri* hatte gestanden, dass Watts auf Einladung von Ahlboms Fondsgesellschaft hier war und ihm zu Ehren nach dem Investorentreffen im Grand Hôtel ein Festbankett beim Zimmermannsorden ausgerichtet werden sollte. Max rief den Artikel auf und schlug dann die Agentur nach, die sich für die Veranstaltung im Grand Hôtel verantwortlich zeichnete. Er rief die Auskunft an und bat darum, mit der Agentur verbunden zu werden. Es seien nur noch wenige Plätze frei, teilte ihm die Dame mit, die seinen Anruf entgegennahm. Er müsse fürs Erste indes bloß seinen Namen und Arbeitgeber hinterlassen. Max zögerte kurz. Nach der Mischung aus Whisky und Benzodiazepinen, dem tiefen Schlaf und dem merkwürdigen Albtraum war er immer noch benebelt; er hatte das Gefühl, als säße Strömberg auf seiner Schulter und riefe ihm ins Gedächtnis, dass er sich bedeckt halten möge. Auf der anderen Schulter saß Sarah und erinnerte ihn daran, wie wichtig es für Vektor war, Verbindungen in die Stockholmer Finanz- und Unternehmerelite zu pflegen.

Er konnte nicht anders. Er musste sich einen Platz sichern. Er musste sich anhören, was dieser Lawrence Watts III. über die Welt zu sagen hatte.

36

Auf der weitläufigen Wiese vor Schloss Karlberg waren noch Spuren einer der letzten Feiern des Sommers zu erkennen. Am Ufer des Kanals lag ein gelbes Plastikkajak; ein junger Mann, bestimmt ein Kadett, in Jogginghose und Rettungsweste machte an einem Baum Dehnungsübungen.

Max blieb vor dem Büro des Direktors stehen und betrachtete zwei gerahmte Fotos der alten Akademiegebäude der Marine auf Skeppsholmen und in Näsbypark. In dem elfenbeinweißen Bau in Näsbypark außerhalb von Täby hatte Max seine Ausbildung genossen – beim Amphibiengeschwader. Nachdem die Finanzmittel für die Streitkräfte stark gekürzt und Teile der Armee zusammengelegt worden waren, war alles nach Karlberg oder Karlskrona verlegt worden. An beiden Standorten war Max immer nur anlässlich von Lehrgängen gewesen.

Die Tür zu Orrfeldts Arbeitszimmer stand offen, als Max sich näherte. Er schien ebenfalls gerade erst angekommen zu sein, denn er hatte immer noch seinen Mantel an.

»Darf man jetzt nicht mal mehr ankommen und sich an den Schreibtisch setzen?«, fragte er und drehte sich dann erst um.

Er war verhältnismäßig klein, hatte eine Glatze und einen wissbegierigen Gesichtsausdruck. Er schien jemand zu sein, der schon frühmorgens hellwach war.

»Bitte entschuldigen Sie – ich dachte, es wäre Klas,

mein Kollege, der mich nach dem Debakel gestern Abend gleich mal aufs Korn nehmen will. Das letzte Trainingsspiel, bevor die Eishockey-Saison beginnt. Brynäs – da lief es früher doch wesentlich besser ... Sie sind Max Anger, nehme ich an?«

»Richtig. Ich habe ein paar Fragen zu einem Gutachten, an dem Sarah Hansen und ich gerade arbeiten. Sie meinte, Sie seien diesbezüglich ein Quell der Weisheit.«

»Das hat sie gesagt?« Orrfeldt lächelte. »Setzen Sie sich doch.«

»Wir durchleuchten derzeit die Freigaben von schwedischen Rüstungs- und Technologieexporten aus den Achtzigern bis heute«, erklärte Max. »Dabei bin ich auf den Namen Albrektsson gestoßen und habe mich gefragt, ob Sie mir eventuell mehr über ihn erzählen könnten. Er hat immerhin hier in Karlberg studiert.«

»Hat er, aber das haben sie alle – jeder Geschäftsführer damals, jeder Staatsbeamte.«

»War das denn ein Problem?«

»In den Augen der Kritiker, klar. Die meinten, Albrektsson stecke in einem Interessenkonflikt und sei Loyalitäten verpflichtet, die hier in Karlberg ihren Anfang nahmen.«

»Mir ist aufgefallen, dass auch Sie im Zusammenhang mit seinem Tod befragt wurden. Sarah war der Ansicht, dass Sie beide sich gekannt haben dürften. Dass Sie vielleicht sogar Freunde waren. Stimmt das?«

»Ja, das kann man so sagen. Wir waren in aller Regel Verbündete, manchmal auch Konkurrenten – zumindest auf die Art und Weise, wie es unter guten alten Freunden üblich ist. Sein Tod war ... eine ganz schreckliche Geschichte.«

»Verstehe«, sagte Max, ohne recht zu wissen, worauf

Orrfeldt gerade anspielte. »Diese Flugleitsysteme, die an die Sowjets verkauft wurden – die Datasaab-Affäre … Warum hat die sich eigentlich zu einem derartigen Skandal ausgewachsen? Wenn Sie Albrektsson so gut gekannt haben, wissen Sie das ja vielleicht?«

»Da ging es um neun US-Leiterplatten, auf denen das komplette System gefußt hat. Als ans Licht kam, dass mit den USA dazu nichts vereinbart worden war und die Leiterplatten ohne ihr Wissen in die Sowjetunion geschmuggelt worden waren, war der Skandal perfekt.«

»Sie wurden *geschmuggelt*?«

»Und kein Mensch weiß, wie. Es gab Vermutungen, dass die Datasaab-Leiterplatten von schwedischen Diplomaten in die Moskauer Botschaft gebracht worden sein könnten.«

»Dann war die Regierung also involviert?«

»In allerhöchstem Maße. Palme hat damals höchstpersönlich eine sowjetische Delegation willkommen geheißen und sie durch die Produktionsstätte geführt. Da ging es um gigantische Investitionen in die sowjetische Infrastruktur. Für Schweden ein Megadeal. Die Regierung wusste allerdings nicht, dass das System zu militärischen Zwecken eingesetzt werden sollte. Man war davon ausgegangen, dass es um die zivile Luftfahrt ging.« Orrfeldt brach in Gelächter aus. »Diese Sozen! Hören nie auf, mich zu faszinieren!«

»Was ist passiert, als der Skandal öffentlich wurde?«

»Die USA haben sämtliche Schweden-Exporte auf dem Sektor der Hochtechnologie gestoppt. Damit kam die schwedische Industrie quasi komplett zum Erliegen – und mit ihr diverse Wertanlagen, die Grundlage für den Wohlstand Schwedens waren.«

»Und da kam Albrektsson ins Bild?«, hakte Max nach.

»Ja. Er sollte das abgekühlte Verhältnis zu den USA wieder aufpolieren. Jonas war ein Genie – im Grunde ging es ja darum, die USA zu beschwichtigen. Ergo schlug er den Yankees vor, die Kontrolle über die schwedischen Unternehmen einfach selbst zu übernehmen, und die Regierung hat zugestimmt. Er hat allen Ernstes eine rückwirkende Gesetzesänderung durchgebracht, sodass sie im Grunde in der Zeit zurückreisen und bereits durchgewinkte Geschäfte erneut durchleuchten konnten.«

»*Sie* – das waren sogenannte Exportkontrolleure?«

»Ganz genau«, sagte Orrfeldt.

»Widersprechen derlei rückwirkende Änderungen nicht unseren rechtsstaatlichen Grundprinzipien?«

Orrfeldt lächelte erneut.

»Nichts wäre wichtiger als die schwedische Industrie.«

»Welche Gedanken haben Sie sich zu seinem Tod gemacht?«

Orrfeldt runzelte die Stirn.

»Meine Gedanken sind privat und haben in Ihrem Bericht wohl nichts zu suchen.«

»Wer ist Bill Herron?«

Die Frage schien Orrfeldt zu überraschen. Genau das hatte Max beabsichtigt. Orrfeldt wusste nicht, was er erwidern sollte.

»Wenn man einfach mal googelt, findet man ein Bild von ihm, von Albrektsson und Ihnen hier draußen auf dem Exerzierplatz. Herron war Exportkontrolleur. In den Achtzigern.«

Orrfeldt nickte.

»Ich sehe Ihnen an, dass Sie kritisch, nein, skeptisch sind. Es kursieren eine Menge verquerer Gerüchte um Albrektsson und angebliche Freundschaftsbande mit Rüstungsfabriken und den staatlichen Behörden. Meiner Meinung nach war dieses schwedische Modell der Verflechtung eher unsere Stärke denn eine Belastung.«

»Aber das ist heute anders?«

»Ich bin mir nicht sicher, worauf Sie hinauswollen.«

»Hat die amerikanische Einflussnahme nach dem Zerfall der Sowjetunion aufgehört?«

Der Direktor der Akademie lehnte sich auf seinem Stuhl zurück und faltete die Hände im Nacken.

»Dass wir mit den USA zusammenarbeiten, ist kein Geheimnis. Wir tauschen Informationen aus. Sie sind ein wichtiger Partner. Wir selbst sind neutral, aber eben neutral auf der richtigen Seite.«

Orrfeldt schmunzelte angesichts seiner eigenen Formulierung.

»Als der Donnerstagsclub nach diversen Provokationen von Herrons Seite und nach dem Wegfall der sowjetischen Bedrohung aus der Botschaft verbannt wurde – wo sind Sie untergekommen?«

»Wer … ich?«

»Sie und Ihre Verbündeten«, erklärte Max. »Ich schätze mal: beim Zimmermannsorden.«

»Ich glaube, Ihre Gesprächszeit ist jetzt vorbei«, sagte Orrfeldt. »Richten Sie Sarah schöne Grüße aus.«

Auf dem Tisch zwischen ihnen stand ein Visitenkartenhalter. Max nahm sich eine Karte und schob im Gegenzug seine eigene auf den Direktor zu.

»Casten … Ich glaube, Sie wissen genau, wer Bill Herron war. Und indem Sie so tun, als wüssten Sie es nicht, ist für Sie nichts gewonnen. Trotzdem danke, dass Sie sich die Zeit genommen haben. Vielleicht melde ich mich noch mal.«

37

Sofia wanderte vor dem Fußende des Doppelbetts auf und ab. Es spielte keine Rolle, wie oft sie einer solchen Situation schon ausgesetzt war, sie konnte sich einfach nicht daran gewöhnen.

Die Leiche auf dem Bett lag in einer Position, die sie an ein altes Foto in ihrem Album zu Hause im Bücherregal erinnerte: ihre Mutter, die im frisch gefallenen Schnee einen Schnee-Engel gemacht hatte und mit theatralisch über den Kopf ausgestreckten Armen auf der Seite lag. Sie hatte versucht, erbärmlich und verfroren auszusehen, aber der Spaß hatte ihr ins Gesicht geschrieben gestanden.

In einer ähnlichen Pose war das Leben für jene Person zu Ende gegangen, die jetzt vor Sofia lag. Nur war die dunkelhäutige Frau auf dem Bett in dem kleinen Sheraton-Hotelzimmer so weit entfernt von einem Engel wie nur möglich.

Die Spurentechniker hatten erste interessante Erkenntnisse gemeldet und sofort das Absperrband angebracht, um ihren Arbeitsplatz vom Rest der Welt abzutrennen: eine Routinemaßnahme, die jeden lebendigen Ort in ein düsteres Stillleben verwandelte. Was von der Frau auf dem Hotelbett übrig bliebe, wären die Fotos und Aufzeichnungen in ihren Rechnern bei der Polizei. Sie alle hatten so etwas leider schon viel zu oft zu Gesicht bekommen.

Laut Pass hieß die Frau Sego Naidu. Sie war südafrikanische Staatsbürgerin und eine Art Ermittlerin – und genau deshalb war die Rikskrim hinzugezogen worden.

Sego hatte am Vorabend ihres Todes in Laufnähe zum Hotel einen Jazzclub besucht. Womöglich hatte sie dort gefunden, was später in der Nacht zu ihrem Tod geführt hatte. Der Beweis für die Ursache steckte noch immer in ihrer rechten Armbeuge. Ein Stück Gummicoil war allem Anschein nach erst unter dem linken Bizeps festgezogen worden – in der linken Armbeuge waren mehrere Einstichstellen zu sehen –, dann unter dem rechten.

Ihre dunkle Haut wurde von mehreren starken Leuchten beschienen, die von der Spurensicherung aufgestellt worden waren. Die Haut über den Armen sah in dem Licht aus wie dünne Pflaumenschale und changierte von dem natürlichen Braunton ins Rötlich-Violette und schließlich Gelbe, wo sich um die Einstiche herum Hämatome gebildet hatten. Ihr Gesicht war zu einer Grimasse verzerrt. Schmerz, überirdischer Genuss – oder beides.

Wie der typische Junkie sah sie nicht aus. Sie hatte ein besseres Hotel bewohnt, einen sauberen Koffer dabeigehabt, und auch das Gesicht war mitnichten vom Konsum gezeichnet wie bei den meisten anderen Drogenabhängigen. Allerdings konnte man sich da heutzutage kaum mehr sicher sein. Heroin war inzwischen eine Droge, die nicht nur in der Unterwelt konsumiert wurde, sondern auch von ganz durchschnittlichen Leuten, die einen Kick brauchten, der extremer war als alles andere. Bedauerlicherweise traf das auch auf Kollegen aus ihren Reihen zu, die sich irgendwann den kaputten Existenzen annäherten, denen sie während ihrer Nachtschicht nachjagten.

Sie hatten keinerlei Hinweise darauf gefunden, dass sich noch eine weitere Person in dem Zimmer befunden hätte. Allerdings war die Untersuchung auch gerade erst eingeleitet worden. Die Obduktion würde weitere Antworten liefern. Die Frage war nur, ob die überhaupt notwendig wäre.

In der Handtasche der Frau hatte ein Flugticket via London nach Johannesburg gesteckt, und in ihrem Koffer hatten sich Unterlagen befunden, die Rückschlüsse auf ihre Arbeit zuließen. Sofia würde sie mit aufs Revier nehmen und sie dort in aller Ruhe durchsehen. Sie wollte hier nicht mehr Zeit verbringen als unbedingt nötig.

Auf dem Weg hinaus wandte sie sich an einen der uniformierten Kollegen.

»Besorgen Sie doch bitte die Überwachungsbänder von der kompletten Zeit ihres Aufenthalts. Ich will wissen, ob sie hier im Hotel irgendwann in Gesellschaft war.«

Noch im Aufzug fing sie an, in den Unterlagen zu blättern.

Eins der Dokumente entpuppte sich als Ladung eines Gerichts in Johannesburg, die *persönlich* hätte überreicht werden sollen. Sofias Puls beschleunigte sich. Der Empfänger hätte dieselbe Person sein sollen, nach der Max sich erkundigt hatte – ein gewisser Gustav Barck.

38

Sarah und Lisette schlenderten vom Parkplatz des Gartencenters Brunnsviken. Am Morgen im Büro war sie zu nichts von alledem gekommen, was sie sich eigentlich vorgenommen hatte. Sie hatte Max' E-Mail gelesen, sich das Foto des jungen Gustav Barck und des CIA-Agenten namens Bill Herron angesehen. Sie hatte versucht, mehr über Exportkontrolleure in Schweden herauszufinden, letztlich aber auch nicht mehr gefunden als Max. Sie hatte Literatur zur US-amerikanischen Außenpolitik nach dem Zweiten Weltkrieg konsultiert, um die Geschehnisse irgendwie in einen Zusammenhang zu bringen. Sie hatte die Zeit vergessen und um ein Haar die Verabredung mit ihrer Frau verpasst. Aber was sie bis dahin überwiegend gelesen hatte, bescherte ihr ein mulmiges Gefühl.

Sie überflog die handgeschriebenen Holzschilder, die überall an Schubkarren lehnten und an den Giebeln der Gewächshäuser hingen.

Wochenend-Aushilfen gesucht.

Das wäre doch was, dachte sie. Aber … für Lisette … oder für mich?

Pelargonie des Jahres.

Kopfschüttelnd sah sie auf die Uhr. Bis wann könnte sie wieder zurück im Büro sein?

Sie stammte aus dem Warschauer Asphaltdschungel und hatte die unzähligen Wirtschaften und Tabakgeschäfte der

Stadt geliebt. Dass sie sich hier für ein minimalistisches Häuschen auf einem Strandgrundstück auf Tyresö entschieden hatte, lag einzig und allein an den Kindern. Dieses Gartencenter jagte ihr Schauer durch den ganzen Leib.

Jetzt neu – Einrichten mit Grünpflanzen!

Sie hatte daheim alles neu eingerichtet, nachdem ihr altes Haus abgebrannt war. Ihre Inspirationsquelle waren damals Porsche-Broschüren gewesen.

Lisette sah sie von der Seite an. Hatte sie gehört, wie sie geseufzt hatte? Sie zwang sich zu einem Lächeln und griff nach Lisettes Hand.

»Sehen wir uns den Mustergarten an?«, fragte sie.

»Klar. Aber erst das hier.«

Lisette nickte in Richtung des Grünpflanzen-Hauses.

Insgesamt gab es achtzehn verschiedene Gewächshäuser. Wenn Lisette auch nur zehn Minuten in jedem davon verbringen wollte – was noch optimistisch geschätzt war! –, würden sie die kommenden drei Stunden in Glasgebilden mit enormer Luftfeuchtigkeit und schlechter Luft zubringen.

Zu beiden Seiten des schmalen Mittelgangs standen Pflanztische, die von unterschiedlichsten Topfpflanzen schier überquollen. Lisette studierte die Schildchen und atmete die Düfte ein. Sarah indes sirrte immer noch förmlich vor Anspannung, die sie während der morgendlichen Lektüre gepackt hatte. Sie wollte schleunigst weiterlesen, mehr über die amerikanischen Einflüsse erfahren. Sie wollte tiefer in Gustav Barcks Werdegang eintauchen. Für handgezogene Stiefmütterchen – ganz gleich wie dicht und kräftig sie wuchsen – hatte sie jetzt keinen Sinn.

»Was meintest du gleich wieder, wie lange gilt dieses Gewächshausangebot?«

»Heute ist der letzte Tag«, erklärte Lisette.

»Vielleicht sollten wir es uns dann ansehen«, erwiderte Sarah. »Nicht dass wir den Beschluss unter Druck fassen müssen.«

Lisette sah sie missbilligend an und zog demonstrativ das Tempo an. Auf dem engen Mittelgang drängte sich Kundschaft.

Sarah seufzte und lief ihr nach.

Als sie auf der anderen Seite ins Freie traten, standen dort auf einer weitläufigen Rasenfläche unterschiedlichste Gewächshäuser und eine Übersichtstafel mit Spezifikationen und Preisen.

»Und welches davon hattest du dir ausgesucht?«

»Helios Victoria, das Gemauerte.«

Sarah fuhr mit dem Zeigefinger die Zeilen auf der Tafel entlang. Ganz unten. Das teuerste Modell, das zur Auswahl stand. Grundmauern aus Backstein gab es gegen Aufpreis. War ja klar …

Ihr Handy klingelte, und Sarah durchwühlte ihre Handtasche. Eigentlich hätte sie den Anruf wegdrücken wollen, doch als sie die Nummer sah, war klar: Da musste sie rangehen.

Lisette sah sie erneut kopfschüttelnd an.

Sarah hatte nicht mehr mit Sofia Karlsson gesprochen, seit sie und Max im vergangenen Jahr in einen ihrer Fälle hineingezogen worden waren. Was wollte Sofia jetzt also von ihr? Sie rief wohl kaum aus privaten Gründen an, so ein Verhältnis hatten sie nicht.

War etwas mit Max?

Sie starrte auf den blinkenden Namen im Display hinab.

»Hatten wir es nicht gerade noch eilig?«, blaffte Lisette und steuerte auf die Gewächshäuser zu.

Sarah ließ die Mailbox rangehen. Mit dem Handy in der Hand eilte sie Lisette hinterher.

Im selben Moment ging eine Nachricht ein.

»Sollte Max in Ihrer Nähe sein: Er soll mich so schnell wie möglich anrufen.«

39

Obwohl Max bereits zehn Minuten vor ihrer vereinbarten Uhrzeit am Treffpunkt ankam, wartete Strömberg bereits in dem Café am Götgatsbacken. Er erhob sich, als Max auf ihn zukam, und stieß sich fast den Kopf am Kronleuchter, der über ihm hing.

Max schüttelte Strömberg die Hand und setzte sich.

»Haben Sie Ihren freien Tag gestern genießen können?«, fragte Strömberg.

»Ich habe ein bisschen gelesen.«

»Es geht doch nichts über erkenntnisreiche Lektüre. Und wenn es dann auch noch unterhaltsam ist, macht Lesen richtig Spaß.«

Strömberg hob das Espressotässchen an die Lippen.

»Ich habe mich über Jonas Albrektsson schlaugemacht.«

Bedächtig stellte Strömberg die Tasse ab.

»Tragische Geschichte«, sagte er.

»Rückt die ganze Sache aber in ein neues Licht.«

»Verstehe. Sie haben gewisse Parallelen zwischen den Vorkommnissen gesehen.«

Max nickte.

»Dann können Sie sicher auch nachvollziehen, warum diese Angelegenheit so heikel ist«, fuhr Strömberg fort.

»Was hat Ihre Kontaktperson gesagt?«

Max wollte an diesem öffentlichen Ort den Namen der

außenpolitischen Sprecherin der Sozialdemokraten, Yvonne Niklasson, lieber nicht laut aussprechen.

»Genau was ich erwartet hatte«, antwortete Strömberg. »Jessica, Barcks Schwester, soll über Ihre Reise und den abgeschlossenen Fall Feedback bekommen. Ich bin mir sicher, sie wird zufrieden mit dem sein, was Sie in Erfahrung gebracht haben.«

So würde es also laufen. Irgendjemand würde Barcks einzige Angehörige davon in Kenntnis setzen, was Max zusammengetragen hatte. Oder zumindest von einer Variante. Damit wäre allen gedient. Barck hätte zu einer Vernehmung in Südafrika vorgeladen werden sollen, er hatte enorm unter Druck gestanden. Schon zuvor hatte die ganze Affäre depressive Verstimmungen bei ihm ausgelöst. Irgendwann hatte er am Ende des Tunnels kein Licht mehr gesehen.

Da hatten sie ihre Geschichte – und niemand würde mehr Fragen stellen.

»Wer soll Jessica denn informieren?«, wollte Max wissen.

»Ist das so wichtig?«

»Dann ist die Angelegenheit hiermit beendet?«

»Was die mögliche Anklage gegen Barck und seine Auftraggeber angeht, wird die Regierung abwarten, was der Untersuchungsausschuss des Parlaments zur Südafrika-Affäre zu sagen hat. Aber für uns ist die Sache beendet, ja. Sie werden für einen Monat bezahlt, das ist das Mindeste, was wir tun können. Nehmen Sie das Geld, Max. Und lassen Sie die Sache ruhen.«

Max sah hinüber zum Tresen, an dem mehrere Gäste Schlange standen. Es war doch kein Zufall, dass Strömberg sich hier hatte treffen wollen statt in den Vektor-Räumlichkeiten oder gar wie zuletzt bei ihm zu Hause. Hier konnte Max ihm nicht vehement widersprechen. Das hatte Strömberg perfekt eingefädelt. Er hatte nichts dem Zufall überlassen.

»Sie kannten ihn, oder?«, fragte Max.

»Wen?«

»Albrektsson.«

Irgendetwas huschte über Strömbergs Gesicht, eine kaum merkliche Reaktion, aber Max hatte sie wahrgenommen. Anspannung. Erhöhte Konzentration.

»Ja.«

»Barck war gewissermaßen Albrektssons Nachfolger. Sollte Ihr alter Freund aus den Achtzigern so rehabilitiert werden? Sind Sie deshalb nach Barcks Tod kontaktiert worden? Oder sollten Sie mithelfen, wieder mal den Deckel draufzusetzen?«

Strömberg lachte.

»Hier gibt es keinen *Deckel.* Ich sage Ihnen genau, wie es ist und was unsere Auftraggeber von uns wollten. Was dachten Sie denn, wohin das führen würde? Dass irgendjemand zur Rechenschaft gezogen würde, nur weil es Barck schlecht ging? Vielleicht die Regierung?«

»Eine faszinierende Geschichte, die von Albrektsson.«

Strömberg zuckte nicht mit der Wimper.

»Der Donnerstagsclub in der amerikanischen Botschaft. CIA-Agenten, die freien Zugang zu schwedischen Industrieunternehmen bekamen. Eine schwedische Gesetzesnovelle mit rückwirkender Kraft, die es den USA recht machen sollte. Persönliche Beziehungen zwischen Geschäftsführern, militärischen Führungskräften und Ministerialbeamten. Beziehungen, für die an der Kadettenschule Karlberg die Grundlagen geschaffen wurden.«

»Der Kalte Krieg war für unser Land keine leichte Zeit«, erwiderte Strömberg. »Leider wird die Geschichte überdies von Friedensfantasten und vergrämten Politikern geschrieben, die ihrer missglückten Karriere nachtrauern. Was in der Regierungszeit Olof Palmes passiert ist, wird massiv kritisiert. Aber wer damals wahrhaft im Machtzentrum saß, der schreibt keine Bücher. Die Allgemeinheit ist denjenigen, die damals tatsächlich dafür gesorgt haben, dass der Frieden bewahrt werden konnte, nicht gerade mit Liebe und Dankbarkeit begegnet.«

»Und ist es heute leichter?«

»Jede Zeit hat ihre Herausforderungen.«

»Wenn ich Ihnen erzählte, dass das offizielle Bild von Gustav Barck mit der Wirklichkeit nichts zu tun hätte, dass er in Wahrheit eine Art Doppelleben geführt und ein privates Vermögen angehäuft hätte – was würden Sie sagen?«

»Ich bin kein Ermittler, Max. Wenn Barck gegen Gesetze verstoßen hat oder korrupt gewesen sein soll und Sie das auch beweisen können, steht es Ihnen frei, damit zur Polizei zu gehen. Als Ihr ehemaliger Vorgesetzter und Freund würde ich Ihnen jedoch davon abraten. Als ich mich selbst einmal in einem derartigen Dilemma befunden habe, habe ich mich entschieden so zu handeln, wie es für unser Land am besten wäre.«

»Für König und Vaterland muss man mit kleineren Verbrechen leben, meinen Sie.«

»Da hätten wir wieder Ihren Gerechtigkeitssinn – das Rechtspathos von Arholma. Ich erinnere mich wieder daran.« Lächelnd nahm Strömberg einen letzten Schluck. »Sie waren schon an der Akademie ein Suchender, Max. Ungewöhnlich für einen Mann, der zugleich der perfekte Soldat war. Ich hoffe, Sie finden, wonach Sie suchen.

Und dass die Summe, die Sie für ein paar Tage Arbeit bekommen, Ihnen und Sarah über den Engpass hinweghilft.«

Strömberg schickte sich an aufzubrechen, im nächsten Akt jenes Stücks aufzutreten, das er als Pensionär spielte. Doch diverse Dinge, die er zuletzt gesagt hatte, hatten Max aufhorchen lassen. Vor allem das Rechtspathos und dass dieses mit Arholma zu tun haben sollte. Darüber hatte Max bereits nach ihrem ersten Gespräch nachgedacht. Aber jetzt fühlte es sich an, als wüsste Strömberg von den Notizen, die Max daheim im Keller gefunden hatte.

Strömberg hatte ihm den Rücken zugekehrt und schlüpfte in seinen Trenchcoat. Dann setzte er sich seine Mütze auf und drehte sich wieder zu Max um.

»Das mit dem Rechtspathos und Arholma«, sagte Max. »Sie glauben, ich habe mich deshalb in die Sache verbissen, weil es Parallelen zu der Geschichte meines Vaters gibt?«

»Das habe ich nie behauptet«, erwiderte Strömberg.

»Trotzdem haben Sie schon zum zweiten Mal erwähnt, dass mein Gerechtigkeitsempfinden aus meinem Elternhaus stammt. Ich kann mir nicht vorstellen, dass Sie da auf meine Mutter anspielen. Oder dass bloß die einsame Insel draußen in den Schären mir diese Eigenschaft verliehen hätte. Sie spielen auf meinen Vater an.«

»Ich weiß, dass Sie nie akzeptieren konnten, was bei der Untersuchung im Zusammenhang mit dem Tod Ihres Vaters herausgekommen ist. Ich weiß, dass Sie glauben, es hätten gewisse Mächte dahintergesteckt. Dass er ermordet worden sein könnte. Die gleichen Gerüchte kursieren auch um Jonas Albrektsson.«

»Sie haben all die Jahre, die wir uns jetzt kennen, über

meinen Vater Bescheid gewusst? Und nie auch nur ein Wort gesagt?«

»In der Akademie haben wir selbstredend Ihren Background durchleuchtet. Ich bin damals zu dem Schluss gekommen, dass das Schicksal Ihres Vaters nicht weiter relevant war … und hatte auch nie das Gefühl, diesen Schluss zu bereuen.«

Als Max das Café verließ, schaltete er sein Handy wieder an. Er hatte eine SMS von Sarah bekommen.

»Sofia Karlsson hat mich kontaktiert. Sie versucht verzweifelt, dich zu erreichen.«

Max rief seine Mailbox auf und hörte Sofias Nachricht ab.

»Max, das hier ist kein privater Anruf. Wir müssen uns im Zusammenhang mit einem aktuellen Fall mit dir unterhalten. Ruf mich zurück, so schnell du kannst.«

40

Allein betrat Magnus Bexton den Saal. Die Vorbereitungen für das Ordensbankett waren in vollem Gange. Der Versammlungssaal war geputzt worden, inzwischen wurde eingedeckt. Weiße Tischtücher waren über den langen Tafeln ausgebreitet und das Geschirr geputzt und poliert worden. Hier wurde nichts dem Zufall überlassen. Alles wurde mit derselben Akkuratesse und Sorgfalt vorbereitet, die den Orden schon seit Jahrhunderten prägten. Die Zimmermänner waren stolz darauf, die wichtigsten Traditionen innerhalb der schwedischen Industrie zu repräsentieren. Ihre Zusammenkünfte waren Manifestationen dessen, was die schwedische Gesellschaft und Ordnung aufrechterhielt – auf den unerlässlichen Grundfesten, die im christlichen Glauben wurzelten, im größten aller Zimmermänner, dem Sohn Gottes, Jesus von Nazareth.

Bexton hielt auf einen der Sitzplätze zu. Auf dem Namensschild stand der Name des Mannes, der nicht erscheinen würde.

Gustav Barck.

Er zerdrückte das Schildchen in der Faust, wandte sich dem offenen Kamin zu, hielt ein Feuerzeug an den Papierball und ließ ihn fallen. Sah zu, wie sich das Papier sträubte und wieder entfaltete, als versuchte es, sich gegen das drohende Feuer größer zu machen; als glaubte es, es hätte noch eine Chance.

Als die Flammen über dem Papier zusammenschlugen, wanderten Bextons Gedanken erbarmungslos zurück in die afghanische Provinz Lugar und zu Watts' denkwürdigen Worten.

»Man kann sich auf Staaten nicht verlassen. Die einzige Richtschnur, die wir haben, ist die Heilige Schrift. Die von wenigen guten Männern vollstreckt wird. Das schwedische Eiserne Dreieck ist eine zuverlässige Kraft, Magnus.«

Dunkle Wolken zogen über sie hinweg. Die tierische Angst der Menschen war wie Nässe, die durch die Kleidung und bis in die Knochen drang, bis ins Mark. Lawrence war der Befehlshaber der amerikanischen Einheit gewesen. Er hatte ihn unter seine Fittiche genommen, ihn zu einem von ihnen gemacht. Er hatte dafür gesorgt, dass sich Bexton – genau wie die anderen – Grundkenntnisse der hiesigen Sprache aneignete, ein leichtes, locker sitzendes Paschtunengewand anlegte sowie den Pakol, die traditionelle Mütze. In den durchwachten Nächten hatten sie über Bruce Springsteen, Baseball und Schwedinnen gesprochen. Sie hatten sich Bärte stehen lassen. Wenn sie in Gefangenschaft gerieten und verhört würden, wären sie vorbereitet und würden ihre wahre Identität nicht preisgeben, nicht mal unter Folter.

Als der Tag anbrach, lag das Dorf wie in stillem Schlaf. Nicht einmal der Hahn hatte wie sonst jeden Morgen gekräht. Womöglich hatte ihm irgendwer aus Gründen der Sicherheit die Gurgel durchgeschnitten. Ihr Plan war, die Russen glauben zu machen, dass sämtliche Einwohner geflohen wären.

Als sie kamen, gingen sie in Zweierreihen. Der Weg, der ins Dorf hineinführte, ging in eine Geröllfläche über. Sie schwärmten in alle Richtungen entlang der flachen Wohngebäude und Stallungen aus, nahmen jeden Hof, jedes Haus ein, vornübergebeugt, die Waffen im Anschlag. Von den Gürteln der hoch aufgeschossenen Männer baumelten Handgranaten. Einige hatten schwere Maschinengewehre und Flammenwerfer geschultert, andere sogar Granatwerfer, die stark genug wären, große Panzerfahrzeuge zu sprengen. Gerüstet, als träten sie einer ganzen Armee entgegen, marschierten sie in das kleine Dorf mit Alten, Kindern und Frauen ein. Das berüchtigtste, effizienteste Killerkommando der Welt.

Einer, der aussah wie der Anführer, blieb mitten auf dem Dorfplatz stehen, der als Markt- und Versammlungsplatz diente. Er schob sein Maschinengewehr über die Hüfte und zündete sich eine Zigarette an. Eine sowjetische, dicker als andere. Der aufsteigende blaue Dunst roch nach Autoabgasen. Er nahm einen tiefen Zug und folgte seinen Leuten mit dem Blick. Dann drehte er den Kopf zur Seite, in Richtung des ausgetrockneten Flussbetts, in dem sich Bexton und die anderen Dorfbewohner in einem Bewässerungsrohr versteckt hatten.

Ahnte er es? War es ein Gefühl, ein Geräusch gewesen?

Ein bohrender Schmerz im Nacken. Er packte die Frau, die direkt neben ihm kauerte, und forderte sie auf, tiefer in den Tunnel hinein zu verschwinden und Schutz zu suchen. Sie schüttelte den Kopf.

Doch, wir müssen! Los!

Durch den kleinen Spalt am Auslass zum Flussbett hielt er weiter Wache. Der große Russe hatte sich die Zigarette in den Mundwinkel geschoben und kam langsam in ihre Richtung geschlendert. Als er am Ufer des Flussbetts ankam, ließ er den Blick über den Schlamm und die dahinterliegenden Äcker schweifen.

Dann rief er seine Soldaten.

In der unterirdischen Dunkelheit sah die Frau Bexton an. Mit leerem Blick, der alles zu sagen schien. Sie nahm ihre Kinder und watete durch das brusthohe Wasser tiefer hinein in die Finsternis.

Sobald der Elitetrupp versammelt war, stieg der Anführer hinunter ins Flussbett. Seine hohen Stiefel platschten durch das Rinnsal, während er mit beiden Händen über die Uferböschung strich und lose Steine und Lehm beiseiteschob. Er war nur noch wenige Meter von ihnen entfernt. Vorsichtig drückte Bexton die Luke zu und ging in Deckung.

Es dauerte nicht lange, ehe der Russe den versteckten Eingang gefunden hatte. Er zog die Luke auf und spähte mit finsteren Augen und fokussiertem Blick hinein. Wie ein Radar, gänzlich unmenschlich. Ohne dass auch nur ein Muskel gezuckt hätte, verharrte er eine gefühlte Ewigkeit in der Hocke. Es war, als setzte er nicht bloß den kalten Blick, sondern sämtliche Sinne ein, um aufzuspüren, was sich in dem Tunnel befand. Dann rief er etwas nach hinten.

Bexton verstand nicht alles, aber so viel Russisch beherrschte er doch.

Dreißig Sekunden.

Sie würden nirgendwohin flüchten können. Sie saßen in der Falle, waren eingesperrt. Wenn sie jetzt hinauskröchen, würden sie an Ort und Stelle hingerichtet.

Als die Zeit um war, drückte der Mann seine Zigarette aus und rief einen seiner Männer zu sich. Der Soldat sprang mit einem großen Metallkanister zu ihm nach unten. Er drehte den Deckel ab und leerte den Inhalt in den Zufluss des Bewässerungsrohrs aus. Dann stellte er den leeren Kanister beiseite.

Als er das Streichholz anzündete, war sein Gesicht kurz hell erleuchtet, und ihre Blicke begegneten sich. Der Russe hatte ein Lächeln im Gesicht, als er das Streichholz in die Pfütze fallen ließ. Flammen schlugen empor, und das Bewässerungsrohr wurde zu einem Inferno.

Gustav Barck hatte geglaubt, er hätte einen Ausweg.

Eine Fluchtmöglichkeit.

Sein Fluchtweg war der Balkon im neunten Stock in Jerusalem gewesen.

Bexton blieb noch eine Weile vor dem Kamin stehen und sah den Flammen zu. Irgendwann war nur noch ein winziges Häuflein Asche übrig.

Wir hinterlassen keine Spuren.

Das Servicepersonal würde kommen und ein Gedeck aus Tellern, Gläsern und Besteck mitnehmen. Ein Stuhl würde weggeräumt. Während des Banketts würden nur wenige etwas bemerken.

Ein tragisches Schicksal. Ein verlorener Bruder.

41

Auf dem Weg zum Investorentreffen im Grand Hôtel wägte Max seine Alternativen ab. Sollte er Sofia anrufen oder nicht? Er hatte ihr anhören können, dass es eilig war; und es musste mit Gustav Barck zu tun haben. Wenn er sie jetzt anriefe, würde sie auf einem Treffen bestehen, schlechtestenfalls in den Räumlichkeiten der Polizei. Aber jetzt dort zu sitzen und über Barck zu plaudern war unmöglich.

Außerdem hatten sie für später am Abend ohnehin ein Treffen vereinbart, in der Schrebergartensiedlung am Zinkens väg, dort würden sie alles besprechen können.

Nachdem er am Empfangstresen der PR-Agentur seinen Namen genannt hatte, gab er seine Jacke an der Garderobe ab und bekam ein Glas Champagner sowie Unterlagen in die Hand gedrückt. Durch einen Türspalt warf er einen Blick in den angrenzenden Raum, den Strömsalon, wo ein paar Leute letzte Dinge besprachen.

Als er wenig später den Vortragssaal betrat, setzten sich die ersten gut gekleideten Männer und Frauen bereits auf ihre Plätze. Immerhin hatte er ein frisch gebügeltes blaues Hemd und braune Chinos an, die noch nicht allzu ausgebeult waren. Trotzdem war offensichtlich, dass er nicht recht hierhergehörte; alle anderen Zuhörer schienen bei Banken oder weitestgehend im Finanzsektor zu arbeiten.

Wie viele von ihnen standen wohl mit der schwedischen Rüstungsindustrie in Verbindung? Wie viele waren Mitglieder des Zimmermannsordens?

Riesige Spiegelfenster entlang der Wände. Zwei gigantische Kristallkronleuchter, die ebenso gut in ein Märchenschloss gepasst hätten. Er setzte sich ganz außen in eine der hinteren Stuhlreihen.

Nils Ahlbom, ein alternder, grauhaariger Mann im nicht minder grauen Anzug und mit feuerroter Krawatte sprach ein paar einleitende Worte und stellte dann den Stargast des Abends vor, Lawrence Watts III., der mit donnerndem Applaus begrüßt wurde. Als der Beifall verebbt war, trat Watts ans Rednerpult. Er war hoch aufgeschossen, mehr als einen Kopf größer als sein schwedischer Kollege.

»Viele von Ihnen werden schon gehört haben, dass ich dem globalen Börsenparkett den Rücken gekehrt habe. Ich kann Ihnen jedoch versichern, dass ich nicht ansatzweise daran denke, mich aufs Altenteil zurückzuziehen.«

Er legte eine kleine Pause ein und wartete, bis die Lacher im Saal verklungen waren.

»Die Welt um uns herum verändert sich. Wir stehen vor einem Paradigmenwechsel. Trotzdem soll meine Predigt hier und heute nicht von duldsamer Passivität handeln, sondern im Gegenteil von einer neuen Art, das Leben in die eigenen Hände zu nehmen. Und mit dieser Art geht einher, dass eine ganze Reihe von Industriesektoren expandieren werden, während andere dem Untergang geweiht sind. Ich bin heute hier, um Ihnen eines ans Herz zu legen: Gestern war der Moment, um zu verkaufen. Doch heute *kaufen wir*!«

Er hielt beide Hände in die Höhe, als müsste er den Applaus abwehren wie eine Flutwelle. Dabei hatte er in einem fort dieses siegesgewisse Lächeln auf den Lippen.

»Sie müssen wissen, dass ich diesem Land immer schon von Herzen verbunden bin – durch zahlreiche erfolgreiche Geschäfte und viele glückliche Erinnerungen. Ich bin stolz, dass die Ahlboms Fondsgesellschaft das neue Wachstumsportfolio der BE Investment Group vertreten wird. Mein Vertrauen in Nils Ahlbom und sein Team ist umfassend. Daher kann und will ich Sie heute mit allergrößter Gewissheit und Zuversicht angesichts dessen, was die Zukunft bringt, an meine schwedischen Freunde empfehlen, die Ihnen jetzt erzählen werden, worauf wir setzen.«

Sowie er fertig war, setzte er sich neben Ahlbom, der in einer Geste der Wertschätzung und des Vertrauens mit beiden Händen nach Watts' Hand griff. Erneut brandete Beifall über sie hinweg.

Paradigmenwechsel. Meine Predigt. Eine neue Art, das Leben in die eigenen Hände zu nehmen.

Sämtliche verzückten Blicke waren auf Watts gerichtet, als wäre er eine Art Heilsbringer.

Die Mitarbeiterin der Fondsgesellschaft begann mit ihrer Präsentation. Die Beleuchtung wurde gedimmt, sodass die Bilder auf der Projektionsleinwand besser zu erkennen waren.

Max' Interesse für die Grafiken, die die Zusammensetzung des neuen Portfolios illustrierten, war von kurzer Dauer. Schwerpunktmäßig wurde auf schwedische Traditionsunternehmen wie Volvo, SCA und Saab und ihre umso größeren US-amerikanischen Pendants gesetzt. Weiter ging es wie erwartet mit den derzeitigen Entwicklungen auf dem Aktienmarkt und mit einem Überblick über Watts' bisherige Aktienpakete und wie diese sich im Vergleich zum Index entwickelt hatten. Max war sich nicht sicher, ob ihm das hier noch etwas bringen würde, und wünschte sich, Sarah wäre an seiner Stelle hier. Dann kam im wieder in den Sinn, was sie gesagt hatte – dass es durchaus hilfreich sei, wenn auch er sich allmählich ein bisschen eingehender mit ökonomischen Fragen befasste.

Während die Präsentation vorne weiterging, blätterte er in den Unterlagen, die er am Eingang bekommen hatte. Sie enthielten im Großen und Ganzen die gleichen Textteile und Abbildungen, die auf die Leinwand projiziert wurden. Nichts davon roch nach dem, wonach er suchte – nichts zu Investitionen im Rüstungssektor, nichts, was mit staatlichen Exportkrediten zu tun hätte. Aber das hatte er auch nicht erwartet. Fakt war allerdings, dass er gar nicht wusste, was er erwartet hatte.

Als die Präsentation beendet war, wurde die Beleuchtung wieder hochgedreht, und Nils Ahlbom eröffnete die Diskussion. Es dauerte nicht lange, bis die ersten Fragen gestellt wurden. Warum sowohl Watts als auch Ahlbom ausgerechnet jetzt dem Handel den Rücken gekehrt hätten. Und wie sie da nichtsdestoweniger ein neues Portfolio launchen könnten.

Ahlbom antwortete gelassen und selbstsicher auf sämtliche Fragen. Die Aktienmärkte hätten eine turbulente Phase hinter sich, nachdem die sogenannte IT-Blase im März vergangenen Jahres auf dem Zenit zerplatzt sei. Auch wenn die techniklastige NASDAQ in New York die schwersten Verluste habe abfedern können, seien selbst traditionelle Parketts und Indexfonds von dem Sturz in Mitleidenschaft gezogen worden. Anders als viele andere glaubte Ahlbom indes nicht an eine schnelle Erholung auf breiterer Ebene. Er ging vielmehr davon aus, dass es vielen Unternehmen noch schlechter gehen werde, ehe sie sich wieder konsolidierten. Der Sinkkurs werde sich im kommenden Jahr erst abschwächen und dann hauptsächlich in den Bereichen der traditionellen Schwerindustrie wieder nach oben entwickeln – just in Sektoren also, die seit jeher für den schwedischen Wohlstand maßgeblich waren und die in alle Welt exportierten. In den Konsumgüterbranchen wie den Medien und dem Tourismus indes sehe er eine schwächere Entwicklung voraus. Entsprechend sei auch das neue Portfolio dieser Prognose zusammengesetzt.

Die immer gleichen Fragen und Antworten wurden hin und her gespielt, und Max fragte sich allmählich, ob er seine Zeit nicht vollends vergeudete. Er sah auf das Display seines Handys hinab; es war bereits kurz vor drei. Und er hatte eine neue SMS bekommen – von Stefan Lindqvist, dem Immobilienmakler.

»Ohne die unterschriebene Vermittlungsabrede können wir bis zum Wochenende keine Anzeige mehr schalten.«

Max sah sich um. Würde er sich unbemerkt hinausschleichen können? Die Mappe auf seinem Schoß klappte auf einer Seite auf, die er zuvor überblättert hatte. Er starrte das Saab-Logo an, und ihm dämmerte, dass er einen Fehler gemacht hatte. Bei dem Unternehmen, das in dem Infomaterial aufgeführt war, handelte es sich nicht um den altehrwürdigen Automobilhersteller, sondern um *Saab Technologies*, ein Schwesterunternehmen, das ein verdächtig ähnliches Logo hatte. Doch der Namensbestandteil *Technologies* deutete darauf hin, dass es sich um etwas anderes als um sportliche Autos für die kaufkräftige Mittelschicht handelte.

Die Südafrika-Affäre.

Irgendwie schien plötzlich alles an seinen Platz zu fallen.

Gustav Barck hatte Saab Technologies geholfen, eine

südafrikanische Organisation ins Leben zu rufen, mit der sie Kompensationsgeschäfte machen konnten. Zu denen es laut Sego Naidu jedoch nie gekommen war. Die Schmiergelder, die dort gezahlt worden waren, waren direkt in die Taschen korrupter Drahtzieher geflossen.

Der Trader auf dem Podium stand an der Spitze einer Pyramide. Ganz unten standen Männer wie Gustav Barck, die die Drecksarbeit verrichteten, mittels derer solche Megadeals überhaupt erst möglich wurden.

Ihm dämmerte, dass er bei Ahlbom eine Art von Bekenntnis provozieren musste, eine konkrete Verbindung, die seinen Nachforschungen endlich den Durchbruch bescherte.

Ganz besonders eine Methode wäre im Augenblick ganz sicher hochwirksam. Max war sich zwar nicht sicher, ob Strömberg es gutheißen würde, aber das spielte jetzt keine Rolle mehr. Von jetzt an waren er und Sarah diejenigen, die ihre Untersuchung vorantrieben. Sonst hatte niemand mehr etwas zu sagen. Außerdem hatte er inzwischen genug von diesen Geldgeiern auf dem Podium gesehen und gehört.

Er meldete sich zu Wort.

»Ich hätte eine Frage zu Saab Technologies«, sagte er. »Ist es nicht so, dass Kauf und Verkauf von JAS-Kampfjets von Handelsabkommen und gemeinsamen Beschlüssen von Regierung und Behörden abhängen?«

Nils Ahlbom lehnte sich zu dem kleinen Mikrofon am Rednerpult vor.

»Ja, das stimmt. Das Unternehmen pflegt allerdings seit vielen Jahren beste Kontakte und ist den Instanzen, die Sie genannt haben, eng verbunden.«

»Das vielleicht wichtigste Schmiermittel bei derlei Deals scheinen mir Kredite zu sein, die der schwedische

Staat dem potenziellen Käufer einräumt. Da frage ich mich doch, ob Sie ein Problem sehen, wenn ein und dieselben Beteiligten gleich zwei Rollen einnehmen: als Waffeninspektoren in schwedischen Unternehmen, die Rüstungsgüter exportieren, und als Kreditgeber gleichermaßen?«

Ein leises Murmeln ging durch den Saal. Einige Zuhörer drehten sich zu Max um.

»Das klingt nach einer Frage, die andere beantworten sollten«, erwiderte Ahlbom. »Ich bin mir sicher, dass die bestehenden Kontrollorgane ihre Leute bestens im Blick haben. Aber ich danke Ihnen für den Hinweis, weil ich so die Möglichkeit habe zu unterstreichen, dass mein persönliches Engagement für den schwedischen Export lange zurückreicht und für mich immer schon eine Herzensangelegenheit gewesen ist.«

»Ja, in der *Dagens Industri* ist gerade heute früh eine umfangreiche Darstellung Ihres beeindruckenden Werdegangs erschienen. Die Männer, die für Saab sowohl Exportgenehmigungen erteilen als auch Kredite einräumen und in den Kampfjet-Verkauf nach Südafrika verstrickt waren, bekommen da wesentlich weniger Aufmerksamkeit. Wie Sie bestimmt wissen, gibt es in diesem Zusammenhang trotz allem Gerüchte um Schmiergelder und Fake-Kompensationsgeschäfte. Ich frage mich, ob Ihr neues Portfolio im Kielwasser dieser Gerüchte nicht ins Schwanken geraten könnte. Wie schätzen Sie das Risiko ... wie sollen wir es nennen ... einer ethischen Gegenreaktion ein?«

Kaum merklich hatte Watts den Kopf zur Seite gedreht und flüsterte Ahlbom etwas zu. Nils Ahlbom machte eine diskrete Geste mit der rechten Hand, um ihm zu signalisieren, dass er alles unter Kontrolle hatte.

»Ich weiß nicht, wer Sie sind oder welcher Institution Sie angehören«, sagte er. »Aber ich finde, wir sollten den hoch komplizierten Geschäften, die Schweden mit Südafrika macht, mit dem gebührenden Respekt begegnen. Unsere Sympathien für den ANC und den Freiheitskampf des südafrikanischen Volkes reichen weit in die Geschichte zurück. Dass wir ihnen jetzt helfen, eine eigene Verteidigung aufzubauen, ist mehr als legitim.«

Das Publikum nickte einhellig, als hätte es einer Predigt gelauscht. In Max' Richtung wurden die ersten gehässigen Kommentare gezischt.

Was Watts und Ahlbom hier inszeniert hatten, war ein Schauspiel vom Feinsten. Zwei Haifische, die so was schon öfter gemacht hatten. Die genau wussten, welche Knöpfe sie drücken mussten.

Max musste lauter sprechen, um das Gemurmel zu übertönen.

»Könnten Sie beziffern, wie hoch der Exportkredit an Südafrika war, der mit der Regierung ausgehandelt wurde? Wir reden hier von Entwicklungshilfegeldern, nicht wahr?«

Eine jüngere Frau an Nils' Seite, womöglich eine Mitarbeiterin der PR-Agentur, die diese Veranstaltung ausrichtete, ging eilig dazwischen.

»Ich glaube, es ist an der Zeit für die nächste Frage«, sagte sie. »Ich hoffe, Sie verstehen, wenn wir nur eine Frage von jedem zulassen können, sonst kommen nicht alle zu Wort.«

»Schon in Ordnung«, sagte Max. »Wir können ja später weiterreden.«

»Leider nicht. Das Podium muss direkt zur nächsten Veranstaltung, sobald wir hier fertig sind.«

»Dann sehen wir uns auf einen Drink im Zimmermannsorden, Nils, oder? Wie klingt das – gut?«

Das empörte Gemurmel wurde immer lauter. Hier und da war Gelächter zu hören – als hätte man etwas derart Dreistes noch nie erlebt.

Max beschloss, den Saal zu verlassen, ehe einer der Sicherheitsleute ihm dabei behilflich wäre.

42

Max schlug die Tür hinter sich zu. Der Vorraum, in dem die PR-Leute und das Hotelpersonal die Gäste willkommen geheißen hatten, war komplett verwaist.

Er hatte eine Methode angewandt, die er im Studium der Spionageabwehr gelernt hatte: eine Reaktion zu provozieren und einen Köder auszuwerfen, um zu sehen, wer danach schnappte.

Irgendetwas an der Sache war faul, so viel war klar. Aber der Köder war nun ausgelegt, und Max hoffte, dass sich das Raubtier von Angesicht zu Angesicht zeigen würde.

Die Frage war nur, wie schnell dies ginge – und wer sich ihm zuerst näherte.

Es gab da mehrere Kandidaten.

Er umrundete den Tresen, um seine Jacke aus der Garderobe zu holen, als er im Augenwinkel sah, dass die Tür zum benachbarten Strömsalon angelehnt war. Er streifte sich die Jacke über und schlüpfte durch die Tür. Auch hier war niemand mehr zu sehen, doch auf einem Tisch an der Seitenwand lag ein Blatt Papier.

Noch während er darauf zuging, klingelte sein Handy.

Wieder Sofia.

Sollte es doch weiterklingeln.

Bei dem Papier handelte es sich um den Fahrplan des Investorentreffens, das er soeben verlassen hatte – inklusive Ankunftszeiten der Beteiligten und Telefonnummern.

Watts' Nummer stand nicht auf der Liste, wohl aber die von Nils Ahlbom.

Er faltete das Blatt zusammen und schob es in seine Innentasche.

Das Telefon vibrierte immer noch.

Sofia konnte wirklich eine hartnäckige Gegnerin sein. Man kam um sie einfach nicht herum. Wenn er sie gegen sich aufbrächte, würde alles nur umso schwieriger werden.

»Was ist denn so dringend«, meldete er sich, »dass es nicht bis heute Abend warten kann, Sofia?«

»Wir können uns nicht mehr privat sehen. Und du musst sofort herkommen – auf der Stelle. Bislang brauchen wir dich nur als potenziellen Zeugen, aber das kann sich schnell ändern, wenn du dich weigerst. Ich will dir wirklich keine Streife an den Hals schicken.«

Off the record mit ihr zu reden war eine Sache; diese Zeiten schienen vorbei zu sein. Aber zur Rikskrim zu fahren und dort alles zu erzählen, was er herausgefunden hatte, war keine Alternative. Sie würde fordern, dass er und Sarah ihre Nachforschungen sofort einstellten, und damit wäre der Deckel zu … Er würde auf Zeit spielen müssen, um mehr Beweise zusammenzutragen und Sofia auf seine Seite zu ziehen.

»Geht es um Barck?«, fragte er.

»Wir reden weiter, sobald du hier bist. Allerdings bin ich diejenige, die Fragen stellt, und nicht du.«

»Wenn es um Barck geht, dann ist die Sache zu brenzlig, und zwar für uns beide, Sofia. Ich könnte damit auf keinen Fall zur Polizei. Du weißt, warum. Du hast deine Position bei der Polizei ausgenutzt, um mich bei einer privaten Ermittlung mit Informationen zu versorgen. Was sollen deine Chefs da denken?«

»Fick dich, Max!«

»Wir sehen uns nachher im Schrebergarten. Nur du und ich. Dann erzähl ich dir alles, was ich weiß, Ehrenwort.«

43

Wieder zurück in den Büroräumen von Vektor, ließ Sarah sich schwer auf ihren Schreibtischstuhl fallen. Den halben Tag hatte sie zwischen Topfpflanzen und Gartenlauben verbracht, und sie fragte sich, was sie gerade angerichtet hatte. Sie hatte Ja gesagt zum Helios Victoria mit Backsteinmauerwerk. Andernfalls hätte sie nie in die normale Welt und zur Arbeit zurückkehren können. Ein Gewächshaus, in dem ihre Frau sich verwirklichen und die Zeit vergessen konnte … hoffentlich. In dem sie mit Körper und Seele zur Ruhe käme. In dem sie wundersamen Prozessen zusähe, die aus Samen und Setzlingen mittels Sonnenlicht, Wasser und Luft gedeihende, blühende Pflanzen machten. Lisette liebte all das, und in ihrem Leben als Hausfrau in einem Stockholmer Vorort – weit weg vom namibischen Busch – hatte ihr all das gefehlt.

Eine Art selbst auferlegte Einsamkeit.

Genau wie bei Gustav Barck.

Lisettes Radius war derzeit eingeschränkt, dessen war sich Sarah bewusst. Beschränkt auf die grundlegenden menschlichen Bedürfnisse: Liebe und Zugehörigkeit. Hatte sich je ein Mensch davon freimachen können? Waren nicht alle mitunter einsam?

Sie hatte den ganzen Tag über nichts von Max gehört. Sie wusste, dass er einiges vorgehabt hatte – erst das Treffen in Karlberg mit dem dortigen Direktor, dann

Strömberg und schließlich das Investorentreffen im Grand. Dass er sich nicht gemeldet hatte, lag bestimmt daran, dass es noch nichts Neues gab. Strömberg hatte keine neuen Instruktionen bekommen. Offiziell wäre ihr Nachforschungsauftrag damit beendet. Doch just dieser Auftrag hatte für sie persönlich mit dem gestrigen Tag, als Max ihr von seiner Entdeckung auf Arholma erzählt hatte, erst so richtig angefangen. Es war genau so gekommen, wie sie befürchtet hatte: dass der Auftrag eine neue Wendung genommen hatte und für Max persönlich geworden war. Und damit eben auch für sie – zugegebenermaßen. Weil so vieles an Max' Kampf auch in ihr etwas widerhallen ließ.

Sie rieb sich die Schläfen. Versuchte, den Kopfschmerz wegzumassieren. Ihr Nacken war komplett verspannt. Strömbergs Honorar brauchte sie derzeit dringender denn je. Andernfalls könnten sie Konkurs anmelden.

»Sollte Max in Ihrer Nähe sein: Er soll mich so schnell wie möglich anrufen.«

Irgendwas saß ihr im Nacken. Sofia hatte sich ein geschlagenes Jahr lang nicht ein einziges Mal bei ihr gemeldet. Insgeheim hatte Sarah gehofft, dass sie nie wieder miteinander zu tun hätten. Dabei war Sofia an sich gar nicht das Problem. Doch sie war Mordermittlerin bei der Rikskrim, und als ihr Weg sich mit dem von Sarah und Max gekreuzt hatte, war es im denkbar schlechtesten Moment geschehen. Max war rückfällig geworden und nahm wieder Medikamente, Paschie hatte das Weite gesucht, Charlie war gerade gestorben.

Und was kam jetzt?

Und warum brauchte Sofia Sarahs Hilfe, um mit Max in Kontakt zu treten? Hieß das nicht, dass er sich vor ihr wegduckte? Unterminierten ihre Nachforschungen die Arbeit der Polizei?

Sie kam einfach nicht zur Ruhe. Stand auf und ging hinüber in den Besprechungsraum, wo sie zuletzt mit Max zusammengesessen hatte. Ihr Blick fiel auf das Whiteboard, auf das Max zwei Zeitstränge aufgemalt hatte: einen für Barck, einen für Albrektsson. Dazu Stichpunkte zum jeweiligen Werdegang, zur Karriere, zum Tod. Zwillingsseelen mit ähnlichem Schicksal.

Und jetzt suchte die Rikskrim Kontakt.

Verdammt.

Ihr Handy klingelte. Sie zog es aus der Hosentasche. Eine unbekannte Nummer.

Was sollte sie jetzt machen? Sie konnten sich schließlich nicht vor der Polizei verstecken.

Allerdings schien Max schon wieder verschwunden zu sein – wie jedes Mal, wenn er sich vom Schreibtischtäter, den Sarah nur zu gern in ihm gesehen hätte, in etwas anderes verwandelte.

In einen Jäger.

Der keine Ruhe mehr gab, ehe er seine Beute gerissen hatte.

Sie starrte auf die Telefonnummer des Anrufers hinab. Nahm das Gespräch entgegen.

»Hallo, Anton Niklasson hier«, sagte eine junge Männerstimme. »Ich rufe vom Außenministerium an und würde gern mit Max Anger sprechen. Unter seiner Nummer geht allerdings niemand ran.«

Das Herz hämmerte wie wild in ihrer Brust. Sie hatte nicht erwartet, je wieder von Anton Niklasson zu hören.

»Hej«, sagte sie. »Ich kenne das Gutachten und weiß,

dass Sie in Kontakt gestanden haben. Kann ich Ihnen vielleicht helfen?«

»Es gab ein paar Änderungsvorschläge, die wir noch mal durchgehen wollten und mit denen Sie hoffentlich einverstanden sind. Wir müssten unseren Bericht alsbald weitergeben, und da wäre es toll, wenn wir die ganze Sache bis spätestens morgen Nachmittag erledigt hätten.«

»Natürlich«, erwiderte Sarah. »Schicken Sie mir die Unterlagen, dann sehe ich mir alles persönlich an. Bis spätestens morgen Mittag hören Sie von mir.«

44

Max saß im Eriksbergsviertel auf einer Parkbank an der Mauer um den Sitz des Zimmermannsordens und presste das Handy ans Ohr. Neben ihm lag seine Tasche, in der seit seinem Besuch im Grand obendrein ein Hammer, ein kleines Brecheisen und eine Taschenlampe steckten, die er sich unterwegs in einem Baumarkt gekauft hatte.

Als Erstes hatte Sarah ihm erzählt, dass Anton Niklasson aus dem Außenministerium sich gemeldet und die Änderungswünsche für ihr Gutachten geschickt habe. Sie ging die Punkte eilig mit ihm durch. Glättungen, umständliche Umformulierungen, mittels derer ihre Schlussfolgerungen nicht mehr ganz so scharf klangen. Sie appellierte an Max, grünes Licht zu geben. Drohte ihm damit, das Gutachten mit ihrem eigenen Namen zu unterschreiben, wenn er sich weigerte.

Dabei sah er die Sache ganz ähnlich. Angesichts ihrer derzeitigen Lage waren sie quasi gezwungen, die Änderungen zu akzeptieren.

Außerdem gab es gerade Wichtigeres. Max erzählte Sarah von seinem bisherigen Tag.

»Du hast versprochen, bei dem Investorentreffen nicht aus der Reihe zu tanzen«, sagte Sarah. »Das ist ja wohl das Letzte, was wir jetzt brauchen können!«

»Das Treffen mit Orrfeldt in Karlberg hat doch nur bestätigt, welche Parallelen es zwischen Albrektsson und Barck gegeben hat. Halbseidene Waffengeschäfte unter Regierungsbeteiligung! Da gibt es eine Clique aus Industriellen, Militärs und Staatsdienern, die einander den Rücken freihalten. Und dann Druck vonseiten der USA! Ich weiß wirklich nicht, ob sich seit den Achtzigern auch nur *irgendetwas* verändert hat.«

»Und was willst du jetzt machen?«

»Ich warte ab, ob sich der Feind aus der Deckung traut«, antwortete Max.

»Ist vielleicht schon passiert. Dass Sofia Karlsson uns hinterhertelefoniert, kann doch nur eines bedeuten: dass wieder jemand ums Leben gekommen ist.«

»Ich treffe mich später am Abend mit ihr.«

Sarah verstummte. Max konnte förmlich hören, wie die Zahnrädchen in ihrem Kopf ratterten.

»Komm ins Büro, und wir besprechen in aller Ausführlichkeit, wie wir in dieser Sache weitermachen.«

Schwarze Limousinen und Taxis rollten an den geparkten Autos an der Eriksbergsgatan vorbei. Aus jedem einzelnen Wagen stieg ein hellhäutiger Mann im Frack. Eine Karawane der Macht.

»Ich weiß genau, wie ich weitermache.«

»Du machst überhaupt nichts mehr, Max! Vektor steht nicht mehr dahinter. Wenn du jetzt eigenmächtig …«

Er drückte das Gespräch weg und steckte das Handy in die Tasche.

Inzwischen kamen nur noch vereinzelt Limousinen. Max drehte sich zu dem prächtigen Gebäude um. Das Einzige, was von drinnen zu sehen war, waren Lichter und Schatten in den Fenstern und im Treppenaufgang, als die befrackten Männer durch die Säulenhalle in den Ordenssaal schlenderten, wo das Bankett stattfinden sollte. Er sah regelrecht vor sich, wie sie dort an drei langen Tafeln, die zu einem U gestellt waren, ihre Plätze einnahmen und sich dem siebenarmigen Leuchter und den schwarz-weißen Stufen zuwandten, die auf eine Nische in der Stirnseite des Saals hinaufführten, aus der Jesus Christus über sie wachte.

Er lief um das Gelände herum zur Vorderfront des Gebäudes, drückte sich an der Fassade entlang und stieß auf eine große Kellertür. Zwei Transporter von Eriksbergs Catering standen direkt davor. Die Transportertüren waren geöffnet, und auf den Ladeflächen standen Kisten mit Gläsern. Die Kellertür war angelehnt.

Max zog sie auf und schlüpfte hinein.

45

Magnus Bexton trug einen dunklen Anzug und ein weißes Hemd mit dunkelblauer Krawatte. Für die meisten Brüder, die in ihren Fräcken aus der Säulenhalle hereinströmten, war er ein unbekanntes Gesicht, das sie lediglich mit dem Blick streiften. Unter Garantie gingen sie davon aus, dass dieses wie Wachs zerschmolzene, entstellte Gesicht einem unglückseligen Angestellten gehörte, jemandem vom Personal, das ihr Bankett vorbereitet hatte, oder dem Hausmeister.

Ahlbom und Watts gehörten zu den Letzten, die ankamen. Der alternde schwedische Finanzmann schlurfte langsam an ihm vorbei, ohne ihn eines Blickes zu würdigen. Watts indes erkannte ihn in der Eingangshalle sofort wieder.

Ihm entging aber auch wirklich nichts.

Ein knappes Nicken, ein kaum merkliches Lächeln. Watts hielt sich noch kurz in der Halle auf, während Ahlbom bereits in den Ordenssaal verschwand. Bexton machte ein paar Schritte auf ihn zu und folgte ihm auf den letzten Metern zur Tür.

»Max Anger hat mit Casten Orrfeldt gesprochen«, teilte er Watts leise mit.

»Worüber?«

»Über Albrektsson und Bill Herron.«

Watts blieb abrupt stehen und drehte sich zu ihm um.

»Wenn Max noch mal mit Orrfeldt Kontakt aufnimmt, weißt du, was du zu tun hast.«

Dann drehte er sich wieder in Richtung Tür.

»Aber …«, kam es von Bexton.

Watts wandte sich um. Schüttelte den Kopf.

Ein weiterer Mann in Frack steckte den Kopf durch die Tür zum Ordenssaal und sah Watts an, der Bexton wieder den Rücken gekehrt hatte. Watts nickte dem Mann zu und folgte ihm in den Saal. Der Mann hielt noch kurz inne und neigte den Kopf leicht zur Seite, ging dann aber Watts hinterher, ohne Bexton richtig angesehen zu haben.

Bexton inspizierte ein letztes Mal den Bankettsaal. Ließ den Blick über die Tafeln schweifen und blieb an der Stelle hängen, wo die Stühle ein wenig luftiger standen. Dort wo er bei seinem ersten Besuch ein Namensschild vom Platz genommen und dann ein Streichholz darangehalten hatte.

Eine kaum merkliche Leerstelle. Gustav Barcks letzte Handlung im Leben war von Reue befeuert gewesen. Und hatte sie alle in eine denkbar heikle Lage gebracht.

Ein früherer Freund.

Ein gefallener Engel.

Watts letzte Anweisung hatte ihrer Arbeit eine neue Marschrichtung gegeben. Bis jetzt hatten sie sich nie gegen Männer aus ihren eigenen Reihen gestellt.

»Umwälzende Veränderungen fordern nun mal ihre Opfer.«

Casten Orrfeldt würde Barck alsbald Gesellschaft leisten.

46

Hinter der Kellertür lag zum einen die Küche, in der hektische Betriebsamkeit herrschte. Eilig huschte Max zur Seite, weg von der Küchentür und weiter auf eine Steintreppe zu. Leise stieg er die Stufen hinauf bis zum Eingangsbereich und der Säulenhalle. Er spähte hinein. Ordensbrüder und Servicepersonal. Die Versammlung würde in einer Stunde beginnen, anschließend würden sie sich in den großen Salon zurückziehen, wo das Essen serviert würde. Er lief zurück in den Keller, wo er eine Metalltür aufzog, durch den Türspalt schlüpfte und seine Taschenlampe anknipste. Ein Gang mit Vorratsregalen und Kühlschrank.

Plötzlich näherten sich schnelle Schritte, und jemand machte sich an der Tür zu schaffen. Max schaltete die Taschenlampe aus, packte ein Metallrohr, das unter der Decke verlief, und zog sich nach oben. Die Deckenbeleuchtung flackerte auf, und er sah den Schatten, den das Rohr über den Steinboden warf – und seinen eigenen Schatten.

Eine junge Frau betrat den Gang. Sie hatte es sichtlich eilig, zog die Kühlschranktür auf, nahm sich, was sie brauchte. Als die Tür hinter ihr wieder zufiel, hangelte Max sich nach unten und setzte so vorsichtig, wie er nur konnte, die Füße auf dem Boden auf.

Er knipste die Taschenlampe wieder an und lief weiter den Gang entlang, der sich nach ein paar Metern verzweigte. Er wandte sich intuitiv nach links, weil das die

Richtung zu sein schien, die tiefer unter das Gebäude führte. Nach ein paar Metern erneut eine Gabelung. Jede Menge Schränke und Vorratslager. Der Gang endete vor einer Tür. Verschlossen.

An diesem Ende war es mucksmäuschenstill. Er befand sich in sicherer Entfernung vom Servicepersonal. Auch diese Tür war aus Metall, allerdings sah sie nicht annähernd so stabil aus wie andere Türen, die zu Stockholmer Schutzbunkern führten. Womöglich käme er hier tatsächlich weiter. Er musste einfach nur so leise wie möglich sein.

Er zog das Brecheisen aus der Tasche. Um keinen Lärm zu machen, zog er seine Jacke aus und legte sie über Klinke und Schlosskasten. Dann fing er an, zielstrebig, hart, ruhig und gleichmäßig zu hämmern. Mit jedem Schlag trieb er das Brecheisen tiefer in den Spalt zwischen Türblatt und Zarge hinein. Am Ende lehnte er sich mit seinem ganzen Gewicht dagegen. Die Tür gab nach.

47

Draußen in der Säulenhalle blieb Bexton stehen. Er hatte ein entferntes Geräusch gehört und schloss die Augen. Spitzte die Ohren. Erst glaubte er, es wäre sein eigener Herzschlag gewesen. Gleichmäßig, ruhig.

Er hatte sämtliche Straßen- und Sanierungsarbeiten in der Umgebung überprüft. Am heutigen Abend sollte nirgends gearbeitet werden. Trotzdem hörte er die leisen Schläge – wie ein schweres Zahnrad, das sich langsam in einem riesigen Uhrwerk drehte. Als würde auf einen Zeitpunkt runtergezählt, bis zu dem alles in trockenen Tüchern wäre …

Nicht mal mehr achtundvierzig Stunden.

Trotzdem – was er da hörte, waren doch feste Schläge auf Metall.

Kam das aus dem Keller?

48

Vorsichtig schob Max Brecheisen und Hammer zurück in die Tasche und streifte sich die Jacke über. Wartete noch einen Moment und lauschte. Immer noch alles totenstill. Er knipste die Taschenlampe wieder an. Hinter der Tür befand sich eine schmale, steile gemauerte Treppe, die tiefer in den Untergrund führte. Max richtete das Taschenlampenlicht auf die Stufen. Glatt geschliffener Stein, wie aus ferner Vergangenheit. Keinerlei Spuren von Schuhsohlen. Er stieg ein paar Stufen hinab. Vom unteren Treppenabsatz führte ein Gang bis vor eine weitere Tür aus dunkel gebeiztem Holz. Hier saß nicht mal ein Schloss. Er schob sie auf. Dahinter lag auf dem blanken Steinboden ein alter roter Teppichläufer. Am entlegenen Ende konnte er das schwache Licht einer Wandlampe ausmachen, die einen weiteren Treppenaufgang beleuchtete – sicher der üblichere Weg hier hinunter.

In einen zweiten, noch tiefer gelegenen Keller …

Er ließ den Lichtkegel über die Wände wandern, an denen Gemälde hingen. Das erste war ein Jesus-Porträt – Lamm im Arm, barfuß auf einer weitläufigen Wiese, ein Gefolge aus Schafen.

Auf dem nächsten waren die Heiligen Drei Könige abgebildet: längliche, ausdruckslose Gesichter und leerer Blick. Ein schwarzer, sternenübersäter Himmel.

Dann die Jungfrau Maria mit dem Jesuskind. Unter ihr

ein schwarzer Abgrund, in dem der Teufel Flöte spielend über ein Seil tanzte.

Genau wie in russischen Kirchen, dachte Max. Wie die Ikonostasen, die in orthodoxen Gotteshäusern Gemeinde und Priester trennten.

Mitten in der Wand befand sich eine Tür mit einer sternen- und engelgeschmückten Borte und hebräischen Schriftzeichen über dem Türblatt. Als wären sämtliche Bildmotive von Wänden und Decke auf diese Tür ausgerichtet worden.

Vielleicht doch keine Ikonostase, aber eine Trennwand allemal.

Max drückte die Klinke nach unten. Die Tür war verschlossen. Ein Einbruch durfte nie länger als ein paar Minuten dauern. Ihm drohte die Zeit davonzulaufen. Den Luxus, größtmögliche Vorsicht walten zu lassen, konnte er sich nicht mehr leisten.

Er presste die Schulter gegen die Tür, um einzuschätzen, wie stabil sie wäre. Dann trat er fest dagegen. Der Krach echote durch den Kellergang. Doch die Tür hatte sich bewegt. Er trat noch einmal zu – und die Tür flog auf.

Er tastete sich vor bis zum Schalter und machte Licht. Der Raum war vielleicht vierzig Quadratmeter groß. Ein dicker rostbrauner Teppich am Boden, weinrote Stoffbahnen vor den Wänden – allesamt mit den gleichen Schriftzeichen übersät wie bereits die Tür. In der Raummitte stand ein steinerner Altar. Davor eine niedrige gepolsterte Bank mitsamt lackiertem Holzhandlauf.

An der gegenüberliegenden Längswand hing das Gemälde einer steinigen Wüstenlandschaft. Darin lag ein Mann auf der Erde und hatte den Kopf auf einen Felsblock gelegt. Himmel und Wolken leuchteten merkwürdig. In der Luft schwebten Engel mit ernsten Mienen. Augen, die das Licht und den Wind über der Wüste regelrecht in sich aufzusaugen schienen.

In der Mitte des Gemäldes ragte eine Treppe gen Himmel. Steine, die Wüstenlandschaft, eine alte Ruine …

Es war ein Bild von Bet-El, dem Ort im Westjordanland, den er besucht hatte. Wohin auch Gustav Barck sich hatte fahren lassen, ehe er Selbstmord verübt hatte.

Max zog seine Tasche auf, angelte seine Kamera hervor und machte Fotos von dem Gemälde. Dann stieg er über den Handlauf und trat an ein Lesepult heran. Darauf lag eine Bibel, aufgeschlagen beim ersten Buch Mose. Zwei schwarze Schnipsel markierten Passagen im ersten Korintherbrief.

Was kein Auge gesehen und kein Ohr gehört hat und in keines Menschen Herz gekommen ist, was Gott denen bereitet hat, die ihn lieben …

Er fotografierte die markierten Seiten. Die Deutung der Textstellen und der Symbole, die den Raum schmückten, musste jetzt warten. Als er sich wieder nach draußen wandte, hätte er fast übersehen, was über der Tür hing: eine kleine Flagge, sicher jahrhundertealt. Solche Flaggen hatte Max schon öfter gesehen, allerdings noch nie eine dermaßen alte. Eine goldene Schwedenkrone, umgeben von den Buchstaben C, R und S.

Eine uralte Standarte der schwedischen Armee.

Draußen auf dem Gang ging er denselben Weg zurück, den er gekommen war. Als er bereits den halben Treppenabsatz erreicht hatte, hörte er Scharniere quietschen. Irgendwer hatte sich an der Metalltür zu schaffen gemacht und war auf dem Weg nach unten.

Er machte auf dem Absatz kehrt und rannte in Richtung

des anderen Aufgangs. Von oben konnte er Schritte und entfernte Männerstimmen hören. Er sah auf die Uhr. Die Versammlung war sicher vorüber, die Ordensmänner auf dem Weg in den Bankettsaal. Die Treppe vor ihm schien ihn direkt hinauf in die Säulenhalle zu führen. Dort würde er nicht rauskommen können, doch jetzt umzukehren, wäre die umso schlechtere Alternative.

Er nahm noch ein paar Stufen. Sah hinter einer Biegung Licht schimmern. Ein Kellerfenster. Draußen im Park der Anlage stand eine Gartenlampe und schien herein.

Die Schritte kamen immer näher. Er legte die Faust fest um die Taschenlampe, mit dem Griff schlug er das Fensterglas ein und kletterte hinaus.

49

Erst gleichmäßige Schläge. Dann Stille. Bexton lief die Treppe hinunter und dann den Korridor entlang bis zu der Metalltür. Er stand genau unter dem Metallrohr unter der Decke, als er den Fußabdruck im Staub auf dem Zementboden entdeckte. In diesem Moment war er sich sicher.

Sie hatten einen ungebetenen Gast.

Als er dann auch noch ein Splittern hörte, zog er seinen Revolver. Mit der Waffe im Anschlag schlüpfte er durch die aufgebrochene Tür. Entdeckte weiter unten, dass die Tür zum Tempel ebenfalls aufgebrochen worden war.

Der Eindringling war ihm die ganze Zeit einen Schritt voraus gewesen. Er war nicht mehr da.

Mit dem Revolver in der Hand sah er durch das zersplitterte Kellerfenster an der Treppe, die hinauf in die Säulenhalle führte.

Diesmal bist du mir entwischt, Max Anger. Aber wir sehen uns bald wieder.

50

Anton Niklasson angelte sich ein Bier aus dem wassergefüllten Bottich mitten im Raum, den die Clique zur Garderobe umfunktioniert hatte. Eigentlich handelte es sich um das Büro der Kneipe und den Umkleideraum für die Angestellten, aber für die vier Jungs aus verschiedenen Ministerien, die sich hier verabredet hatten, war es gerade recht.

Außer dem Außenministerium in Gestalt seiner selbst waren auch das Justiz-, das Sozial- und das Arbeitsministerium vertreten. Die Kollegen aus dem Kultusministerium waren zu verklemmt, die aus den Finanzen zu wichtigtuerisch, Umwelt und Bildung komplett humorlos. Die waren nicht mal gefragt worden. Heute würde die witzigste Person der Staatskanzlei gekürt werden, und sie waren alle hoch motiviert. Anton hob sein Bier, und die anderen stießen mit ihren Flaschen an.

Es klopfte an der Tür – Erika, die ein Glas Weißwein, ihre Handtasche und Antons Handy vor sich her balancierte. Sie drückte ihm ein Küsschen auf die Wange.

»Da draußen ist die *Hölle* los! Das ist total verrückt!«

Anton grinste. Das Tre Brunnar lag an der Kammakargatan und war im Grunde bloß eine kleine Kneipe mit einer noch kleineren Bühne. Allzu viel war da nicht nötig, dass es sich draußen komplett überfüllt anfühlte.

»Eigentlich ist der Zutritt zur Künstlergarderobe verboten«, sagte Anton und gab ihr einen Kuss. »Was hast du hier zu suchen?«

»Dein Handy hat geklingelt. Ich bin rangegangen. Hätte ich vielleicht nicht machen sollen.«

»Wieso, wer war denn dran?«

»Ein Mann, der meinte, er müsste sofort mit dir sprechen. War anscheinend wichtig. Er hat vor ein paar Minuten schon wieder angerufen und meinte, du müsstest jetzt bitte zurückrufen.«

Sie hielt ihm das Handy hin, und Anton rief die Anrufliste auf. Keine Nummer, die er wiedererkannte.

»Aber es geht gleich los«, entgegnete er.

»Ich weiß. Ich wusste einfach nicht, was ich tun sollte. Du bist als Letzter dran, insofern dachte ich, vielleicht schaffst du es davor ja noch, kurz mit ihm zu telefonieren.«

Sie hatte nicht einmal zu Ende gesprochen, als das Handy schon wieder klingelte.

»Dieselbe Nummer«, stellte Anton fest.

Er sah sich in dem kleinen Büro um und ging dann kopfschüttelnd hinaus. Auf dem Weg durch den gut besuchten Gastraum der Kneipe bat er den Mann am anderen Ende, kurz zu warten, bis er draußen wäre. Unterwegs zupfte ihn jemand am Hemd; als er einen Blick über die Schulter warf, war es Marcella, seine Abteilungsleiterin im Ministerium. Sie winkte ihm erst zu und hob dann ihr Glas, sah gelinde gesagt schon angeschickert aus. Anton schob sich weiter durch die Menge, zog die Eingangstür auf und trat hinaus auf die Straße.

Erst da bemerkte er, dass der Anrufer nicht mehr dran war. Er seufzte und überlegte, einfach wieder nach drinnen zu gehen. Durch die Scheiben konnte er die Menschenmenge vor der kleinen Bühne und die kleine angrenzende

Kammer sehen. Die Fenster beschlugen bereits von den erhitzten, lachenden Leibern.

An der Kreuzung Kammakargatan und Drottninggatan hupte ein Taxi, weil wohl ein Lkw irgendwo in der Nähe etwas ausliefern musste und in zweiter Reihe stand.

Anton sah auf sein Handy. Dort waren diverse verpasste Anrufe verzeichnet, alle von ein und derselben Nummer.

Was war denn so dringend?

Er rief die Mailbox auf. Keine Nachrichten.

Dann eben die Nummer.

»Sixten Hedergren«, meldete sich der Mann schon nach dem ersten Klingeln.

Hedergren? Der Umschlag, der in seinem Postfach gelegen hatte – der war von der Kanzlei Hedergren gewesen. Den hatte er schon ganz vergessen. Der steckte immer noch ungeöffnet in seiner Tasche.

»Anton Niklasson hier«, sagte er. »Sie scheinen mich dringend sprechen zu wollen.«

»Ja, wir haben es schon mehrmals bei Ihnen versucht. Wir müssten uns bitte alsbald zusammensetzen.«

Der Taxifahrer hielt jetzt dauerhaft die Hupe gedrückt, und Anton musste sich das freie Ohr zuhalten. Zwei Männer keiften einander an.

»Warten Sie kurz«, sagte er, überquerte die Drottninggatan und lief dann den Hügel hinunter in Richtung Adolf-Fredrik-Friedhof.

Dort sah er sich um. Irgendwie hatte ihn ein mulmiges Gefühl beschlichen. Dieser Anwalt hatte fürchterlich dringlich geklungen. Er schlenderte über den Gehweg, die belebte Straße im Rücken, auf die Kapelle zu. Unter seinen Füßen knirschte der Kies.

»Jetzt gerade passt es leider wirklich nicht. Warum können wir die Sache denn nicht am Telefon besprechen?«

»Es geht um notarielle Unterlagen, in denen unter anderem Ihr Name auftaucht.«

»Ich habe mit niemandem Geschäfte gemacht, für die ein Notar nötig wäre – Sie haben die falsche Person an der Strippe.«

»Nein, sicher nicht. Unsere Kanzlei befindet sich in der Smålandsgatan 17, dritter Stock. Es wäre wirklich wichtig, dass Sie jetzt gleich vorbeikämen.«

Anton spazierte an der offenen Kapellentür vorbei. Drinnen probte ein Chor. Nicht einmal der schöne Klang der Stimmen vermochte ihn zu beruhigen. Er ging ein Stück weiter.

»Ich kann jetzt nicht kommen«, sagte er. »Was ist denn so wichtig?«

Vor einem Grabstein blieb er stehen. Ein Bäumchen ragte darüber hinweg. Auf dem Stein prangte über die komplette Breite die Unterschrift des Toten, als hätte der den Stein eigenhändig signiert. Ein Felsblock auf der Erde, mit Namen und Todestag.

Mamas großes Idol.

Olof Palme.

28. Februar 1986.

»In Kürze wird eine Meldung an die Öffentlichkeit gehen, die Sie betrifft«, sagte Sixten Hedergren. »Es ist in Ihrem Interesse, dass wir uns sofort zusammensetzen.«

51

Max ging in einer Toreinfahrt auf der anderen Seite der Eriksbergsgatan in Deckung. Er hatte die Kamera im Anschlag und freie Sicht auf den Haupteingang des Zimmermannsordens.

Es dauerte zwanzig Minuten, ehe eine Limousine vor dem Eingang vorfuhr.

Drei befrackte Männer kamen heraus und marschierten strammen Schrittes auf den Wagen zu. Aus seiner Position konnte er die Gesichter nicht erkennen, doch einer von ihnen musste der alte Finanzmann sein, dieser Ahlbom. Sein Gang war unverkennbar. Die anderen beiden konnte er nicht identifizieren, aber mit höchster Wahrscheinlichkeit war einer von ihnen Watts, der Geier. Hoffentlich würde er die Fotos später nachbearbeiten können.

Er ging den ganzen Weg vom Eriksbergsviertel bis nach Gamla stan zu Fuß. Als er über die Norrbro lief, warf er einen Blick hinüber zum Schloss und musste wieder an die alte Standarte aus dem Tempel im Keller denken. Die Befehlshaber des schwedischen Militärs hatten seit Hunderten von Jahren enge Verbindungen zum Königshaus gepflegt. Ihre Aufgabe hatte darin bestanden, das Königreich zu verteidigen.

Er bog auf den Mynttorget ab und lief über die Österlånggatan nach Hause in die Köpmangatan. Seine Jackenbrust vibrierte, als das Handy anfing zu klingeln. Es war Sarah.

»Ich musste unser Telefonat vorhin abbrechen«, erklärte Max. »Tut mir leid, dass ich einfach so aufgelegt habe.«

»Wo steckst du gerade?«, wollte sie wissen.

»Auf dem Heimweg vom Zimmermannsorden. Was ich dort herausgefunden habe, erklärt einiges.«

»Okay.«

Okay? Sie klang komisch. Die helle Stimme hatte einen anderen Ton angenommen.

»Bei dir irgendwas Neues?«, erkundigte er sich.

»Ich habe jemanden bei Svenska Freds erreicht.«

In der schwedischen Friedens- und Schiedsgesellschaft mussten ihnen die Augen aus dem Kopf gefallen sein, als Vektor angerufen hatte, dachte Max. Immerhin standen sie nicht gerade in derselben Ecke des Boxrings.

»Worüber hast du mit ihnen gesprochen?«, fragte er.

»Die Exportkredite, die Schweden derzeit bewilligen könnte, sind in etwa zehnmal größer als das, was offiziell verlautbart wird. Er ist in dieser Liga der größte, den Schweden je durchgewinkt hat. Und wenn ich Schweden sage, dann meine ich die *Regierung.*«

Strömberg hatte den Auftrag von der außenpolitischen Sprecherin der Sozialdemokraten erhalten. Die *Regierung* – das waren deren nächste Parteifreunde und Vertraute. Und die Regierung war tief verstrickt in die Südafrika-Affäre.

»Strömberg hat mehr oder weniger angeordnet, dass wir die Sache ad acta legen. Die Regierung wolle nicht, dass tiefer gegraben wird.«

Am anderen Ende blieb Sarah stumm.

»Was ist?«, fragte Max.

Inzwischen hatte er fast seine Wohnung erreicht. Als er in die Själagårdsgatan abbog, entdeckte er ein parkendes Auto auf dem Brända tomten gleich neben dem großen Kastanienbaum. Dort parkte man doch nicht … Ein schwarzer Transporter, getönte Scheiben …

»Mein Ansprechpartner bei Svenska Freds hat von gefakten Exportgenehmigungen gesprochen«, fuhr Sarah fort. »Frei nach dem Motto: Schwedische Konzerne haben schon immer getrickst, wenn es darum ging, Waffen an Länder zu verkaufen, die sich im Krieg befanden. Vor allem Muslime in der bosnischen Armee haben in Interviews von der Angst vor splitternden Bofors-Granaten berichtet – da war vom sogenannten ›Bofors-Tod‹ die Rede.«

Als er oben in seiner Wohnung eine Bewegung wahrnahm, blieb Max abrupt stehen.

»Ich muss auflegen, Sarah …«

»Nein, du legst jetzt nicht schon wieder auf! Gustav Barck hat für die Kontrollinstanz gearbeitet, die unrechtmäßig Exportfreigaben erteilt hat. Er scheint bis über beide Ohren in diesen Mist verwickelt gewesen zu sein.«

Allmählich lichtete sich der Nebel. Trotzdem war gerade etwas anderes wichtiger.

»Da ist jemand in meiner Wohnung.«

»*Was?*«

»Ich stehe jetzt direkt davor. Ich sehe, wie jemand die Wohnung absucht. Bist du im Büro?«

»Ja … Aber, Max …«

»Fahr sofort heim! Und bleib dort, bis ich mich bei dir melde!«

Max lief auf einen Eingang auf der gegenüberliegenden Straßenseite der Själagårdsgatan zu. Dort hatten sie den gleichen Türcode wie er. Er lief hinauf in den dritten Stock und stellte sich an ein Treppenhausfenster, von dem aus er den Brända tomten und seine Wohnung einsehen konnte. Die Kastanie bot ihm halbwegs Schutz.

Wer war dort bei ihm zu Hause?

Irgendwer ging aus der Bibliothek die Wendeltreppe hinauf in sein Schlafzimmer. Die Vorhänge wurden zur Seite gezogen, und ein Gesicht erschien im Fenster. Max duckte sich weg.

Bist du das, Sofia?

52

Magnus Bexton stand im Wohnzimmer und betrachtete die aufgemalten violetten Lilien zwischen den Deckenbalken. Borgenstiernas Wappensymbol. Elegant, klar, unschuldig.

Borgenstierna. Der gute Samariter. Die Stimme der Vernunft. Der Fürsprecher der edlen Sache. Immer im Einklang mit der Politik seiner Zeit.

Bextons ältere Freunde hatten ihm davon berichtet. Carl Borgenstierna hatte auf der Liste derer gestanden, die der Nachrichtendienst während des Kalten Krieges genauestens überwacht hatte. Er war nicht so sehr von edlen Idealen getrieben gewesen als vielmehr von dem Umstand, dass er nur zu gern Russinnen gevögelt hatte, die mit sowjetischen Agenten verheiratet waren. Ein solcher Fehltritt hatte ihn zu einem Risikofaktor gemacht. Am Ende hatte er im Regen gestanden … und dort war er stehen geblieben, bis er gestorben war.

Nach seinem Tod hatte Carl die Wohnung, nein seinen kompletten Besitz Max Anger hinterlassen, dem Sohn dieses Hurensohns Jakob Anger, der sich draußen in den Stockholmer Schären auf Arholma verbarrikadiert hatte. Max hatte ja keine Ahnung, warum – und wer sein Vater tatsächlich gewesen war. Schon sein ganzes Leben lang hatte er – genau wie sein Vater – nach Antworten gesucht.

Und diese Suche hatte Max letztlich gefährlich nah an ihr Geheimnis geführt.

Aber dort würde der Weg für ihn zu Ende gehen.

In ihrer Liga hatte er nichts verloren.

Er zog die weißen Laken von den Möbeln und strich mit dem Handschuh über die Polster. Keinerlei Hinweis, dass hier jemand wohnte. Die komplette Wohnung schrie regelrecht nach Verschwendung – Ressourcen, die man für Schweden sehr viel besser hätte einsetzen können. Wenn das denn wirklich das Ziel von Borgenstierna und seiner Stiftung gewesen war …

Die Gemälde an den Wänden – noble Gesichter von Vorfahren, Sankt Petersburger Bauwerke – sprachen von Bextons Warte aus eine deutliche Sprache.

Der russlandverliebte Verräter.

Max, alles andere als adelig, hatte nur einen Teil des Erbes eingestrichen. Wie sehr Borgenstierna die Wahrheit auch gedreht und gewendet hatte – er hatte Max kein Schild im Riddarhuset vererben können. Max würde nie einer von ihnen sein.

In der Bibliothek stand ein großer englischer Mahagonischreibtisch. Auf der Tischplatte stapelte sich Post. Bexton sah die ungeöffneten Umschläge durch. Die meisten waren an die Ostseestiftung adressiert. Max hatte sich nicht mal die Mühe gemacht, sie zu öffnen, um zu sehen, auf welche Summe sich das Stiftungsvermögen belief, das ihm vor die Füße gefallen war und mit dem er etwas Sinnvolles tun müsste.

Er ging weiter in die Küche und zog den Kühlschrank auf. Bis auf Bregott-Butter und Leberwurst – leer. In der Tür ein Karton Milch, die eine Woche zuvor das Mindesthaltbarkeitsdatum überschritten hatte. Auf dem Kühlschrank drei ungeöffnete Flaschen J&B Blended Whisky.

Bexton schlenderte weiter durch die Wohnung und dann

die schmale Wendeltreppe hinauf, die ins obere Stockwerk führte. Im Schlafzimmer stand ein Aktenschränkchen mit Schubladen. In der obersten lagen Unterhosen, Socken und Unterhemden. Die Schubfächer darunter waren leer. Das Gleiche in der Garderobe: auf der einen Seite soldatische Akkuratesse, auf der anderen bloß leere Kleiderbügel. Ein einziges Kleidungsstück: ein Schal. Schwarze Wolle, ein Muster aus großen roten Blüten und grünen Blütenblättern. Um das Blumenmeer herum verlief eine bronzefarbene Bordüre, die sich an mehreren Stellen zu orthodoxen Kirchtürmen verschnörkelte.

Hat den deine russische Hure hier zurückgelassen?, fragte sich Bexton. Genau das Gleiche wie bei deinem vermeintlichen Großvater …

Bexton streckte sich nach dem Schal aus und zog ihn ein Stück zu sich heran. Führte ihn an die Nase und atmete tief ein. Er stellte sich vor, wie die Besitzerin ausgesehen haben mochte, als sie nackt durchs Schlafzimmer getanzt und mit dem Schal gespielt hatte.

An das Schlafzimmer schloss sich ein Zimmer an, das in einen Fitnessraum umgewandelt worden war. Als Bexton sich in der Eriksbergsgatan mit seinen Freunden beratschlagt hatte, war er vor Max' Körperkraft und Fertigkeiten gewarnt worden. Er wäre ein würdiger Gegner, keiner, den man unterschätzen sollte. Ihn aus dem Weg zu räumen, würde eine genaue Planung erfordern.

Der Direktor der Akademie wäre ein wesentlich leichterer Gegner – wenn auch ein deutlich größeres Risiko, weil er so viel wusste. Die Wahrscheinlichkeit, dass Max erneut mit ihm Kontakt aufnähme, war verhältnismäßig hoch. Jetzt lag es in Bextons Verantwortung, dass dies nicht passierte.

Im Badezimmer fand er, wonach er gesucht hatte. In dem verspiegelten Schränkchen über dem Waschbecken lag eine Schachtel mit starken Medikamenten. Bexton steckte sie in seine Tasche. Auf dem Weg nach draußen zog er im Schlafzimmer noch die Gardinen beiseite. Ein großer Baum stand davor am Straßenrand. Die Zweige wiegten sich lautlos in der Abendbrise.

Irgendwo dort draußen versteckst du dich. Aber du kannst dich nirgends mehr hinflüchten.

53

Mit jedem Schritt, den sich Anton Niklasson der Anwaltskanzlei näherte, fiel es ihm schwerer zu atmen. Schweiß rann ihm über den Rücken.

Wer war dieser Anwalt?

Anton hatte sich nicht einmal mehr von seinen Freunden oder von Erika verabschiedet. Er war einfach vom Friedhof marschiert wie ferngesteuert, als wäre er ein Schwachsinniger, der tat wie geheißen, sobald ein Anwalt am Telefon nachdrücklich klang.

»Es ist in Ihrem Interesse, dass wir uns sofort zusammensetzen.«

Er hatte sehr überzeugend geklungen.

Er sah auf die Uhr und rechnete nach: Die anderen wären vor ihm dran. Noch könnte er es rechtzeitig zurück auf die Bühne schaffen.

Als er die Norrlandsgatan erreichte, blieb er kurz an der Kreuzung stehen. An der Fassade des großen Bürogebäudes hing ein großes beleuchtetes Schild, auf dem in nüchternen Lettern geschrieben stand: *Hedergren.*

Eine große Kanzlei. Eine der exklusivsten der Stadt.

Als er die Büroräumlichkeiten betrat, herrschte dort Stille. Es fühlte sich an, als wäre dieser komplette Abend makaber, unwirklich – als machte er gerade die ersten Schritte inmitten eines Wachtraums.

An einer Tür zu einem Besprechungsraum ein Stück

den Flur entlang stand ein Mann, der auf ihn zu warten schien.

Langsam kam er ihm entgegen.

Hellblauer Anzug, Zweireiher. Älteres Semester. Sonnengebräunt, zurückgekämmtes blondes Haar. Filigranes Brillengestell aus Metall.

»Ich bin Sixten Hedergren«, stellte er sich vor. »Herzlich willkommen. Nehmen Sie doch bitte Platz.«

Anton setzte sich an den Besprechungstisch, ein lang gezogener Konferenztisch. Der Notar setzte sich ihm gegenüber.

»Verraten Sie mir, warum ich hier bin«, bat Anton sein Gegenüber. »Ich müsste gleich wieder zurück zu meinen Freunden.«

»Sie sind hier, weil ich mit Ihnen gleich ein Testament durchgehen werde. Das Testament Ihres Vaters. Mein aufrichtiges Beileid.«

»Beileid?«

Anton musste laut loslachen. Es klang hohl.

»Ich habe den Mann nie getroffen. Und das wollte ich auch nie – er hat meine Mutter und mich sitzen lassen, als ich noch klein war.«

»Mag sein«, erwiderte Sixten. »Trotzdem hat er Sie als Erben eingesetzt.«

Als Erben? Die feinste Anwaltskanzlei der Stadt. Der Senior persönlich saß ihm gegenüber. Sein Vater sei ein *lowlife* gewesen, hatte seine Mutter immer gesagt.

Im nächsten Augenblick fühlte es sich an, als würden seine Schultern und der Nacken von einem Krampf geschüttelt. Irgendetwas rumorte in ihm. Unterbewusst war ihm anscheinend immer schon klar gewesen, dass die Bezeichnung nicht den Tatsachen entsprochen hatte.

Dass seine Mutter in ihrer Jugend im Suff mit irgendeinem herumziehenden Loser geschlafen hatte, war schlicht und ergreifend undenkbar.

Er rief sich die rothaarige, heißblütige junge Frau in Erinnerung, die sie einst gewesen war. In einer schwedischen Kleinstadt. Die schneller hatte erwachsen sein müssen als viele andere. Die sich in all den Jahren hinter der Maske der durchsetzungsfähigen, unabhängigen Frau versteckt hatte – hinter einer Fassade aus Starrsinn und Härte. Die sich bis an die Spitze der politischen Elite Schwedens hochgearbeitet hatte. Die für ein behütetes Elternhaus gesorgt und ihm trotzdem immer etwas verheimlicht hatte.

Ich bin dankbar für die Opfer, die du für mich erbracht hast. Aber ich werde dir niemals verzeihen, wenn du mich angelogen haben solltest.

»Ich weiß nicht, wer mein Vater war«, sagte er. »Und wenn er jetzt tot ist, will ich es vielleicht erst recht nicht erfahren. Das macht das Ganze doch nur noch schlimmer.«

»Leider haben Sie keine Wahl«, entgegnete der Anwalt. »Dagegen sprechen Recht und Gesetz. Und nicht nur …«

»Ich scheiß auf Recht und Gesetz.«

Anton schloss die Augen. Er wollte einfach nur zurück zu seinen Kumpels und zu Erika. Ein Bier trinken oder auch fünf und diese vorübergehende Unterbrechung schnellstmöglich vergessen. Die anderen saßen jetzt dort und lachten – stinknormale, fröhliche Menschen. Er sah seine Freundin vor sich, die auf ihn wartete und inzwischen bestimmt nervös war. Er sah Marcella vor sich. Wie sie ihn am Hemd gezupft hatte, als wäre er ein angeleinter Hund. Sie würde am lautesten lachen, wenn der Moderator dem Publikum mitteilte, dass Antons Auftritt gecancelt wäre.

»Er hat sich aus dem Staub gemacht. Haben Sie das nicht verstanden?«

»Ich verstehe nur zu gut, dass dies hier schwer für Sie ist«, sagte der Anwalt.

»Dann hat er hier also einen Schrieb hinterlassen«, sagte Anton zu guter Letzt. »Sonst hätte ich wohl nie erfahren, wer er war.«

»Zu den persönlichen Beweggründen kann ich wirklich nichts sagen«, fuhr Sixten fort. »Allerdings kam sein Tod unerwartet.«

Was sollte das heißen? Dass sein Vater vielleicht die Absicht gehabt hatte, sich eines Tages doch noch zu erkennen zu geben? Dass ein Unfall seine Pläne durchkreuzt hatte?

Aber ganz unabhängig davon – er war tot. Kein Gesetz der Welt würde daran etwas ändern. Seine ganze Kindheit und Jugend hindurch hatte er gehofft, dass irgendwas kommen würde – ein Gruß, eine Entschuldigung. Irgendetwas, was die Trauer gelindert hätte, die er insgeheim immer empfunden hatte. Als Erwachsener hatte er schließlich aufgehört zu hoffen. Inzwischen war es zu spät, um die Wunden zu heilen, um ein zerschnittenes Band zu flicken. Es wäre keine Hilfe mehr, jetzt zu erfahren, wer er gewesen war.

Ein Testament.

Um sein klopfendes Herz zu beruhigen, verschränkte er die Arme vor der Brust. Presste sie an sich.

»Ihr Vater hat sich um Schweden und die schwedische Wirtschaft ungemein verdient gemacht.«

Die Stimme des Anwalts schien aus weiter Ferne zu kommen. Er näselte, hatte die Art arrogante Stimme, die Anton sonst nur in schwerreichen Kreisen vernahm. In Kreisen, die er sein Leben lang gemieden hatte.

Wer war er?, fragte er sich. *Was* war er?

Anton kratzte sich am Kinn. Schob zwei Finger in den Hemdkragen. Tastete nach der Halskette mit dem goldenen Kreuz. Hielt das kalte Metall fest. Fühlte sich zusehends schwindlig.

»Ich muss mit meiner Mutter reden«, sagte er.

»Das verstehe ich«, sagte der Anwalt, »allerdings werden die Umstände des Todes Ihres Vaters morgen bekannt gegeben. Deshalb habe ich auch darauf gedrängt, Sie vorab informieren zu dürfen.«

»Bekannt gegeben? Also … öffentlich gemacht?«

»Die Umstände erlauben es leider nicht, dass die Angelegenheit im Kreis der Familie bleibt.«

»Es gibt keine Familie«, entgegnete Anton. »Es gibt nur mich und meine Mutter.«

»Sie haben eine Tante, Anton. Sie heißt Jessica. Sie wusste bislang nichts von Ihrer Existenz, allerdings hat sie Fragen zur Todesursache und zum Erbe gestellt. Sie wird so schnell wie möglich mit Ihnen Kontakt aufnehmen wollen.«

Anton kniff erneut die Augen zu und holte tief Luft. Der Schwindel wurde schlimmer.

»Okay … Wer war er?«

»Ihr Vater hieß Gustav Barck.«

Ihm schlug das Herz bis zum Hals, und er schluckte schwer. Schüttelte den Kopf. Das konnte doch nicht wahr sein. Über ihn hatte er doch erst vor ein paar Tagen mit Erika gesprochen. An Gustavs Ratschlag hatte er gedacht, als er sich über seine Chefin aufgeregt hatte.

Du musst dich so tief verbeugen, dass dein Gegenüber dein Grinsen nicht sieht.

Anton kniff die Augen fest zu. Konnte trotzdem nicht verhindern, dass ihm die Tränen kamen.

Er sah den Schotterweg vor dem Haus vor sich, in dem er aufgewachsen war. Gustav, der ihm sein erstes Fahrrad geschenkt und den Gepäckträger festgehalten hatte, als er selbst erstmals unsicher in die Pedale trat.

Der Geruch. Die Wärme. Die starken Arme.

Alles Lüge.

Anton schlug die Augen auf und sah dem Anwalt direkt ins Gesicht.

»Wie ist er gestorben?«

»Es tut mir sehr leid, Anton, aber … Ihr Vater hat sich das Leben genommen.«

54

Max bog erneut auf die Österlånggatan ab, zückte sein Handy und rief Strömberg an.

Strömberg ging nicht ran.

Max legte auf, ehe die Mailbox ansprang. Er hatte diverse Anrufe verpasst, von Sarah und von diesem Immobilienmakler, Stefan Lindqvist.

Er schob das Handy zurück in die Tasche.

Verdammt.

Als er am Karlaplan aus der U-Bahn kam, lief er eilig Richtung Büro. Hielt sich dicht an den Häuserfassaden. Ihm schwirrte der Kopf. Irgendwer hatte ihn im Keller des Zimmermannsordens ertappt und war dann bei ihm zu Hause gewesen. Das konnte nicht die Polizei gewesen sein. Die brauchte einen Durchsuchungsbeschluss, um dort einzumarschieren.

Wer war es dann gewesen? Der Geheimdienst? Oder irgendeine Gruppe, die mit den Bonzen aus dem Zimmermannsorden in direkter Verbindung stand?

Hatte Barck sich umgebracht, weil ihn das Gewissen geplagt hatte oder weil er hochgenommen zu werden drohte? Hatte ein alter Bruderschaftsgenosse angedroht, ihn aus dem Weg zu räumen, ehe er bei seiner Vernehmung erzählen konnte, was er alles wusste?

Waren das dieselben Leute gewesen, die jetzt Max' Wohnung durchsucht hatten?

Und hatten sie mittlerweile ihn im Visier?

Irgendjemand hatte jedenfalls den Köder geschluckt, den er ausgelegt hatte, so viel war klar.

Er bog in die Wittstocksgatan und klopfte an die blaue Hintertür der Valhallabäckerei. Dort war inzwischen geschlossen, aber drinnen putzte noch jemand. Max kannte die Leute, die dort arbeiteten.

Er musste ein zweites Mal klopfen, ehe er von drinnen eine Stimme hörte.

»Hallo?«

»Hier ist Max. Kannst du mich reinlassen?«

Tim, der Bäcker, sah ihn verwundert an.

»Dich hab ich ja schon lange nicht mehr gesehen«, sagte er und musterte Max von Kopf bis Fuß.

Tim kannte ihn eigentlich nur im Bürooutfit, wenn er in die Bäckerei hinein- und mit einem belegten Brötchen und einem Milchkaffee in der Hand wieder hinausgestürmt war.

Aber die Tage waren inzwischen vorbei. Ob es je wieder so werden würde, stand in den Sternen.

»Darf ich reinkommen?«, fragte Max.

»Wir haben geschlossen. Was ist denn los?«

»Ich müsste mal bei euch aufs Klo. Und mich dann anschließend kurz ins Café setzen, mit Blick auf den Valhallavägen, wenn das okay wäre …«

»Licht ist schon aus.«

»Perfekt. Ich steh dir auch nicht im Weg.«

Max schloss die Toilettentür hinter sich ab, griff in die Hosentasche und drückte dann die letzte Tablette aus der Blisterverpackung. Die wärmende, beruhigende Wirkung der Benzodiazepine würde alles um ihn herum in Watte hüllen. Er brauchte das, war davon abhängig. Es war nicht das erste Mal, dass er das Doppelte der verschriebenen Dosierung eingeworfen hatte.

Er spritzte sich Wasser ins Gesicht und rieb sich die Augen. Dann spülte er die Pille mit einem Schluck Wasser hinunter.

Im Wandspiegel sah er sich selbst in die Augen.

Hörte Sofias Stimme in seinem Kopf.

»Fick dich, Max.«

Was genau wusste Strömberg über all diese Vorgänge?

Sie hatten eine gemeinsame Vergangenheit. Strömberg war einst sein Lehrmeister gewesen. Er hatte Max beigebracht, was es bedeutete, zu einer schwedischen Eliteeinheit zu gehören.

»Die äußeren Umstände sind das eine; die Ausrüstung das andere. Aber die Grundlage für alles ist immer ein Soldat. Ein Soldat, der keine Abkürzungen nimmt, sondern der alles tut, um nicht entdeckt zu werden, der aber selbst jedes Detail zur Kenntnis nimmt. Der autonom arbeiten kann, einfallsreich ist und ein unfehlbares Urteilsvermögen hat.«

Hatte Strömberg wirklich geglaubt, dass Max seine Nachforschungen einstellen würde, jetzt da sie endlich der Wahrheit auf der Spur waren? Dass er das Geld nehmen und sich dann einfach etwas anderem zuwenden würde?

Oder hatte der Oberst vorhergesehen, wie Max denken würde, und genau darauf gesetzt?

Welche Anweisungen hatte Strömberg eigentlich genau bekommen?

Max verließ die Café-Toilette und setzte sich im Dunkeln an einen Fenstertisch. Nach ein paar Minuten tauchte der schwarze Transporter auf und parkte vor dem Eingang von Vektor. Ein Mann stieg aus und marschierte ohne viel

Federlesen hinein. Dann ging ein schwaches Licht im Büro an. Anscheinend war auch das Alarmsystem kein Hindernis.

Dieser Typ war ohne Zweifel ein Profi.

Max blieb still auf seinem Beobachtungsposten sitzen. Ein paar Autos und ein Stadtbus fuhren vorbei. Der eine oder andere Fußgänger passierte. Aber in der Dunkelheit hinter dem Fenster des Cafés konnte ihn niemand sehen.

Wer bist du?

55

Aus dem Durcheinander auf Max Angers Schreibtisch hatte sich für Bexton trotzdem ein Bild ergeben. Jetzt ahnte er, mit wem Max im Zuge seiner Nachforschungen um Barcks Tod noch gesprochen hatte.

Mit Jessica, Barcks Schwester, was an sich keine Überraschung war. Sie war bereits durchleuchtet worden und stellte keine Bedrohung dar. Sie wusste rein gar nichts.

Auch mit Kanzleirat Anton Niklasson hatte Max Kontakt gehabt, im Zusammenhang mit einem Gutachten, das Vektor im Auftrag des Außenministeriums erstellt hatte. Aufgrund seines Backgrounds war Niklasson ein Risikofaktor, allerdings ein zu geringer, als dass sie sich um ihn kümmern müssten.

Um den Taxifahrer Wasil aus Jerusalem und um Sego Naidu aus Johannesburg hatten sie sich schon gekümmert.

Somit wäre Casten Orrfeldt das letzte lose Fadenende.

Trotzdem fehlte da doch etwas. Wie hatte Max sonst so nah an sie herankommen können?

Als er den Besprechungsraum betrat, dämmerte es ihm. Hinter Vektor steckte doch tatsächlich mehr als gedacht, das musste er zugeben. Das Unternehmen war nicht bloß ein harmloser Tummelplatz für eine polnische Lesbe und einen Ex-Soldaten. Sie hatten in kürzester Zeit eine Menge historischen Materials zusammengetragen.

Dann habt ihr eure Hausaufgaben also gemacht.

Aber ganz gleich, wie gewieft Max war: So weit wäre er ohne fremde Hilfe niemals gekommen.

War es diese Sarah Hansen, die er unterschätzt hatte? Oder hatte Max noch mit anderen Personen gesprochen?

Als Bexton sich gerade umdrehen wollte, blieb sein Blick an etwas hängen. Auf das große Whiteboard hatte jemand zwei Zeitleisten aufgemalt. Doch nicht die aktuelle – die zu Gustav Barck – hatte seine Aufmerksamkeit geweckt.

8. September 1986.

Die Narben in seinem Gesicht fingen an zu jucken. Er ballte die behandschuhten Fäuste.

All die Jahre waren sie unter dem Radar geblieben.

Das Bahngleis im Hauptbahnhof.

Jonas Albrektsson.

56

Der Mann verließ das Vektor-Gebäude, sprang in den Transporter und fuhr langsam davon.

Ein Einzelkämpfer. Athletische Figur, Handschuhe an beiden Händen. Das Gesicht vom Licht der Straßenlaternen abgewandt. Ohne Frage hatte er das hier nicht zum ersten Mal gemacht.

Wann hatte eigentlich die CIA aufgehört, durch schwedische Firmen zu schlendern?

Max blieb noch eine ganze Weile, nachdem der Transporter abgefahren war, in dem Café sitzen, um sicherzugehen, dass niemand zurückkäme. In der Bäckerei war lediglich das Rauschen der Spülmaschinen zu hören.

Mittlerweile war er sich sicher. Er war die ganze Zeit beschattet worden; sein Jäger hatte jetzt lediglich die Taktung erhöht. Er war bereits in Jerusalem verfolgt worden, hatte da aber nicht schnell genug geschaltet. Womöglich hatte der Feind sogar Vorsprung gehabt und sich *vor* ihm an seinem Weg postiert?

Sego hatte ihm von Raheem erzählt, dem saudischen Agenten, der Max und den Taxifahrer Wasil in Jerusalem überwacht hatte. War er Teil der Verschwörung, oder ging er einer parallelen Untersuchung nach? Max würde schleunigst mit ihm Kontakt aufnehmen müssen, ganz gleich welche Risiken das mit sich brächte.

Dass Sofia Karlsson ihm in einer dienstlichen Angelegenheit nachtelefonierte, konnte letztlich nur eines bedeuten: dass wieder jemand zu Tode gekommen war. Wer von all jenen, mit denen er gesprochen hatte, war diesen Leuten zum Opfer gefallen? Auf wessen Spur hatte er den Feind gebracht?

War das der eigentliche Grund seines Auftrags gewesen? Den Verschwörern dazu zu verhelfen, sämtliche Spuren und Mitwisser zu beseitigen?

Und Cornelius Strömberg? War der ebenfalls hinters Licht geführt worden? Oder war er derjenige, der die Marionettenfäden in der Hand hielt und die Strippen zog?

Max bestellte sich ein Taxi zum Park hinter der Gustav Adolfskyrkan unweit der Valhallabäckerei. Jeder Einzelne, mit dem er gesprochen hatte, schien in Gefahr zu schweben – und es waren zu viele, als dass er sie alle würde beschützen können. Sie waren zu weit verstreut, als dass er sie alle im Blick behalten konnte.

Eine Person war jedoch wichtiger als alle anderen: Sarah Hansen. Er hatte sie und die Kinder in der Vergangenheit schon einmal in Gefahr gebracht. Das durfte unter keinen Umständen noch mal passieren.

Max stieg in sein vorbestelltes Taxi ein und bat den Fahrer, ihn nach Tyresö zu Sarah zu bringen. Als der Wagen auf den Essingeleden fuhr, sah er im Vorbeifahren hinüber zu der Militärakademie, wo er am Morgen mit dem Direktor, Casten Orrfeldt, gesprochen hatte. Max war sich sicher, dass der ihm nicht alles erzählt hatte.

»Wir selbst sind neutral, aber eben neutral auf der richtigen Seite.«

Max angelte sein Handy und die Visitenkarte des Direktors hervor. Als Casten Orrfeldt endlich ranging, kam er sofort zur Sache.

»Ich habe Ihnen heute Morgen eine Frage gestellt. Hier wäre noch eine Chance, mir zu antworten. Um Ihrer selbst willen und um meinetwillen möchte ich, dass Sie ehrlich mit mir sind. Ich glaube, Sie könnten in Lebensgefahr schweben. Wer ist Bill Herron?«

Max konnte Casten am anderen Ende schwer atmen hören, doch eine Antwort bekam er nicht.

»Casten? Sind Sie noch dran?«

Er hatte bereits aufgelegt.

57

Das Taxi hielt vor Sarahs Haus am Ufer des Kalvfjärden auf Tyresö. Es ging ein stürmischer Wind. Hier draußen auf der Ostsee-zugewandten Seite der Halbinsel war nicht mehr zu verkennen, dass der Sommer dem Herbst gewichen war. Es brauste und schäumte am Ufersaum und über den schmalen Sandstreifen, der ein Stück weiter in eine Wiese überging. Wellen schlugen gegen die Felsbrocken, den Bootssteg und das Bootshaus. Der Wind kam von Norden, da war Max sich sicher, und fuhr einem durch sämtliche Klamotten. Der gleiche Wind war in seiner Kindheit auf Arholma sein ständiger Begleiter gewesen.

»Ich kann mir dich ohne deine Außenstelle gar nicht vorstellen.«

Max griff nach seinem Handy und scrollte durch die Liste seiner verpassten Anrufe. Rief die Nummer des Maklers auf. Schrieb ihm eine Nachricht.

»Ich habe es mir anders überlegt, ich will nicht verkaufen.«

Dann schob er das Handy zurück in die Tasche und lief einmal um Sarahs Haus herum, um sicherzustellen, dass sie allein waren. Außer in der Küche brannte nirgends Licht. Als er an die Tür klopfte, tauchte Sarah im Küchenfenster auf. Sie starrte hinaus in die Dunkelheit. Max winkte und forderte sie mit einer Geste auf, ihm die Tür aufzumachen.

»Schlafen sie schon?«, fragte er und betrat die Diele.

Sarah nickte.

»Ist alles in Ordnung?«

»Ja, die Kinder waren müde, und Lisette hat von ihrer Göttergattin ein Gewächshaus geschenkt bekommen – das teuerste verdammte Gewächshaus, das es gibt. Die schläft jetzt selig wie ein Prinzesschen und träumt von Kübelpflanzen.«

Max konnte ihr ansehen, dass in ihr ein Sturm tobte. Er nahm sie spontan in die Arme.

»Du hast mir einen Heidenschrecken eingejagt, Max.«

»Das tut mir sehr leid. Aber da war jemand bei mir zu Hause, und ich hab sofort gewusst, dass die nächste Adresse unser Büro wäre. Ich wollte sichergehen, dass ihr euch dort nicht begegnet.«

Sarah machte sich aus seiner Umarmung los und wich ein paar Schritte zurück.

»Ist jemand bei uns eingebrochen? Wer war das?«

»Keine Ahnung, aber wir sollten vorsichtig sein.«

»Vorsichtig? Als du gekommen bist, saß ich gerade in der Küche und habe aufgeschrieben, was mir durch den Kopf gegangen ist. Dieser Typ, der damals Karlberg besucht hat ... und dann das Zitat ... Da hatte ich endgültig eine Gänsehaut. Das ist doch wohl der übelste Horror überhaupt, ich musste spontan an ...«

Ihr Kinn zitterte, und Max zog sie erneut an sich.

Ihre Nachforschungen hatten nicht nur bei Max gewisse Dinge aus der Vergangenheit aufgewühlt, sondern auch bei ihr. Erinnerungen an eine Bombe beispielsweise, die fünf Jahre zuvor ihr altes Haus in Schutt und Asche gelegt hatte. Die Familie hatte damals mit knapper Not überlebt. Es hatte lange gedauert, bis sie das neue Haus hatte beziehen können und die Wunden in ihrem Leben verheilt gewesen waren.

»Es tut mir so leid, Sarah!«

Sarah wischte sich die Augen trocken und nickte.

»Komm, setzen wir uns in die Küche.«

Sie schenkte Kaffee in zwei Becher und blätterte dann in einem Collegeblock ein paar Seiten zurück.

»Hör mal, dieses Zitat hier, von Dwight D. Eisenhower, fand ich wirklich passend.«

Sie griff nach ihrer Brille.

»Jede Kanone, die gebaut wird, jedes Kriegsschiff, das vom Stapel gelassen wird, jede abgefeuerte Rakete bedeutet letztlich einen Diebstahl an denen, die hungern und nichts zu essen bekommen, an denen, die frieren und keine Kleidung haben. Eine Welt unter Waffen verpulvert nicht nur Geld allein. Sie verpulvert auch den Schweiß ihrer Arbeiter, den Geist ihrer Wissenschaftler und die Hoffnung ihrer Kinder.«

Sie nahm die Brille wieder ab und legte sie vor sich auf den Tisch.

»Eisenhower war Oberbefehlshaber der Alliierten während des Zweiten Weltkrieges und US-Präsident zu Beginn des Kalten Krieges. Das Zitat stammt aus seiner Abschiedsrede an die amerikanische Bevölkerung, als seine Amtszeit ihrem Ende zuging.«

Stumm dachte Max darüber nach.

Sie nahm einen Schluck Wasser.

»Eisenhower hat vor einer kleinen, mächtigen Clique aus Militär, Wirtschaft und Politik mit wechselseitigen Interessen gewarnt«, erläuterte sie. »Diese Clique steuert den Staat in Wahrheit – und zwar komplett ohne jede demokratische Legitimation.«

»In den USA ...«, sagte Max.

»Leider nicht nur in den USA«, ging Sarah dazwischen.

»Dass eine informelle Allianz aus Militär und Rüstungsindustrie gemeinsam Einfluss auf die Staatspolitik ausübte, ist schon in Nazideutschland passiert. Das Phänomen nennt sich im Übrigen Behemoth – nach einem Ungeheuer aus der Bibel.«

»Dieser Bibelbezug behagt mir gar nicht«, murmelte Max.

Mit einem Nicken pflichtete Sarah ihm bei.

»Und mir behagt dieser Watts nicht«, sagte sie. »Außer dass er ein Wirtschaftsimperium aufgebaut hat, ist er nämlich einer der Initiatoren eines neokonservativen Thinktanks, der auf die Bush-Administration im Weißen Haus enormen Einfluss zu haben scheint. Ich habe da einen Artikel gefunden – *Der Wiederaufbau der US-Verteidigung* –, in dem es heißt, dass jeder Veränderungsprozess – selbst wenn er am Ende zu revolutionären Neuerungen führte – schleichend langsam vonstattengehe, es sei denn, man hätte einen Auslöser, eine Art katastrophales Ereignis, wie etwa ein zweites Pearl Harbor.«

Max trat an die Spüle und ließ Leitungswasser in sein Glas laufen. Er nahm einen Schluck und versuchte, sein Unbehagen angesichts von Sarahs Ausführungen hinunterzuschlucken.

Ein neues Pearl Harbor?

»Wir können von alledem halten, was wir wollen«, sagte er. »Aber wir können eine Verbindung zwischen Gustav Barck und diesen Verbrechern aus den USA nicht beweisen.«

»Und wenn diese Verbindung dieser Watts persönlich wäre?«, wandte Sarah ein.

Das wäre kein Ding der Unmöglichkeit. Aber würden sie das wirklich *beweisen* können?

Er musste wieder daran denken, was Strömberg gesagt hatte. Wer würde in diesem Fall zur Verantwortung gezogen werden?

»Irgendeine Geheimorganisation hat deine Wohnung und unser Büro durchsucht«, stellte Sarah fest. »Könnte es sein, dass die CIA immer noch auf schwedischem Boden aktiv ist?«

Max schüttelte den Kopf. Denn wenn das der Fall wäre, hätte nichts mehr Bestand, woran er im Leben jemals geglaubt hatte. Doch er war noch nicht bereit zu kapitulieren.

»Aber wenn es nicht die Amis waren, dann müssen es doch die Schweden gewesen sein?«, fuhr Sarah fort. »Ich weiß ehrlich gesagt nicht, welche Vorstellung schlimmer ist: dass die CIA hier nach Gutdünken schaltet und waltet oder dass wir selbst so eine geheime Schreckensorganisation aufrechterhalten.«

Max rief sich den Mann in Erinnerung, den er vor ihrem Büro am Valhallavägen gesehen hatte. Breit gebaut, schwarze Handschuhe. War er Amerikaner oder Schwede gewesen? Soldat oder Polizist?

»Was hast du noch über Watts herausfinden können?«, fragte er.

»Er hat ziemlich noble Freunde. Bei seinem großen Investorentreffen in New York waren Vizepräsident Dick Cheney, George Bush senior und Teile des saudischen Königshauses anwesend.«

Da waren sie wieder, die Männer aus Saudi-Arabien.

»Die BE Investment Group richtet nächste Woche ein Treffen in Washington aus«, fuhr Sarah fort. »Wieder mit den gleichen Repräsentanten der US-amerikanischen und Weltfinanzelite. Diesen altehrwürdigen US-Familien, die dort auftauchen, gehören die US-Großbanken – und überdies weltweit operierende Unternehmen, die bessere Bilanzen haben als viele UN-Mitgliedsstaaten. Sie stellen unsere Zigaretten, unsere Medikamente, die Medizintechnik in unseren Krankenhäusern, den überwiegenden Inhalt unserer Speisekammern und sogar die Bananen in unseren Obstschalen her. Ich weiß, du sagst jetzt gleich: Immerhin sind es keine Russen. Aber die Russen sind im Vergleich kleine Fische. Diese Leute, diese Geier, die steuern nicht nur die heutigen Vereinigten Staaten. Du kannst dir denken, wie weit ihre Macht reicht. Sie kontrollieren die ganze Welt.«

»Behemoth«, murmelte Max. »Ein passender Name.«

Sarah starrte ihn an.

»Ich nehme an, du willst, dass wir Strömbergs Rat befolgen und einen Schlussstrich unter diese Sache ziehen?«, fragte er dann.

»Wir können uns diesen Kräften jedenfalls nicht alleine entgegenstellen.«

»Ich glaube, fürs Erste sollten wir das Büro am Valhallavägen meiden.«

»Ich bleibe hier. Ich will meine Familie keinen Gefahren aussetzen.«

Max wandte sich zur Haustür.

»Ich komme morgen nach dem Mittagessen vorbei und sehe nach dem Rechten.«

»Und wo gehst du jetzt hin?«, fragte Sarah.

»Zur Polizei.«

58

Als Vanessa Orrfeldt auf ihren hohen Absätzen an ihm vorbei zur Haustür huschte, war nur wenig von der alten Wendigkeit ihrer Hüften zu sehen, die er früher bei den Kadettenbällen still und heimlich bestaunt hatte.

Aber schön bist du immer noch, dachte Bexton. Der Tod kommt auf uns alle zu, nur eben unterschiedlich schnell.

Er hatte mit angehört, was ihr Mann früher am Abend am Telefon zu ihr gesagt hatte. Sie hatten gestritten, es war um eine Opernaufführung gegangen. Um Wagners *Rheingold* in der Staatsoper. Casten hatte ihr abgesagt, und erst in letzter Minute hatte sie eine Freundin erreicht, die für ihn einspringen konnte. Womöglich hatte Casten nach seiner Unterredung mit Max Anger nicht mehr die Kraft aufgebracht, es auch noch seiner Frau recht zu machen.

Stattdessen war er lieber alleine daheimgeblieben.

Und hatte telefoniert. Mit Max Anger – schon wieder.

Wer ist Bill Herron?

Es war bloß eine Frage der Zeit, ehe Max Anger Orrfeldt geknackt und ihn dazu gebracht hätte, alles zu erzählen. Doch Watts' Auftrag war unmissverständlich gewesen. Trotzdem hatte Bexton in der Säulenhalle versucht, ihm noch einmal eine Bestätigung des Auftrags abzuringen. Dann hatte der Ordensbruder, der hinter ihnen in der Tür aufgetaucht war, jedes weitere Gespräch vereitelt.

Watts' Order bedeutete im Klartext, dass sie der Organisation, der sie beide angehörten und die so lange im Verborgenen gewirkt hatte, den Garaus machten. Einer Elite, die im Fall der Besetzung durch die Kommunisten die Königsfamilie und die Regierung in Sicherheit bringen und den Widerstand hätte organisieren sollen. Mit Erlander und Palme hatten sie regelmäßige Treffen gehabt, nie an offiziellen Orten, immer zurückgezogen im Privaten. Als der Kalte Krieg dann vorbei gewesen war, war Watts eingesprungen und hatte das Vakuum ausgefüllt. Seiner Ansicht nach spielte die Widerstandsbewegung noch immer eine wertvolle Rolle, vor allem wenn es darum ging, die starken Bande zwischen den USA und gewissen Schlüsselpositionen in Schweden aufrechtzuerhalten.

Bis heute. Jetzt, mit Barcks Selbstmord, drohte alles ans Licht zu kommen. Und die Organisation war für Watts' Vision ein Hemmschuh geworden.

»Entweder gehören wir der Vergangenheit an. Oder der Zukunft.«

Bexton wartete weitere dreißig Minuten. Er hoffte, dass Vanessa dann mehr oder weniger fertig wäre und sich schlafen gelegt hätte.

Er nahm die Treppe nach oben und legte das Ohr an die Tür. Es lief Musik, allerdings nicht Wagner. Er schob den Dietrich in die Tür und schloss auf. Im Bad hörte er Wasser laufen.

Das Geräusch rief Erinnerungen in ihm wach, denen er nichts entgegensetzen konnte. Brennende Flüssigkeit, verzerrte Gesichter. Er musste kurz stehen bleiben, die Augen schließen, seine Atmung wieder unter Kontrolle bringen.

Dann erst lief er weiter ins Wohnzimmer. Die Tür zum Schlafzimmer war geschlossen. Bexton hörte gleichmäßige

Atemzüge, eher Seufzer denn Schnarchgeräusche. Vanessa schlief, genau wie er gehofft hatte.

Ein Luftzug auf dem Flur. Er drehte sich um. Orrfeldt hatte das Fenster zum Garten geöffnet, wahrscheinlich weil er aufgrund seines Asthmas nicht mehr genug Sauerstoff bekam.

Langsam und lautlos schlich er an den alten Gemälden von Kavalleristen vorbei in Richtung Bad und Küche. Auf dem Plattenspieler drehte sich eine LP: John Coltranes *A Love Supreme.*

Die Badezimmertür ging auf. Bexton presste sich in den Eingang zum Wohnzimmer. Schritte entfernten sich in Richtung Küche. Ein Küchenschrank wurde aufgemacht und wieder zugedrückt, dann kamen die Schritte zurück. Orrfeldt ging wieder ins Bad.

Er hatte das Gespräch mit Max zu weit gehen lassen.

War zu vertrauensselig gewesen.

Trotzdem war er nicht so dumm gewesen und hatte die Polizei alarmiert.

Aus dem Bad hörte Bexton, wie Orrfeldt mehrmals tief Luft holte, als hätte er immer noch Atemprobleme. Durch den Spalt unter der Tür wehte ein Hauch von Kamillenextrakt. Ein warmes Bad mit ätherischen Essenzen, die beruhigen sollten. Wirkte angeblich Wunder gegen Stress.

»Wer ist Bill Herron?«

Bexton schlich am Bad vorbei und warf einen Blick in die Küche. Auf der Arbeitsfläche stand eine Teekanne. Der Deckel lag daneben. Er hatte im Vorfeld abgewägt, wo er das Beweismaterial am besten deponieren sollte – wäre das allabendliche Bad oder Orrfeldts Gute-Nacht-Tee besser geeignet?

Kräutertee. Eine starke Mischung, perfekt, um den

Geschmack zu übertünchen. Er kramte die Schachtel hervor, die er bei Max gefunden hatte, drückte sechs Tabletten aus der Verpackung und ließ sie in den dampfenden Tee fallen. Dann setzte er den Deckel drauf, nahm die Kanne in die Hand und schwenkte sie ein paarmal herum, damit sich die Pillen auflösten.

Als er aus dem Badezimmer Geräusche hörte, stellte er die Kanne zurück und huschte ins Wohnzimmer. Die Kanne – er hatte den Deckel draufgelassen. Eine Abweichung …

Jetzt war Orrfeldt wieder in der Küche. Bexton konnte seinen speckigen, bleichen Rücken sehen. Vor der Arbeitsplatte war er stehen geblieben und starrte wie versteinert die Teekanne an. Die schlagartige Unruhe war ihm deutlich anzumerken. Sie führte den Geruch von Angst mit sich, der durch Wände, Kleidung und bis ins Mark drang.

Genau wie im Sheraton-Hotelzimmer.

Orrfeldt schüttelte den Kopf. Dann nahm er einen Becher aus dem Regal und goss sich einen Tee ein. Erst nippte er ganz vorsichtig an der heißen Flüssigkeit, nahm dann einen ordentlichen Schluck, griff mit der freien Hand nach der Kanne und nahm beides mit zurück ins Bad. Coltranes Saxofon zwitscherte im Hintergrund und wurde lediglich untermalt von einem Tremolo auf dem Becken. Draußen im Wohnzimmer schlug der Wind gegen das Fenster zum Garten.

Bexton hörte, wie Orrfeldt in das warme Wasser glitt. Er schlich auf die Badezimmertür zu und spähte hinein zu seinem einstigen Freund, der mit geschlossenen Augen in der Wanne lag.

Unter Wasser kann man nicht atmen. Und darüber brennen einem die Flammen die Haut vom Gesicht.

Seit Ende der Siebzigerjahre sorgen wir dafür, dass die schwedische Regierung gewisse Fehler nicht wiederholt. All jene, über die du Bescheid weißt, Casten. Die Aufzeichnungen, die du über unsere Zusammenkünfte erstellt hast, verwahren wir an einem sicheren Ort. Allerdings darf auch all das, was du in deinem schlauen Kopf abgespeichert hast, nicht mehr existieren.

Als Orrfeldt den Kopf hob, hörte er, wie der Bass und auch der Rest von Coltranes Band wieder Gas gaben. Kurz legte sich ein Ausdruck von Ruhe und Gelassenheit auf sein Gesicht. Dann plötzlich eine Veränderung. Er riss die Augen auf und starrte zur Tür, die jetzt sperrangelweit offen stand. Er drehte sich zur Toilette um. Als sein Blick an Bexton hängen blieb – von Kopf bis Fuß in Schwarz gekleidet, inklusive Handschuhe –, zuckte Orrfeldt heftig zusammen. Wasser schwappte über den Wannenrand, als er versuchte, sich hochzustemmen. Bexton legte ihm beide Hände auf den Brustkorb und drückte ihn zurück in die Wanne. Orrfeldt versuchte noch, gegen ihn anzukämpfen, doch er war bereits zu schwach.

In dem Bewässerungstunnel haben wir unsere Gesichter in den Schlamm an der Tunnelwand gedrückt, um die schlimmsten Schmerzen abzumildern.

Mein Gesicht befindet sich heute noch dort.

Orrfeldts Kopf schien einhundert Kilo zu wiegen – randvoll mit Max Angers chemischer Watte. Er hatte gegen die Kraft, die durch Bextons Arme strömte, nicht die geringste Chance.

Warum? Weil die schwedische Regierung mit den Kommunisten eine geheime Absprache getroffen hat.

Als das Platschen aus der Badewanne verklang, wurde es still. Es war nur mehr Coltranes Saxofon zu hören.

Bexton verließ das Bad, ging auf die Schlafzimmertür zu. Vorsichtig schob er sie auf, trat ans Bett und betrachtete die schlafende Vanessa. Sie lag auf der Seite, unter der Decke zeichnete sich ihre Hüfte ab. Die Beine wiesen in seine Richtung.

Du hast mir den Rücken gekehrt und ihm deine besten Jahre geschenkt. Dem Schwächsten und Feigsten von uns allen.

Er strich mit der Hand Zentimeter über ihrer Haut an ihrer Silhouette entlang. Sie zuckte leicht im Schlaf.

Warum, Vanessa? Weil ich nicht wiederzuerkennen war? Weil ich dir Angst eingejagt habe?

Er sah auf seine Armbanduhr. Der Countdown zählte unbarmherzig runter. Sie hatten keine Zeit mehr zu verlieren.

Es ist an der Zeit, Gottes Haus einzurichten. Und das Feuer zurück nach Afghanistan zu tragen.

Nicht zum ersten Mal widersetzte er sich seinen Impulsen und seiner Begierde.

Und ließ sie dort liegen.

59

In der Schrebergartensiedlung gab es gut dreißig Lauben. Max war schon mehrmals hier gewesen, auch in der Nacht. Sofias Vater war nicht der Einzige, der seine Parzelle ausgiebiger als nur zum Gärtnern nutzte. Im Sommer wurden viele Hütten vorübergehend bewohnt. Hier und da sah man Licht in den Fenstern.

Es hatte angefangen zu regnen. Max stellte sich unter das Vordach des Werkzeugschuppens. Davor parkte der Wagen von Sofias Vater, bestimmt weil es hier billiger war als auf dem Langzeitparkplatz draußen in Arlanda.

Max sah sich ganz genau um, lauschte auf jedes Geräusch aus den Gärten, auf Veränderungen im Wind, auf den Regen. Er versuchte, sich vor ihrem Treffen zu sammeln; Wasser tropfte leise vom Wellblechdach und verwandelte sich im Kies zu seinen Füßen in unsichtbare Rinnsale.

Wenn die reichsten und mächtigsten Männer der Welt Interesse an jemandem wie Barck gehabt hatten, musste es sich um etwas Größeres gehandelt haben, als er es bislang erkennen konnte. Irgendetwas, was unendlich viel wichtiger war als zwei schwedische Staatsbedienstete, die im Abstand von mehreren Jahrzehnten augenscheinlich in den Selbstmord getrieben worden waren.

Nur was sollte das sein?

Würde Sofia ihm glauben? Wäre sie überhaupt bereit, sich anzuhören, was er zu sagen hatte? Womöglich hätte sie ihre Kollegen von der Polizei im Schlepptau, die ihn festnehmen würden. Die Chancen standen fifty-fifty. Sie war eine Freundin, trotzdem wusste man nie …

Er trat auf die Hütte zu, hob den Blumentopf hoch und griff nach dem Schlüssel.

Sofia kam spät, und sie kam allein. Sie setzte sich ihm gegenüber an den kleinen Tisch vor dem Fenster. Eine Weile sahen sie einander wortlos an. Ein paar unangenehme Sekunden verstrichen.

»Alles in Ordnung?«, fragte er schließlich.

»Nein, nichts ist in Ordnung, Max.«

»Ich verstehe, dass du sauer auf mich bist. Ich hab dir nicht die ganze Wahrheit gesagt. Und ich habe dich ausgenutzt. Aber ich kann dir versichern, dass ich dafür gute Gründe hatte.«

»Warum hast du dich mit Sego Naidu getroffen?«

Max schüttelte den Kopf, und im selben Moment kochte etwas in ihm hoch. Sego Naidu war der Verschwörung auf die Schliche gekommen. Sie war womöglich die Einzige, die konkrete Beweise gegen Gustav Barck und Konsorten vorlegen konnte. Aber das war nicht mal das Schlimmste. Er sah vor sich, wie sie gelächelt hatte, als er ihr seine helfende Hand gereicht hatte.

»Erzähl mir jetzt nicht, dass ihr etwas zugestoßen ist – einer alleinerziehenden Mutter von zwei kleinen Töchtern!«

»Sie werden ihre Mutter in einem Sarg wiedersehen«, erwiderte Sofia.

»Ich habe versprochen, dass ich ihr helfe.«

»Erzähl mir jetzt auf der Stelle, was hier vor sich geht.«

Max nickte und tat wie geheißen. Er erzählte ihr alles –

in allen Einzelheiten, ohne Beschönigungen oder Auslassungen, komplett emotionslos und ohne jede Wertung. Er hörte selbst, wie es nur so aus ihm heraussprudelte – ein Bericht, dem er selbst kaum Glauben schenken wollte.

Als er fertig war, sagte Sofia: »An wen berichtet Strömberg?«

»An Yvonne Niklasson«, antwortete Max. »Die außenpolitische Sprecherin der Sozialdemokraten.«

Sofia bemühte sich um einen neutralen Gesichtsausdruck und nickte – allerdings war es kein Nicken, das signalisierte, dass sie alles verstanden hatte. Im Gegenteil, sie sah eher verwirrt aus.

»Was glaubst du also, wohin all das führen soll?«, fragte sie nach einer Weile.

»Ich glaube, dass es hier in Schweden eine aktive Organisation gibt, die mit gewissen Strippenziehern aus den USA eng in Verbindung steht.«

»Du als Russlandexperte scheinst dir von Russland gerade freigenommen zu haben und schlägst dich jetzt mit der anderen Seite herum.«

»Das Ganze hat durchaus mit Russland zu tun. Schweden war beispielsweise gezwungen, CIA-Agenten in hiesigen Unternehmen zuzulassen, weil wir nach einem Geschäft mit den Sowjets ansonsten ziemlich dumm dagestanden hätten. Die komplette schwedische Wirtschaft ist von US-Technologie-Importen abhängig – und zwar bis zum heutigen Tag.«

»Und was *wollen* diese Strippenzieher aus den USA?«

»Jeder Mensch will, dass auf der Erde Frieden herrscht, Sofia – jeder, außer der Rüstungsindustrie.«

Sofia runzelte die Stirn.

»Und jetzt willst du der Rüstungsindustrie Einhalt gebieten?«

Er hielt ihr seine Kamera hin.

»Ich hab Fotos von den Männern gemacht, die zusammen aus dem Ordenshaus gekommen sind. Da war es leider schon dunkel und ich ziemlich weit weg. Aber nimm die Kamera mit und schau, was du damit anfangen kannst.«

»Arbeiten wir jetzt wieder zusammen, oder was?«

Die Frage hatte einen gewissen Unterton. Hier ging es gerade teils um die Machtverhältnisse – wer von ihnen das Recht hatte, Fragen zu stellen, wer hier für wen arbeitete. Aber teils ging es auch um etwas anderes. Um etwas, was im Nachklang ihrer Begegnung im letzten Jahr und nach Paschies wortlosem Verschwinden passiert war.

»Du wolltest etwas Dienstliches mit mir besprechen«, rief Max ihr in Erinnerung. »Hier bin ich. Ich glaube, die Bilder könnten uns helfen, der Sache auf den Grund zu gehen.«

Sofia ließ die Kamera in ihrer Tasche verschwinden. Dann nahm sie ein paar Fotos zur Hand und legte sie vor Max auf den Tisch. Fotos von Sego Naidu, die halb nackt auf ihrem Hotelbett lag. Die Spritze steckte noch in ihrer Armbeuge.

»Überdosis Heroin«, sagte Sofia.

Er starrte lange auf die Fotos hinab. Seine Gedanken wanderten zu den Townships in Johannesburg. Wo zwei kleine Mädchen bald hinziehen würden. Eines davon konnte kaum eigenständig laufen.

Er schob seinen Stuhl zurück. Tigerte auf und ab.

»Nie im Leben. Sego hat keine Drogen genommen.«

»Es gibt gewisse Spuren, die auf einen Abwehrkampf hinweisen könnten – blaue Flecken an den Handgelenken, eingerissene Fingernägel –, aber nichts Eindeutiges. Das ist bei Junkies keine Seltenheit. Allerdings muss sie ausgerechnet an diesem Abend einen mächtigen Heroinhunger gehabt haben. Zig frische Einstichspuren in beiden Armbeugen. Und laut Rechtsmedizin hatte sie so viel Heroin intus, dass man damit einen Elefanten hätte umlegen können.«

Sie hatten sie auf eine Weise umgebracht, die nahelegte, dass der Tod selbst verursacht war. Womöglich war das ja ihre übliche Vorgehensweise – Selbstmorde zu inszenieren. Und zu wissen, dass sie damit davonkamen. Stets in dem Glauben zu sein, das Richtige getan zu haben.

»Ich weiß rein gar nichts über sie. Aber ich habe Gustav Barcks Vorladung bei ihr gefunden«, sagte Sofia. »Nur einen Abend zuvor hast du mich gebeten herauszufinden, was Barck in Stockholm zu tun hatte – nur warum, hast du mir nie gesagt. Tags darauf checke ich die Überwachungsbänder aus dem Sheraton und sehe, dass du dich mit ihr getroffen hast. Deshalb wollten wir mit dir reden.«

Sofia zupfte ihren Pferdeschwanz zurecht.

»Du weißt genauso gut wie ich, dass sie sich nicht umgebracht hat«, sagte Max. »Ich habe keine Ahnung, wer hinter alledem steckt, aber ich glaube, dass diese Leute auch früher schon mit ihren Morden davongekommen sind.«

»Nachdem ich deine Geschichte gehört habe, glaube ich nicht, dass ich in dieser Sache irgendwas ausrichten könnte.«

»Warum denn nicht?«

»Weil es mich an all das erinnert, was in den Achtzigern passiert ist. Du hast Albrektsson doch selbst erwähnt. Diese Geschichte wühlt Erinnerungen auf, besonders bei den älteren Kollegen.«

»Worauf willst du hinaus?«

»In der Nacht, als Albrektsson gestorben ist, haben das Kommissariat für Gewaltverbrechen, die Säpo und der Nachrichtendienst der schwedischen Streitkräfte die Untersuchung des Tatorts gemeinsam vorgenommen.«

»Ein ordentliches Aufgebot …«

»Sie konnten damals nicht ausschließen, dass Albrektssons Tod mit Palme zu tun hatte, der ein halbes Jahr zuvor erschossen worden war«, erklärte Sofia. »Albrektsson hatte immerhin vor dem Palme-Untersuchungsausschuss ausgesagt, er fühle sich bedroht.«

»Es muss dort auf dem Bahnsteig doch Zeugen gegeben haben.«

»Nur eine einzige Person hat eine Aussage gemacht. Alle anderen haben sich weggeduckt. Und anscheinend ist bei der Ermittlung einiges schiefgegangen. Unter anderem ist der Film verschwunden, auf dem die Ereignisse auf dem Bahnsteig nachgestellt wurden.«

Sofia schüttelte den Kopf.

»Wurde denn damals irgendetwas gefunden? Ein Brief vielleicht? Irgendwas aus seiner Tasche?«

»Seine Tasche enthielt alle möglichen Unterlagen, allerdings keinen Abschiedsbrief. Laut seiner Sekretärin, die gleichzeitig seine Lebensgefährtin war, hat er nie Selbstmordgedanken gehabt, im Gegenteil, er hatte vor zu kündigen und sie zu heiraten.«

»Was ist mit seinen Unterlagen passiert?«, wollte Max wissen.

»Der Inhalt der Tasche wurde beschlagnahmt und vom militärischen Nachrichtendienst als Geheimsache deklariert – wegen Gefährdung der nationalen Sicherheit.«

»Dann liegen sie bei der MUST?«

»Ganz genau«, sagte Sofia, »bei der MUST.«

»Und dieser Film mit der Rekonstruktion der Ereignisse – wie hat der verschwinden können?«

»Einer der Ermittler hatte sich das Band ausgeliehen. Er wollte es angeblich in der Polizeihochschule im Unterricht einsetzen. Er hat es mit heimgenommen, dann wurde bei ihm eingebrochen, es wurde nur ein bisschen Bargeld entwendet … und der Film.«

»Jemand hat den Film über Albrektssons Sturz gestohlen …« Max sah sie ungläubig an.

»Per, mein Chef, hat mal erzählt, dass er in seiner langen Karriere sage und schreibe zweimal zu dem Schluss gekommen sei, dass er einen Fall nie werde aufklären können. Zwei Fälle, deren Umstände dermaßen kompliziert waren und bei denen er dermaßen heftigen Widerstand verspürt hat, dass es aussichtslos schien. Der zweite war Albrektssons Sturz vor den einfahrenden Zug …«

»Und der erste?«, fragte Max.

»Der Mord an Olof Palme.«

Arholma, im September 1986

Brote-Erik lehnte wie immer an seinem Traktor, der auch als Inseltaxi fungierte, und wartete auf Kundschaft, die frisch von der Fähre stieg. Josefin war mit der letzten Fähre des Tages angekommen. Das einzige Licht am Hafen stammte von der Beleuchtung der Dampferanlegestelle und der Bootstankstelle. In Ullas Wohnung über dem Inselladen brannten die Küchenlampen. Eigentlich hatte Josefin zu ihr gehen und ihr alles erzählen wollen. Auch was sie in Jakobs Arbeitszimmer im Keller gefunden und wohin sie das geführt hatte. Doch inzwischen war sie unendlich erschöpft und immer noch komplett benommen nach allem, was sie am Stockholmer Hauptbahnhof miterlebt hatte. Sie war lange durch die Stadt gestrichen, bis zu der Haltestelle an der Technischen Hochschule am Valhallavägen, wo die Busse nach Norrtälje abfuhren. In ihrem Kopf herrschte einfach nur gähnende Leere.

Erst Jakob, dann Kenneth Bergström und jetzt auch noch Jonas Albrektsson. Sie waren alle tot.

»Mit dir hab ich nicht hier gerechnet«, sagte Erik.

»Warum denn nicht?«

»Weil Torbjörn meinte, du hättest Männerbesuch.«

»Du weißt genau, dass man Torbjörn nicht ernst nehmen kann. Er ist bloß eifersüchtig, weil du mich nach Hause fahren darfst.«

Erik schmunzelte.

»Allerdings ist da wirklich ein Boot gekommen und hat

bei euch angelegt. Und Torbjörn hat ihn zu dir hochlaufen sehen.«

»Wann soll das gewesen sein?«

»Vor ein paar Stunden.«

Josefin kletterte auf die Ladefläche, auf denen Bänke mit Schaffellen montiert waren. Sie zog sich ein Fell auf den Schoß, schauderte trotzdem.

Der Traktor setzte sich langsam über den Inselweg in Bewegung.

Es gab sicher eine vernünftige Erklärung, warum dort ein Mann an ihrem Steg angelegt hatte. Sie hatte auf diverse Schreiben nie reagiert, weder auf Briefe der Versicherung zu den Holzameisen noch auf die des Bohrunternehmens, das den Brunnenschacht hätte überprüfen sollen. Außerdem schwirrten ihr gerade ganz andere Dinge im Kopf herum.

Erik fuhr sie bis vor die Haustür. Als sie vom Traktor kletterte und ihm Geld hinhielt, winkte er wie immer ab. Nachdem er vom Hof gefahren war, schob sie den Schlüssel ins Schloss. Doch die Tür war schon offen.

Das Haus fühlte sich anders an. Nicht wie sonst, wenn sie sich einbildete, Jakob wäre noch hier. Diesmal war es anders, unheimlich.

Ihr schoss etwas durch den Kopf, doch im selben Moment war ihr klar, dass das nur Wunschdenken gewesen war.

»Max?«

Ihre Stimme klang belegt. Der Name verhallte in der schalen Luft. Es war nicht ihr Sohn, der sich für einen Überraschungsbesuch eingefunden hatte. Als sie das Wohnzimmer betrat, gaben die Knie unter ihr nach.

Überall lag Zeug herum. Die alte Anrichte war aufgebrochen und Besteck und Geschirr herausgeschleudert worden. Die Bilder an den Wänden hingen schief am Haken, und die Sofapolster waren heruntergerissen worden.

Sie suchte Halt an der Türklinke und versuchte, ihren Puls wieder zu beruhigen. Wie sähe es in der Küche aus? War jemand im Obergeschoss gewesen – in ihrem Schlafzimmer?

Der Keller!

Sie rannte die Treppe hinunter. Die Tür zum Arbeitszimmer stand sperrangelweit auf. Sie hatte diese Tür im ganzen Leben kaum je offen erlebt.

Als sie sah, was dort passiert war, ging sie vollends in die Knie. Schlug sich das Kinn am Boden auf, und ein Stuhl kippte auf sie drauf.

Eine Weile blieb sie einfach mit geschlossenen Augen liegen und hoffte, dass jemand käme und sie hier fände. Oder dass sie schweißgebadet in ihrem Bett aufwachte und alles nur ein Albtraum gewesen wäre.

Aber sie schlief nicht. Und es kam ihr auch niemand zu Hilfe.

Irgendwann schaffte sie es, sich aufzurappeln. Sie blutete aus der Platzwunde am Kinn und hielt sich die Hand darunter, damit kein Blut auf ihre Kleidung tropfte, als sie sich über den Schreibtisch beugte.

Der komplette Stapel unfertiger Briefe, den sie sortiert hatte, und die Notizen waren genauso verschwunden wie die Artikel.

Alles weg.

Sie nahm den Hörer zur Hand und rief im Inselladen an.

»Ulla«, sagte sie. »Bei mir ist eingebrochen worden.«

Um sie herum geriet alles ins Wanken. Das Zimmer

drehte sich, als kauerte sie in einer Waschmaschinentrommel. Ullas Antwort kam genuschelt.

»Du liebes bisschen! Aber du bist wohlauf? Ich komme sofort vorbei!«

»Er ist übers Wasser gekommen, Ulla, ich glaube, das war …«

Sie brachte den Satz nicht mehr zu Ende, weil irgendetwas in ihr zu zerreißen schien. Hilflos sank sie auf den harten, kalten Boden.

Montag, 10. September

60

Das unbeständige Wetter war über Nacht umgeschlagen. Max wurde von der Sonne geweckt, die sich zwischen den Gardinen und dem grün lackierten Fensterrahmen der Schrebergartenlaube hereinstahl. Von draußen war lediglich Vogelgezwitscher zu hören. Es war fast, als läge er wieder in seinem Kinderzimmer auf der Insel. Was Sofia ihm von dem Film erzählt hatte, der aus der Privatwohnung eines Ermittlers gestohlen worden war, stimmte mit dem Bild überein, das er und Sarah sich von der Lage gemacht hatten. Eine unsichtbare Organisation, die dafür sorgte, dass heikles Beweismaterial und Menschen verschwanden – und die seit Jahrzehnten in Schweden aktiv zu sein schien.

Das Bett war schmal, gerade mal neunzig Zentimeter breit. Sofias warmer Leib schmiegte sich an seinen.

Vorsichtig hob Max ihren Arm von seiner Brust und manövrierte sich unter ihrem Bein heraus, das sie auf ihn gelegt hatte. Sie war nackt. Schlief tief und fest. Behutsam deckte er sie zu und zog den Kleiderschrank ihres Vaters auf, fand eine alte, verschlissene Jeans und ein Karohemd. Beides passte halbwegs, auch wenn das Hemd leicht über der Brust spannte und die Ärmel ein Stück zu kurz waren. Er warf einen Blick in den Spiegel auf der Innenseite der Schranktür. Es sah nicht wahnsinnig gut aus, war aber besser, als in den Kleidungsstücken vom Vortag aus dem Grand

Hôtel, der Militärakademie und dem Zimmermannsorden loszuziehen. Über dem Spiegel hingen die Schlüssel zum Wagen, der draußen parkte. Er nahm sie vom Haken und ging in die kleine Küche. Schrieb Sofia einen Zettel, den er auf dem Küchentisch deponierte. Dann verließ er die Hütte und zog leise die Tür hinter sich zu.

Als er draußen auf der Straße war, rief er wieder bei Strömberg an. Es klingelte ein paarmal, ehe Max' früherer Vorgesetzter sich mit müder Stimme meldete.

Max klemmte sich das Handy zwischen Schulter und Kinn.

»Warum ist jemand hinter mir her?«

»Keine Ahnung«, antwortete Strömberg. »Ich habe Ihnen gesagt, dass Sie aufhören sollen. Seit Ihrem Auftritt im Grand Hôtel stehen Sie auf ihrer Liste. Was haben Sie denn geglaubt, wozu das hätte gut sein sollen?«

»Wer ist Bill Herron?«

»Sind Sie im Auto unterwegs?«, fragte Strömberg. »Kommen Sie zu mir, dann reden wir.«

Max konnte hören, wie Strömberg durch seine Wohnung lief. Schritte auf Parkett. Er brauchte irgendwas – sein Handy? Den Computer?

Max sah auf seine Taucheruhr. Die Sekunden tickten erbarmungslos runter.

»Ich bin auf dem Weg zu Yvonne Niklasson«, sagte er.

»Max, das wäre reinste Idiotie! Sie wird alles weit von sich weisen!«

Er drückte den Anruf weg.

61

Als Sofia aufwachte, konnte sie immer noch Max' Duft wahrnehmen, seinen Körper, seine Kraft. Dabei lag niemand neben ihr. Und die Tür zum Kleiderschrank stand offen. Ihr Blick fiel auf Max' Klamotten, die er einfach am Boden liegen gelassen hatte. Sie wandte sich zum Fenster um, zog den Vorhang beiseite. Das Auto war ebenfalls verschwunden.

Du Mistkerl.

Auf dem Küchentisch hatte er ihr einen Zettel hinterlassen. Sie schluckte schwer. Kein Dankeschön, kein »Ich ruf dich später an«. Kein »Ich liebe dich«.

»Vergiss nicht die Bilder auf der Kamera!«

Sie knüllte den Zettel zusammen und warf ihn unter der Spüle in den Müll. Lief zurück ins Schlafzimmer und zog sich an. Die Morgenbesprechung bei der Arbeit würde in ein paar Minuten losgehen. Es war eine kurze Nacht gewesen, kurz, aber intensiv. Sie fragte sich, wie lange es dauern würde, bis sie vollends verdaut hätte, was Max ihr erzählt hatte. Was er auf eigene Faust herausgefunden hatte. Wie viel Zeit hatte sie noch, ehe die Bombe platzte?

Sie hatte es noch nicht einmal bis zur Tür geschafft, als ihr Handy klingelte. Ihr Chef, Per Carpelan, rief an.

»Bin schon unterwegs«, sagte sie und ließ die Tür zur Schrebergartenlaube lautstark ins Schloss fallen.

Bei der Rikskrim stand Per Carpelan an der Tür zum Besprechungsraum, als Sofia ankam.

»Wo warst du denn?«, wollte er wissen. »Ich hab gestern Nacht versucht, dich zu erreichen, aber dein Handy war ausgestellt. Zu Hause in deiner Wohnung warst du auch nicht.«

Sein blonder Lockenschopf war noch zerstrubbelter als sonst. Er hatte heute früh nicht geduscht und auch keinen erholsamen Schlaf gehabt – irgendetwas war in der Nacht passiert.

»Ich bin gestern noch angerufen worden am späten Abend – die Spurensicherung und die Kripo waren in einer Wohnung an der Rödabergsgatan, weil dort ein Mann tot in seiner Badewanne lag. Genau wie bei der Südafrikanerin sieht es auf den ersten Blick nach Selbstmord aus. Aber wir müssen erst alles andere ausschließen.«

»Um wen geht's?«

»Um Casten Orrfeldt, den Direktor der Militärakademie. Und jetzt los, in die Besprechung, Ulf wartet schon. Anschließend müssten wir zwei uns bitte bei mir im Büro unterhalten.«

Sie nickte und riss sich zusammen, damit man ihr die Emotionen und Fragen nicht ansah, die in ihr miteinander rangen.

Sie folgte Per Carpelan in den Besprechungsraum. Sie fühlte sich, als wäre sie noch gar nicht richtig wach, als wäre alles ein Traum, der drauf und dran war, in einen Albtraum umzuschlagen.

Ulf Göransson, Leiter der Fahndungsabteilung und Dienstältester bei der Säpo, saß bereits am Besprechungstisch. Er war klug, gewieft und hatte seine Ecken und Kanten – und Letzteres nicht nur, was sein Brillengestell oder den Körperbau anging, sondern auch in intellektueller Hinsicht. Er trug wie immer ein Hemd mit Brusttasche, in der wie jedes Mal irgendwas steckte – heute Morgen ein Füllfederhalter und ein Päckchen Kaugummi.

Als Sofia Platz nahm, war sie kurz mit den Gedanken woanders. Max hatte sie gebeten, Gustav Barcks letzten Tag in Stockholm zu durchleuchten. Wenn die Kollegen mitbekommen hatten, dass sie Nachforschungen betrieben hatte – wem gegenüber sollte sie da loyal sein? Wenn sie den beiden jetzt erzählte, was sie in der vergangenen Nacht erfahren hatte, würden sie Max dann auf ihre Fahndungsliste setzen oder ihn eher unter Polizeischutz stellen? Sie klammerte sich an die Handtasche, die sie sich auf den Schoß gelegt hatte, spürte den Korpus der Kamera, auf der die Bilder gespeichert waren, die sie für Max nachbearbeiten sollte.

Seinetwegen steckte sie in einem echten Dilemma.

»Ulf, willst du anfangen?«, bat Carpelan, und Ulf nickte.

»Ein Zeuge hat einen Mann gesehen, der Orrfeldt am Tag seines Todes am Arbeitsplatz in Karlberg besucht hat. Gute eins neunzig groß, dunkelhaarig, sportliche Figur.«

Sofia schluckte trocken. Dann warf sie Carpelan einen Blick zu, doch der starrte auf ein Dokument, das vor ihm auf dem Besprechungstisch lag. Unter Garantie sah er gerade absichtlich weg.

Sie stellte die Tasche ein wenig zu abrupt auf dem Boden zu ihren Füßen ab. Beide blickten sofort zu ihr rüber. Carpelan schien jetzt jede ihrer Bewegungen, ihre Körpersprache zu mustern.

»Dort an der Rödabergsgatan haben wir Rückstände eines Stoffes in einer Teekanne sichergestellt«, fuhr Ulf fort. »Orrfeldt hatte ein stark beruhigend wirkendes Medikament in seinen Tee gerührt – ein Benzodiazepin. Das Labor ist in diesem Moment damit beschäftigt herauszufinden, um welches Präparat es sich handelt. Hoffentlich erfahren wir auch, wie viel und ob er es aus freien Stücken zu sich genommen hat oder ob jemand es ihm gegen seinen Willen verabreicht hat.«

Benzos?, dachte Sofia. Max' Medikamente?

»Okay«, sagte Carpelan. »Was gibt es sonst noch?«

»Wir stehen ja erst am Anfang. Wir müssen auch noch seine Frau, Vanessa, vernehmen. Die Frage ist, ob du willst, dass ich das mache, oder ob Sofia übernehmen soll.«

Carpelan schien sie erneut nicht direkt ansehen zu wollen.

Herr im Himmel.

Es konnte sich nur noch um Minuten handeln, bis sie auf Max zu sprechen kämen …

»Sofia, kannst du uns erzählen, was du in der Zwischenzeit in Erfahrung gebracht hast?«, bat Carpelan.

Erst jetzt sah er ihr wieder ins Gesicht. War er sauer?

»Was genau meinst du?«

Carpelan nahm die Brille ab und presste Daumen und Zeigefinger gegen den Nasenrücken.

»Die Südafrikanerin natürlich. Du bist die Einzige von uns, die im Sheraton war. Darüber haben wir bislang noch nicht ausführlich sprechen können.«

»Ja, natürlich. Sicher.«

Sie setzte sich gerade hin.

»Als das Zimmermädchen die Tote gefunden hat, sind zunächst die Kollegen aus der Innenstadt alarmiert worden. Sie haben recht schnell auf Selbstmord durch Überdosis getippt, haben uns dann aber doch noch Bescheid gegeben, weil die Frau – Sego Naidu – der Antikorruptionsabteilung der Polizei in Johannesburg angehörte. Als ich dort ankam, sind mir mehrere Dinge aufgefallen: Das Ganze wirkte zum einen sehr inszeniert – ich hatte sofort das Gefühl, dass ich keinen goldenen Schuss vor mir hatte, sondern eine Art *Bühnenbild* für einen goldenen Schuss. Nichts an der Frau wies auf früheren Heroinkonsum hin. Wir sollten also nicht davon ausgehen, dass es sich um einen Selbstmord aus freien Stücken gehandelt hat.«

Sie hörte selbst, wie sie faselte – hatte sie wirklich »Bühnenbild« gesagt? Das war so ziemlich die unsachlichste Beschreibung eines Tatorts, die sie selbst je gehört hatte.

Ulf stand die Irritation ins Gesicht geschrieben.

»Genau aus diesem Grund habe ich diese Besprechung einberufen«, sagte Carpelan. »Ich möchte wissen, ob die beiden Todesfälle Selbstmorde oder Morde waren. Und ob es sich um zwei voneinander unabhängige Ereignisse handelt oder ob sie miteinander zusammenhängen.«

62

Yvonne Niklasson wohnte mit dem Auto nur ein paar Minuten von Södermalm entfernt in einer Wohnung in Gröndal. Der kleine Vorort sah aus wie ein Dorf im Dornröschenschlaf. Die meisten Häuser stammten aus den Fünfzigern. Max ging auf die Haustür zu, setzte das Brecheisen an und drückte mit voller Kraft dagegen. Die Tür war im Nu geöffnet.

Er lief die Treppe hoch, bis er die Wohnungstür gefunden hatte. Dort musste er vorsichtiger zu Werke gehen, immerhin konnten sich in der Wohnung mehr als nur eine Person aufhalten.

Er klingelte. Schritte näherten sich.

»Hallo?«, rief eine Frau. »Wer ist da?«

Einen Türspion hatte sie nicht, womöglich aber eine Sicherheitskette.

Er wollte nicht riskieren, dass sie ihm den Zutritt verweigerte. Er musste improvisieren.

»Der Hausmeister«, antwortete er. »Wasserschaden ein Stockwerk höher.«

Die Frau murmelte etwas, was wie ein Fluch klang, legte dann aber die Kette zurück und zog die Tür auf.

Yvonne Niklasson war groß für eine Frau, knapp fünfzig Jahre alt, hatte dichtes rotes Haar und eine Brille auf der Nase. Sie trug eine graue Bluse über einem blauen Rock und hielt Strumpfhosen in der Hand.

»Wenn es sein muss … Dann aber schnell. Ich muss gleich zur Arbeit. Da darf ich nicht zu spät kommen.«

Yvonne Niklasson machte auf dem Absatz kehrt und steuerte eine Tür an, vermutlich die zur Küche.

Max trat über die Schwelle. Schob die Tür hinter sich zu.

»Tut mir leid, dass ich mich bei Ihnen einschleiche – aber ich muss in einer dringenden Angelegenheit mit Ihnen sprechen.«

Yvonne Niklasson blieb wie angewurzelt stehen.

»Dann geht es wohl nicht um einen Wasserschaden.«

Max konnte sehen, wie sie ihn in Augenschein nahm. Genau wie andere hochrangige Politiker hätte auch sie bestimmt einen direkten Draht zu jemandem bei der Säpo, den sie würde anfunken können, sofern sie sich bedroht fühlte. Und nach ihrem Gesichtsausdruck zu urteilen, hatte sie genau das jetzt vor.

»Sie brauchen keine Angst zu haben, ich will Ihnen nur ein paar Fragen stellen. Es geht um Cornelius Strömberg – den kennen Sie doch, oder nicht?«

»Ja?«, gab Yvonne zurück und neigte den Kopf zur Seite. Anscheinend überraschte sie die Frage. »Ich bin ihm vor Jahren mal begegnet. Der Zusammenhang war beruflich.«

»Wann genau war das?«

»In den Achtzigern. Als ich im Verteidigungsausschuss saß.«

»Welche Rolle hat Strömberg dabei gespielt?«

»Das ist vertraulich«, antwortete sie.

»Und Sie müssen es mir anvertrauen – sonst müssen noch mehr Menschen sterben.«

»Wovon reden Sie? Wer soll bitte gestorben sein?«

»Das erfahren Sie alsbald aus den Nachrichten. Und ich

fürchte, es wird nur schlimmer, wenn Sie nicht mit mir reden.«

»Wer sind Sie überhaupt?«

»Ich wurde von Strömberg mit gewissen Nachforschungen beauftragt. Er hat behauptet, der Auftrag stammte ursprünglich von Ihnen. Ich muss wissen, ob das stimmt oder nicht.«

»Was denn für Nachforschungen?«

»Ich untersuche die Umstände von Gustav Barcks Tod.«

Yvonne zuckte sichtlich zusammen.

»Sie haben kein Recht, hier einfach so reinzuspazieren. Wenn Sie Fragen zu Cornelius Strömberg haben, wenden Sie sich direkt an ihn.«

»Wann hatten Sie zuletzt Kontakt mit ihm?«

Max machte ein paar Schritte auf die Frau zu.

Yvonne blieb erst stehen, doch als Max ihr zu nahe kam, stolperte sie regelrecht nach hinten.

»Damals, in den Achtzigern …«

»Und da sind Sie sich sicher?«

Ihre Unterlippe zitterte leicht. Von der selbstsicheren Berufspolitikerin war nichts mehr zu sehen. Vor ihm stand eine Frau mittleren Alters, die Angst um ihr Leben hatte.

»Ich bin mir sicher«, sagte sie.

63

Per Carpelan war kein typischer Polizist. Dieser Ansicht war Sofia immer schon gewesen, seit sie ihn im Revier Norrmalm kennengelernt hatte. Zwischen ihm und den Stieren von der Sondereinheit, für die sie verantwortlich gewesen waren, hatten schon damals Welten gelegen. Diese Jungs, die von klein auf Mannschaftssportarten und Krafttraining betrieben und unter der Dusche über Schweinkram gewitzelt hatten ... Per glich eher einem Lehrer, trug immer legere Kleidung in Braun- oder Grautönen und hatte Papierstapel oder Mappen unterm Arm. Mit seinen blonden Locken erinnerte er an den größeren Typen von Simon & Garfunkel. Seine Auffassungsgabe war immer schon besser als die von anderen gewesen. Er hatte eine fast schon unheimliche Intuition, insbesondere für einen Mann.

Nach der Besprechung mit Ulf aus der Fahndungseinheit zogen sie sich in Pers Büro zurück, wo er ihr bedeutete, auf einem seiner heiß geliebten Jetson-Stühle Platz zu nehmen.

Sie schob die Tür hinter sich zu.

»Hier hast du schon vorgestern Abend gesessen, obwohl du da keinen neuen Fall bearbeitet hast, zumindest nicht dass ich wüsste. Gestern bist du ins Hotel gerufen worden, hast die tote Sego Naidu auf dem Bett gesehen und bist sofort aktiv geworden. Hast irgendetwas unternommen, wovon du mir nichts erzählst. Als dieser zweite Fall gestern Nacht gemeldet wurde, bist du nicht ans Handy gegangen. Das ist noch nie passiert. Erzählst du mir jetzt bitte verdammt noch mal, was bei dir eigentlich los ist?«

Carpelan fluchte sonst nie. Soeben bekam sie sein Alter Ego zu spüren, das trotz seines milden Gesichtsausdrucks sämtliche Kollegen bei der Rikskrim in Angst und Schrecken versetzen konnte.

Ihr Gehirn arbeitete auf Hochtouren. Sie musste ihm irgendwas liefern, um sich aus diesem Schlamassel hinauszumanövrieren, ohne dabei das Gesicht zu verlieren.

Die Unterlagen, in denen Carpelan geblättert hatte, während Ulf Bericht erstattet hatte, hatten von Orrfeldt gehandelt.

»Du weißt doch mehr«, sagte sie. »Was du bei der Besprechung mit Ulf nicht gesagt hast.«

Carpelan nickte.

»Über unsere internationale Abteilung kam ein Amtshilfegesuch der Polizei Jerusalem rein. Wir sollen bei der Identifizierung eines schwedischen Staatsbürgers helfen, der sich nach einem Mitarbeiter des Außenministeriums erkundigt hat, der wiederum aus dem neunten Stock vom Balkon in den Tod gestürzt war. Ich habe im Ministerium angerufen. Dort haben sie bestätigt, dass Gustav Barck bei ihnen in der Abteilung für Rüstungsexporte gearbeitet und sich das Leben genommen hat. Bislang haben sie aus Rücksicht auf die Familie noch nichts öffentlich gemacht. Als ich gehört habe, wie der Mann beschrieben wird, nach dem sie in Jerusalem fahnden, habe ich dich sofort informieren wollen – und dann kam gleichzeitig die Nachricht, dass Casten Orrfeldt in seiner Privatwohnung tot aufgefunden worden war. Dass solche Sachen gleichzeitig passieren, gefällt mir gar nicht – und weißt du, warum das so ist? Weil es sich dabei selten um Zufall handelt. Zudem stimmt die Beschreibung des Schweden, den wir ausfindig machen sollen, mit der von Orrfeldts Besucher in Karlberg überein.«

Carpelan sah sie misstrauisch an.

»Muss ich weitermachen? Über eins neunzig groß, dunkelhaarig, sportliche Figur. Hat sich wie ein ausgebildeter Fahnder verhalten. Sie glauben, es könnte sich um einen Soldaten handeln, womöglich aus einer schwedischen Spezialeinheit. Ulf Göransson kennt niemanden, auf den die Beschreibung passt – du aber sehr wohl.«

»Sego Naidu war in der Stadt, weil sie Barck aufsuchen wollte«, sagte sie. »Sie hätte ihm eine Vorladung überreichen sollen. Er sollte in Johannesburg vor Gericht aussagen, im Zusammenhang mit der Kampfjet-Affäre.«

Carpelan krümmte sich auf seinem Stuhl leicht zusammen.

»Diese Südafrika-Sache?«, hakte er nach. »Ein schwedischer Staatsbeamter, der in Südafrika vor Gericht erscheinen soll – im Zusammenhang mit dem heikelsten Rüstungsskandal seit bestimmt zwanzig Jahren? Und der sich das Leben nimmt? Du scheinst mehr zu wissen, als du mir bislang erzählt hast. Wie kann das sein?«

»Ich habe einen Hinweis bekommen, dem ich nachgegangen bin. Wollte dich in Kenntnis setzen, sobald ich konkretere Infos hätte.«

Eine schwache Ausrede. Nicht direkt eine Lüge, aber definitiv auch nicht die Art und Weise, wie sie sich sonst immer verhielt.

»Konkretere Infos?«, wiederholte er.

Sofia nickte.

Carpelan schwieg für einen Moment. Es war offensichtlich, dass er ihr nicht glaubte.

»Haben wir von der Polizei in Jerusalem einen Namen bekommen?«, fragte sie in die Stille.

»Noch nicht. Aber wir sind dran. Sofia, wir kennen uns schon eine Weile, du und ich, und wir sind mehr als bloß Kollegen. Du warst gestern Nacht bei *ihm*, nicht wahr? Erzähl mir jetzt, was du weißt.«

Nun hatte Sofia keine Wahl mehr; sie würde Max verraten müssen. Also berichtete sie von Max' Nachforschungen über Gustav Barcks Tod. Als sie fertig war, seufzte Carpelan laut vernehmlich.

»Haben wir nicht schon x-mal darüber gesprochen, was ich davon halte, wenn diejenigen, die in der Armee waren, Polizei spielen? Und wie sehr ich diese Form von Privatermittlungen liebe?«

Nicht nur für sie selbst, auch für Carpelan war ihr Verhältnis zu Max in der Vergangenheit eine Achterbahnfahrt gewesen. Als sie Max im Jahr zuvor als Berater hinzugezogen hatten, hatte Carpelan ihm zunächst zutiefst misstraut, sich dann aber zu hundert Prozent auf ihn eingelassen. Max hatte sie vor einer unvorstellbaren Katastrophe bewahrt – doch im Zuge dessen war er mitunter unerträglich gewesen. Jetzt schienen sie wieder am gleichen Punkt angelangt zu sein, und erschwerend kamen Sofias Gefühle hinzu – Gefühle, die sie vor Carpelan nicht länger verheimlichen konnte.

»Wir kennen ihn doch«, wandte sie ein.

»Aber deshalb hat er noch lange keine Sonderrechte! Die Bilder, die er vor dem Zimmermannsorden geschossen hat, kannst du vergessen. Max hat doch überhaupt nicht die Befugnis, heimlich Personen zu fotografieren, und diese Gesellschaft dort ist obendrein wahnsinnig zimperlich, was ihre Integrität angeht. Die Fotos sind für uns unbrauchbar.«

»Ich habe die Kollegen aus der Innenstadt gebeten, die Überwachungsbänder aus dem Sheraton zu kontrollieren. Max war mit Sego in der Hotelbar.«

»Dann hat er also sowohl mit der Südafrikanerin als auch mit dem Karlberg-Direktor gesprochen. Beide sind binnen der nachfolgenden vierundzwanzig Stunden gestorben. Zwei Unglücksfälle – oder aber zwei Giftmorde. Er ist der Sensenmann – wo immer er auftaucht, stirbt jemand. Da stellt sich doch die Frage, ob Max dem Tod – oder aber der Tod ihm auf den Fersen ist?«

»Er ist für die Todesfälle jedenfalls nicht verantwortlich.«

»Genau das müssen wir erst einmal sicherstellen«, gab Carpelan zu bedenken. »Gegenwärtig ist er jedenfalls ein potenzieller Verdächtiger.«

Sofia schüttelte den Kopf. Sie verstand nur zu gut, wie all das nach außen hin wirkte. Aber sie wusste, dass die Wahrheit eine andere war.

»Was sollen wir also tun?«, fragte sie.

»Ich kann eine Sache für dich tun und hoffe wirklich, dass ich das hinterher nicht bereue.«

Er beugte sich über den Tisch zu ihr vor.

»In Anbetracht unserer Historie mit Max beschließe ich hiermit, dass wir die beiden augenscheinlichen Selbstmorde fürs Erste als Mordfälle betrachten. Du leitest die Ermittlungen. Fahr schleunigst in die Rödabergsgatan und sprich mit der Ehefrau.«

Sofia nickte. Einen besseren Deal würde sie für den Moment nicht machen können. So wäre sie immerhin diejenige, die über den weiteren Ermittlungsverlauf die Kontrolle hätte.

»Allerdings unter zwei Bedingungen«, fuhr Carpelan

fort. »Du bringst Max hierher, damit wir ihn ausführlich befragen können, und zwar so schnell wie möglich. Und keine Heimlichtuerei mehr!«

64

Sarah hatte in der Nacht so gut wie kein Auge zugetan. Im selben Moment, als Max losgefahren war, hatte die Angst wieder zugeschlagen. Irgendwer war bei ihm zu Hause gewesen. Und in ihren Büroräumen. Und hatte irgendetwas gesucht.

Wie lange würde es dauern, bis sie auch ihren Weg nach Tyresö fänden?

Sie hatte versucht, sich mithilfe von Rotwein zu beruhigen, und dazu zwei Zigarillos geraucht. Sie war hinunter zum Bootshaus gelaufen und hatte gehofft, dass das Plätschern des Wassers sie beruhigte. Es hatte nichts genutzt. Das Einzige, was sie derzeit zur Ruhe brächte, wären ein Anruf von Max und die Nachricht, dass er alles unter Kontrolle hatte. Dass die Polizei übernommen hatte. Dass sie endlich wieder normal weitermachen und neue, gut bezahlte Aufträge annehmen und damit die Büromiete, Max' Gehalt und Lisettes großes Gewächshaus bezahlen konnte.

Aber im Stillen wusste sie, dass dieser Anruf so bald nicht kommen würde. Womöglich nie.

Diese Verschwörung fühlte sich zusehends entsetzlich an. Geldgeier, die Aktien abstießen und neue Portfolios launchten. Watts' Background – eine geschlossene, schwerreiche US-Elite, die ein Vermögen in Rüstungsunternehmen investierte und die große Politik um den Finger wickelte. Eisenhowers mahnende Worte klangen fast schon nach einer Prophezeiung. Ein kleiner Kreis an der Spitze der Macht … das gleiche Muster, das schon den Nazis in Deutschland den Weg geebnet hatte … der Ruf der Neokonservativen nach einem neuen Pearl Harbor …

All das sprach von einer angsteinflößenden fremden Welt. Sarah konnte nicht glauben, dass sie und ihre Kinder in so einer Welt lebten.

Was hatte jemand wie Barck mit dem Bush-Clan und saudischen Prinzen zu tun gehabt? Waren die Bande zu jenem immer noch unbekannten Bill Herron bei dessen Besuch in Karlberg geknüpft worden?

Ein paar Stündchen unruhigen Schlafs hatten Sarah Traumbilder von Pearl Harbor beschert, von japanischen Kamikazepiloten, die bis obenhin mit Bomben beladene Flugzeuge in US-Kriegsschiffe gesteuert hatten. Als sie wach geworden war, hatte sie einen Zettel von Lisette vorgefunden: Sie habe die Kinder zur Schule gebracht und Sarah nicht wecken wollen. Ein Blick auf die Küchenuhr, und sie musste feststellen, dass sie länger geschlafen hatte als gedacht. Wenn sie jetzt nicht sofort loslegte, wäre der halbe Tag verschwendet. Sie hatte mit Max ausgemacht, dass sie sich am Nachmittag treffen wollten.

Nach einem Becher starken schwarzen Kaffees setzte sie sich ins Auto und fuhr direkt zur Stockholmer Stadtbibliothek. Ihr war am Morgen etwas eingefallen. Sie und Max lebten in einem kleinen Land, das mitunter trotzdem auf der ganz großen Bühne mitwirkte. Bislang war jeder Einzelne, mit dem sie gesprochen hatten, Schwede gewesen, und sie hatten nur schwedische Quellen konsultiert.

Als sie endlich an der Reihe war, fragte sie den Mann an der Infotheke: »Wissen Sie zufällig, ob es englischsprachige Bücher über die schwedischen Rüstungsaffären in den Achtzigern gibt?«

»Ich kann gerne nachsehen, aber ich fürchte, so etwas haben wir nicht da.«

Er startete einen Suchlauf. Schüttelte den Kopf.

»Keine Bücher, aber versuchen Sie es mal nebenan bei den Zeitungen und Zeitschriften.«

Sie verließ die Bibliothek über die Odengatan und ging die gut fünfzig Meter zu einem kleineren ockergelben Gebäude am Odenplan. An der dortigen Infotheke wiederholte sie ihre Frage.

»Aus welchem Land sollen die Artikel denn stammen?«, fragte die Bibliothekarin.

»Aus den USA.«

Die Frau bearbeitete ihre Tastatur.

»Und wonach genau suchen Sie?«

»Nach einem gewissen Bill Herron.«

65

Cornelius Strömberg betrat die Parteizentrale der Sozialdemokraten am Sveavägen. Eine junge Frau, die sich als Sussie vorstellte – Yvonne Niklassons Assistentin –, hieß ihn willkommen. Auf Höflichkeitsfloskeln verzichteten sie. Sie führte Strömberg direkt zum Besprechungsraum.

Dort saß Yvonne Niklasson flankiert von Kollegen bereits am Konferenztisch. Sie sahen finster drein. Strömberg erkannte keinen von ihnen wieder, allerdings ahnte er bereits, dass es sich um Geheimdienstler handelte. Die Assistentin setzte sich neben ihn.

»Cornelius«, hob Yvonne an. »Danke, dass Sie so kurzfristig kommen konnten.«

»Aber natürlich«, erwiderte er. »Es klang wichtig, und in meinem Alter hat man nicht mehr allzu viele wichtige Dinge zu tun.«

»Sie haben sich wirklich nicht verändert«, sagte sie und lächelte ihn freundlich an.

»Sie aber auch nicht, Yvonne. Sie sehen keinen Tag älter aus.«

Für eine Frau mittleren Alters hatte sie immer noch eine erstaunlich schlanke Taille und ebenmäßige Haut. Das dichte rote Haar trug sie immer noch lang, und auch ihre jugendliche Energie war immer noch dieselbe. Nur der Ernst in ihrem Blick war neu.

»Wir werden dieses Meeting dokumentieren – deshalb ist Sussie auch hier. Sie protokolliert das Ganze.«

»Kein Problem«, sagte Strömberg.

»Tja, dann ... Heute Morgen war ein Mann bei mir. Er ist ins Haus eingedrungen, hat einen Wasserschaden vorgeschützt und sich so Zutritt zu meiner Wohnung erschlichen. Das war um kurz vor acht – ich war nicht mal fertig angezogen. Dann hat er mir mehrere Fragen gestellt.«

»Wer war das? Was für Fragen?«

»Er hat sich nach Ihnen erkundigt.«

Strömberg zuckte zusammen.

»Nach mir? Was wollte er wissen?«

»Ob wir einander kennen – und natürlich habe ich Ja gesagt. Wann wir zuletzt Kontakt hatten – und ich habe geantwortet: in den Achtzigern, als ich im Verteidigungsausschuss saß. Das hätte ich wahrscheinlich nicht sagen dürfen, es ist mir einfach so rausgerutscht. Daraufhin hat er nach Ihrer Rolle im Verteidigungsausschuss gefragt. Die Antwort habe ich verweigert.«

Der Verteidigungsausschuss war die einzige Instanz, die volle Einsicht in die Arbeit des militärischen Nachrichtendienstes hatte. Die Ausschussmitglieder waren strengster Geheimhaltung verpflichtet. Sie kamen vier-, fünfmal im Jahr zusammen, hatten keine festen Räumlichkeiten, nicht einmal eigene Sachbearbeiter. Was hinter verschlossenen Türen nach welchen Regeln vor sich ging, wusste sonst niemand. Was genau ein Agent des militärischen Nachrichtendienstes tat, war exakt sechs Personen bekannt.

Jetzt wusste Max also, dass er und Yvonne in den Achtzigern in diesem Ausschuss gesessen hatten. Strömberg war sich nicht sicher, welche Konsequenzen das haben mochte. Aber gut war es ganz sicher nicht.

Überdies hatte Max seine Drohung wahr gemacht. Er war zu Yvonne gefahren, hatte Strömberg und dessen Instruktionen einfach ignoriert. Wieder einmal hatte sich der dummdreiste Draufgänger in ihm durchgesetzt.

»Ich habe natürlich Personenschutz beantragt«, fuhr Yvonne fort und wies auf die Männer, die stumm neben ihr saßen.

Als wäre das nötig gewesen. Strömberg war nicht davon ausgegangen, dass sie aus der Partei-Jugendorganisation stammten.

»Der Mann war gelinde gesagt furchteinflößend«, ergänzte sie. »Um nicht zu sagen: komplett besessen.«

»Man kann in Zeiten wie diesen nicht vorsichtig genug sein«, erwiderte Strömberg.

»Ich hatte gehofft, dass Sie ein bisschen Licht in diese Sache bringen könnten.«

Strömberg schüttelte den Kopf.

»Wie sah er aus?«

»Er trug Kleidung, die ein, zwei Nummern zu klein war. Ein kariertes Hemd, rot-braun, glaube ich. Mitte dreißig, groß, durchtrainiert. Und wie gesagt – angsteinflößend.«

»Wir wissen beide, dass es in dieser Stadt von Verrückten nur so wimmelt«, sagte Strömberg und rückte sein Revers zurecht. »Das war schon immer so. Ich habe keinen Schimmer, wer dieser Mann gewesen sein könnte.«

»Er hat mir erzählt, dass mehrere Menschen zu Tode gekommen seien, Cornelius. Wir haben die Polizei kontaktiert und gerade erfahren, dass dort derzeit im Zusammenhang mit einer Mordermittlung nach einem Mann gefahndet wird, auf den meine Beschreibung ebenfalls passt.«

Mord?, schoss es Strömberg durch den Kopf. War Max

jetzt vollends verrückt geworden? Hatte das mit seinen persönlichen Problemen zu tun? Mit diesen Medikamenten?

Oder waren andere Mächte im Spiel?

»Ein und derselbe Mann, nach dem die Polizei fahndet, war also bei Ihnen zu Hause?«, hakte er nach. »Und hat Fragen über uns beide gestellt?«

»Richtig.«

»Als wir damals zusammengearbeitet haben, gab es jede Menge Leute, die auf eigene Faust Nachforschungen angestellt haben. So etwas passiert bis heute. Es geht um Palme, habe ich recht? Dass Lisbeth den Schützen identifiziert hat, wollen gewisse Leute einfach nicht wahrhaben. Sie wollen einfach nicht glauben, dass irgendein Säufer aus Sollentuna unseren Regierungschef erschossen hat.«

Strömberg sah flüchtig zur Seite. Sussie schien jedes Wort zu protokollieren, das er von sich gab.

»Über Ihre Aufgaben in den Achtzigern wissen nicht viele Bescheid«, sagte Yvonne. »Dieser Mann muss Sie daher gut kennen.«

Strömberg kratzte sich am Kopf. Max' Fragen an Ahlbom im Grand Hôtel waren nicht nur lächerlich gewesen, sie hatten obendrein die Vorzeichen geändert. Strömberg hatte ihn eindringlich davor gewarnt, Niklasson aufzusuchen, doch Max hatte nicht nur seine Tarnung in den Wind geschossen, er schaufelte sich auch sein eigenes Grab. Und daran war einzig und allein er selbst schuld.

»Es gäbe da eine Person«, sagte Strömberg, »aber … nein …«

»An wen denken Sie?«, hakte Niklasson nach.

»An einen meiner früheren Schüler von den Küstenjägern. Der leicht aus dem Rahmen zu fallen scheint. Angeblich soll er Depressionen oder so haben … Die Beschreibung des Mannes, der bei Ihnen eingedrungen ist, würde jedenfalls zutreffen.«

»Und hat der Mann auch einen Namen?«, fragte einer der Männer, die bislang wortlos neben Niklasson gesessen hatten.

»Max Anger«, antwortete Strömberg. »Er war ein fantastischer Soldat, einer der besten. Hat inzwischen einen Schreibtischjob, was überhaupt nicht zu ihm passt. Die Firma, für die er arbeitet, nennt sich Vektor. Mit Sitz am Valhallavägen.«

66

Nach der Befragung von Casten Orrfeldts Frau Vanessa verließ Sofia das Schlafzimmer in der Wohnung an der Rödabergsgatan. Es war nicht ungewöhnlich gewesen, dass der Mann spätabends noch ein Bad genommen hatte – und auch nicht, dass er sich einen beruhigenden Kräutertee kochte und Kamillenextrakt in die Wanne gab, um zu entspannen. Vanessa und er hatten mehrmals darüber gestritten. Einmal war sie ins Bad gekommen, als er in der Wanne eingeschlafen war. Dass er aber eines Tages in der Wanne sterben würde, hatte sie sich nicht vorstellen können. Sie stand unter Schock.

Allerdings war er früher auch nie mit Benzos vollgepumpt gewesen, dachte Sofia.

Sie trat hinaus auf den Flur mit der farbenfrohen Blümchentapete und den Gemälden von alten Schlössern und Landsitzen und steuerte die Küche an. Eine gepflegte Einbauküche mit weißen Fronten. Ein kleiner Kiefernholztisch. Aus der Küche gelangte man über einen Durchgang ins Wohnzimmer. In dem Durchgang hingen Gemälde von Adligen, teils zu Pferde. Ein Ritter hielt eine Standarte in der Hand. Sie blieb vor dem Gemälde stehen.

War das die gleiche Standarte, die Max im Keller des Zimmermannsordens entdeckt hatte? Die goldgelbe schwedische Krone und die Buchstaben C, R und S.

Sie ging weiter ins Wohnzimmer. In der Ecke stand

eine Ritterrüstung. Der Couchtisch war mit blau-weißen Kacheln mit Ritter- und Pferdemotiven ausgelegt.

Sieht das bei allen, die in der Armee waren, daheim so aus?, fragte sie sich. Dieser Einrichtungsstil war doch pervers. Eine Art Fetisch.

Oder waren diese Eheleute ebenfalls adelig? Hatte die Frau seinen Namen angenommen, als sie geheiratet hatten? Sie ging ihre Aufzeichnungen durch. Vanessa war eine geborene Thuresson. Hatte bei der Kriegsmaterialinspektion gearbeitet, ehe sie in den Vorruhestand gegangen war. Merkwürdig, dachte Sofia. Vanessa hatte nicht den Anschein erweckt, krank oder sonst irgendwie arbeitsunfähig zu sein, ganz im Gegenteil.

Sie musste erneut daran denken, was Max ihr über die Achtziger und den Rüstungskontrolleur erzählt hatte, der vor einen Zug gestürzt war. Albrektsson. Vanessa musste mit ihm zusammengearbeitet haben.

Wieder ein Faden, der zu ein und demselben Knäuel zu gehören schien. Hatten Vanessa und Casten demselben Personenkreis angehört wie auch Barck? Die von jetzt auf gleich unter irgendeine Art von Beschuss geraten waren? In diese Richtung dachte zumindest Max.

Sie blieb vor dem Bücherregal stehen, fuhr mit dem Finger über die Buchrücken. Kaum Staub. Hier wurde sorgfältig geputzt. Und hier standen jede Menge Bücher über die schwedische Geschichte, vor allem über die Vormachtstellung des Schwedischen Reichs im siebzehnten Jahrhundert.

Sie kehrte den Büchern den Rücken zu und sah aus dem Fenster in den Innenhof. Es hatte angefangen zu regnen. Als sie gekommen war, war es noch sonnig gewesen. In diesem September würden sie wohl keinen Indian Summer mehr erleben; der Herbst mit seiner schicksalsschweren Decke aus graublauen Wolken war bereits da.

Max hatte Gustav Barcks Spur an dessen letztem Tag in Stockholm bis zum Zimmermannsorden verfolgt. Es deutete einiges darauf hin, dass der Mann dort Mitglied gewesen war. Der Tempel im Keller war womöglich der Treffpunkt für einen kleineren Zirkel innerhalb der Gesellschaft gewesen, der sich einbildete, die Geschicke des Landes zu bewachen. Diese Clique konnte unmöglich deckungsgleich mit dem Zimmermannsorden sein, der als respektable Gemeinschaft aus Angehörigen der gesellschaftlichen Elite galt. Es musste sich um eine Abart handeln, um eine Art extremistische Phalanx. Eine kleine Geheimgesellschaft innerhalb einer größeren Geheimgesellschaft.

Und es gab drei Tote: Gustav Barck, Sego Naidu und Casten Orrfeldt.

Auf den ersten Blick eine willkürliche Liste, keinerlei Gemeinsamkeiten.

Und doch waren sie irgendwem in die Quere gekommen.

Aber wie?

Die Schlafzimmertür ging auf, und Vanessa kam heraus, bleich, im Jogginganzug. Sie sah Sofia mit rot unterlaufenen Augen an. Ihr Gesicht war von Trauer verschleiert.

Die arme Frau.

»Darf ich Ihnen vielleicht doch noch eine letzte Frage stellen?«, tastete Sofia sich vor. »Dieses Gemälde hier …«

Sie drehte sich zu dem Ritter mit der Standarte um.

Vanessa kam ein paar Schritte näher und stellte sich direkt davor.

»Das hat er ganz besonders geliebt …«

»Können Sie mir sagen, was es darstellt?«

»Es heißt *Die Adelsfahne.*«

»Was soll das sein?«

»Ein uralter Kavallerieverband. Hier steht irgendwo auch ein Buch dazu, glaube ich, wenn es Sie interessiert.«

Vanessa trat an das Bücherregal und zog ein Buch hervor, das den gleichen Titel wie das Gemälde trug. Unter dem Aufdruck *Die Adelsfahne* stand *1290–1902.*

Ein gelblich weißer Buchumschlag. Die Standarte in der Mitte. Die Jahreszahlen waren eine Kuriosität an sich – dieselben Ziffern, nur anders angeordnet.

»Hat die Familie denn Verbindungen zum Adel?«, fragte Sofia.

»Ja, Orrfeldt ist ein altes schwedisches Adelsgeschlecht. Der schwedische Adel war Castens Passion – er hätte ein Buch darüber schreiben wollen, sobald er in Pension gegangen wäre. Aber es hat nicht mehr sollen sein.«

Ihre Stimme brach.

»Darf ich mir das vielleicht ausleihen?«, fragte Sofia.

Vanessa zuckte bloß mit den Schultern.

Unten auf der Straße setzte Sofia sich ans Steuer ihres Wagens und blätterte in dem Buch. Ganz hinten hatte jemand – sicher Casten Orrfeldt – ein paar handgeschriebene Notizen eingelegt. Das erste Blatt war überschrieben mit *C, R und S – einhundert Jahre später.* Erst Augenblicke später dämmerte ihr, dass es sich dabei um eine Liste mit Namen und Jahreszahlen handelte – um Männer, die selbst nach der Auflösung des Kavallerieverbands zu Beginn des zwanzigsten Jahrhunderts in irgendeiner Form weiter aktiv gewesen sein mussten. Die Aufzeichnungen sahen fast aus wie ein Formular, dessen Linien mit dem Lineal gezogen worden waren, als hätte ein Briefmarkensammler seine Briefmarken inventarisiert.

Casten Orrfeldt schien über die Männer Buch geführt zu haben, die mit der historischen Organisation aus dem Buch zu tun gehabt hatten. War das eine Freizeitbeschäftigung gewesen? Die Recherchegrundlage für sein eigenes Buchprojekt?

Auf jeden Fall waren das viele Informationen auf einmal; allmählich jedoch zeichnete sich ein vages Bild davon ab, womit sie es hier zu tun hatten.

Komm schon, Sofia, was hat das zu bedeuten?

Einige Namen erkannte sie tatsächlich wieder. Sie waren im Zusammenhang mit Ermittlungen aufgetaucht, unter anderem in dem Mordfall Palme.

Diese Männer hatten einer Art militärischem Geheimverband angehört.

C-S-R – einhundert Jahre später?

Diese uralte Gesellschaft war auch im einundzwanzigsten Jahrhundert nach wie vor aktiv …

Im dreizehnten Jahrhundert gegründet … Die Zeitspanne war schwindelerregend. Was war Schweden damals überhaupt für ein Land gewesen?

Die Organisation schien indes bis heute intakt zu sein. Aber war sie auch von der schwedischen Regierung sanktioniert? Oder unterstand sie einer anderen Obrigkeit?

67

»Was zum Teufel hast du denn da an?«, fragte Sarah und zupfte vergeblich Max' Hemd zurecht, damit es besser saß. »Und wem gehört das Auto draußen auf der Straße?«

»Sofias Vater«, antwortete Max. »Und die Klamotten ebenfalls.«

»Dann ist das also deine Art, mit der Polizei zu sprechen?«

Max wandte den Blick von Sarahs verschmitztem Gesicht ab und spähte ins Haus.

»Hast du schon die Zeitung gelesen?«

Sie machte die Tür hinter ihm zu, und sie gingen in die Küche. Max setzte sich an den Küchentisch.

»Sowohl das *Svenska Dagbladet* als auch die *Dagens Nyheter* schreiben wieder über die Südafrika-Affäre. Über die Milliarden, diese verqueren Kompensationsgeschäfte und den Bestechungsverdacht.«

Dann ist es jetzt raus, dachte Max. Vielleicht hatte sein Auftritt im Grand Hôtel ja doch das Interesse einiger Journalisten geweckt. Sobald die Nachricht von Gustav Barcks Tod veröffentlicht wäre, würde vielleicht auch der Rest der Geschichte publik.

Denn wie lange würden sie die Todesumstände noch verheimlichen können?

»Was haben wir da nur in Gang gesetzt?«, fragte Sarah.

»Krieg ich einen?«

Er zeigte auf die Kaffeemaschine.

»Ich hab ihn übrigens gefunden«, sagte Sarah. »Bill Herron, den Mann, der uns die ganze Zeit durch die Finger schlüpft. Ich habe einen Artikel gefunden, in dem er zitiert wird – damals, als er in Kabul stationiert war. Es geht darin um die Sowjetinvasion in Afghanistan. Er beschreibt, wie sowjetische Flugzeuge über den Nachthimmel fliegen wie *ein imperialistisches Requiem, wie ein Tanz am Himmelszelt, perfekt choreografiert durch einen Dirigenten in Moskau.*«

»Große Worte«, sagte Max. »Aber die USA hatten doch in der Zeit gar keine reguläre Militärpräsenz in Afghanistan? Das stützt im Grunde nur unsere Hypothese, dass diese Exportkontrolleure in Wahrheit …«

»CIA-Agenten waren«, fiel Sarah ihm ins Wort. »Ja, ohne jeden Zweifel. Herron behauptet in dem Artikel, dass die Russen eine solche fortgeschrittene luftwaffengeleitete Invasion auf der Basis ihrer eigenen damaligen Technik gar nicht hätten realisieren können. Die Präzision und Effizienz weisen aus seiner Sicht eindeutig auf Hilfe vonseiten Schwedens hin; namentlich nennt er die schwedische Datasaab. Der Artikel wurde wiederum in internen Dokumenten des US-Außen- und Verteidigungsministeriums zitiert. Der Schaden, den der schwedische Deal verursacht hat, wird dort auf Hunderte Millionen Dollar beziffert. Die Russen seien durch die Technik in ihrer Entwicklung um fünf Jahre nach vorn katapultiert worden.«

»Dann waren es Bill Herrons Beobachtungen, die dazu geführt haben, dass der Datasaab-Skandal überhaupt aufgedeckt wurde?«, fragte Max. »Und anschließend wurde er in Schweden stationiert.«

Endlich schienen sich die ersten Erkenntnisse aus ihrer

Ermittlung zu einem Gesamtbild zusammenzufügen. Die verzwickten Zusammenhänge aus dem Rüstungsskandal der Achtziger, der Donnerstagsclub in der US-Botschaft, der ausgewählte Kadetten hinaus ins Arbeitsleben begleitete ... Sie hatten dafür gesorgt, dass Schweden neutral blieb – neutral auf der richtigen Seite. Hatten damit gedroht, andernfalls die schwedische Wirtschaft und somit auch den schwedischen Wohlstand zunichtezumachen. Der Fehltritt hinsichtlich der US-amerikanischen Leiterplatinen hatte schicksalhafte Konsequenzen nach sich gezogen. Mit denen sie alle bis heute leben mussten.

Bill Herron war in Schweden auf seinem persönlichen Rachefeldzug gewesen. Nachdem er in Afghanistan gewisse Ereignisse miterlebt hatte.

Barcks Sturz aus dem neunten Stock in Jerusalem hatte all das wieder aufleben lassen und etwas in Gang gesetzt.

Wo würde das alles hinführen?

Max nahm einen Schluck Kaffee.

»Wir müssen noch mal ganz von vorn anfangen – mit Barck. Womit hat er sich zuletzt beschäftigt?«, fragte Max. »Er ist ins Westjordanland gereist. Was haben deine Bibelstudien denn ergeben?«

»Richtig ... Die Zeichen, die du beschrieben hast, bilden den Namen Bet-El«, sagte Sarah. »Das bedeutet ›Haus Gottes‹.«

»Der letzte Ort, den Barck besucht hat, ist also auch bei den Zimmermännern abgebildet. Das deutet aus meiner Sicht darauf hin, dass er zu denen gehört hat, die sich dort unten getroffen haben. Auf dem Bild an der Wand war eine Leiter gen Himmel zu sehen, und rundherum ...«

»Engel?«, warf Sarah ein.

Max nickte.

»Im Alten Testament ist der Engel des HERRN eine Sichtbarwerdung Gottes«, erklärte Sarah. »Und zwar mitsamt einem Gefolge aus weiteren Engeln, die den sogenannten himmlischen Thronrat bilden – im Grunde Gottes Gesandtschaft, der er seine Macht übertragen hat. Denn im Gegensatz zu dem, was die meisten Menschen glauben, war Gott nicht immer ein allein handelnder Herrscher, sondern eher eine Art Unternehmen, in der ein Chef, der über allem thront, seine Engel, seine Angestellten mit bestimmten Aufgaben betraut.«

Irgendetwas in Max reagierte. Er konnte seine linke Hand kaum noch stillhalten. Sie zitterte bedenklich – und er hatte keine Tabletten mehr bei sich. Die restlichen, die er noch besaß, lagen in seiner Wohnung in Gamla stan. Doch dorthin konnte er so bald nicht zurückkehren.

»Eine Engelshierarchie also«, murmelte er. »Delegierte Gottes. So sehen sie sich selbst – so rechtfertigen sie ihre Handlungen. Als Barck in Bet-El war, hat er dem Taxifahrer gegenüber behauptet, dass die Stunde der Rechenschaft bevorstehe. Ist das nicht der Moment, in dem man für seine Handlungen zur Verantwortung gezogen wird? Seine Schuld sühnen muss? Seinen Verpflichtungen nachkommt? Er hat all seine Wertpapiere abgestoßen und seiner Schwester geraten, umgehend das Gleiche zu tun.«

»Genau wie Watts und Ahlbom es getan haben«, bemerkte Sarah. »Somit gehören sie nicht nur derselben Organisation an, sie müssen auch Zugang zu denselben Informationen gehabt haben. Die Frage ist nur, für *welche* Handlungen sie zur Verantwortung gezogen werden. Und welchen Verpflichtungen sie nachkommen müssen.«

68

Sofia kehrte in die Rikskrim zurück, um ihrem Chef zu berichten, was sie herausgefunden hatte.

»Was hat diese Adelsfahne bitte schön mit unseren Toten zu tun?«, fragte Carpelan.

»Max hat mir erzählt, dass er sich für einen Fall aus den Achtzigern interessiert hat, der gewisse Ähnlichkeiten mit dem Fall Barck aufweist.«

»Ich weiß wirklich nicht, ob ich hören will, womit Max sich gerade beschäftigt …«

»Erinnerst du dich noch an unser Gespräch – ist schon eine Weile her – über die beiden Fälle, die nie aufgeklärt wurden?«, legte Sofia nach. »Palme und Albrektsson? Max glaubt, dass dieselben Kräfte auch diesmal am Werk sind, die damals hinter Albrektssons Tod steckten.«

»Albrektssons Tod war ein Selbstmord, Sofia. Lass dich nicht von irgendwelchen wilden Spekulationen in die Irre leiten.«

»Du weißt, dass ich mich nicht leicht in die Irre leiten lasse. Und von irgendwelchen Spekulationen schon gar nicht.«

Carpelan nickte und bedeutete ihr mit einer Geste, dass er den letzten Satz zurücknahm.

»Die Adelsfahne scheint eine Art Bruderschaft zu sein, deren Wurzeln bis weit zurück in die Vergangenheit reichen und die bis heute aktiv ist. Auf der Mitgliederliste stehen Namen, die sowohl in der Palme- als auch in der Albrektsson-Ermittlung auftauchen.«

Carpelan verzog das Gesicht und rutschte kopfschüttelnd auf seinem Stuhl herum, als wäre der mit einem Mal unbequem geworden.

»Was steckte eigentlich hinter diesem Einbruch bei dem Kommissar, der sich die Filme von der Albrektsson-Rekonstruktion am Bahngleis ausgeliehen hatte?«, fragte Sofia.

»Diesbezüglich ist gründlich ermittelt worden. Leider ohne Ergebnis. Es ist nie jemand verdächtigt worden, und die Bänder sind auch nie wieder aufgetaucht. Die Sache war extrem heikel – auch auf persönlicher Ebene. Denn der Kommissar, aus dessen Wohnung die Filme verschwunden waren, hat sich über die Ermittlungen wahnsinnig aufgeregt – weil natürlich auch er selbst unter Verdacht geriet. Eine traurige Geschichte im Grunde – er hatte es vorher schon nicht leicht gehabt. Im Zuge der Ermittlungen in dem Einbruchsdiebstahl hat er letztendlich den Dienst quittiert.«

»Inwieweit hatte er es denn vorher schon nicht leicht?«

»Er hatte nicht den klassischen Werdegang durchlaufen, sondern war beim Militär gewesen, ehe er bei der Polizei angedockt hat. War immer mal wieder dienstbefreit und bei Auslandseinsätzen dabei. Bei einem der Einsätze war er in einen Anschlag verwickelt und ist mit schwersten Verbrennungen nach Schweden zurückgekehrt. Wir konnten ihm nicht verbieten, in den Dienst zurückzukehren, trotzdem hielten sich in der Folge alle mehr oder weniger von ihm fern. Als er dann im Zuge der Einbruchsermittlungen ins Kreuzfeuer geriet, sind zu dem schlechten Gewissen der Kollegen, weil er dermaßen außen vor war, eben auch noch Gerüchte hinzugekommen. Er hatte bereits einen verdammt schlechten Start gehabt. Aber das Ende war umso unerfreulicher.«

»Was ist denn aus ihm geworden?«

Carpelan schüttelte erneut den Kopf.

»Es führt ja doch zu nichts, wenn du diese Geschichte jetzt wieder aufwühlst. Die beiden aktuellen Todesfälle sind jetzt deine Prio eins. Sieh außerdem zu, dass Max Anger bei uns auftaucht, bevor wir uns gezwungen sehen, ihn hier reinzuschleifen.«

»Bin schon dran«, erwiderte Sofia. »Trotzdem würde ich gerne wissen, wer dieser Kommissar war und was aus ihm geworden ist.«

»Er hat nach der Kündigung etwas ganz anderes gemacht. Irgendetwas mit Sport, glaube ich. Bexton hieß er. Magnus Bexton.«

Es klopfte an der Tür. Eine Kollegin in Uniform steckte den Kopf herein und fragte, ob sie kurz stören dürfe. Carpelan nickte und winkte sie herein.

»Wir haben gerade einen Hinweis reinbekommen«, sagte sie. »Zu dem Mann, der auf den Überwachungsbändern aus dem Sheraton zu sehen ist und auf den auch die Personenbeschreibung aus Karlberg passt. Anscheinend war er heute Morgen in Gröndal unterwegs.«

Sofia warf Carpelan einen alarmierten Blick zu.

»Was hat er denn in Gröndal gemacht?«, wollte Carpelan wissen.

»Er hat sich widerrechtlich Zutritt zur Wohnung der außenpolitischen Sprecherin der Sozialdemokraten verschafft. Sie hat inzwischen Personenschutz. Der Hinweis kam von der Säpo. Und sie hat auch einen Namen: Max Anger.«

Nachdem die Kollegin sich wieder zurückgezogen hatte, herrschte eine Weile erdrückende Stille.

»Jetzt lässt du mal deine Adligen adlig sein«, sagte Carpelan zu guter Letzt, »und sorgst dafür, dass Max hier antanzt.«

69

»Kommen Sie rein«, sagte Jessica Barck.

Anton Niklasson stand auf der Türschwelle vor ihrem Haus in Bromma. Die Adresse hatte er – mitsamt einer Abschrift des Testaments – von Sixten Hedergren bekommen. Die Nacht und den Morgen hatte er allein verbracht. Er war weder zurück in die Kneipe gegangen, noch hatte er sein Handy wieder angestellt. Erst hatte er Erika vor dem Fenster gehört, dann hatte sie noch an seine Tür geklopft, doch er hatte ihr beim besten Willen nicht aufmachen können. Er hätte nicht mit ihr reden können.

Er streifte die Schuhe ab und folgte Jessica ins Wohnzimmer. Eine Kerze auf dem Couchtisch, daneben ein Foto von Gustav. Als sein Blick darauf fiel, zuckte er unwillkürlich zusammen.

»Sixten Hedergren hat mich angerufen«, teilte Jessica ihm mit. »Ich muss zugeben, dass ich mich gerade ein bisschen überfordert fühle. Dass mein Bruder einen Sohn hatte … Dass ich einen Neffen habe … Ich bin froh, dass Sie vorbeigekommen sind, Anton.«

Sie streckte die Hand nach ihm aus, zog sie dann aber nur Zentimeter vor seinem Arm wieder zurück. Für eine Berührung wäre es noch zu früh gewesen. Stattdessen entschied sie sich für eine Geste, ein Winken in Richtung des großen, raumgreifenden Sofas mit grauem Leinenbezug, und Anton setzte sich. Jessica setzte sich neben ihn. Als er ihr ins Gesicht sah, waren ihre Augen tränenfeucht.

»Wenn ich Sie ansehe, dann …«

»Dann was?«, fragte Anton.

»Dann sehe ich die Antworten vor mir. Sie erinnern mich an ihn. Damals, als er jung war. Als er zur Uni ging. Sie fahren Motorrad … Gustav hat früher immer davon gesprochen, dass er sich ein Motorrad kaufen wollte.«

Anton starrte das Foto an. Studierte es eingehend. Den Haaransatz. Die Gesichtszüge. Sein Magen zog sich zusammen. Jessica rückte näher an ihn heran und legte ihm die Hand auf die Schulter.

Ihm fiel das Cowboy-Kostüm wieder ein, das Gustav ihm aus den USA mitgebracht hatte. Eine geschlagene Woche hatte er darin geschlafen. Das Skateboard, das so cool und schick gewesen war, dass er nur im Haus darauf herumgedüst war, damit die Jungs auf der Straße nicht neidisch würden und ihn mit Fragen und Sticheleien nervten. Und damit es nicht schmutzig würde. Es war immer noch da, in seiner Wohnung, und lag immer noch ganz hinten in seinem Kleiderschrank.

Blondes Haar. Wissender Blick. Groß, stark. Immer gut gekleidet. Immer perfekt frisiert. Immer dieser angenehme Herrenduft.

Mamas Freund. Der in seiner Kindheit immer zum richtigen Zeitpunkt aufgetaucht war. Und stets genauso plötzlich wieder verschwunden war. Der für Anton nach und nach die Rolle des Mentors eingenommen hatte.

Und der in Wahrheit der Vater gewesen war, nach dem er immer gesucht hatte.

»Wir hatten früher nie Geld«, sagte Anton. »Wir waren so knapp bei Kasse, dass Mama sich immer gleich die

Strumpfhosen ausgezogen hat, wenn sie von der Arbeit kam, damit sie sie nicht versehentlich kaputt machte. Wir haben abends oft nur noch Dickmilch gegessen, mit Knäckebrotbröseln. Sie war zu stolz, um Hilfe anzunehmen. Aber dann ist er gekommen.«

Der Vater – auf Abstand, immer auf Abstand. Der trotzdem irgendwie immer da gewesen war.

»Haben Sie schon mit Ihrer Mutter gesprochen?«, wollte Jessica wissen.

»Nein, das schaffe ich gerade nicht.«

»Gustav hat immer gesagt, er wollte keine Kinder mehr, und ich habe das nie richtig verstehen können. Jetzt verstehe ich es. Er hatte schon eins, und mit diesem Kind hätte sich kein anderes messen können. Er muss Sie sehr geliebt haben.«

Anton sah weg. Weg von ihr, weg von der Kerze, dem Foto, hinaus auf die Straße, in den dicht belaubten Garten.

»Ihre Mutter und Ihr Vater waren ein Liebespaar. Damals zu Schulzeiten. Da waren sie noch wahnsinnig jung«, erzählte Jessica. »Es hat wohl nicht sollen sein, dass … Er hat es wahrscheinlich nie verarbeitet, und ich verstehe allmählich auch, warum er nie über die Trennung hinweggekommen ist. Aber er hat dafür gesorgt, dass Sie alles hatten, was Sie brauchten.«

»Er hat mir so viele gute Ratschläge mitgegeben … bei den wenigen Gelegenheiten, da wir uns getroffen haben.«

Wieder zog sich ihm der Magen zusammen. Der Schwindel, der ihn bereits in der Anwaltskanzlei überkommen hatte, wurde immer stärker.

Das Vektor-Gutachten lag immer noch auf seinem Schreibtisch und sollte heute in der überarbeiteten Version weitergeschickt werden. Den Abschnitt über den Anteil der Rüstungsgüter, die in Krieg führende Länder verkauft wurden, hatte er immer noch nicht angepasst.

Ein Testament. Aus Stockholms womöglich teuerster Kanzlei.

»Ihr Vater hat sich um Schweden und die schwedische Wirtschaft ungemein verdient gemacht.«

Sobald seine Kollegen davon Wind bekämen, würden sie ihn mit anderen Augen betrachten. Die Arbeit war der einzige Fixpunkt im Leben, den er noch hatte.

»Sixten Hedergren hat erzählt, dass es heute öffentlich gemacht würde«, sagte er.

»Wir können seinen Tod nicht länger aus den Nachrichten heraushalten.«

»Das hier darf *niemand* erfahren«, sagte Anton. »Ich will nicht, dass mein Name in diesem Zusammenhang öffentlich wird. Nicht mal in irgendeiner Hausmitteilung an die Kollegen. Nicht in irgendeinem Nachruf in der Zeitung. Keiner soll wissen, wer ich bin oder dass Gustav mein Vater war. Und Sie dürfen niemandem sagen, dass ich bei Ihnen gewesen bin.«

»Okay, ich gebe mein Bestes«, sagte Jessica. »Wenn Sie das so wollen.«

Seine Hände zitterten.

»Wann hatten Sie denn zuletzt Kontakt mit ihm?«, fragte er.

»Vergangene Woche. Da war er in Stockholm. Hat im Hotel Diplomat gewohnt. Allerdings haben wir nur telefoniert.«

»Er hat unser Abendessen abgesagt«, murmelte Anton. »Wie hat er denn am Telefon geklungen?«

Jessicas Augen waren vom Weinen inzwischen stark gerötet.

»Er klang beunruhigt, gehetzt – als wäre er kurz davor, den Verstand zu verlieren. Er meinte, es würden grässliche Dinge passieren. Dass ich auf mein Haus setzen und meine Fondssparpläne und Aktien verkaufen sollte. Als ich später erfahren habe, dass er umgekommen war, hab ich mir unser Telefonat tausendmal in Erinnerung gerufen. Ich konnte mir einfach nicht vorstellen, dass die Katastrophe, auf die er angespielt hatte, mit ihm selbst zu tun haben sollte.«

Er hatte nicht den Verstand verloren, dachte Anton. Nicht er.

»Wer hatte ihn derart gehetzt? Und warum?«

»Keine Ahnung. Aber für mich spielt das auch keine Rolle. Jetzt nicht mehr.«

Es spielte die einzig entscheidende Rolle. Gustav hätte nicht gewollt, dass es auf diese Weise zu Ende ginge. Ohne dass sie miteinander vereint worden wären. Er hätte alles in seiner Macht Stehende getan, um zu ihm zurückzukehren, irgendwie – und wenn es das letzte Mal gewesen wäre.

Irgendwer hatte das verhindert und ihn in den Selbstmord getrieben.

»Sie müssen mit Ihrer Mutter sprechen«, sagte Jessica. »Sie und Gustav waren sicher der Meinung, sie hätten mehr Zeit, um alles ins Reine zu bringen.«

»Das muss warten«, entgegnete er.

»Wenn Sie einen Ort brauchen, an den Sie sich zurückziehen können, dürfen Sie gerne hierbleiben.«

Er sah sie wieder an. Er musste hier weg.

Weg von der Tante.

Von dem Foto.

Von der Kerze.

70

Max saß zu Hause bei Sarah in der Küche und versuchte, aus der Finanzspur schlau zu werden. Der Einbruch der Börse ... Barcks Weltuntergangsprophezeiung ... Watts' Zeitenwende ... All das fühlte sich so dünn und fadenscheinig an, dass er sich nicht einmal sicher sein konnte, ob es überhaupt relevant war. Es fiel ihm schwer, sich darauf zu konzentrieren.

Er zog den *Dagens-Industri*-Artikel über Lawrence Watts III. heraus, den Sarah gefunden hatte. Watts hatte erst seine kompletten Aktienbestände verkauft und sich dann in riesigen Mengen Optionen gesichert. Dem Infokasten am rechten Seitenrand zufolge waren sogenannte Optionen Wertpapiere, die man sich kaufte, wenn man auf den Fall einer Aktie spekulieren wollte.

Watts war also einen Schritt weitergegangen. Durch den Verkauf seiner Aktien war er nun nicht nur im Fall eines Börsencrashs geschützt, er hatte zudem regelrecht darauf gesetzt, dass die Börse crashen würde.

Er musste sich seiner Sache sehr sicher sein.

Watts hatte Optionen aus zweierlei Branchen gekauft: der Flug- und der Tourismusindustrie. Die Optionen hatten verhältnismäßig kurze Laufzeiten, was bedeutete, dass er aggressiv darauf spekulierte, dass die entsprechenden Aktien in allernächster Zukunft wie Steine fallen würden.

Wovon ging er bitte aus, was passieren würde? Dass

Flugzeuge vom Himmel fielen und die Leute aufhörten zu reisen?

Dem Artikel zufolge hatte Watts einen schier kultähnlichen Status. Andere Spekulanten könnten seinem Vorbild folgen und einen weltweiten Trend setzen.

Ein Pyramidenspiel, das auf Mutmaßungen und Psychologie baute.

Das anleitete, wer immer das meiste Geld hatte.

Max behagte der Ausdruck »kultähnlich« nicht. Er musste sofort wieder an den Keller unter dem Ordenshaus denken, an das Bild mit den Engeln und der Himmelsleiter.

War Nils Ahlbom, der Gastgeber und Freund, der Watts ins Ordenshaus eingeladen hatte, einer der Gefolgsleute? Bestand die komplette Kundschaft seiner Fondsgesellschaft aus gehorsamen Akteuren, die einfach nur ihre Ringe auf der Wasseroberfläche hinterließen?

Ahlbom war als Traditionalist bekannt, der auf große, sichere Geschäfte setzte und sich mit dem riskanten Wettgeschäft nicht abgab.

Was hatte ihn dazu gebracht, sein Geschäftsgebaren ausgerechnet jetzt komplett über den Haufen zu werfen?

Hatte er Insiderinformationen? Oder eine Drohung erhalten?

Max versuchte, sich in den Kopf eines Aktienhändlers hineinzuversetzen. Er versuchte zu denken wie sie. Warum wichen sie ausgerechnet jetzt von ihren gängigen Handlungsmustern ab?

Was glaubten sie, was passieren würde?, fragte sich Max wieder und wieder. Was *wollten* sie?

Und dann plötzlich schlug irgendetwas in ihm eine Saite an, und sämtliche lose Fadenenden und Assoziationen, die er in den vergangenen Tagen gehabt hatte, schienen sich zusammenzufügen – etwas, was er selbst zu Sarah gesagt hatte, woraufhin es ihr eiskalt den Rücken hinuntergelaufen war.

»Jeder Mensch will, dass auf der Erde Frieden herrscht – jeder außer der Rüstungsindustrie.«

Und endlich dachte er den Gedanken vollends fertig.

»Wenn wir unsere Vision Wirklichkeit werden ließen …«

Max schüttelte den Kopf. Kniff die Augen zusammen. Versuchte, sein Hirn dazu zu bringen, klar zu denken.

Für Barck hatte der einzige Ausweg aus einem Balkon im neunten Stock bestanden. Womöglich hatte er jemanden schützen wollen – womöglich hatte er etwas gewusst, was sonst niemand wissen durfte. Als hätte er selbst die Strippen gezogen, wollte die Folgen nun aber nicht mehr mit ansehen. Irgendetwas so Überdimensionales, das alle aus dem Weg räumen würde, die es noch hätten verhindern können.

Die wollen Krieg, dachte er.

Ein neues Pearl Harbor.

Der Angriff auf den US-Marinestützpunkt im Pazifik hatte letztlich dazu geführt, dass die USA sich an dem Zweiten Weltkrieg beteiligt hatten. Zweieinhalbtausend Amerikaner hatten damals ihr Leben verloren, und fast genauso viele waren schwer verletzt worden. Im Nachklapp hatte es wechselseitige Schuldzuweisungen der Oberbefehlshaber gegeben, die sämtliche Warnhinweise übersehen und sich überrumpeln lassen hatten. Es hatten Gerüchte die Runde gemacht, die militärische Leitung der USA habe von dem bevorstehenden Angriff gewusst, ihn aber zugelassen, um einen legitimen Grund anführen zu können, sich in den Krieg einzumischen. Mit Einverständnis des Präsidenten. Diese Gerüchte waren als reinste

Verschwörungstheorien verunglimpft worden. Allerdings hatten nie sämtliche Zweifel ausgeräumt werden können.

Die Innenseiten seiner Arme begannen zu jucken. Was ihm am meisten zusetzte, war nicht der körperliche Entzug; es war die Unkonzentriertheit. Dass er aus seinen Hypothesen keine Schlussfolgerungen ziehen konnte. Wenn er nicht bald an seine Pillen käme, würde er dieses Rätsel nie lösen können. Zumindest nicht mittels seines Intellekts.

Vielleicht war es aber auch nur eine Frage der Zeit, bis ihr unsichtbarer Feind wieder zuschlüge. Allerdings durfte er das nicht zulassen. Wen hatte er noch einer Gefahr ausgesetzt?

»Die Schwester«, sagte er zu Sarah, als sie mit einem Handtuchturban auf dem Kopf nach einer schnellen Dusche in die Küche kam.

»Was ist mit ihr?«

»Die muss ich sofort anrufen. Sie war echt durch den Wind, als ich mit ihr gesprochen habe. Hat quasi nur unzusammenhängendes Zeug von sich gegeben. Als ich zuletzt mit Strömberg gesprochen habe, meinte er, dass jemand aus dem Außenministerium sich um sie kümmern werde.«

»Ist das jetzt wirklich wichtig?«

»Ja, und zwar aus mehreren Gründen«, erklärte Max. »Erstens will ich, dass das nicht stimmt – und zweitens will ich, dass sie in Sicherheit ist.«

»Nimm das Telefon im Wohnzimmer.«

Als Max das Wohnzimmer betrat, war er wie immer von der herrlichen Aussicht über den Strand und den Kalvfjärden schier geblendet. Doch hinter den bodentiefen Fenstern prasselte jetzt der Regen mit voller Kraft auf das imprägnierte Holzdeck.

Er rief in Bromma an.

»Jessica, hier ist noch mal Max Anger«, sagte er. »Ich wollte nur sicherstellen, dass bei Ihnen alles in Ordnung ist.«

»Das ist nett von Ihnen«, sagte sie. »Als Sie weg waren, habe ich überlegt, dass ich vielleicht zu weit gegangen sein könnte. Ich hätte diesen ganzen Mist nicht einfach an Ihnen auslassen dürfen.«

»Machen Sie sich keine Gedanken. Haben Sie inzwischen Ihre Antworten bekommen?«

Es war kurz still in der Leitung.

»Ja, habe ich«, sagte sie nach einer Weile.

»Wer hat Sie kontaktiert?«

»Ein Mitarbeiter des Außenministeriums.«

Dann stimmte also, was Strömberg gesagt hatte. Allerdings klang es, als wandte sich Jessica vom Telefonhörer ab. Ein unterdrücktes Keuchen, das aber genauso gut auch ein Schluchzer gewesen sein könnte.

»Wir versuchen jetzt, so gut es geht wieder zur Tagesordnung überzugehen«, sagte sie.

Wir?

»Was hat er Ihnen erzählt?«

»Alles, was ich wissen musste.«

»Und das wäre?«

Jessica antwortete nicht.

Max fühlte sich, als wäre er in eine Abseitsfalle getappt. Als wäre er eine Marionette. Schwer ließ er sich auf die Couch fallen.

»Wenn ich Sie richtig verstehe, dann haben Sie Ihre Antworten erhalten, haben aber versprochen, darüber mit niemandem mehr zu reden. Habe ich recht?«

»Max, trotz allem handelt es sich hier um eine persönliche Tragödie. Ich hoffe, Sie können das respektieren.«

71

Das Fotolabor der Rikskrim war in einem Büroraum untergebracht und sah genauso aus wie alle anderen Arbeitszimmer auch. Es entbehrte der Mystik, die der alte Kellerraum mit der roten Beleuchtung, mit den Wäscheleinen unter der Decke und den Wannen mit Entwicklungslösung gehabt hatte. Jener magische Prozess, bei dem auf Film gebannte Momente mit einem Mal sichtbar wurden, der einer Identifizierung und letztlich Verurteilung dienen konnte, war mit der Zeit durch etwas ersetzt worden, was jedem x-beliebigen Schreibtischjob ähnelte.

Sofia stand neben Rasmus Simonsson, einem jungen Kollegen in schwarzer Jeans und dunkelgrauem Hoodie. Er puzzelte an einem Gitternetz, das er über den großen Bildschirm gelegt hatte, um die Bilder von Max' Kamera nachzubearbeiten. Sie hatte zuvor erneut versucht, Max ans Telefon zu bekommen. Als er nicht rangegangen war, hatte sie eine SMS hinterhergeschickt.

Normalerweise meldete er sich früher oder später. Aber inzwischen war nichts mehr normal.

Nach Max wurde im Zusammenhang mit zwei Todesfällen gefahndet, die derzeit wie Mordfälle behandelt wurden. Und es war ihre Aufgabe, Max reinzuzitieren, ehe alles noch viel schlimmer wurde. Für ihn selbst und für alle anderen Beteiligten.

Kurz kam ihr der Gedanke, dass sie ihn womöglich nie

wiedersehen würde. Es fühlte sich an wie ein Messer in der Brust.

Sie hielt immer noch das Handy in der Hand. Starrte darauf hinab, als erwartete sie, dass dieses tote Plastikding gleich zu ihr sprechen würde. Irgendwann stopfte sie es zurück in die Tasche und versuchte, sich wieder darauf zu konzentrieren, was ihr Kollege mit den Fotos anstellte. Mit Fotos, von denen Carpelan gesagt hatte, sie solle sie links liegen lassen.

Allmählich ging ihr die Puste aus. Simonsson schien mehr Zeit zu brauchen. Sie ging hinüber ins Nachbarbüro und suchte Sarah Hansens Nummer heraus.

»Ich muss dringend mit Max sprechen«, sagte sie. »Er geht nicht ran, wenn ich anrufe. Wissen Sie vielleicht, wo er steckt?«

»Im Augenblick nicht, aber ich richte ihm aus, dass er sich bei Ihnen melden soll, sobald ich ihn erreiche.«

Sie hatte auf mehr gehofft. Und die Antwort war leicht zeitverzögert gekommen. Hatte Sarah erst nachdenken müssen? Verheimlichte sie ihr irgendwas?

»Ich nehme an, Sie als seine Chefin wissen, womit er derzeit beschäftigt ist? Sind Sie da im Bilde?«

»Er hat mich darum gebeten, Hintergrundrecherchen anzustellen«, erklärte Sarah. »Das ist nicht ungewöhnlich. Wir arbeiten im Team, wie Sie wissen.«

»Casten Orrfeldt, der Karlberg-Direktor, ist gestern Nacht in seiner Wohnung tot aufgefunden worden. Wir wissen, dass Max sich mit ihm getroffen hat. Inzwischen bringen wir Max gleich mit zwei Tatorten in Verbindung. Ich habe zu Hause bei Orrfeldt ein Buch entdeckt – über eine Gesellschaft, die sich ›Adelsfahne‹ nennt. Sie sind nicht zufällig gerade ausgerechnet damit beschäftigt?«

»Nein, aber darüber wüsste ich sehr gerne mehr.«

Das Buch war inzwischen Beweismaterial in einer polizeilichen Ermittlung. Trotzdem hatte sie Sarah schon jetzt mehr anvertraut, als sie gedurft hätte. Sie hatten auch zuvor schon einmal zusammengearbeitet, und Sofia wusste, dass sie auf Sarahs Diskretion bauen konnte. Sie war die Einzige auf der Welt, die für Max ähnlich empfand wie Sofia selbst – außerdem hatte sie bei der Rikskrim niemanden, der ihr den Rücken gestärkt und bestätigt hätte, dass diese Adelsgesellschaft es wert wäre, genauer durchleuchtet zu werden.

»Okay, ich schicke Ihnen gleich was per Mail – und richten Sie Max bitte aus, dass er sich schnellstmöglich bei mir melden soll. Sonst wird bald überall nach ihm gefahndet.«

72

»Die Polizei fahndet nach dir«, sagte Sarah, als Max die Küche wieder betrat.

»War das Sofia? Was hat sie gesagt?«

»Dass sie Infos zu irgendeiner Adelsgesellschaft gefunden hat. Ehrlich gesagt habe ich das nicht ganz verstanden. Aber sie will mir etwas schicken. Außerdem meinte sie, die Polizei könnte dich mit zwei Tatorten in Verbindung bringen.«

»Mit *zwei* Tatorten?«

Es war noch keine zwölf Stunden her, dass Sofia ihm die Fotos aus Sego Naidus Hotelzimmer gezeigt hatte. Jetzt gab es einen weiteren Tatort, einen zweiten Mord? Binnen ein und desselben Tages …

Verdammt!

Diese Verschwörer hatten ihn auf Schritt und Tritt verfolgt.

»Wo ist sie denn auf diese Adelsgesellschaft gestoßen?«, wollte er wissen.

»Zu Hause beim Karlberg-Direktor. Und genau der ist gestern Nacht tot aufgefunden worden.«

Er wandte sich von Sarah ab und starrte hinaus in den Regen, der über dem Kalvfjärden niederprasselte. Jetzt hatte es also auch noch Casten Orrfeldt erwischt. Wieder ein Leben, das zerschlagen worden war und lediglich Leere hinterließ.

Warum?

»Zu Orrfeldts Tod könnte geführt haben, dass ich ihn zuvor besucht hatte«, sagte er mit dem Rücken zu Sarah. »Ich bin mir nicht sicher, ob wir noch irgendjemandem vertrauen können – nicht mal der Polizei.«

»Worüber hast du denn mit Orrfeldt geredet? Und was genau könnte zu seinem Tod geführt haben?«

»Wir haben über Albrektsson und Barck geredet – und ich habe ihn nach Bill Herron gefragt. Mir war sofort klar, dass er Informationen zurückhielt.«

»Und später hast du ihn noch mal angerufen, nicht wahr?«, fragte Sarah.

»Wahrscheinlich wurde sein Festnetztelefon abgehört.«

»Wie kommst du darauf?«

»Weil ich noch mal nach Bill Herron gefragt habe. Da brach das Telefonat ab. Und Stunden später musste er offenbar sterben.«

73

Sofia nahm das Buch aus der Tasche, loggte sich in ihr Mail-Programm ein, scannte die Titelseite, eine Doppelseite und ihre eigenen Notizen und schickte alles an Sarah. Dann packte sie die Sachen wieder weg und kehrte zu Simonsson an seinen Bildschirm zurück.

Inzwischen hatte sie sämtliche Regeln gebrochen. Trotzdem fühlte es sich richtig an. Sie musste mit Max und Sarah zusammen- und nicht gegen sie arbeiten.

Auf dem Bildschirm war mittlerweile das Foto dreier Männer zu sehen, die von der Vordertreppe des Ordenshauses auf eine parkende Limousine zugingen. Neben Zunftmeister Ahlbom war der US-Investor Lawrence Watts III. zu erkennen. Dass der den Zimmermannsorden besuchte, war keine Überraschung; das hatte sogar in der Zeitung gestanden.

Der dritte Mann auf dem Foto war tatsächlich nicht gut zu sehen; er war überwiegend von den anderen beiden verdeckt, außerdem hatte er den Arm gehoben, als hätte er sich gerade am Ohr gekratzt. Sein Gesicht war nicht zu erkennen.

»Gibt's da kein besseres?«, fragte Sofia.

Kopfschüttelnd klickte Simonsson sich durch die restlichen Bilder. Er hatte eine Art Maske über den dritten Mann gelegt. Er war mit annähernd zwei Metern deutlich größer als die anderen beiden. Auf einem Foto markierte

Simonsson dessen Kopf und zoomte ihn heran – doch der Bildausschnitt bestand im Großen und Ganzen nur noch mehr aus graustichigen Pixeln.

»Ein Programm könnte ich noch testen. Aber das dauert ein bisschen«, sagte er.

Du bist echt ein mieser Fotograf, Max, dachte Sofia.

Sie verließ das Labor und kehrte an ihren Schreibtisch zurück. Seit dem Besuch bei den Orrfeldts ließ ihr der Gedanke an die Achtzigerjahre keine Ruhe mehr, und was Max ihr über Albrektsson erzählt hatte, ging ihr auch nicht mehr aus dem Kopf. Sie setzte sich an ihren Rechner und schlug den Namen des Kommissars nach, der bei der Polizei aufgehört hatte, nachdem der Film mit der Rekonstruktion von Albrektssons Todesumständen aus seiner Wohnung gestohlen worden war.

Magnus Bexton.

Die Suche ergab mehrere Treffer. Fast alle hatten mit Bowling zu tun. Seit ein paar Jahren betrieb er anscheinend eine Bowlingbahn in der Hornsgatan – Stockholm Bowling. Sie schrieb sich die Adresse auf und lief auf Carpelans Eckbüro zu. Dort wurde die Tür von innen geöffnet, und ihr Chef kam ihr in Begleitung von Ulf Göransson aus der Fahndung entgegen.

»Mithilfe der Telefongesellschaft konnten wir Max' Handy orten. Er ist von Gröndal aus nach Süden über den Södertäljevägen gefahren und dann weiter über den Riksväg 73. An der Abfahrt nach Tyresö hat er sein Handy abgestellt.«

Sofia schluckte trocken. Tyresö? Max war also bei Sarah zu Hause. Da hätte sie doch etwas sagen müssen? Sofia hatte Sarah eben erst vertrauliches Material aus ihren Ermittlungsunterlagen überlassen. *Das verdammte Luder.*

Noch schlimmer war allerdings, dass Max mit dem Wagen ihres Vaters unterwegs war. Wenn das herauskäme – wie sollte sie das den Kollegen erklären?

»War es nicht meine Aufgabe, ihn aufzuspüren?«, entgegnete sie.

»Du scheinst ein bisschen Hilfe zu brauchen«, erwiderte Carpelan. »Was hat er in der Gegend von Tyresö zu suchen? Irgendeine Vermutung?«

Er sah sie vielsagend an. Sie wussten beide nur zu gut, wer auf Tyresö wohnte.

»Wir sehen uns unten in der Tiefgarage. Ich muss nur noch kurz verschwinden.«

Sie kehrte den Männern den Rücken und lief auf die Damentoilette zu, schlüpfte in eine Kabine, schloss hinter sich ab und rief die zuletzt gewählte Nummer auf.

Als Sarah ranging, sagte sie leise, aber bestimmt: »Sarah, verdammt! Wenn Max bei Ihnen ist, dann sehen Sie jetzt zu, dass er das Auto aus der Ausfahrt fährt und drei, vier Häuser weiter die Straße runter parkt. Und er soll den Schlüssel stecken lassen!«

Dann legte sie auf, ohne sich zu verabschieden und ohne sich anzuhören, was Sarah hätte erwidern wollen.

Als sie wieder auf den Flur hinaustrat, stand Ulf Göransson vor der Tür. Er sah sie ausdruckslos an.

»Sie haben nicht gespült.«

Verflucht noch mal.

»Hatten wir es nicht eilig?«, sagte sie, rauschte an ihm vorbei und drückte den Aufzugknopf.

Göransson schloss zu ihr auf.

»Ich hoffe wirklich, Sie wissen, was Sie tun.«

74

»Du musst sofort das Auto umparken«, sagte Sarah. »Die Polizei ist hierher unterwegs. Sofia klang nicht gerade glücklich.«

Eilig schob sie ihre Unterlagen zusammen.

»Mach dir keine Gedanken«, sagte Max. »Sofia weiß, dass wir zusammen ermitteln. Lass das einfach liegen. Wenn du jetzt auch noch versuchst, die Sachen zu verstecken, dann drehen sie hier das ganze Haus auf links.«

»Sollen sie doch, von mir aus gerne. Ich verstehe nur nicht, wie du dich plötzlich so auf die Rikskrim verlassen kannst. Die haben doch dafür gesorgt, dass die Albrektsson-Ermittlung vor die Wand gefahren ist. Wer sagt, dass es diesmal nicht genauso laufen wird?«

Als sie alles beisammenhatte, zog Sarah ihre grüne Flickentasche unter der Sitzbank im Flur hervor, warf die Dokumente hinein und drückte ihm die Tasche in die Hand.

»Leg die in den Kofferraum. Sofia kann ich vertrauen, aber nicht ihren Kollegen.«

Max nahm die Tasche entgegen und trat ins Freie. Inzwischen ging starker Regen nieder. Er warf die Tasche in den Kofferraum, fuhr dann den Hang hinauf und parkte außer Sichtweite vor dem vierten Haus hinter dem Carport.

»Die brauchen mindestens eine halbe Stunde hier raus«, sagte er, als er zurück war. »Keine Panik.«

»Sofia wollte mir eine E-Mail schicken – wahrscheinlich nicht gerade gut, wenn die Polizei meint, meinen Rechner beschlagnahmen zu müssen. Soll ich die Mail löschen und die Festplatte gleich mit?«

»Hast du dein Passwort in letzter Zeit geändert?«

»Nein, wieso?«

»Dann nehme ich ihn mit.«

»Was hast du denn vor?«

»Sind die Schlüssel zum Boot im Bootshaus?«

Sie nickte.

»Und was soll ich sagen? Die Beamten werden doch fragen, ob ich weiß, wo du bist.«

»Dann weißt du es eben nicht.«

»Aber dass du hier warst ...«

»Ich habe dich nie gefragt, ob ich mir das Boot und den Rechner nehmen darf. Und ich hab dir auch nicht erzählt, wo ich hinfahren will. Man kann dir also nichts vorwerfen.«

Er nahm sie kurz in den Arm.

»Arbeite mit der Polizei zusammen, ohne allzu viel preiszugeben«, sagte er noch. »Und bleib in ihrer Nähe, bis das hier vorbei ist.«

75

Sarah saß am Fenster, als die Polizei vorfuhr: erst zwei Streifenwagen mit Blaulicht, wenn auch ohne Sirene, dann ein schwarzer Volvo. Sie nahm einen letzten Schluck Weißwein aus dem großen Glas, das sie sich genehmigt hatte, zog noch mal an ihrem Zigarillo und drückte ihn aus, stand dann auf und lief zur Tür. Der Regen donnerte auf die Wagendächer. Die Streifenkollegen stiegen zuerst aus, vier an der Zahl, alles Männer, groß gewachsen, ausdruckslose Gesichter. Sie schienen den Chefs den Vortritt lassen zu wollen.

Sofia Karlsson, Per Carpelan und ein weiterer Kollege in Zivil, den Sarah noch nie gesehen hatte, stiegen aus dem schwarzen Wagen.

»Sarah Hansen«, sagte Sofia zur Begrüßung. »Normalerweise weise ich mich bei solchen Gelegenheiten aus, aber wie hier alle wissen, kennen wir uns bereits.«

»Kommen Sie rein. Dann können Sie mir erzählen, wie ich Ihnen helfen kann. Sie sollen doch nicht im Regen stehen bleiben.«

Sarah war selbst überrascht, wie ruhig sie war. Sieben Leute … Was für ein Aufmarsch! Versuchten sie, sie einzuschüchtern, damit sie kooperierte? Mit jedem Schritt über den nassen Kies, der näher kam, wurde sie widerborstiger. Als alle eingetreten waren, war es im Hausflur ziemlich eng geworden.

»Ist Max bei Ihnen?«, fragte Sofia.

»Nein.«

»Wissen Sie, wo er sich aufhält?«

»Nein, im Augenblick nicht.«

Max hatte fünfundzwanzig Minuten zuvor den Bootsmotor angeworfen. Er konnte gut und gern auf halbem Wege nach Vaxholm sein.

Sofias Vorgesetzter, Carpelan, machte einen Schritt auf sie zu.

»Allerdings ist er vor nicht allzu langer Zeit hier gewesen, stimmt's?«

»Das ist richtig, hin und wieder schneit er kurz bei mir rein.«

»Wie lange ist das her?«

»Vielleicht eine halbe Stunde?«

»Kommt genau hin.«

Der Mann in Zivil, der hinter Sofia stand.

Sofia wies in seine Richtung.

»Das ist Ulf Göransson, ein Kollege«, sagte sie. »Wir sind hier rausgekommen, weil wir Fragen zu einer laufenden Ermittlung haben. Wir wissen, dass Sie und Max mit Nachforschungen betraut waren, die sich mit unseren überschneiden. Wir möchten uns derzeit bloß mit Ihnen unterhalten. Würden Sie sich bitte eine Jacke anziehen und sich dort in den vordersten Wagen hinter mich setzen? Wir haben einen gerichtlichen Durchsuchungsbeschluss mitgebracht und werden daher jetzt Ihr Haus durchsuchen. Es geht bestimmt schnell, wenn Sie kooperieren.«

»Natürlich«, erwiderte Sarah. »Ich hab auch nicht mehr zu verbergen als Sie.«

Sie lächelte Sofia an.

»Was befindet sich dort unten in der Bootshütte?«, wollte Carpelan wissen.

»Im Augenblick steht sie leer.«

Carpelan schüttelte den Kopf und lachte ungläubig. Dann wandte er sich an die Kollegen, die bislang auf weitere Anweisungen gewartet hatten.

»Habe ich nicht gerade erst erwähnt, wie sehr ich solche Privatschnüffler schätze? Sie wissen, was zu tun ist. Sie durchsuchen das Haus – und alarmieren die Wasserschutzpolizei.«

Dann sah er Sarah an.

»Tun Sie sich selbst einen Gefallen und erzählen Sie uns, was sich normalerweise in der Bootshütte befindet.«

»Ein weißes Yamarin Bow Rider, Yamaha-Außenborder mit 150 PS. Unterlagen, die mit der Arbeit zu tun haben, liegen in meinem Arbeitszimmer – gleich neben dem Elternschlafzimmer. Der Rest liegt bei Vektor, aber da finden Sie sicherlich alleine hin. Ich wäre Ihnen dankbar, wenn Sie das Kinderzimmer nicht auf den Kopf stellen würden. Meine Frau hat dort gestern den ganzen Tag aufgeräumt, und die wollen Sie nicht gegen sich aufbringen, glauben Sie mir.«

Sie nahm ihre Regenjacke vom Haken und drehte sich wieder zu den Ermittlern um.

»Wer von Ihnen soll mich denn jetzt in die Stadt fahren?«

Sie stiefelte an den Polizisten vorbei zur Tür hinaus. Noch auf der Schwelle hörte sie Sofia zu Carpelan sagen: »Ich bleibe hier.«

Sarah wandte sich den geparkten Autos zu. Mit der Hand an der Klinke drehte sie sich noch mal um.

»Ich hoffe, Sie finden, wonach Sie suchen, Sofia.«

76

Max steuerte Sarahs Motorboot in Höchstgeschwindigkeit aus dem Kalvfjärden in Richtung Granöfjärden.

Dass der Regen ihm übers Gesicht lief und das ohnehin zu enge Hemd ihm am Leib klebte, störte ihn nicht, ganz im Gegenteil, der Regen fühlte sich wie eine Reinigung an.

»Sie werden zu einer ganz speziellen Sorte Soldat ausgebildet – zu einem Soldaten, der eine lange Zeit unter Extrembedingungen und so gut wie ohne jede persönliche Annehmlichkeit arbeiten kann.«

Strömbergs Stimme hallte in seinem Kopf wider, als hätten die Übungen draußen in den äußeren Schären erst gestern stattgefunden.

Sofia hatte ihnen den Arsch gerettet. Es war nicht das erste Mal, dass sie sich auf seine Seite geschlagen hatte. Er hatte sie ausgenutzt, auch wenn ihre Gefühle seinerseits nicht gänzlich unerwidert waren, beileibe nicht. Trotzdem stand ihm immer noch jemand im Weg: eine Person, an die er in einem fort dachte, auch wenn sie sich irgendwo in Russland aufhielt.

Paschie.

Sie und Sofia waren beide starke Frauen.

Zwei gleichermaßen unmögliche Beziehungen.

Er trieb den Außenborder auf Höchstleistung in Richtung Ingaröfjärden und dann weiter nach Saltsjöbaden.

Erst als er auf Höhe des Naturbads war und das große Hotel vor sich sah, ging er wieder vom Gas.

Es juckte am ganzen Körper. Die nassen Klamotten klebten auf seiner Haut, und in seinem Kopf wirbelte ein Sturm aus unbeantworteten Fragen.

Im Gästehafen entdeckte er ein Teenagerpärchen, das trotz des Regens draußen auf einem Mäuerchen saß und mit den Beinen baumelte. Die beiden lehnten aneinander, lachten und hielten Pappbecher aus einem Coffeeshop in den Händen.

Gerade erst ein paar Jährchen zuvor hatte er auch so dort draußen gesessen, auf dem Mäuerchen, das den Sveavägen auf Höhe des dortigen McDonald's vom Ententeich im unteren Observatorielunden trennte. Die Fast-Food-Kette war zu jener Zeit für Paschie einer neuen Mode gleichgekommen.

Damals hatten sie große Träume gehabt. Und dann war ihnen so viel dazwischengekommen.

Er schaltete das Handy wieder ein. Ihm war durchaus klar, dass sie so seine Position orten würden, aber hier draußen konnte er in alle Himmelsrichtungen weiterfahren, und in den Polizeibooten wüssten sie nicht, wo sie nach ihm suchen sollten.

Eine Person hatte er schon seit Längerem kontaktieren wollen.

Dunkle Haut.

Perlenarmband.

Den Mann, der vor dem Haus des Taxifahrers Wasil in Jerusalem in dem blauen Transporter gesessen und so getan hatte, als würde er schlafen.

Sein Gefühl, dass er dort observiert worden war, war nicht bloß Paranoia gewesen.

Raheem, der saudische Geheimagent.

Max hatte ihn bislang nicht kontaktiert, weil er ihm im Gegenzug nichts hätte anbieten können und er nicht riskieren wollte, dass Raheem die Säpo in Kenntnis setzte. Doch jetzt konnte er nicht länger warten. Wenn die Polizei ihn erwischte, würde er keine weitere Chance mehr bekommen. Außerdem hatte er inzwischen einiges mit ihm zu besprechen.

Er suchte die Unterlage heraus, die er von Sego Naidu bekommen hatte, und gab die Nummer ins Handy ein.

77

Sofia betrat das Wohnzimmer. Auf der Anrichte standen Fotos von Sarah und ihrer Frau Lisette – jener Dänin, die sie besser nicht verärgern sollten –, sowie Fotos der Kinder, Lisa und Björn, in unterschiedlichen Altersstufen.

Das Auto ihres Vaters, das ein paar Häuser weiter parkte, wäre ein Kündigungsgrund. Ihr Vater hatte nach dem Tod von Sofias Mutter die Trauerphase mit knapper Not überlebt und sammelte inzwischen in seiner Werkstatt gleich hinter der Schrebergartensiedlung Spielsachen. Weil er nach wie vor auf Enkel hoffte.

Sie schüttelte den Kopf, versuchte, diesen Gedanken und die Gefühle beiseitezuwischen. Sich darauf zu konzentrieren, was sie gleich tun müsste. Zu den Bildern, die Max am Ordenshaus gemacht hatte, brauchte sie Antworten aus dem Fotolabor. Die Identität jenes dritten Mannes konnte ein wichtiges Puzzlestück sein.

Hier würde sie kein bisschen weiterkommen. Hier bei Sarah Hansen zu Hause würde nichts mit ihrem Fall in Verbindung stehen. Sie war nur deshalb noch hier, weil sie jegliche Hinweise auf ihre eigene Verbindung zu Sarah und Max vernichten wollte.

Ein paar Häuser weiter …

Wenn sie jetzt aber ohne ein Wort verschwände, wäre das mehr als verdächtig.

»Ich sehe mir mal das Bootshaus an«, rief sie.

»Okay«, antwortete Ulf aus dem Nachbarzimmer.

Sie trat ins Freie und fluchte erst einmal ausgiebig, als der Regen und das nasse Gras ihre nagelneuen weißen Sneakers durchtränkten. Dann lief sie den Gartenweg hinunter zum Strand. Als sie am Ufersaum ankam, ließ sie den Blick über die Wellen schweifen, als wäre dort draußen eine Spur zu finden. Wohin war Max gefahren? Was wäre sein nächster Schritt?

Sie blickte über die Schulter zu der großen Fensterfront. Niemand zu sehen. Eilig lief sie auf die Grundstücksgrenze zu, sprang über den Zaun und hastete weiter bis zum drittnächsten Grundstück. Sie hoffte inständig, dass sie nicht gleich einem neugierigen Nachbarn gegenüberstünde.

Am Zaun entlang schlich sie den Hang hinauf. Die einsetzende Dämmerung und der Regen gaben ihr Deckung. Im Handumdrehen hatte sie die Straße erreicht.

Der Wagen stand hinter dem Carport. Sie zog die Fahrertür auf und entdeckte den Schlüssel im Zündschloss. Sie setzte sich ans Steuer, holte tief Luft, ließ den Motor an und rollte dann langsam in Richtung Stockholm.

78

Ein größeres Boot war draußen vorbeigefahren, und Sarahs kleine Nussschale schaukelte besorgniserregend, obwohl er sie unterhalb des Naturbads fest am Steg vertäut hatte.

Max hatte Schwierigkeiten, der kratzigen Stimme aus der wackligen Leitung zu folgen.

»Wenn Sego Ihnen vertraut hat, dann bin ich ebenfalls dazu bereit«, sagte Raheem. »Trotzdem – wer sind Sie?«

»Ich bin Privatermittler und untersuche den Todesfall Gustav Barck.«

»In wessen Auftrag?«

»Im Auftrag eines pensionierten Obersts der schwedischen Armee, der wiederum behauptet, er sei von einer hochrangigen Politikerin darum gebeten worden. Allerdings kann ich hier inzwischen keinem mehr trauen.«

»Und warum rufen Sie ausgerechnet mich an?«

»Ich habe Sie gesehen, in Jerusalem«, antwortete Max. »Sie saßen in einem Transporter vor dem Haus eines jungen Taxifahrers und haben so getan, als würden Sie schlafen. Als ich erfahren habe, dass Sie dem saudischen Nachrichtendienst angehören, habe ich mich natürlich gefragt, was Sie dort gemacht haben. Mich scheinen Sie nicht verfolgt zu haben, insofern nehme ich an, dass Sie eher Interesse an ihm hatten.«

»Wenn das der Fall gewesen wäre, dann wäre er heute noch am Leben.«

Max schluckte trocken. Noch ein Toter mehr. Inzwischen waren es drei Personen, mit denen Max zuvor in Kontakt getreten war. Vier, wenn man Barck dazuzählte.

»Haben Sie ihn umgebracht?«

»Nein, der Mann, mit dem ich in Jerusalem zusammengearbeitet habe, hatte den Auftrag, ihn zu liquidieren. Und er hat seinen Auftrag sauber ausgeführt.«

»Warum arbeiten Sie mit so jemandem zusammen?«

»Weil ich versuche herauszufinden, für wen dieser Mann arbeitet. Wer die *Order* gegeben hat. Leider ist mir das noch nicht gelungen. Wie Sie sicher verstehen, hängt mein Leben davon ab, dass meine Identität nicht entschleiert wird. Ich gehe gerade ein enormes Risiko ein, indem ich mit Ihnen spreche.«

»Ich habe das Gefühl, dass wir dasselbe suchen«, entgegnete Max.

»Ich kann Ihnen nur so viel sagen: Der Mann, der Wasil ermordet hat, war Schwede. Allerdings interessiert er mich gar nicht wirklich. Ich glaube, dass er für eine größere Organisation außerhalb Schwedens arbeitet, und der Führungsspitze dieser Organisation bin ich auf der Spur. Solange ich die nicht identifiziert habe, kann ich mich nicht zu erkennen geben – nicht mal um die brutale Exekution eines hilflosen, unschuldigen Menschen zu verhindern. Ich habe das Gefühl, dass jemand wie Sie das verstehen kann.«

Es war unmenschlich, aber so war nun mal die Arbeit eines Agenten.

»Die Order kam von Lawrence Watts«, sagte Max. »Er sitzt an der Spitze der Organisation, der Sie auf der Spur sind.«

»Wer soll das sein?«, fragte Raheem.

»Erbe einer der reichsten US-Dynastien. Inhaber eines Finanzimperiums, das ein Vermögen in die Rüstungsindustrie investiert.«

»Klingt interessant«, sagte Raheem. »Die Organisation scheint mehrere Außenstellen zu haben. Ich sollte den Schweden in Jerusalem treffen. Der Auftrag an mich kam mittels codierter Nachrichten – ich habe keinen Schimmer, wer der Absender war. Wie kommen Sie darauf, dass dieser Watts mein Mann sein könnte?«

»Weil die einzige Verbindung zu Saudi-Arabien, die ich in diesem Durcheinander erkennen kann, das saudische Geld zu sein scheint, mit dem er sein Imperium aufgebaut hat.«

»Sie haben zumindest insoweit mein Interesse geweckt, als dass ich dieses Gespräch gern fortsetzen würde«, sagte Raheem.

»Ich habe immer noch nicht herausfinden können, wie die Verbindung Watts-Barck genau ausgesehen hat. Allerdings weiß ich, dass Barck dieselbe Konferenz in Jerusalem besucht hat wie Watts. Und ich weiß, dass Barck das Hotel verließ, als im selben Moment eine Gruppe Saudis dort ankam. Laut Sego Naidu kam der Tipp mit Barck von Ihnen. Sie meinte, Ihre Organisation habe herausgefunden, dass Barck mit gewissen Gruppierungen aus Ihrer Heimat zu tun gehabt habe, die Sie wiederum genauer im Visier hätten.«

»Die amerikanischen Kollegen haben wir leider mit den Finanzverwicklungen nicht locken können, die zwischen den Gruppierungen in unserem Land und den USA bestehen. Insofern sind wir auf eigene Faust draußen in der Welt unterwegs.«

»Dass Sie vonseiten der CIA keine Antwort bekommen,

dürfte meine Theorie sogar stützen – dass Sie in Wirklichkeit amerikanischen Interessen auf der Spur sind.«

»Irgendwas Großes geht da vor sich … Wir wissen nur immer noch nicht, was.«

»Wie kommen Sie darauf?«

»Es gibt gleich mehrere Indikationen dafür – Mobilmachungen, wenn Sie so wollen. Die Waffenproduktions- und Verkaufsrate ist sprunghaft angestiegen. Gewisse Länder kaufen derzeit wesentlich mehr als sonst. Und nicht nur Länder – auch Milizen. Terrornetzwerke. Wir gehen dem Geld und den Waffen nach, so gut wir können, oft mithilfe der Amerikaner, aber eben nicht immer. Außerdem haben wir im Blick, was auf den Finanzmärkten passiert.«

Was Raheem da schilderte, jagte Max einen Schauer über den Rücken. Waffenhandel, Finanzverbindungen zwischen den USA und der arabischen Halbinsel, ungewöhnliche Bewegungen auf den Aktienmärkten …

»Watts spekuliert auf einen Börsencrash«, sagte Max. »Und sogar mehr als das – auf die totale Kernschmelze. Ich brauche einen Namen und eine Personenbeschreibung des Mannes, der Wasil ermordet hat.«

Raheem zögerte kurz.

»Der Mann hieß Magnus Bexton«, sagte er schließlich. »Er ist vielleicht Mitte, Ende fünfzig, körperlich in hervorragender Form. Er hat einen Background bei der Polizei und war davor in der Armee. War bei mehreren Auslandseinsätzen dabei, unter anderem in Afghanistan, wo er mit den US-Kräften auch in Hochrisikogebieten zusammengearbeitet hat. Hat dort schwere Brandverletzungen erlitten und ist deshalb leicht wiederzuerkennen: eisblaue Augen, verbrannte, vernarbte Gesichtshaut – keinerlei Gesichtszüge. Er hat immer Handschuhe an, egal bei welchem Wetter, um sich vor Infektionen zu schützen. Dieser Mann ist hochgefährlich, Max. Wenn Sie dem begegnen, seien Sie auf der Hut.«

»Danke für die Warnung. Ich behalte es im Hinterkopf.«

»Eine Sache noch«, sagte Raheem, »damit Sie sich wieder bei mir melden, wenn Sie Watts nähergekommen sind. Eine Sache stimmte eben nicht – es waren nicht wir, die Scorpio in Südafrika den Hinweis gegeben haben, auch wenn es unserer Sache zu dienen scheint, dass sie das dort glauben.«

»Wer war es dann?«

»Die E-Mail, die dort einging, ist von Gustav Barcks Privatrechner gesendet worden.«

79

Bis Sofia die Bowlinghalle an der Hornsgatan erreichte, war es dunkel geworden. Das hier war ihr Viertel, in diesem Teil Stockholms war sie aufgewachsen, war ihre ersten Schritte gegangen und hatte die ersten Runden auf dem Fahrrad gedreht. Die Bowlinghalle indes kannte sie nicht.

Diese Stadt, dachte sie, steckte einfach immer voller Überraschungen und geheimer Zufluchtsorte. Stockholm Bowling lag nur einen Katzensprung von ihrer Wohnung am Hornstull entfernt und auch nicht weit von der Schrebergartensiedlung am Zinkens väg. Als sie aus dem Wagen stieg und sich umsah, fiel ihr wieder einmal auf, wie sehr Söder sich verändert hatte. Seit dem Umbau des Hotels Rival sah der Mariatorget komplett anders aus. Inzwischen war hier eine kaufkräftigere Zielgruppe unterwegs, und zwischen den alten Kneipen schossen immer mehr Luxuslokale aus dem Boden. In dem kleinen Park am Mariatorget tummelten sich Erwachsene und Kinder in Sportjacken, die gut fünftausend Kronen kosteten, und versuchten, beim Spielen nicht in die Spritzen zu treten, die von der Kundschaft der benachbarten Drogenberatungsstelle dort hinterlassen worden waren. Das neue Södermalm, das hier zu entstehen schien, war widerspenstig und unbegreiflich wie ein Teenager – die älteren Etablissements wie die Bowlinghalle wirkten jetzt schon hoffnungslos aus der Zeit gefallen. Trotzdem fand Sofia, dass das Ganze auch etwas

Schönes hatte – schön wie das Stockholm, das sie als kleines Mädchen kennengelernt hatte. Wie die Stadt ursprünglich gewesen war.

Sie nahm ihr Handy und rief Max' Nummer an, doch sein Telefon war immer noch abgestellt.

Sie schüttelte den Kopf. Wie lange sollte dieses Katz-und-Maus-Spiel so weitergehen? Oder sollte sie es ihm jetzt gleichtun? Es würde nicht mehr lange dauern, bis Ulf anriefe und sie fragte, wo sie denn stecke. Und was wäre schlimmer: ihren Job zu verlieren … oder Max zu verlieren?

Bei einem Geräusch ganz in der Nähe blickte sie auf. Auf der Rückseite der Glastür zur Bowlinghalle wurde ein Schildchen herumgedreht.

Geschlossen.

Sie sah auf die Uhr ihres Handydisplays. So früh konnten die doch noch nicht zumachen? Drinnen schlenderte ein Mann von der Tür weg ins Dunkle. Sie klopfte laut an und winkte ihn zu sich.

Der Mann war breit gebaut und wirkte in dem abgedunkelten Eingangsbereich fast gespenstisch blass. Er sah aus, als trüge er eine Maske ohne Gesichtszüge. Außerdem hatte er Handschuhe an. In der rechten Hand hielt er eine Ledertasche mit *Brunswick*-Aufdruck.

Als er an die Tür trat, musterte er sie. Erst jetzt erkannte Sofia, dass es keine Maske war. Das Gesicht sah wächsern aus, war von Brandnarben übersät. Er sah aus wie eine zu groß geratene Raubkatze. Sie zwang sich zu lächeln und unbeschwert dreinzublicken.

»Die Beleuchtung ist im Eimer«, rief er durch die Tür. »Kommen Sie morgen wieder.«

»Ich bin nicht hier, um zu bowlen«, entgegnete Sofia. »Ich suche einen gewissen Magnus Bexton.«

Er sah sie kurz an, drehte dann den Schlüssel im Schloss herum und machte die Tür auf.

»Sie *suchen* ihn?«, fragte er. »Sind Sie von der Polizei?«

»Ja, allerdings müsste ich ihn bloß zu einem alten Fall befragen – nichts Akutes.«

»Wer suchet, der findet«, sagte der Mann. »Ich bin Magnus Bexton.«

Mit der Tasche in der Hand wandte er sich wieder zum Innenraum um.

»Kommen Sie gern mit mir mit, dann unterhalten wir uns. Hier im Dunklen können wir nicht stehen bleiben.«

Sofia sah ihm nach. Ein alternder Bodybuilder und Bowler. Locker sitzende Hose, Oberschenkel wie Baumstämme. Magnus Bexton blieb vor etwas stehen, was im schwachen Licht von der Hornsgatan aussah wie ein Kassentresen. Dort stellte er die Tasche ab und zog sie auf. Nahm einen Metallgegenstand heraus, der mehrere Handbreit lang war.

Reflexartig legte Sofia die Hand an die Dienstwaffe in ihrem Holster und ging ein paar Schritte auf ihn zu.

Bexton schien ihre Reaktion bemerkt zu haben. Er hielt den Gegenstand in die Höhe. Eine Taschenlampe. Schmunzelnd knipste er sie an. Sofia lächelte zurück und senkte den Arm wieder. Während Bexton den Lichtkegel umherschweifen ließ, versuchte er, mit der freien Hand die Tasche zuzuziehen. Das Taschenlampenlicht huschte ruckartig über die verwaiste Bowlingbahn, über ein Werbeschild für Süßigkeiten, dann über eine Wand, die aussah, als steckten in unzähligen Nistkästen Schuhe in verschiedenen Größen.

Ein rotes Lämpchen blinkte an der Wand, vor der Bexton stehen geblieben war.

»Sie können entweder hier warten oder mitkommen. Die Sicherungsanlage ist leider uralt.«

Er verschwand durch eine Tür. Im Türspalt waren lauter Lämpchen zu sehen, wie Myriaden elektrischer Quellen. Als Sofia näher herantrat, hörte sie außerdem ein Summen. Es erinnerte sie an ihre Büros bei Nacht, wenn das einzige Geräusch, das die Stille störte, das leise Rauschen der Rechner war. Dann nahm sie einen Luftzug war. Ein Lüfter verbreitete feuchte Wärme.

Von der Schwelle aus sah sie sich um. So hatte sie sich den Raum nicht vorgestellt – sie hatte mit einem kleinen Kabuff gerechnet, mit billigen weißen Ikea-Möbeln und einer Kochnische mit Edelstahlplatte, auf der Kaffeeflecken prangten und sich ungespültes Geschirr stapelte. Stattdessen sah sie eine Monitorwand vor sich, die eine schier magische Anziehungskraft auf sie hatte. Ein Kontrollraum für ein Unternehmen, in dem alles unbedingt geregelt und ordentlich zugehen musste, fast wie in einem Atomkraftwerk oder auf einem Flughafentower. Auf den Bildschirmen blitzten bunte Ziffern auf. Digitale Karten mit Positionsangaben. Überwachungsbilder von unterschiedlichen Orten.

Eine digitale Zeitanzeige schien einen Countdown runterzuzählen.

Wie können die Monitore funktionieren, wenn die Beleuchtung im Eimer ist?

Aus einem Luftbefeuchter am Boden vor dem Kontrolltisch pufften kleine Dampfwölkchen auf.

Was ist das hier für ein Raum?

Im nächsten Moment spürte sie den Luftzug der Tür, die hinter ihr zufiel. Ein leises Klicken, als das Schloss einrastete.

Sie legte die Hand wieder ans Holster unter der Lederjacke, streifte es aber nur, als ein schwerer, harter Gegenstand sie auch schon am Kopf traf und in Richtung Kontrolltisch schleuderte.

Langsam sackte sie zu Boden. Unter Schmerzen nahm sie ein kaltes Licht wahr, als hätte jemand mitten im Winter ein Fensterchen geöffnet. Die Lämpchen an den Maschinen im Raum bildeten vor ihren Augen einen sogartigen Trichter, und im Mittelpunkt der Zentrifuge ... Magnus Bexton. Sein muskulöser rechter Arm schien in einer Art Metallkugel zu enden.

Sie atmete flach und hektisch. Konnte sich kaum mehr bewegen, hob bloß die Hand an die Stelle am Kopf, wo der Schmerz am schlimmsten hämmerte. Magensäure stieg ihr in den Rachen. Metallischer Geschmack im Mund. Behutsam tastete sie sich über die klebrigen Strähnen am Kopf vor zu dem Riss in der Kopfhaut. Das Blut strömte zwischen ihren Fingern hervor.

80

Per Carpelan knipste die kleine Schreibtischlampe aus und griff nach seiner Jacke und der halb leeren Tüte mit Cashews. Mit der Tüte in der Hand schlenderte er auf den Aufzug zu. Als die Türen aufglitten, stand Ulf Göransson vor ihm.

»Ist Sofia hier?«, fragte er.

»Nein, ist sie nicht bei dir auf Tyresö geblieben?«

»Sie wollte sich das Bootshaus ansehen, ist dann aber nicht mehr zurückgekommen.«

»Hast du versucht, sie auf dem Handy zu erreichen?«

»Sie geht nicht ran. Wir waren mehrere Stunden in Sarah Hansens Haus zugange. Ihr ist doch hoffentlich nichts passiert.«

Carpelan schüttelte den Kopf.

»Ich schaue mal, ob ich sie erreichen kann«, sagte er. »Bestimmt meldet sie sich bald wieder. Hat die Hausdurchsuchung denn irgendetwas gebracht?«

»Noch nicht. Aber wir müssen noch einiges durchsehen.«

Carpelan nickte und kehrte in sein Büro zurück. Was zum Teufel treibt diese Sofia?, fragte er sich. Hat sie jetzt vollends den Verstand verloren?

Er warf die Tür hinter sich zu und ließ sich schwer auf seinen Schreibtischstuhl fallen. Irgendwie hatte er das Gefühl, dass Sofia wie ein Bluthund jeder Spur nachgehen würde, die sie gewittert hatte, und dass sie nicht eher von sich würde hören lassen, bis sie etwas Handfestes vorzuweisen hätte. Das war dermaßen typisch für sie – immer wollte sie allen zeigen, dass sie recht hatte, dass sie die Beste war. Was ja auch stimmte. Vielleicht war er ihr gegenüber bei ihrem letzten Gespräch ein bisschen zu abweisend gewesen? Sie hatte sich in dieses Buch eingefuchst, das sie bei Orrfeldts Witwe gefunden hatte; die Sache mit dieser alten Adelsgesellschaft. Ein Relikt aus einer vergangenen Zeit. Das konnte doch wohl nichts damit zu tun haben, was jetzt aktuell passierte?

Was hatte sie noch im Köcher gehabt?

Max' Kamera.

Er eilte zum Fotolabor. Der riesige Bildschirm auf Simonssons Schreibtisch zeigte ein körniges Gesicht. Daneben stapelten sich Ausdrucke. Carpelan nahm sie zur Hand.

»Sind das die Fotos, die Sie für Sofia nachbearbeiten sollten?«, fragte er.

»Ja, und allmählich komme ich weiter«, antwortete Simonsson.

Er kannte den Mann auf dem Bild – und hatte gleichzeitig das Gefühl, dass das hier nicht stimmen konnte. Er schüttelte den Kopf.

»Haben Sie auch versucht, sie zu erreichen?«

»Ja, mehrmals.«

Er hatte Sofia gesagt, dass sie die Bilder vergessen sollte. Ihre Aufgabe war gewesen, Max aufs Revier zu zitieren, und nicht, ihm bei seinem privaten Feldzug zur Seite zu stehen.

»Die Bilder wurden vor dem Eingang zum Zimmermannsorden an der Eriksbergsgatan aufgenommen«, erklärte Simonsson.

»Und die anderen beiden, die man hier im Vordergrund sieht?«

»Anscheinend zwei Geldgeier – ein Schwede und ein Amerikaner.«

»Haben Sie die Bilder noch jemand anderem gezeigt?«

»Nein, und das hier hat nicht mal Sofia gesehen.«

Sofia, die sich nach den Achtzigerjahren erkundigt hatte, nach der Albrektsson-Ermittlung. Und nach Magnus Bexton, der seinen Dienst quittiert hatte, nachdem die Filme von der Albrektsson-Rekonstruktion aus seiner Obhut verschwunden waren.

Sie bewegte sich dort draußen auf dünnem Eis.

Er kramte sein Handy heraus und rief ihre Nummer auf.

Keine Reaktion.

Dann sah er sich noch einmal den Mann auf dem Ausdruck an. Der hatte also zusammen mit Watts und Ahlbom das Ordenshaus verlassen?

Albrektsson und Palme. In seiner langen Karriere bei der Polizei hatte es lediglich zwei Fälle gegeben, die ihn in Angst und Schrecken versetzt hatten. Vielleicht hatte Sofia am Ende ja doch recht?

Allmählich fürchtete er um ihr Leben.

Simonsson starrte ihn an, als erwartete er eine Erklärung.

»Sie muss einen bestimmten Grund gehabt haben, warum sie Sie gebeten hat, diese Bilder nachzubearbeiten. Hat sie irgendetwas gesagt?«

»Sie meinte bloß, sie wisse schon, wer die anderen beiden seien, aber dieser dritte Mann hier, der sei womöglich der Schlüssel zu ihrem Fall«, antwortete Simonsson.

Wieder starrte Carpelan auf das Bild des Mannes hinab. Eine Hand am Ohr, der Arm vor dem Gesicht. Trotzdem bestand kein Zweifel. Groß gewachsen, breit gebaut, dieses markante Kinn mit dem unverkennbaren, charakteristischen Grübchen. Ein hochdekorierter schwedischer Offizier. Als Chef der geheimsten Einheit des militärischen Nachrichtendienstes, der SSI, der Sektion für Sonderinformationsakquise, hatte der Mann auf dem Bild die Gesamtverantwortung für die Ermittlungen im Albrektsson-Fall innegehabt. Und er hatte dafür gesorgt, dass die entscheidenden Ermittlungsunterlagen im Sinne der nationalen Sicherheit als geheim eingestuft worden waren.

Derselbe Mann hatte Max mit den Ermittlungen im Fall Barck betraut.

Cornelius Strömberg.

»Machen Sie Feierabend«, sagte er ruhig und beherrscht zu Simonsson. »Das hier behalte ich – und kein Wort, zu niemandem.«

Mit den Ausdrucken in der Hand verließ er das Labor und lief den dunklen Flur entlang. Außer den Kollegen, die mit Sarah Hansen im Besprechungsraum saßen, war niemand mehr da. Trotzdem konnte Carpelan eine gespenstische Präsenz spüren. Ein Echo aus der Vergangenheit.

Max und Sofia, dachte er. Ihr wurdet hinters Licht geführt. Und das ist der finsterste Ort, den es überhaupt gibt. Das finsterste Kapitel in der Geschichte unseres Landes …

81

Anton Niklasson trat über die Schwelle des Zimmers im Hotel Diplomat – das beste Zimmer, das sie hier hatten, mit Erker und dreiteiliger Fensterfront zum Strandvägen und der Nybroviken.

An der Rezeption hatte er freiheraus gesagt, weshalb er gekommen war und dass er dasselbe Zimmer haben wolle, in dem Gustav Barck bei seinem letzten Besuch in Stockholm gewohnt habe. Es kostete ein kleines Vermögen, aber darum musste er sich jetzt wohl keine Gedanken mehr machen.

Seither hatten andere Gäste darin gewohnt. Trotzdem kam er ihm hier so nah, wie es nur irgend ging.

Er setzte sich auf die Bettkante. Streifte die Schuhe ab, warf das abgeschaltete Handy neben sich auf den Nachttisch. Er ertrug es nicht zu sehen, wie seine Mutter verzweifelt versuchte, Kontakt zu ihm aufzunehmen. Er hatte auch keine Lust mehr, sich die Fragen der Chefs anzuhören, was zur Hölle aus der Endfassung des Vektor-Gutachtens geworden sei. Er wollte nichts mehr von seinen Freunden vom Stand-up-Abend hören und nichts mehr von Erika, keine neugierigen Fragen, kein anzügliches Lachen.

»Und dein Vater? Wer ist er?«

Er schloss die Augen. Holte ein paarmal tief Luft und atmete den Duft des Zimmers ein. Versuchte, sich Gustav in Erinnerung zu rufen. Die Bewegungen, den Gesichtsausdruck, die Gestik. Die klugen Worte.

Er strich mit der Hand übers Bett. Schob sie unter die Decke und über das Bettlaken.

»Er muss Sie sehr geliebt haben.«

Er schlug die Augen wieder auf und griff nach dem Ordner, den er von Hedergren bekommen hatte. Darin steckte ein wattierter Umschlag mit dem einzigen persönlichen Gegenstand, den er geerbt hatte. Der Umschlag war in Jerusalem aufgegeben worden. Behutsam zog er eine wunderschöne antike goldene Taschenuhr heraus. Die von einem der altehrwürdigsten Schweizer Uhrmacher stammte. Er öffnete den Deckel. Das Uhrenglas war gesprungen, die Zeiger waren stehen geblieben. Als er gerade die Krone drehen wollte, entdeckte er das Foto eines Kleinkinds, das in der Innenseite des Deckels steckte. Anton, als er gerade mal ein Jahr alt gewesen war.

Seine Hände zitterten, als er die Uhr wieder zudrückte. Er atmete erneut ein paarmal tief durch und wandte sich dann dem Ordner zu. Ein von Sixten Hedergren unterzeichnetes Dokument enthielt all die Informationen, die der Anwalt nüchtern als »Rechtsgeschäfte« bezeichnet hatte. Unter dem Testament waren Angaben zu einem Depot aufgeführt, das jetzt auf Antons Namen überschrieben werden würde. Ein Depot bei Ahlboms Fondsgesellschaft, bloß einen Katzensprung entfernt auf Blasieholmen. Am gegenüberliegenden Ufer.

Er blätterte die Unterlagen durch. Entdeckte Belege über Transaktionen, die Gustav unmittelbar vor seinem Tod vorgenommen hatte. Nachdem er sich entschieden hatte, für seinen Erben das Haus zu bestellen.

»Gustav klang beunruhigt, gehetzt.«

Wer hatte ihn gehetzt? Und warum?

Ein Selbstmord.

Anton blätterte bis zur letzten Seite. Dort stand die Summe der Vermögenswerte, die jetzt ihm gehörten.

»Ihr Vater hat sich um Schweden und die schwedische Wirtschaft ungemein verdient gemacht.«

Er zählte die Nullen.

Das musste ein Druckfehler sein.

»Der Anteil am schwedischen Waffenexport, der an Krieg führende Länder verkauft wird, wird von heute zwei Komma acht Prozent binnen der kommenden fünfzehn Jahre auf fünfzig Prozent anwachsen.«

Wieder das Schwindelgefühl.

»Es wird zum massiven globalen Problem, dass Staaten eher auf militärische Verteidigung setzen als auf Armutsbekämpfung, Entwicklungshilfe und Menschenrechte.«

Um ihn herum drehte sich alles.

»Das entspricht dem Muster, das wir bei US-amerikanischen Neu-Eignern von Rüstungsunternehmen in anderen Ländern beobachtet haben.«

Wer war er?, fragte sich Anton. Wer bin *ich*?

Achtundsechzig Millionen Kronen.

Er stürzte zur Toilette, klappte den Klodeckel hoch und kotzte sich die Seele aus dem Leib.

82

Das Wasser in der geschützten Bucht vor Saltsjöbaden war spiegelglatt. Es hatte aufgehört zu regnen. Max nahm sich Sarahs Laptop vor. Er notierte sich eilig einige Punkte aus dem Telefonat mit dem Mann vom saudischen Nachrichtendienst.

Magnus Bexton.

War er es gewesen, den Max durchs Fenster in seiner Wohnung und dann auf der Straße vor den Büroräumen von Vektor gesehen hatte? War er es gewesen, der Max verfolgt und dann seine Spuren verwischt hatte?

Er glaubte nicht mehr daran, dass Barcks Tod mit den Vernehmungen durch ein Gericht in Johannesburg zusammenhing. Barck hatte schlichtweg zu viel auf dem Kerbholz und zu viele andere Interessen gehabt, um sich von einer solchen Sache in den Selbstmord treiben zu lassen.

War er verraten worden? Hatte irgendwer sich in seinen Rechner eingehackt, um Scorpio per Mail Hinweise zukommen zu lassen? Oder hatte Barck selbst die Initiative ergriffen und sich angezeigt? Nur warum? Als letzten Versuch, den Kopf aus der Schlinge zu ziehen? Oder um vor dem sicheren Tod sein Gewissen zu erleichtern?

Max klickte das Textverarbeitungsprogramm zu und rief die E-Mail auf, die Sofia von der Rikskrim geschickt hatte, bevor sie mit den Kollegen nach Tyresö gefahren war.

Sie hatte die Betreffzeile leer gelassen. Und keine Zeile Text geschrieben. Lediglich Anhänge verschickt.

Das erste Attachment war das Bild eines Buchumschlags.

Die Adelsfahne, 1209–1902.

Dann ein eingescanntes Blatt mit Notizen in Sofias Handschrift. Ihre eigenen Anmerkungen.

Beim dritten Attachment handelte es sich anscheinend um eine Doppelseite aus dem Buch: die Abbildung eines Bildes von jener Standarte, die Max über der Tür im Kellertempel an der Eriksbergsgatan entdeckt hatte. Das Originalgemälde der Fahne, mitsamt den Buchstaben C-S-R.

Casten Orrfeldt aus Karlberg hatte also deutlich mehr Hintergrundinformationen gehabt, als er zugegeben hatte. Sofias E-Mail mit dem Bild der Standarte bestätigte, was Max bereits geahnt hatte, nämlich dass er im Keller des Ordenshauses auf den geheimen Treffpunkt einer Verschwörergruppe gestoßen war.

Die Adelsfahne …

Waren diese Männer allesamt adlig? Barck und Orrfeldt? Und wer noch?

Max rieb sich die Schläfen. Blieb reglos sitzen. Irgendein Gedanke regte sich, war aber nicht vollends greifbar, dräute am äußersten Rand seines Bewusstseins.

Bet-El. Das Haus Gottes.

Die Himmelsleiter.

Konnte es wirklich sein, dass diese Männer sich als himmlischen Rat Gottes ansahen? Als seine Exekutive auf Erden? Ein kleiner Zirkel innerhalb des Zimmermannsordens, der sich aus Mitgliedern der Oberschicht zusammensetzte. Aus Männern, die innerhalb des Eisernen Dreiecks aktiv waren – das im Fall Schwedens aus

Vertretern der Armee, der Polizei und einer Art Geheimdienst bestand.

Eiserne Engel …

Watts war nicht im Besitz einer Kristallkugel. Er musste irgendeine Art Schlachtplan in Gang gesetzt haben. Die Macht dieser schwerreichen US-Familien war schier grenzenlos – die mussten doch bloß auf ein Knöpfchen drücken und dann einfach nur zusehen, wie ihr Vermögen immer bizarrere Ausmaße annahm. Die Folgen waren dabei komplett nebensächlich.

Er wandte sich wieder dem dritten Attachment aus Sofias E-Mail zu. Unter der Abbildung der Standarte standen mit einem feinen Pinsel in schönster Schreibschrift und in altertümlicher Schreibweise zwei Namen geschrieben. Die Buchstaben waren so klein, dass Max sich ganz nah an den Bildschirm heranbeugen musste, um sie entziffern zu können.

Zwei Namen, zwei Adelsgeschlechter, die die Adelsfahne gegründet hatten. Er zoomte näher heran. Sein Herz schlug immer heftiger.

Der erste Name … Das konnte kein Zufall sein.

Nein. Nicht du.

Vom zweiten Namen hatte er jüngst erst erfahren. Eisblaue Augen, vernarbte Gesichtshaut infolge schwerster Verbrennungen.

Die beiden Adelsgeschlechter bildeten eine Einheit, die über Generationen hinweg – über Jahrhunderte hinweg – einander beigestanden hatten und sich selbst als die wahren Bewahrer und Verteidiger des schwedischen Königreichs ansahen. Als stünden sie durch Gottes Gnaden über sämtlichen demokratischen Kräften und der wankelmütigen Öffentlichkeit. Allem Anschein nach waren sie noch immer aktiv, auch wenn die Organisation 1902 offiziell aufgelöst worden war.

Die Gründer der Adelsfahne waren die Geschlechter Bexton … und Strömberg.

83

Sofia schlug die Augen auf. Der Raum, der zuvor im Dunkeln gelegen hatte, war inzwischen hell erleuchtet. Sie versuchte, sich hochzustemmen, aber es gelang ihr nicht. Sie war an Händen und Füßen mit Panzerband gefesselt. Sie konnte sich nicht einmal aufsetzen, fiel sofort zurück zu Boden. Warme, feuchte Luft aus dem Luftbefeuchter, der nur wenige Meter entfernt stand, strömte in ihre Richtung. Trotzdem war ihr Mund knochentrocken. Ihr Kopf schmerzte und fühlte sich kalt an, hohl, als wäre ihr Schädel geborsten und als läge ihr Gehirn jetzt offen, wäre komplett ungeschützt. Irgendetwas klebte an ihrer Wange.

Blut.

Allmählich kehrte die Erinnerung zurück.

Der Schlag.

Die Kugel in der rechten Hand.

Das digitale Rechenwerk über ihr, das sie beim Betreten des Zimmers entdeckt hatte, zählte unaufhörlich runter. Nur noch ein paar Stunden.

Bis … was?

Um die Uhr herum leuchteten Monitore und Instrumentenboards.

Was war das hier für ein Raum?

Sie wälzte sich zur Seite, ganz vorsichtig, um kein Geräusch zu machen und damit ihr nicht noch schwindliger wurde. Ihre Dienstwaffe steckte nicht mehr im Holster. Das Handy war ebenfalls weg. Er hatte sie abgesucht. Dass dieser Mann sie angefasst hatte, befeuerte die Panik. Wo war er jetzt? Wann würde er wiederkommen? Sie drehte den Kopf nach rechts. Die Kopfwunde tat höllisch weh. Eine Tür zu einem kleinen Nebenraum, die bloß angelehnt war. Dort brannte die Deckenbeleuchtung. Und sie konnte ein Rauschen hören. Er wäre jeden Moment zurück.

Vorsichtig zog sie die Knie an und versuchte, das Panzertape um ihre Knöchel zu lockern. Es dehnte sich leicht, saß aber zu fest, um nachzugeben. Es müsste zerschnitten werden. Sie sah sich um. Rundherum bloß Elektronik. Außer dort, wo sie am Boden lag. Rechts neben der Tür, die hinaus zur Bowlinghalle führte, hingen ein Spiegel und daneben ein kleines Regalbrett, auf dem Cremetuben standen. Der Spiegel war nicht gerahmt, stand ein paar Fingerbreit von der Wand weg und sah scharfkantig aus.

Sie robbte rückwärts und wand sich hin und her, bis sie unter dem Spiegel lag. Hob die Füße in die Luft bis an die Spiegelkante und wollte das Panzertape um ihre Knöchel zumindest einritzen. Sie drückte fester zu, bis sie zu guter Letzt spürte, wie der Kunststoff begann nachzugeben. Sie kickte ein paarmal in die Luft, bis ihre Beine endlich frei waren.

Mit einem Mal zersprang der Spiegel, und große Scherben krachten zu Boden. Sofia kniff die Augen zu und drehte das Gesicht weg, um nicht von den Splittern getroffen zu werden.

Adrenalin schoss durch ihre Adern, und mit einer einzigen Bewegung war sie auf den Beinen. Rannte in Richtung Tür. In der Bowlinghalle war es immer noch dunkel. Das einzige Licht drang aus dem Zimmer, das sie jetzt nur noch hinter sich lassen wollte, und von den Straßenlaternen draußen an der Hornsgatan. Hinter sich hörte sie etwas zu Boden knallen, als hätte der Mann in dem kleinen Nebenraum vor Schreck etwas fallen gelassen. Dann näherten sich schwere Schritte. Sie rannte, so schnell sie konnte, in Richtung Ausgang, doch sie war zu geschwächt; warf sich gegen die Klinke, drückte sie nach unten, aber die Tür war verschlossen. Mit gefesselten Händen hämmerte sie gegen die Glasscheibe und rief um Hilfe, doch niemand konnte sie sehen oder hören.

»Wir zwei sind noch nicht fertig«, sagte eine tiefe Stimme in ihrem Rücken.

Sie drehte sich um. Dort stand er – nur ein paar Meter entfernt. Magnus Bexton. Er war unbewaffnet. In der rechten Hand hielt er ein großes Stück transparenter Plastikfolie. Die Hände steckten in diesen merkwürdigen Handschuhen. Langsam kam er auf sie zu.

»Fassen Sie mich nicht an!«, keuchte sie.

Als er keinen Meter mehr von ihr entfernt war, wechselte sie das Standbein und trat ihm in den Schritt. Bexton parierte den Tritt, hatte jedoch nicht damit gerechnet, dass Sofia im nächsten Moment hochspringen und ihn mit dem eisenharten Spann voll am Hals treffen würde. Die Wucht reichte aus, um den großen, schweren Körper aus dem Gleichgewicht zu bringen. Bexton griff nach unten, um seinen Sturz abzufedern. Im selben Moment trat sie wieder zu, mit aller Kraft, die sie noch hatte, und traf ihn in die Magengrube. Er ächzte laut auf und sackte zu Boden, allerdings nur für einen kurzen Moment. Noch war er weit davon entfernt, sich geschlagen zu geben. Sie rannte von ihm weg in die Halle und auf die Bowlingbahnen zu, hoffte, irgendwo einen Notausgang zu entdecken. Die Sekunde, die sie innehielt und nach einem Ausweg suchte, reichte Bexton, um fast zu ihr aufzuschließen.

Sie sprintete quer über die Bowlingbahnen. Ihr Blick zuckte hin und her, suchte nach einer Hintertür, aber da war keine, und Panik übermannte sie. Sie saß in der Falle – und mit jedem Schritt kam ihr Feind näher. Mittlerweile hatte sie fast das Ende der hintersten Bahn und die Kegel erreicht. Sie beugte sich vor, um zu prüfen, ob sich dahinter vielleicht ein Ausweg versteckte. Irgendwo musste hier doch ein Notausgang sein!

Sie rutschte zur Seite weg und fiel ungebremst auf den glatten, rutschigen Boden. Schlug sich den Kopf erneut an, die Schmerzen brandeten auf, und sie konnte kaum mehr klar sehen. Allmählich schloss sich der Nebel um sie herum.

Hinter ihr wurde Bexton langsamer. Abdeckfolie schleifte hörbar über den Boden. Sie sah, wie sich sein Mund bewegte und wie sein Blick loderte. Hörte jedoch nicht mehr, wie er lachte.

84

Max fuhr mit dem Motorboot am Stadshuset vorbei. Die goldenen Kronen auf der Turmspitze funkelten in der späten Abendsonne. Bald würde es wieder dunkel in Stockholm.

Er fuhr weiter am Norr Mälarstrand entlang und ein Stück hinaus aufs Wasser. Die Schlussfolgerungen, die er aus Sofias E-Mail gezogen hatte, schmerzten zutiefst. Er war von Anfang an hinters Licht geführt worden, und zwar von einem Mann, dem er immer vertraut hatte. Seine Gefühle waren benutzt worden. Seine Instinkte, die er bei der Armee geschärft hatte, hatten ihn für andere Dinge blind gemacht.

Unter Garantie hatte Strömberg die ganze Zeit über gewusst, was Barck zugestoßen war. Dass Max zunächst zu dem Ergebnis gekommen war, Barck habe Selbstmord verübt, weil er in Südafrika hätte verhört werden sollen, hatte Strömberg nur zu gut gepasst. Und der hehre Politikapparat hatte die Angelegenheit nicht weiter vertiefen wollen.

Genau so musste Strömberg es angedacht haben – eine Erklärung, hinter der er und die anderen alles andere verstecken konnten. Und dann hatten sie sämtliche Spuren verwischt. Es aussehen lassen, als hätten sie es mit weiteren Selbstmorden zu tun.

Max schaltete das Handy wieder ein. Wartete, bis er Netz hatte, und hoffte auf Rückmeldungen. Von Sofia immer noch keine Antwort. Wenn sie sonst Verdächtigen nachspürte, war sie wie besessen, diesmal jedoch hüllte sie sich in Schweigen.

Er schickte ihr eine SMS.

»Meld dich bei mir!«

Er zog das kleine Fach unter dem Steuerpult auf. Dort lagen ein Fernglas und ein paar Seekarten. Er griff zum Fernglas und ging dann vor zu dem kleinen Staufach im Bug. Räumte einen Anker beiseite und nahm eine schwere Plastikkiste heraus. Darin lagen ein Hammer und ein paar Keile, mit denen das Boot an Klippen gesichert werden konnte. Die unteren Kanten waren scharf und massiv, hart genug, um Granit zu durchschlagen. Die Keile nahm er mit; nicht gerade seine bevorzugte Waffe, aber als Küstenjäger hatte er gelernt, dass im Notfall alles als Waffe herhalten konnte.

Er richtete das Fernglas auf das Wohnhaus am Norr Mälarstrand. In der Wohnung brannte Licht. Er fuhr einen Schlenker und steuerte dann die Kleinbootliegeplätze am Rålambshovsparken an, legte an und lief zum Haus von Cornelius Strömberg hinauf.

85

Cornelius Strömberg stand am Fenster und blickte über den Mälaren. Als er das weiße Motorboot vor der Münchenbryggeriet vorbeigleiten und dann direkt unterhalb seines Hauses am Steg anlegen sah, wusste er, dass seine Stunde geschlagen hatte.

Ich habe dich deiner wahren Natur zurückgeführt, Max.

Er trat vom Fenster weg und ging ins Wohnzimmer. Ließ den Blick über die Fotos im Regal schweifen. Dann schob er die Hand hinter die Bücher an der Seite, wo er das hölzerne Kästchen versteckt hatte.

In Stockholm waren Menschen umgebracht worden. Und das Morden war noch immer nicht vorbei.

Er setzte sich aufs Sofa und stellte das Kästchen vor sich auf den Couchtisch. Wischte den Staub vom Verschluss und betrachtete das lackierte Edelholz. Fuhr mit den Fingern über die ovale Erhöhung rund um das handgemalte Motiv. Der Asamayi, der wie ein Vulkan aufragte und dessen Kontur die feuerrote Abendsonne fast berührte. Der über Kabul wachende Berg.

In der Säulenhalle des Zimmermannsordens hatte er den Amerikaner wiedergesehen, der ihm vor vielen Jahren das Kästchen geschenkt hatte. Er war zurück in Stockholm. Als eine Art Wiedergänger seiner selbst. Strömberg war bis spät am nachfolgenden Tag gar nicht klar gewesen, wer er tatsächlich war.

Der Donnerstagsclub in der Botschaft, damals in den Achtzigern … Der Beschluss, die Organisation am Leben zu erhalten, um das Land vor seinen unzuverlässigen Politikern zu beschützen …

Der Mann, mit dem der Amerikaner gesprochen und der hinter ihm gestanden hatte, als die Zimmermänner den Ordenssaal betreten hatten – das konnte nur einer gewesen sein. Dass dieser Mann mit seinem amerikanischen Freund wiedervereint war, erklärte die Todesfälle in der Stadt.

Magnus Bexton.

Und ich habe ihn auf die Spur gesetzt, dachte Strömberg. Als ich den Fehler begangen habe, ihn zu bitten, Hintergrundinformationen über Max einzuholen.

Die Stunde der Rechenschaft steht bevor.

Was Barck dort in der Wüste gesagt hatte, klang wie eine geflüsterte Warnung durch Zeit und Raum an sie alle.

Am Ende hatte Bexton seine Loyalitäten abwägen müssen.

Die Frage war nur, wem gegenüber Max loyal wäre, wenn jetzt die Stunde der Wahrheit schlüge.

Er zog seinen Schlüsselbund aus der Tasche. Schob den kleinsten Schlüssel ins Schloss des Kästchens und hob den Deckel an. Die kleinen Körbchen aus Filz, die für Schmuck gedacht waren, hatte er schon vor langer Zeit herausgenommen. Inzwischen lag auf dem hellvioletten Filz, der den Boden des Kästchens bedeckte, etwas ganz anderes.

Weltbeste Handwerkskunst, kombiniert mit moderner Technologie. Ungeflutete Trommel, tränenförmiger verchromter Hahn. .375er Magnum. Hölzerner Griff, kurzer Lauf, Edelstahl mit mattem Silberfinish.

86

Sofia Karlsson lag im Kontrollraum auf dem Boden. Magnus Bexton warf die Folie beiseite, nahm den Mopp aus dem Putzeimer und wischte das Blut vom Boden auf. Er presste den Mopp in die Putzhalterung, und am Boden des Eimers bildete sich eine rosafarbene Pfütze.

Als das Blut aufgewischt war, legte er die Plastikfolie auf dem Boden aus und legte sie darauf. Dann zog er sie auf der Folie hinüber in die Werkstatt, lief zurück und ließ ein letztes Mal den Blick durch die Kommandozentrale schweifen, die so viele Jahre lang sein Zuhause gewesen war. Er öffnete einen Karton auf dem Tisch, nahm die Sprengsätze heraus und platzierte sie an den drei Stellen, wo sie die optimale Wirkung entfalten würden. Stellte die Zeitschaltuhr, die sofort anfing runterzuzählen. Anschließend schloss er hinter sich ab. Es war der gleiche elektrische Schließmechanismus, die gleiche Stahltür wie draußen. Der Türstock war in den gleichen Stahlbeton eingebaut worden wie in den schwedischen Schutzbunkern – hier würde kein Mensch eindringen können, wenn er nicht den richtigen Schlüssel besäße oder Sprengmaterial, das umso stärker wäre. Auf der anderen Seite der Werkstatt gab es noch eine Tür, die das perfekte versteckte Labyrinth des operativen Zentrums der Organisation vervollständigte. Diese Tür führte zur Tiefgarage, wo der schwarze Van parkte.

Die hoffnungslosen Fluchtversuche der jungen Frau hatten ihn wertvolle Zeit gekostet.

Ihr Blut sickerte auf die Folie. Wenn sie nicht bald versorgt würde, wäre das ihr Ende.

Würde sie ihnen lebend nützen?

Das würde nicht er entscheiden.

Er ließ ihre Dienstwaffe und die Dienstmarke in je eine Plastiktüte gleiten, die er in seine Bowlingtasche warf. Ihr Handy schob er in seine Hosentasche. Dann schlug er die Folie um ihren Leib und fixierte sie mit Panzertape. Mit einer Ahle riss er ein kleines Loch über der Nase auf.

Sie war schön, diese Frau. Sah inzwischen allerdings aus wie eine abgelegte, verschlissene Puppe, die wieder in die Verpackung zurückgestopft worden war, in der man sie gekauft hatte und in der man sie jetzt auch entsorgen wollte.

Sie war Polizistin. Was das Ganze wesentlich komplizierter machte. Eine Menge Leute würden mit Feuereifer nach ihr suchen. Wenn eine Polizistin getötet wurde, sahen die Kollegen nicht weg.

Er zog sie in Richtung des Vans, warf die Tür hinter sich zu und schloss ab. Als er das Bündel erneut anhob, rann Blut aus ihrer Nase und troff auf den Garagenboden. Er wuchtete sie auf die Ladefläche und schob die Tür ins Schloss. Starrte den Blutfleck am Boden an, der auf dem Beton im Staub den feuchten Glanz einbüßte. Bald wäre da nur noch ein Schmutzfleck. Er rieb mit der Schuhsohle darüber. Dann setzte er sich ans Steuer, fuhr die Rampe hoch und bog auf die Straße.

87

Carpelan riss die Tür zum Besprechungsraum auf. Sarah Hansen blickte selbstsicher, fast streitlustig zu ihm auf.

»Ulf«, sagte er so ruhig, wie er nur konnte. »Kommst du mal kurz raus?« Und als der Leiter der Fahndungsabteilung die Tür hinter sich geschlossen hatte: »Immer noch nichts von Sofia?«

Ulf schüttelte den Kopf.

»Nein. Was sollen wir tun?«

»Bevor wir nach Tyresö gefahren sind, was hat sie da zuletzt gemacht?«

»Sie ist noch schnell aufs WC verschwunden … und hat vergessen zu spülen.«

»Hast du sie auf dem Klo belauscht?«

»Ich weiß, dass ihr einander nahesteht. Aber ich glaube, wir müssen nicht erst ihr Handy durchleuchten, um zu wissen, dass sie Sarah und Max vorgewarnt hat. Er war gerade mit dem Boot losgefahren, als wir dort vorgefahren sind.«

»Hat Sarah das bestätigt?«

»Nein, aber das muss sie auch nicht. Sofia hatte ihr kurz vorher eine E-Mail geschickt. Es liegt auf der Hand, dass sie zusammenarbeiten.«

»Was hat in der E-Mail gestanden?«

»Sie enthielt bloß drei Scans, zwei aus einem Buch namens *Adelsfahne* und eine handgeschriebene Notiz.«

Carpelan nickte. Er würde Sofias Geheimnis nicht länger für sich behalten. Wenn er jetzt keine Konsequenzen zöge, riskierte er, dass er die Kontrolle über die Einheit und die komplette Ermittlung aus der Hand gab.

»Wir müssen die Fahndung nach Max Anger rausgeben«, sagte Ulf. »Er steht nachweislich mit drei Todesfällen in Verbindung. Das Labor hat inzwischen bestätigt, dass die Benzodiazepine aus Orrfeldts Teekanne mit dem Präparat übereinstimmen, das Max verschrieben bekommt. Wenn er nicht selbst der Täter ist, dann hat er ein erstaunliches Talent, sich immer zur falschen Zeit am falschen Ort zu befinden.«

Das ist schon alles richtig, dachte Carpelan – wenn nicht dieser Mann wäre, den er zusammen mit Ahlbom und Watts auf den Fotos vom Zimmermannsorden entdeckt hätte. Einen größeren Meister der Täuschung als den pensionierten Geheimdienstoffizier Cornelius Strömberg konnte er sich gar nicht vorstellen.

Allerdings konnte er das Ulf nicht in der erforderlichen Kürze erklären. Das musste warten. Jetzt ging es darum, Sofia aufzuspüren.

»Okay«, sagte er zu guter Letzt. »Hiermit übernimmst du die Leitung der Ermittlung. Geh mit der Fahndung raus, wir suchen ihn offiziell als Verdächtigen in mehreren Mordfällen.«

Carpelan eilte weiter zu Sofias Arbeitszimmer. Dort weckte er den Bildschirm aus dem Stand-by-Modus, rief den Internetbrowser auf und sah nach, wonach sie zuletzt gesucht hatte.

Obwohl er sie gebeten hatte, die Spur nicht weiterzuverfolgen, hatte sie weitergemacht – sie hatte Verbindungen zu jenen kalten Tagen in den Achtzigern gesucht. Und sie hatte den Kommissar ausfindig gemacht, aus dessen Wohnung die Bänder mit der Rekonstruktion von Albrektssons tödlichem Sturz vor die U-Bahn verschwunden waren. Sie hatte den Namen gegoogelt und eine Adresse gefunden.

Eine Bowlinghalle an der Hornsgatan, hier in Stockholm. Magnus Bexton.

Carpelan rannte zurück zum Besprechungsraum und riss erneut die Tür auf.

»Okay, die komplette Mannschaft in die Hornsgatan 56. Auf der Stelle!«

88

In der Hornsgatan teilte sich der Trupp in zwei Hälften: Ein Teil folgte Ulf Göransson hinunter in die Garage, der andere blieb bei Carpelan am Eingang von Stockholm Bowling. Einer der in Schwarz gekleideten Männer ruckte am Handlauf. Tür und Rahmen waren solide. Es gab nur eine Möglichkeit, dort reinzukommen.

»Hol einer das Brecheisen«, befahl Per Carpelan.

Sowie sie es an der Tür ansetzten, fing ein Alarm an zu schrillen.

Carpelan war als Erster drinnen. Es war stockfinster in der Bowlinghalle. Er nahm eine Taschenlampe zur Hand und beleuchtete den Weg.

»Sofia?«

Als er den Kassentresen erreichte, ließ er den Blick über Regale mit Zubehör und Erfrischungsgetränken schweifen.

Dann wandte er sich zu den Bowlingbahnen um. Auch sie lagen im Dunkeln.

»Sofia?«

Keine Reaktion.

Hinter dem Tresen befand sich eine Tür ohne Klinke. Neben der Tür hing ein Kartenlesegerät; ohne Codekarte würden sie dort also nicht hineinkommen. Er warf sich mit vollem Gewicht dagegen. Zwecklos.

Er winkte den Mann mit dem Brecheisen zu sich. Der tastete erst an der Tür entlang und versuchte dann, das

Eisen zwischen Tür und Rahmen zu schieben. Schüttelte kurz den Kopf. Dann hämmerte er auf die Wand direkt neben der Tür ein. Große Gipskartonfetzen rieselten hinab. Darunter kam Stahlbeton zum Vorschein.

Wie in einem Bunker, schoss es Carpelan durch den Kopf.

»Da kommen wir nicht rein«, stellte der Kollege fest. »Völlig aussichtslos.«

Carpelan hämmerte gegen die Tür und rief wieder: »Sofia!«

»Es muss doch noch einen anderen Weg in diese Festung geben«, sagte der Kollege.

»Vielleicht durch die Garage, wo Göransson mit den anderen rein ist«, erwiderte Carpelan.

In der Tiefgarage suchte er mit dem Blick die Reihen ab. Ein Platz war leer. An der Stirnseite befand sich eine Metalltür. Er rannte darauf zu, rüttelte an der Klinke, aber auch diese Tür war verschlossen. Genauso eisenhart und unüberwindbar wie die Tür oben an der Bowlinghalle.

»Sofia!«

»Chef«, sagte einer der uniformierten Kollegen, und Carpelan wirbelte herum.

Der Mann war auf dem leeren Parkplatz in die Hocke gegangen und rieb sich die Fingerspitzen.

Carpelan trat neben ihn, starrte auf die Finger des Kollegen hinab und dann auf einen dunklen Fleck am Boden. Blut. Der Boden schien unter ihm zu schwanken.

Er sah sich aufmerksam um. Reifenspuren. Ein größerer Wagen, vielleicht ein Transporter.

»Ich will sofort ein Kommando mit Schlagbohrer oder Sprengsatz oder was immer wir haben, damit wir durch diese verdammten Türen kommen!«

89

Max tippte den Türcode an Strömbergs Haustür ein und betrat das Treppenhaus. Den Oberst zu konfrontieren wäre riskant, aber wenn er Max hätte aus dem Weg räumen wollen, hätte er dazu längst die Gelegenheit gehabt. Magnus Bexton hätte ihm eine Kugel in den Kopf jagen können, wenn er den Befehl dazu gehabt hätte.

Warum hatte er es nicht getan?

Die einzig mögliche Antwort lautete: weil sie ihn lebend brauchten.

Sie wollten, dass er sämtliche relevanten Beteiligten aufspürte, damit sie diese dann eliminieren konnten. Weil sie es allem Anschein nach eilig hatten.

Nur warum?

Als Max' Auftrag erledigt gewesen war, hatten sie ihn als Täter inszenieren wollen. Und sie hatten es tatsächlich geschafft, den Jäger zum Gejagten zu machen.

Ihr Plan erforderte einen Sündenbock.

Doch jetzt war es an der Zeit, das Ruder herumzureißen. Strömbergs Name stand auf einem Plastikstreifen auf einem der Briefkästen. Max hätte sich nie träumen lassen, dass es je so weit kommen würde. Seine linke Hand zitterte, als er sie zum Klingelknopf führte.

Nur Sekunden später hörte er Schritte aus der Wohnung. Cornelius machte auf. Er hatte eine Stoffhose und einen Morgenmantel an. Er sah entspannt aus, als hätte er es sich gerade an einem x-beliebigen Abend vor dem Fernseher gemütlich gemacht.

»Max? Kommen Sie rein, Sie sind ja völlig durchnässt!«

Max folgte Strömberg ins Wohnzimmer und setzte sich auf dasselbe Sofa, auf dem er schon bei seinem letzten Besuch gesessen hatte. Diesmal machte er sich nicht die Mühe, erst die Schuhe auszuziehen. Strömberg sah ihn stirnrunzelnd an und ließ sich dann ebenfalls nieder. Streckte sich nach einem Glas aus dem verspiegelten Barschränkchen, das ins Bücherregal eingelassen war.

»Sie sehen aus, als könnten Sie ein Schlückchen vertragen«, sagte er und schenkte Whisky ein.

Max ignorierte das Glas.

»Ihrer Kleidung zufolge haben Sie sich doch nicht zu Hause ausgeruht«, stellte Strömberg fest. »Hatte ich Ihnen nicht geraten, die Nachforschungen ad acta zu legen?«

»Sie wussten genau, dass ich das nicht tun würde«, entgegnete Max. »Aber vielleicht hatten Sie ja auch genau darauf abgezielt? Keine Ahnung. Allerdings weiß ich mittlerweile, dass Sie mich die ganze Zeit hinters Licht geführt haben. Sie haben mich angelogen.«

Strömberg schüttelte den Kopf.

»Ich habe Sie nicht angelogen. Aber vielleicht hat jemand anderes uns beide hinters Licht geführt.«

»Ich wusste gar nicht, dass Strömberg ein alter Adelsname ist«, sagte Max.

Strömberg nahm einen Schluck Whisky.

»Nicht jeder Strömberg ist adelig. Aber seit wann interessieren Sie sich für meine Abstammung?«

»Seit ich über einer Tür im Keller des Zimmermannsordenshauses auf eine Adelsfahne gestoßen bin. Ich wusste überdies nicht, dass Sie und Barck beide Ordensmitglieder sind – oder waren. Warum haben Sie nie erwähnt, dass Sie einander kannten?«

»Weil ich nicht wollte, dass eine flüchtige Bekanntschaft Ihre Arbeit beeinflusst. Ich verstehe, warum Sie das merkwürdig finden, aber ich bin de facto nicht der einzige Pensionär aus Armeekreisen, der an den Treffen in der Eriksbergsgatan teilnimmt.«

»Ich habe gesehen, wie Ahlbom das Bankett in Begleitung zweier Männer verließ. Einer davon war Watts, nehme ich an. Waren Sie der andere?«

Strömberg nickte.

»Watts ist nicht derjenige, für den Sie ihn halten.«

Max schnaubte.

»Warum sollte ich auch nur ein Wort von Ihnen glauben? Warum haben Sie die Veranstaltung gemeinsam verlassen?«

»Weil es im Zimmermannsorden einen Sicherheitsrat gibt – und dem gehöre ich an. Nils hatte mich gebeten, ihn und Watts zu begleiten, weil eine Bedrohungssituation vorlag.«

»Dann kennen Sie den Raum im Keller.«

»Ich kenne das Haus in- und auswendig«, erwiderte Strömberg.

»Sie haben mir wichtige Informationen vorenthalten. Sie hatten via Magnus Bexton, einem ehemaligen Polizisten, die ganze Zeit über ein Auge auf mich. Ich weiß, dass er Sego Naidu, Casten Orrfeldt und weiß der Himmel wen noch ermordet hat. Ich nehme an, er war es auch, der in Ihrem Auftrag meine Wohnung und die Büroräume von Vektor durchsucht hat.«

Strömberg antwortete nicht.

Max lehnte sich vor.

»Sie haben das eingefädelt – dass die Polizei jetzt hinter mir her ist. Sie haben mich ins Fadenkreuz manövriert.«

Strömberg nahm noch einen Schluck.

»Sie sind zu weit gegangen, Max. Hätten Sie die Sache auf sich beruhen lassen, so wie ich es Ihnen geraten habe, hätte all das nie passieren müssen. Ich hatte Magnus lediglich gebeten herauszufinden, was Sie in den letzten Jahren gemacht haben, bevor ich Sie kontaktiert habe. Mit allem anderen habe ich nichts zu tun.«

»Die Familien Strömberg und Bexton haben die Adelsfahne gegründet. Nur so habe ich die Verbindung herstellen können. Sie haben die alte Tradition, Schweden mittels eines Geheimbunds zu verteidigen, bis in den Kalten Krieg hinein aufrechterhalten. Auch wenn Ihr Ziel immer das Beste für Schweden gewesen sein mag, haben Sie sich gewissen finsteren amerikanischen Kräften untergeordnet, und das zulasten unschuldiger Landsleute. Sie sind weder Patrioten noch gute Christen. Das Einzige, was Sie antreibt, sind Macht und Geld.«

Strömberg leerte sein Glas und verzog das Gesicht.

»Klingt ganz so, als würden Sie mir misstrauen. Anscheinend ist dieser Schaden nicht mehr reparierbar. Es war nie meine Absicht, dass es so enden sollte. Sie müssen mir glauben – ich habe Sie *niemals* belogen.«

Max schüttelte den Kopf. Strömberg sah resigniert aus – so hatte Max ihn noch nie erlebt. Er hatte ihm Informationen vorenthalten, das war sonnenklar, aber nach wie vor war Max sich nicht sicher, ob er ihn wissentlich belogen hatte. Log er jetzt gerade?

»Bevor er gestorben ist, hat Barck von großen Umwälzungen gesprochen – von etwas Einschneidendem, was die ganze Welt verändern wird. Irgendetwas hat ihm derart zugesetzt, dass er keinen anderen Ausweg mehr gesehen hat, als sich das Leben zu nehmen.«

»Ich weiß wirklich nicht, wovon er da geredet hat – oder was Sie meinen«, erwiderte Strömberg.

Wieder veränderte sich sein Gesichtsausdruck. Max wusste nicht, wie er ihn deuten sollte. Hatte er wirklich keine Ahnung? Oder war das hier eine Tür, die man besser nicht aufstieß?

»Außer dass Sie jahrelang die Leitung der Küstenjäger innehatten, waren Sie Chef der Sektion für Sonderinformationsakquise, einem Teil des Nachrichtendienstes der Armee. Das war in den Achtzigern. Als die Albrektsson-Ermittlung vor die Wand gefahren ist.«

Strömberg antwortete nicht. Er saß bloß mit einem merkwürdigen Gesichtsausdruck da.

»Sie und Bexton«, fuhr Max fort. »Sie haben sämtliche Schritte bei den Albrektsson-Ermittlungen vorgegeben. Und Sie haben dafür gesorgt, dass die Bänder verschwanden. Wie praktisch, dieser Einbruch damals – Sie haben sich gegenseitig immer schön den Rücken freigehalten. Waren Sie das, der sich die Bänder unter den Nagel gerissen hat?«

Strömberg stemmte sich hoch. Nickte in Richtung Wohnungstür.

»Wollen Sie vielleicht jetzt mein Archiv auf dem Dachboden durchsuchen?«

»Setzen Sie sich«, sagte Max. »Wir sind noch nicht fertig.«

»Ich hab's nicht eilig«, erwiderte Strömberg. »Aber ich müsste kurz zur Toilette.«

»Mir wäre es lieber, Sie blieben sitzen.«

»Es dauert keine Minute, Max. Ich bin gleich wieder da.«

»Ich habe mit Yvonne Niklasson gesprochen.«

»Und sie hat genau so reagiert, wie ich es vorhergesagt habe: Sie hat jede Beteiligung abgestritten. Ich bin in ihr Büro zitiert worden, und bei dieser Gelegenheit hat sie wiederholt, dass sie jeden Kontakt mit mir von sich weisen werde – und selbiges sogar protokollieren lassen. Bei dem Treffen waren zwei Säpo-Beamte aus der Abteilung Personenschutz dabei. Von denen hat die Polizei auch den Hinweis bekommen, dass Sie involviert seien. Ich sollte bloß helfen, den Mann zu identifizieren, der sich bei ihr zu Hause Zutritt verschafft hat, mehr nicht. Ich habe Ihnen gesagt, dass es idiotisch wäre, sie aufzusuchen. Sie haben Ihre Deckung aufgegeben. Was verdammt noch mal haben Sie denn geglaubt, wohin das führen würde?«

»Ich habe Niklasson aufgesucht, weil ich wissen musste, ob das hier bis ganz hoch in Regierungskreise reicht. Damit ich nicht unter die Räder gerate, wenn ich das nächste Mal U-Bahn fahre. Bleiben Sie dabei, dass dieser Ermittlungsauftrag von der Parteisprecherin stammte?«

»Ja«, antwortete Strömberg bestimmt.

Max wartete noch einen Augenblick und ließ die Antwort sacken.

»Dann wollen Sie mir also weismachen«, sagte er nach einer Weile, »dass nicht Sie gelogen haben, sondern Yvonne Niklasson?«

Strömberg nickte.

»Allerdings sind Sie nicht der Einzige, der dabei getäuscht worden ist.«

»Der Ausschuss, in dem Yvonne in den Achtzigern saß, war die einzige Instanz, die über Ihre Arbeit beim militärischen Nachrichtendienst Bescheid wusste. Sie haben einander eine ganze Weile lang Geheimnisse anvertraut.«

Strömberg zeigte in Richtung Toilette, die ein Stück den Flur hinunter lag.

»Wenn Sie mich bitte entschuldigen würden … Wenn Sie erst mal in meinem Alter sind, verstehen Sie vielleicht, dass es nicht mehr so leicht ist einzuhalten … Wir haben noch einiges zu besprechen, aber erst …«

Max schüttelte den Kopf. Yvonne Niklasson hatte ihm direkt ins Gesicht gelogen. Aber warum? Was war der Grund?

Und das Feedback an Barcks Schwester? Auch das wurmte ihn immer noch.

»Trotz allem handelt es sich hier um eine persönliche Tragödie. Wir versuchen jetzt, so gut es geht wieder zur Tagesordnung überzugehen.«

»Max, ich wüsste es sehr zu schätzen, wenn wir hier würdig miteinander umgingen, ohne dass ich mit nasser Hose vor Ihnen sitzen müsste.«

»Ich komme mit.«

»Sie wissen nicht mehr, wem Sie trauen können, nicht wahr?«

Vor der Toilettentür blieb Strömberg stehen und sah ihn an.

»Sie schließen nicht ab!«

Strömberg nickte und zog lediglich die Tür hinter sich zu.

Max versuchte, Ordnung in seine Gedanken zu bringen. Strömberg musste in seiner Zeit beim Nachrichtendienst umfassende Kontakte zu den Amerikanern gepflegt haben. Unter Garantie hatte er immer gewusst, dass in den Achtzigerjahren CIA-Agenten auf schwedischem Boden herumgeschnüffelt hatten. Und diese Angelegenheit mussten sie damals im selben Ausschuss besprochen haben, in dem Yvonne Niklasson gesessen hatte.

»Cornelius«, rief Max. »Wer ist Bill Herron?«

Er hörte, wie Strömberg in der Toilette eine Schranktür aufzog und sich dann schwer auf den Klositz sinken ließ.

»Cornelius?«

Im nächsten Moment hallte ein Revolverschuss durch die Wohnung.

Max riss die Tür auf und stürzte auf Strömberg zu, der auf dem Toilettensitz zusammengesackt war. Der Kopf war zur Seite gekippt, und der Revolver lag direkt unter seiner ausgestreckten Hand am Boden.

Die weiß geflieste Wand in seinem Rücken war von Blutspritzern übersät.

90

Carpelan saß allein an dem Bistrotisch vor dem Kassentresen und wartete auf Verstärkung. Ulf und sein Team hatten in der Zwischenzeit die Beleuchtung in der Halle wieder in Gang gebracht. Carpelan hatte Ulf berichtet, was ihn auf diese Spur gebracht hatte – seine Vermutung, dass Sofia unter Garantie hierhergefahren war, um mit Magnus Bexton zu reden. Nach Bexton wurde jetzt genau wie nach Max Anger unter Hochdruck gefahndet. Den Rest der Geschichte – den Fall Albrektsson, der Bexton und Strömberg miteinander verband – behielt Carpelan fürs Erste für sich. Möglicherweise würde er, wenn das hier vorbei wäre, alles erzählen; seine Mitarbeiter versammeln und ihnen eine Geschichtslektion über das dunkelste Kapitel der schwedischen Polizei erteilen. Oder es vielleicht mit ins Grab nehmen. Womöglich wäre das besser. Um dem schwedischen Rechtswesen nicht noch mehr Schaden zuzufügen.

»Was glaubst du eigentlich, was wir dort finden?«, wollte Ulf von ihm wissen.

»Bestenfalls eine Art Kommandozentrale einer Geheimorganisation, die Recht und Gesetz in die eigenen Hände genommen hat und die Schuld an mindestens drei Todesfällen trägt«, antwortete Carpelan.

»Und schlimmstenfalls?«

»Eine tote Polizistin.«

»Wir lassen die Blutprobe schnellstmöglich analysieren.«

»Vielleicht ist sie aber auch weggeschafft worden. In einen Transporter geworfen und irgendwo hingefahren worden. Wir müssen sie finden!«

»Jemand hat Bexton gewarnt«, murmelte Ulf. »Sofia wäre ansonsten nie hier reinspaziert und hätte sich überrumpeln lassen. Dafür ist sie zu gut.«

Magnus Bexton.

Zorn brodelte in ihm hoch. Wie konnte man sich als Teil des Polizeikorps nur dermaßen korrumpieren lassen? Carpelan war all die Jahre der festen Überzeugung gewesen, dass Cornelius Strömberg und Magnus Bexton in der Albrektsson-Ermittlung Gegner gewesen wären und Strömberg dafür gesorgt hätte, dass Bexton hatte gehen müssen. Inzwischen wusste er es besser. Inzwischen war klar, dass die beiden zusammengearbeitet und Beweise vernichtet hatten, um endlich den Sack zuzuschnüren.

Die Erinnerungen aus den Achtzigerjahren rissen ihn in einen Mahlstrom aus widerstreitenden Gefühlen. Er hätte auf Sofia hören sollen – sie war auf der richtigen Spur gewesen. Auf einer Spur, der sie auf eigene Faust gefolgt war, wodurch sie sich in Lebensgefahr begeben hatte. Weil er ihr einen anderslautenden Befehl gegeben hatte, war sie regelrecht dazu gezwungen gewesen. Ihre Gefühle für Max mochten da auch eine Rolle gespielt haben, aber die hatten sie mitnichten blind gemacht – es war Carpelans Kurzsichtigkeit, die sie angeleitet hatte.

Ich werde dich finden. Und wenn es das Letzte ist, was ich tue.

Carpelan lief zum Ausgang, um nachzusehen, wo die Verstärkung blieb.

Im selben Moment fing das komplette Gebäude an zu beben.

Das Licht ging aus, und er warf sich der Länge nach auf den Boden. Es roch nach Sprengstoff und Rauch. Carpelan griff nach seiner Taschenlampe und richtete den Lichtkegel auf die Panzertür. Aus dem kaum sichtbaren Spalt zwischen Tür und Fußboden sickerte weißer Rauch.

Dort drinnen war etwas explodiert.

91

»Wir haben noch einiges zu besprechen.«

Max hatte sich wieder auf das Sofa in Strömbergs Wohnzimmer gesetzt. Wie er hierhergekommen war, wusste er nicht mehr. In seinen Ohren klingelte immer noch der Revolverschuss. Ihm war klar, dass er unter Schock stand. Er wusste, dass er nicht einfach in Strömbergs Wohnung sitzen bleiben dürfte.

Die Polizei würde jeden Moment da sein. Trotzdem konnte er sich nicht bewegen.

In seinen Händen hielt er das Foto von sich und dem Oberst, auf dem sie sich die Arme um die Schultern gelegt und einander die Köpfe zugeneigt hatten. Dass Strömberg ihn in all der Zeit hintergangen hatte, tat weh. Dass er jetzt tot war, machte es kein bisschen besser.

»Allerdings sind Sie nicht der Einzige, der getäuscht worden ist.«

Er fuhr sich durchs Haar, versuchte, sich einen Ruck zu geben und wieder in die Gänge zu kommen. Stattdessen wanderten seine Gedanken nur umso weiter in die Vergangenheit. Mit Strömbergs Tod war auch die letzte Chance dahin, Klarheit zu erlangen – denn die wichtigste Frage hatte Max ihm nicht mehr stellen können. Als er mit dem Beweis gekommen war, hatte Strömberg kapituliert. Er hatte es in dessen Blick sehen können.

Er hatte nur noch eins tun können. Sich den Revolver

an den Kopf halten. Ein Küstenjäger ergab sich nicht dem Feind.

»Da hätten wir wieder Ihren Gerechtigkeitssinn – das Rechtspathos von Arholma.«

So etwas hatte er mehrmals gesagt.

Bei uns wurde auch eingebrochen, Cornelius. In unser Haus auf Arholma. Ich habe den Collegeblock meiner Mutter gefunden und Kopien von Zeitungsartikeln. Die haben mich überhaupt erst auf die Albrektsson-Spur gebracht. Und diese führte schließlich zu Ihnen.

Jetzt da Strömberg tot war, gab es nur noch eine Person, die seine Fragen womöglich beantworten konnte.

Die Freundin seiner Mutter.

Er griff nach seinem Handy und rief die Nummer der Wohnung über dem Inselladen an.

»Ulla, Max Anger hier. Ich weiß, es ist lange her, aber ich müsste mich mit Ihnen über meine Mutter unterhalten. Können Sie sich noch daran erinnern, als bei uns eingebrochen wurde? Als meine Mutter schon alleine dort wohnte?«

»Ja, das war im September 1986. Den Tag werde ich nie vergessen.«

»Woran können Sie sich noch erinnern? Hat damals irgendjemand etwas beobachtet?«

»Euer Nachbar, Torbjörn, der hatte einen Mann gesehen, der durch den Garten zum Haus hochlief. Torbjörn war außer sich. Er war unglücklich in Josefin verliebt und meinte, sie hätte einen Liebhaber. Aber das stimmte natürlich nicht.«

»Dann hat ein Mann an unserem Steg angelegt?«

»Ja, davon sind wir damals ausgegangen.«

Aus der Stockholmer Innenstadt war es ein gutes Stück bis Arholma. Dafür wäre ein voller Tank nötig gewesen.

»Hat irgendwer am selben Tag an der Bootstankstelle getankt? Wissen Sie das noch?«

»Ja, klar, das war genau an dem Tag, glaube ich.«

»Und was war das für ein Boot? War es ein Militärboot?«

»Nein, ein ganz normales Sportboot oder ein kleinerer Kabinenkreuzer. Es war September, und es ging Nordwind.«

»Wie sah der Mann aus? War irgendetwas an ihm auffällig? Bitte versuchen Sie, sich zu erinnern, es ist wirklich wichtig.«

»Ich habe ihn selbst gar nicht zu Gesicht gekriegt, aber vorne im Boot lag eine Mütze, so eine Kopfbedeckung ... so was wie eine Baskenmütze.«

»Was für eine Baskenmütze? Welche Farbe?«

»Kann ich nicht mehr sagen. Aber es steckte eine Brosche daran, ein Abzeichen, das aussah wie eine Gabel.«

Das Herz hämmerte in seiner Brust.

»Ein Dreizack?«, fragte Max. »An der Baskenmütze war ein Dreizack-Abzeichen befestigt?«

»Ja, genau«, sagte Ulla. »Das war ein Dreizack-Abzeichen.«

Max bedankte sich bei ihr und drückte das Gespräch weg. Dann ging er zurück in Richtung Toilette.

Alles fiel an seinen Platz. Eine Geheimorganisation hatte bei ihnen eingebrochen und hinter sich aufgeräumt. Unten im Arbeitszimmer hatte alles so ordentlich ausgesehen – der Eindringling hatte sich Zutritt verschafft und sämtliche Artikel und Briefe von Max' Vater mitgenommen.

»Alles weg.«

Der Eindringling war übers Wasser gekommen. Der Dreizack war das Symbol des Meeresgottes Poseidon. Und die

Baskenmütze mit dem Dreizack Teil der Küstenjägeruniform.

»Das Rechtspathos von Arholma.«

Max schob die Toilettentür auf und sah den toten Offizier ein letztes Mal an.

Du bist damals bei uns eingebrochen.

92

Die Techniker waren inzwischen im angrenzenden Raum zur Bowlinghalle zugange. Allerdings war dort alles verbrannt und verkohlt: Reste verbrannter Kabel, Glasscherben, Metallsplitter … Doch zum Glück keine Leiche.

Carpelan glaubte nicht, dass sie in dem Raum etwas Beweiskräftiges finden würden. Trotzdem hatte er eine klare Vorstellung davon, wer dort zu Werke gegangen war.

Eine Bruderschaft aus einstigen Polizisten und Mitgliedern der Armee. Eine Privatarmee.

Er blickte über die Hornsgatan, die zwischen Mariatorget und Torkel Knutssonsgatan abgesperrt worden war und jetzt still vor ihm lag.

Dann wandte er sich zu Ulf Göransson um.

»Irgendwas Neues zu einem Wagen, der auf die Bowlinghalle oder auf Magnus Bexton angemeldet wäre?«, fragte er.

»Nein, nichts.«

»Sind wir die anderen Wagen schon durchgegangen? Darf ich die Liste mal sehen?«

Ulf drückte ihm einen Ausdruck in die Hand.

Innerhalb des abgesperrten Bereichs standen insgesamt dreißig Fahrzeuge. Carpelan sah die Namen durch.

»Hier«, sagte er, »das hier ist auf den Namen Karlsson gemeldet.«

»Sofias Wagen ist das aber nicht«, wandte Ulf ein. »Das haben wir schon überprüft.«

»Es könnte der Wagen ihres Vaters sein.«

Gemeinsam machten sie sich auf den Weg. Ein Stück entfernt vom Eingang der Bowlinghalle parkte ein alter roter Saab. Am Rückspiegel baumelte ein Wunderbaum.

Ulf knackte die Fahrertür. Durchwühlte das Handschuhfach und die Seitenfächer von beiden Türen.

»Nichts da«, sagte er.

»Und der Kofferraum?«

Ulf brach auch den auf. Ihr Blick fiel auf eine grüne Flickentasche. Er zog den Reißverschluss auf. In der Tasche lag jede Menge Papier. Carpelan nahm ein paar Blätter zur Hand und hielt sie in die Höhe.

»Erkennst du die Handschrift wieder?«

Ulf sah genauer hin.

»Könnte die von Sarah Hansen sein.«

»Nimm die Tasche mit aufs Revier und rede mit ihr. Mach ihr den Ernst der Lage klar. Oder wir setzen sie fest – wegen Behinderung einer polizeilichen Ermittlung.«

Als er auf dem Rückweg an seinem eigenen Wagen vorbeilief, schnappte er eine Meldung aus dem Polizeifunk auf.

»... Schuss am Norr Mälarstrand gemeldet, wohl aus der Wohnung eines gewissen Cornelius Strömberg.«

Max – verdammt!, dachte Carpelan. Sag jetzt nicht, dass du dort bist!

Er brüllte dem Leiter des Sondereinsatzkommandos zu, er möge ihm hinterherfahren. Dann sprang er hinters Steuer, schaltete das Blaulicht ein und trat das Gaspedal durch.

93

Max saß auf dem Badewannenrand. Das Einzige, was von Strömberg übrig war, war ein lebloser Leib, den niemand mehr heilen würde. Eine leere Hülle, die nicht mal mehr aussah, als hätte sie je menschliches Leben enthalten. Noch ein Name auf der Liste derjenigen, die keinen anderen Ausweg mehr gesehen hatten, als Selbstmord zu begehen.

Nur warum? Weil er einer geheimen Bruderschaft angehört hatte, die nun drohte, entschleiert zu werden? Weil das, was bei einer Ermittlung herauskäme, all die Verbrechen ans Licht brächte, die über Jahrzehnte begangen worden waren? Was waren das für Verbrechen? Womöglich würde er es nie erfahren.

Die letzte Frage, die Max ihm gestellt hatte.

»Wer ist Bill Herron?«

Der Schuss aus der Magnum war die einzige Antwort, die er darauf erhalten hatte.

Hatte Strömberg sich erschossen, weil Max herausgefunden hatte, dass er ein Laufbursche der Amerikaner gewesen war? War die Demütigung, dass seine komplette Laufbahn als Farce enttarnt worden war, zu groß gewesen, als dass er es ertragen hätte? Oder wäre die Alternative zum Selbstmord noch viel schlimmer gewesen?

Yvonne Niklasson, die außenpolitische Sprecherin der Sozialdemokraten, hatte Max ins Gesicht gelogen.

Der Südafrika-Skandal drohte ihnen um die Ohren zu fliegen. Und nächstes Jahr waren Wahlen.

Er griff nach seinem Handy und rief erneut Sofia an. Sofia war neben Sarah die Einzige, der er noch vertrauen konnte.

Sie ging immer noch nicht ran.

Max kniff die Augen zusammen.

Du darfst dich ihnen nicht in den Weg stellen, Sofia. Sag bitte, dass du das nicht getan hast …

Vor dem Fenster schien sich ein schrilles Jaulen zu nähern. Als Max den Kopf hinaussteckte, konnte er zwar nicht den Norr Mälarstrand sehen, aber zweifellos kam dort die Polizei.

Eilig tastete er Strömbergs Taschen ab, bis er dessen Handy und Schlüsselbund fand. Dann rannte er hinaus ins Treppenhaus.

94

Lawrence Watts III. stand vor dem Getränkewagen in der Bibliothek der Prinsessan-Lilian-Suite im Grand Hôtel und goss zwei L'Art de Martell ein.

Der Raum war in nüchternen Farben gehalten. Graublaue Schränke und Regale, elfenbeinweiße Lampenschirme, Tische aus dunklem Edelholz. Er presste sich das Handy ans Ohr und blickte durchs Fenster auf das bildschöne Stockholmer Schloss.

»Dann ist die Mabahith auf uns aufmerksam geworden? Der saudische Nachrichtendienst?«, hakte er nach.

»Das befürchte ich zumindest«, antwortete Bexton am anderen Ende.

Watts hob seinen Kognakschwenker an die Lippen und ließ die bernsteinfarbene Flüssigkeit seine Kehle hinabrinnen.

»Unser Kontakt in Jerusalem war schon länger an Barck dran. Dort lief uns allerdings die Zeit davon. Die Umstände waren nicht gerade optimal.«

»Das sind sie selten«, erwiderte Watts.

Er ging auf die Flügeltür zu, die er hinter sich zugemacht hatte, damit sein Gast auf der anderen Seite nichts mitbekam.

»Ich habe sämtliche Spuren verwischt. In der Hornsgatan finden sie nichts.«

»Die Frau muss am Leben bleiben«, sagte Watts. »Schick mir ein Video von ihr. Das könnten wir einsetzen.«

»Und Ahlbom?«, fragte Bexton. »Der wird jetzt zur Belastung.«

»Um den mach dir mal keine Gedanken.«

Watts schob die Tür zum Rest der Suite auf. Am anderen Ende des Raumes stand der Chefkoch des Hotels und bereitete ein eigens komponiertes Menü zu. An dem großen Esstisch saß Nils Ahlbom und blätterte in einer Zeitschrift.

»Ich muss morgen zurück in Washington sein«, sagte Watts zu Bexton. »Mein Jet wartet in Bromma. Wir fliegen, sobald hier in Stockholm alles bereinigt ist. Dann wirst du angemessen entlohnt.«

95

Noch auf der Treppe hörte Max, wie draußen vor der Tür Bremsen quietschten. Er drehte sich zur Hintertür um und spähte durch das Fensterchen in den Innenhof. Zwei schwer bewaffnete Männer in schwarzer Montur kletterten über die Mauer in den benachbarten Garten.

Er drehte sich zur Haustür um und rannte, so schnell er konnte. Ein schwarzer Mannschaftswagen stand quer auf der Zufahrt und blockierte den Weg. Auf der anderen Seite zwei Streifen. Ein älterer Mann in Zivil, vermutlich der Einsatzleiter, kam auf ihn zugelaufen, dicht gefolgt von zwei weiteren schwarz gekleideten Männern.

Sie waren nur wenige Meter voneinander entfernt, als Max einen instinktiven Beschluss fasste. Er drehte sich in Richtung des Mannes in Zivil und machte einen Satz auf ihn zu. Die Einsatzkräfte rundherum rissen die Maschinengewehre hoch, und einer schrie: »Auf den Boden! Hände über den Kopf!«

Stattdessen nahm Max den Mann in Zivil in den Schwitzkasten und hielt ihm einen der Keile aus dem Boot an die Kehle.

»Max!«

Per Carpelan kletterte aus einem dunklen Volvo.

»Jetzt ist Schluss«, rief er. »Der Mann, den Sie da im Würgegriff haben, heißt Ulf Göransson. Er ist der Leiter der Fahndungsabteilung der Rikskrim und leitet die Ermittlungen. Ihre Kollegin Sarah Hansen ist bei uns, und es wird allmählich Zeit, dass Sie ebenfalls Ruhe geben.«

»Wo ist Sofia?«, wollte Max wissen.

Carpelan machte ein paar bedächtige Schritte auf ihn zu.

»Bleiben Sie, wo Sie sind«, sagte Max. »Und beantworten Sie meine Frage. Warum leitet Sofia nicht diese Ermittlung?«

»Das wissen Sie womöglich besser als ich«, erwiderte Carpelan. »Die letzte Spur, die wir von ihr haben, stammt von Stockholm Bowling an der Hornsgatan. Sie ist dort hingefahren, um sich mit Magnus Bexton zu unterhalten.«

Die letzte Spur?

»Genau dieser Bexton ist der Mörder, nicht ich! Er und Strömberg arbeiten seit Jahren zusammen.«

»Legen Sie die Waffe weg und kommen Sie mit aufs Revier, dort können wir reden.«

Legen Sie die Waffe weg? Wollte er sich allen Ernstes auf einen Kaffee zusammensetzen – aus Plastikbechern, bei der Rikskrim? Während Sofia von einem Mann gefangen gehalten wurde, der binnen weniger Tage drei Morde verübt hatte?

»Tut mir leid, Per«, sagte er. »Wer hier welche Rolle spielt – darüber müssen wir uns ein andermal unterhalten. Ich werde jetzt ganz langsam über die Straße gehen und dann weiter in Richtung Rålambshovsparken. Und von Ihnen macht niemand auch nur einen Mucks.«

Er drückte die Spitze fester an Göranssons Hals. Der Polizist gab ein gequältes Winseln von sich. Max setzte sich rückwärts in Bewegung und zerrte Göransson mit sich mit.

»Tun Sie, was er sagt«, rief Carpelan seinen Kollegen zu. »Aber Max – Sie machen einen Riesenfehler!«

Dann drehte sich Carpelan um und stiefelte auf Strömbergs Haustür zu.

Als Max den Park erreichte, drehte er sich um und verfiel in einen Laufschritt, noch immer mit Göransson an seiner Seite. Als er am Steg angekommen war, wo sein Boot vertäut lag, tastete er Göranssons Taschen ab und nahm Handy und Handschellen an sich. Dann zog er dessen Dienstwaffe aus dem Holster.

»Sie haben keine Ahnung, wer hinter alledem steckt«, sagte er. »Ich bin kein Mörder, und Sofia schwebt in Lebensgefahr. Ich muss sie finden!«

Er richtete die Dienstwaffe auf Göransson und machte ein paar Schritte rückwärts. Blätterte in Göranssons Handy.

»Ich brauche bloß Ihre Nummer. Stellen Sie sicher, dass Sie jederzeit erreichbar sind. Ich rufe Sie an, sobald ich kann.«

Dann schleuderte er die Waffe so weit in den Park, wie er nur konnte, warf das Handy ins Gras, rannte den Steg entlang und ließ den Bootsmotor an.

96

Max steuerte das Boot gen Westen hinaus auf den Mälaren. Als er die Enge zwischen Södermalm und Långholmen passierte, ging er vom Gas und nahm Strömbergs Handy zur Hand. Scrollte durch dessen Kontakte. Nirgends ein Magnus Bexton. Aber Yvonne Niklasson war dabei.

Er fuhr weiter an Reimersholme vorbei und dann südlich in Richtung Gröndal. Unter der Autobahnbrücke hindurch, um Gröndal herum und an Stora Essingen vorüber, bis er den Gästehafen erreichte.

Yvonne Niklasson hatte Personenschutz, was bedeutete, dass mit höchster Wahrscheinlichkeit Säpo-Leibwächter bei ihr zu Hause waren. Die Polizei und die Säpo standen in Kontakt miteinander. Entsprechend waren die Personenschützer mittlerweile sicher davon in Kenntnis gesetzt worden, dass er vor der Polizei Reißaus genommen hatte.

Er steuerte zurück aufs offene Wasser, als er plötzlich das Horn eines Schiffes hörte. Die alte Djurgårdsfähre *Stockholms Ström 2* näherte sich. Auf dem Schild, auf dem sonst die Endhaltestelle genannt war, stand heute *Sonderfahrt*. An Bord machte man sich bereit anzulegen. Oberhalb der Anlegestelle ein Stück den Hang hinauf stand ein klinkerbraunes Gebäude mit Bogenfenstern und einem schwarzen Dach. Davor brannten Gartenkerzen und Fackeln. Alfred Nobels alte Dynamitfabrik, die inzwischen als Eventlocation diente. *Winterviken.* Anscheinend fand dort ein Fest statt, und die Gäste sollten per Fähre zurück in die Stadt gebracht werden.

Max schrieb Yvonne Niklasson eine SMS.

»Warte am Parkplatz von Winterviken. Kommen Sie allein.«

Dann legte er an der benachbarten Kleinbootbrücke an und hielt sich zunächst in sicherem Abstand von den Veranstaltungsgästen, die über den Anleger auf die wartende Fähre zuliefen. An einem kleinen Spielplatz setzte er sich auf eine Bank. Von dort hatte er das Eventgebäude im Blick und war seinerseits von einem Klettergerüst mitsamt Hütte und Rutsche vor Blicken geschützt.

Minuten verstrichen.

Nach zwanzig Minuten, in denen auf Strömbergs Handy keine Antwort eingegangen war, glitt ein dunkler Volvo mit getönten Scheiben langsam den von Bäumen gesäumten Weg zum Parkplatz entlang. Max wich ein Stück in den Park zurück und ging hinter einem Baum in Deckung.

Zwei große Männer stiegen aus und scannten die Umgebung.

Max angelte sein Handy hervor und schrieb eine weitere SMS.

»Ich sagte, kommen Sie allein. Die Umgebung ist abgesichert. Kommen Sie auf den Spielplatz. Allein!«

Keine Minute später ging die hintere Tür auf, und Yvonne Niklasson stieg aus. Sie wechselte mit dem Mann auf dem Beifahrersitz ein paar Worte, zeigte zum Spielplatz und kam dann langsam in seine Richtung. Die Männer blieben im Wagen zurück.

Yvonne ging direkt auf das Klettergerüst zu. Als sie mit den Füßen im Sand stand, sah sie sich um.

»Cornelius?«, fauchte sie. »Was soll das? Kommen Sie sofort raus, ich will mit Ihnen reden!«

Als sie gerade in die entgegengesetzte Richtung sah, trat Max hinter dem Baumstamm hervor und lief auf sie zu. Sie drehte sich um und zuckte zusammen, als sie ihn wiedererkannte. Max packte sie fest am Handgelenk.

»Wehe, Sie schreien – und keine hektischen Bewegungen«, sagte er. »Setzen Sie sich dort auf die Bank!«

Mit weichen Knien ging sie auf die Bank zu und ließ sich darauf nieder.

»Was geht hier vor?«, fragte sie.

Max setzte sich neben sie. Das Klettergerüst verstellte den Männern im Auto den Blick. Er war annähernd so groß wie Strömberg, doch wenn sie sein Gesicht sähen, würden sie sofort auf ihn zustürzen.

»Nehmen Sie Ihr Handy aus der Tasche. Rufen Sie drüben im Wagen an und sagen Sie, dass Sie keinen Personenschutz mehr benötigen. Und dass Sie zu Fuß nach Hause gehen wollen.«

»Das machen die nicht mit.«

»Sie können sehr überzeugend sein, Yvonne. Das habe ich selbst schon erlebt. Rufen Sie an!«

Yvonne tat wie geheißen. Nachdem sie aufgelegt hatte, fuhr der Wagen langsam davon. Max nahm ihr das Telefon aus der Hand und schaltete es aus.

»Warum haben Sie mich von Cornelius' Handy aus angeschrieben?«, wollte sie wissen.

»Strömberg hat mir von Ihrem Treffen in der Parteizentrale erzählt. Dass Sie zu Protokoll gegeben haben, dass Sie seit den Achtzigern keinen Kontakt mehr zueinander gehabt haben. Was gelogen ist. Er hat zugegeben, dass Sie gelogen haben, sowohl während dieser Besprechung als auch zuvor bei unserer Unterhaltung. Ich weiß, dass Sie diejenige waren, von der ursprünglich der Auftrag stammte, dem ich nachgehen sollte.«

Yvonne antwortete nicht.

»Als ich herausgefunden hatte, dass in Südafrika Anklage gegen Barck wegen Korruption erhoben werden sollte, war das eine wunderbar geeignete Erklärung für seinen Selbstmord. Hätte ich an dieser Stelle weitergeforscht, hätte ich Ihnen politisch geschadet. Deshalb haben Sie Strömberg gebeten, mir den Auftrag wieder zu entziehen. Für Sie war die Sache erledigt. Aber das ist sie für andere noch lange nicht.«

»Was wollen Sie damit andeuten?«

»Als Barck vom Balkon stürzte, war das erst der Anfang. Seither sind mehrere Menschen ermordet worden.«

Yvonne starrte in den Sand zu ihren Füßen.

»Menschen sind ermordet worden?«

»Barcks Taxifahrer in Jerusalem beispielsweise ist hingerichtet worden. Und die Rikskrim ermittelt derzeit in zwei Mordfällen hier in Stockholm. Unschuldige Menschen, die zu viel wussten.«

»Herrgott im Himmel«, flüsterte Yvonne und schlug die Hände vors Gesicht. »Aber warum? Und von wem?«

»Von einer Art Untergrund-Geheimdienst, einer Art Bruderschaft mit Verbindungen in die USA.«

»Eine Art *Untergrund-Geheimdienst*?«

Sie schloss die Augen und schüttelte den Kopf.

»Ich habe Strömberg den Auftrag erteilt, weil wir uns über viele Jahre zu hundert Prozent auf ihn verlassen konnten«, fuhr sie fort. »Aber ich kann Ihnen versichern, dass weder ich noch irgendwer sonst in der Partei oder in der Regierung von alledem wussten, was Sie jetzt erzählen. Warum sollten diese Leute unschuldige Menschen umbringen?«

»Weil die Ermittlungen in Südafrika noch andere Dinge ans Licht gebracht hätten. Und das konnte die Bruderschaft nicht riskieren. Das hier läuft so schon seit vielen Jahren.«

»Hat der Täter auch einen Namen?«

»Magnus Bexton.«

Yvonne sackte sichtlich in sich zusammen.

Dass sich Strömberg und Bexton kannten, war für sie offenbar nichts Neues. Bextons Name musste bei mehreren Besprechungen gefallen sein, als sie noch im Ausschuss gesessen hatte. Vielleicht hatte sie da jedoch nicht begriffen, dass die zwei weiter zusammengearbeitet und die Albrektsson-Ermittlung sabotiert hatten. Vielleicht hatte Strömberg ja auch sie hinters Licht geführt.

Es wirkte fast, als bräche in diesem Moment ihre komplette Karriere in sich zusammen. Und mehr noch – ihre komplette Existenz.

»Warum sind Sie im Besitz von Strömbergs Handy? Ist er ebenfalls tot?«

Max nickte.

»Er hat sich erschossen.«

»Du lieber Himmel …«

Inzwischen strömten Tränen über ihr Gesicht.

»Diese Männer schützen rein gar nichts außer ihre eigenen Verfehlungen aus der Vergangenheit. Und irgendwas ist da im Busch. Der Schlüssel zu diesem Rätsel scheint die Verbindung zu den USA zu sein.«

»Kann Gustav sich wirklich auf ein Spiel mit solchen Kräften eingelassen haben?«, fragte Yvonne.

Gustav?

Warum Barck – und wieso nannte sie ihn plötzlich beim Vornamen?

Und mit einem Mal dämmerte ihm, wie alles zusammenhing. Da war etwas, was womöglich schon vor langer Zeit begonnen hatte.

Strömberg hatte einen Sohn erwähnt, den sie in sehr jungen Jahren bekommen hatte: Anton Niklasson, den Kanzleirat aus dem Außenministerium. Und Barck hatte einer verflossenen Beziehung in der Jugend nachgetrauert, hatte später behauptet, nie Kinder in diese Welt setzen zu wollen.

»Fast immer stecken persönliche Krisen dahinter. Familienquerelen. Konflikte oder Unzulänglichkeiten im engsten Bezugskreis.«

Barck hatte unmittelbar vor seinem Tod seinen enormen Aktienbesitz veräußert. Allmählich verstand Max auch, warum.

»Wo sind Sie zur Schule gegangen?«

»In Borås, auf das Sven-Eriksson-Gymnasium.«

Die Tränen flossen in stetem Strom.

Dasselbe Gymnasium hatte Strömberg erwähnt, als er bei ihrem allerersten Treffen bei Vektor Gustav Barcks Werdegang geschildert hatte.

»Sie waren noch jung«, sagte Max. »Anton Niklasson ist Ihr Sohn und der von Gustav Barck.«

Yvonne nickte. Die Frau war am Boden zerstört. Ihr größtes Geheimnis war ans Licht gekommen – im Schatten von umso größeren Geheimnissen.

»Trotz allem handelt es sich hier um eine persönliche Tragödie.«

»Sie haben nichts von alledem, was ich herausgefunden habe, an die Staatskanzlei weitergegeben. Nur Sie allein wollten erfahren, was mit Gustav Barck passiert war. Damit Ihr Geheimnis weiterhin geheim bleiben würde.«

»Ich wollte nur, dass Strömberg sich der Sache annimmt … Sie können sich wahrscheinlich denken, wie sehr ich das jetzt bereue.«

Barck hatte getan, was er gezwungen gewesen war zu tun. Um seine persönlichen Interessen und seinen Sohn zu beschützen. Die politische Tragweite reichte gerade bis zu Yvonne Niklasson. Die Ermittlungen waren von Anfang bis Ende rein privat motiviert gewesen.

Yvonne wischte sich die Tränen aus dem Gesicht.

»Ich mache mir Sorgen um Anton. Ich kann ihn nicht erreichen. Ich verstehe schon, warum er derzeit nicht mit mir reden will, aber nicht mal seine Freundin weiß, wo er steckt. Er hat ja keine Ahnung, wie sein Vater an sein Vermögen gelangt ist. Und als seine Mutter würde ich es begrüßen, wenn das auch so bliebe. Sagen Sie mir, was ich tun soll.«

97

Per Carpelan lief schnurstracks auf den Besprechungsraum zu, in dem Sarah saß. Sie sprang regelrecht vom Stuhl auf, als er die Tür aufstieß. Dann zog er einen Stuhl unter dem Tisch hervor und setzte sich ihr gegenüber.

»Sofia ist verschwunden«, sagte er. »Wir müssen dem Ganzen ein Ende setzen, bevor noch mehr Menschen sterben.«

»Es gibt noch einen Toten? *Wer?*«

Carpelan zückte einen Bilderrahmen. Warf ihn vor Sarah auf den Tisch. Er hatte im Wohnzimmer des Obersts auf einem Tisch gelegen. Auf dem Foto steckten Strömberg und Max breit lächelnd die Köpfe zusammen und hatten dem jeweils anderen den Arm um die Schultern gelegt.

»Kopfschuss«, sagte Carpelan.

Sarah starrte das Bild an.

»Strömberg? Sie glauben doch nicht allen Ernstes, dass Max … Er hat sein Leben lang zu Strömberg aufgeblickt!«

»Was Strömbergs Betrug umso größer macht. Max ist vom Tatort geflüchtet. Ich habe das Sondereinsatzkommando davon abhalten können, nicht auf ihn zu schießen, um nicht noch mehr Blut zu vergießen.«

»Max hat doch gar keine Waffe!«, wandte Sarah ein.

»Er hat Göranssons Leben bedroht und ihm einen scharfen Gegenstand an den Hals gedrückt.«

»Aber Sie glauben doch nicht, dass Max jemanden

umbringen könnte? Er brauchte Strömberg lebendig – um seine eigene Unschuld zu beweisen. Strömberg muss sich selbst in den Kopf geschossen haben!«

»Vielleicht bekommen wir darauf ja noch eine Antwort. Wo, glauben Sie, ist Max jetzt?«

»Er wird Sofia suchen. Sofern er weiß, dass sie verschwunden ist.«

»Das weiß er. Ich habe es ihm selbst gesagt.«

»Dann haben Sie damit etwas in Gang gesetzt, was nur auf eine Weise enden kann.«

»Und die wäre?«

»Er wird jedes Hindernis aus dem Weg räumen, bis er sie wiedergefunden hat.«

Carpelan hatte gehofft, dass Max die Waffe niederlegen und sich der Polizei stellen würde, damit sie zusammenarbeiten könnten. Stattdessen befand er sich jetzt auf seinem eigenen, persönlichen Feldzug.

»Ich habe schon einmal mit Max zusammengearbeitet«, sagte er. »Aber diesmal sind die Vorzeichen anders.«

»Max ist unschuldig.«

Carpelan schüttelte den Kopf.

»Um ihn herum sterben die Leute wie Fliegen. Und Sie kriegen wir dran wegen Behinderung einer polizeilichen Ermittlung, wenn Sie uns nicht allmählich helfen.«

»Aber genau das machen wir doch – sowohl ich als auch Max!«, rief Sarah. »Ich sitze seit Stunden hier und spreche mit Ihren Kollegen. Max ist dort draußen und tut, was eigentlich Sie tun sollten – die Mörder dingfest machen!«

»Hören Sie auf damit!« Carpelan war laut geworden. »Noch haben Sie die Chance, dafür zu sorgen, dass Sie und Max von sämtlichen Verdachtsmomenten freigesprochen werden. Aber dazu müssen wir vorbehaltlos zusammenarbeiten. Wir dürfen Sofias Sicherheit nicht aufs Spiel setzen. Darin sind wir uns doch hoffentlich einig, Sie und ich – und Max? Oder nicht?«

»Okay, aber dann dürfen Sie mich hier nicht länger festhalten. Ich kann nicht klar denken, wenn ich wie ein Tier in einem Käfig sitze.«

»Sie sind ab sofort Teil des Ermittlungsteams. Allerdings lasse ich Sie nicht unbeaufsichtigt gehen, ehe wir am Ziel sind. Erzählen Sie mir jetzt, mit wem Max noch gesprochen hat. Welche Namen sind in diesem Durcheinander noch aufgetaucht – in Ihren Unterlagen und bei Ihren Nachforschungen? Geben Sie mir die Namen, damit ich Kollegen losschicken kann, die dafür sorgen, dass nicht noch mehr Menschen umkommen.«

»Max hat mit Barcks Schwester Jessica gesprochen. Und mit Nils Ahlbom, diesem Aktienmann. Und mit mir.«

»Ich habe Fotos gesehen, die Max vor dem Gebäude des Zimmermannsordens geschossen hat. Ahlbom ist noch während des Festbanketts zusammen mit Watts und Strömberg abgefahren.«

»Wenn Strömberg mit Watts und Ahlbom auf dem Foto war, bedeutet das dann nicht, dass diese drei Männer unter einer Decke stecken? Kapieren Sie denn nicht, dass Max von Anfang an in die Irre geführt worden ist?«

»Ich bin noch nicht soweit, derlei Schlussfolgerungen zu ziehen. Haben Sie irgendeine Verbindung zwischen den Ereignissen hier in Stockholm und Watts entdeckt?«

»Nein, ich zumindest nicht. Aber vielleicht ist Max auf etwas gestoßen.«

»Ich lasse einen Wagen zu der Schwester schicken und einen zu Ihnen nach Hause. Und zu Ahlbom, auch wenn ich bezweifle, dass er Polizeischutz will. Und Stella aus der Abteilung für Wirtschaftskriminalität soll sich seine und Watts' Finanzen ansehen. Hoffen wir einfach, dass der renommierteste schwedische Fondsverwalter und einer der reichsten Männer aus den USA heute Nacht nicht auf offener Straße erschossen werden. Da wäre die Hölle los, Sarah.«

Es klopfte an der Tür. Ein kreidebleicher Ulf Göransson steckte den Kopf herein. Carpelan hatte ihm aufgetragen, sich für den Rest des Tages freizunehmen, aber offenbar hatte er nicht nach Hause fahren wollen.

»Max hat sich gemeldet. Auf meinem Handy. Genau wie er es angekündigt hat.«

»Und was sagt er?«

»Er schreibt, Yvonne Niklasson sitzt in Handschellen auf einer Parkbank vor dem Winterviken-Gebäude in Gröndal und ist zu einem Geständnis bereit.«

»Schreibt er noch mehr?«, wollte Carpelan wissen.

»Ja«, antwortete Göransson. »Er schreibt außerdem, dass wir versuchen sollten, ihren Sohn zu erreichen, Anton. Anscheinend hat sie schon länger nichts mehr von ihm gehört.«

98

Sarah hatte endlich ihr Handy zurückbekommen. Carpelan war nach Gröndal gefahren, und Göransson saß an seinem Schreibtisch. Sie nutzte ihre begrenzte Freiheit, indem sie sich an die Kaffeemaschine stellte und einen Plastikbecher mit Kaffee rausließ. Der Kaffee schmeckte erstaunlich gut. Trotzdem sah es hier rundherum einfach furchterregend aus. Wie konnte man nur Polizist werden wollen?, fragte sie sich. Wie konnte man sich nur mit den Abgründen der Menschheit abgeben wollen? Diesen ganzen Mist auch noch mit heimnehmen und dann versuchen, ein normales Leben zu führen?

Aber war es um sie selbst denn wirklich besser bestellt? Über all die Jahre, die sie im Finanzsektor gearbeitet hatte, hatte sie bestens verdient; sie hatte sich ein Haus an einem Privatstrand mit Bootshaus und Bootssteg kaufen können, an dem ein anständiges Segelboot anlegen konnte. Ein schwedischer Traum. Doch insgeheim hatte sie es gehasst, das Geld dieser schwerreichen Leute zu verwalten, nur damit diese umso reicher würden.

Sie und Max hatten sich schließlich für etwas anderes entschieden, für einen spannenden Job mit einem höheren Ziel. Allerdings war es nie so gekommen, wie sie es sich bei der Gründung von Vektor erhofft hatte. Menschen in ihrer unmittelbaren Umgebung waren Gefahren ausgesetzt und ermordet worden. Sie selbst stand inzwischen finanziell am Abgrund, und sie hatte nicht den Mumm, es ihrer Frau zu erzählen. Würde sie das Ruder noch einmal herumreißen können? Was würde als Nächstes kommen? Strömberg war tot, trotzdem war hier noch lange nichts vorbei.

Irgendetwas lauerte schon hinter der nächsten Ecke. Etwas Grässliches. Was Gustav Barck vorhergesehen haben musste.

Was seit geraumer Zeit durch konservative Hardliner aus den USA verlautbart wurde, hatte sich in ihr festgehakt und sich wie ein klebriger Film über ihr Rückgrat gelegt.

Sie konnte die Magensäure schier im Rachen schmecken.

Irgendwas zählte herunter. Irgendwas, was größer war als alles, was bislang je geschehen war. Schlimmer noch, als dass Max gejagt wurde, sogar schlimmer, als dass Sofia verschwunden war. Womöglich schlimmer, als wenn sie tot wäre.

Nur was konnte das sein?

Sie sah auf ihr Handy. Dann rief sie Lisette an.

»Wo zum Teufel steckst du? Ich habe den Proviant für morgen vorbereitet. Hast du vergessen, dass Björn auf Klassenreise geht?«

Sarah schloss die Augen. Im Normalfall hätte es sie geschmerzt, dass sie etwas vergaß, was mit den Kindern zu tun hatte. Doch im Moment war sie einfach nur genervt.

»Ich bin bei der Polizei«, gab sie zurück.

»Bei der Polizei?«, hakte Lisette nach. »Und wann kommst du nach Hause?«

»Ich weiß es nicht. Vielleicht muss ich über Nacht hierbleiben. Es geht um eine Mordermittlung, und sie fahnden nach Max. Es ist das reinste Chaos.«

»Max? Okay … Warum überrascht mich das nicht?«

»Dafür habe ich jetzt wirklich kein Ohr. Können wir morgen streiten?«

»Morgen ist die Anzahlung für das Gewächshaus fällig. Oder hast du das auch schon vergessen? Und was ist hier überhaupt passiert? Bei uns zu Hause sieht es aus, als hätte eine Bombe eingeschlagen.«

Sie sollten einfach morgen weiterstreiten, so viel war klar. Über ein Gewächshaus, das Sarah sich gar nicht leisten konnte. Über ein geschwisterliches Band mit Max, das sie niemals würde zerschneiden können.

»Björn darf morgen nirgendwohin fahren«, sagte sie. »Es kommt eine Streife, die unser Haus bewacht. Sieh zu, dass alle daheimbleiben und die Türen verschlossen sind. Bring die Kinder ins Bett und stell die Alarmanlage an. Hast du das verstanden?«

Sie war selbst überrascht, wie ruhig und gefasst sie klang. Genau wie Max, als er sie angerufen und vorgewarnt hatte. Lisette holte hörbar zittrig Luft.

»Aber … was ist denn los?«

»Tu einfach, was ich sage. Ich melde mich wieder, so schnell ich kann.«

Kein Abschiedsküsschen, kein »Schlaf gut«.

Sie legte auf und ließ das Handy in ihre Handtasche fallen.

Eine Frau kam aus einem Büro auf sie zu.

»Ich bin Stella«, stellte sie sich vor, »aus der Abteilung für Wirtschaftskriminalität. Würden Sie bitte kurz mit in mein Büro kommen? Es gäbe da ein paar Dinge, die wir zusammen durchgehen sollten.«

Schick gekleidet, langes dunkles Haar, schmales Gesicht. In den Vierzigern, nicht unattraktiv, aber sichtlich überarbeitet. Sie sah aus, als hätte sie seit Tagen keine Pause mehr eingelegt.

Stella machte auf dem Absatz kehrt, ohne Sarahs Antwort abzuwarten. Anscheinend blieb Sarah ohnehin keine Wahl, als ihr zu folgen.

Sie setzten sich beide an Stellas Schreibtisch. Die Frau nahm die Unterlagen zur Hand, die in der grünen Tasche in Sofias Wagen gelegen hatten.

»Wir haben hier Aufzeichnungen über Investitionen gefunden, die Nils Ahlbom und dieser Amerikaner Watts getätigt haben. Von den US-Kollegen haben wir zusätzliche Informationen bekommen, die wir derzeit sichten. Da geht es um riesige Transaktionen. Teils haben Watts und Ahlbom die Aktienmärkte verlassen, und das ist an sich schon bemerkenswert. Es ist das erste Mal seit der Finanzkrise Anfang der Neunziger, dass Ahlbom so etwas tut. Aber es scheint, als würde er gerade Watts' Beispiel folgen.«

»Watts schwimmt gegen den Strom«, bemerkte Sarah.

»Schon klar«, sagte Stella. »Was aber noch viel interessanter ist: Sowohl Watts als auch Ahlbom haben Put-Options mit auffällig kurzer Laufzeit gekauft. Das amerikanische Pendant unserer Finanzaufsicht sieht da ein Muster, das sich derzeit weltweit abzeichnet. Schwerreiche Aktionäre aus Vancouver und Tokio machen genau das Gleiche wie Watts und Ahlbom. Sie spekulieren auf rapide fallende Kurse im Allgemeinen und im Besonderen auf eine Krise bei Flug- und Tourismusunternehmen.«

»Ist das illegal?«, fragte Sarah.

»Nein, aber komplett unverständlich.«

»Wie detailliert sind denn die Infos Ihrer US-Kollegen?«

»Sehr detailliert. Sehen Sie selbst.«

Stella drehte den Bildschirm um, sodass Sarah ihn sehen konnte.

»Diese Daten beispielsweise – das sind Watts' Käufe der Optionsscheine.«

»Unter wessen Namen kauft er die? Wo steht das? Seine Investmentgesellschaft heißt BE Investment Group.«

»Ich weiß«, sagte Stella. »Die Gesellschaft ist Anfang dieses Jahres umbenannt worden – bis so etwas in unseren Systemen auftaucht, dauert es ein bisschen. Deshalb sind die Käufe hier noch unter dem alten Namen aufgeführt.«

Stella tippte auf den entsprechenden Namen.

Die Uhr, die runterzählte. Ein Muster, das sich weltweit abzeichnete. Barcks merkwürdige Prophezeiung.

»Die Stunde der Rechenschaft steht bevor.«

Sie sah den Namen der Gesellschaft vor sich auf dem Monitor, die als Käufer der Optionen eingetragen war.

»Haus Gottes ...«

Es war kaum mehr als ein Flüstern.

Stella sah sie mit großen Augen an.

Das *BE* im neuen Namen *BE Investment Group* war lediglich die Abkürzung eines Namens, den Watts' Firma zuvor getragen hatte – und die Abkürzung des Namens jenes Ortes, den Barck in der West Bank besucht hatte. Jener Ort, der auch auf dem Gemälde im Keller des Zimmermannsordens abgebildet gewesen war.

Bet-El Group.

99

Als Max wieder zurück auf dem Boot war, vibrierte das Handy in seiner Tasche. Er hatte es nicht abgestellt, nachdem er diesem Polizisten eine SMS geschrieben hatte. Er nahm es zur Hand und warf einen Blick aufs Display.

»Alles in Ordnung, Sarah? Ich kann jetzt nicht reden. Die orten mich …«

»Mach dir wegen der Polizei keine Sorgen. Ich bin gerade dort und helfe bei den Ermittlungen. Sie wollen, dass du sofort reinkommst.«

»Du weißt genau, dass das nicht geht – noch nicht.«

»Die BE Investment Group ist Anfang des Jahres umbenannt worden. Vorher hieß sie Bet-El Group.«

»Das setzt Watts mit der Bruderschaft in Verbindung. Jetzt wissen wir endgültig, dass er hinter alledem steckt.«

»Aber Watts ist kürzlich erst nach Stockholm gekommen«, wandte Sarah ein. »Den Kellertempel gibt es schon viel länger, und die Bruderschaft ist schon eine Ewigkeit aktiv. Irgendwas stimmt da eben doch nicht.«

Es war dieses letzte Puzzleteil, das immer noch nicht passen wollte – irgendetwas, was endlich erklären würde, wonach sie die ganze Zeit über suchten.

»Wir haben etwas übersehen«, sagte Max. »Wir haben fast das komplette Bild zusammengesetzt, was Watts' Leben angeht – aber da ist immer noch eine Lücke von acht Jahren. Acht Jahre, in denen er durch die Welt getingelt ist. Er ist mit einem riesigen Netzwerk innerhalb des US-Militärs, des Pentagon-Beschaffungswesens und der saudischen Elite zurückgekehrt – nicht übel für einen Dandy ohne Job.«

»Ich bin mir nicht sicher, ob ich verstehe, worauf du hinauswillst …«

»Diese Jahre, die uns in seinem Lebenslauf fehlen, also die Zeit zwischen 1979 und 1987 – das sind dieselben, in denen Bill Herron in Afghanistan und Schweden aktiv war.«

»Du meinst, wenn wir Watts und Herron übereinanderlegen, hätten wir ein neues Gesamtbild«, schloss Sarah daraus.

»Herron hat in Afghanistan diverse Gräueltaten miterlebt, und das hat ihn verändert. Er hasst die Kommunisten – und damit auch Schweden, das Flugleitsysteme an die Sowjets weitergegeben und somit – seiner Ansicht nach – die Invasion erst ermöglicht hat. Wäre das nicht logisch? Indem er den schwedischen Rüstungsskandal aufgedeckt hat, ist er innerhalb der CIA um diverse Ränge nach oben gewandert. Hat sich ein weitreichendes Netzwerk aus einflussreichen Leuten in der ganzen Welt und Kriegstreibern in seinem eigenen Land aufgebaut. Die Kommunisten sollten sterben – und mit ihnen alle, die ihnen geholfen haben.«

»Und nach dem Untergang des Kommunismus brauchten sie ein neues Feindbild, um die Gemeinschaft zusammenzuhalten. Um ihre neue Weltordnung voranzutreiben«, fuhr Sarah mit belegter Stimme fort. »Sie brauchten höhere Investitionen für das amerikanische Militär. Für einen Krieg, auf den unsere Kinder in ferner Zukunft noch Loblieder singen …«

»Watts und Herron sind ein und dieselbe Person. Genau das haben wir übersehen. Deshalb sind wir diesbezüglich auch nie weitergekommen.«

100

Das Essen war zu Watts' vollster Zufriedenheit ausgefallen. Der Koch hatte ein Sieben-Gänge-Menü für sie zubereitet gehabt: nicht gerade Schonkost, aber die Geschmackserfahrung war erstklassig gewesen. Ahlbom, der ihm gegenüber gesessen hatte, war in Sachen Gesundheit gelinde gesagt vorbelastet. Die gravierendsten Probleme waren sein hoher Blutdruck, erweiterte Arterien und ein verdickter Herzmuskel, der seit einigen Jahren nur mehr dank eines Schrittmachers funktionierte. An diesem Abend hatte Ahlbom seine Beschwerden ignoriert und sich gestattet, in vollen Zügen zu genießen. Es war Watts' letzter Abend in Schweden, und aus diesem Grund hatte er den Michelin-Stern-dekorierten Koch engagiert. Sie hatten einiges zu feiern.

Von ihnen beiden verstand indes lediglich Watts, wie sie die Schlacht für sich entscheiden würden. Und er hatte nicht die Absicht, Ahlbom an seinem Wissen teilhaben zu lassen.

Trotzdem war es am Ende Ahlbom, der das Gespräch bei einer Flasche Château d'Yquem Sauternes und weißem Stilton aufs Finanzielle brachte.

»In welchem Fall werfen unsere Optionen denn nun Gewinn ab?«, fragte er. »Du musst ein paar richtig gute Tipps bekommen haben, wenn wir uns auf dermaßen kurze Laufzeiten einlassen konnten.«

»Es wird auch nicht lange dauern«, erwiderte Watts.

»Das will ich hoffen!«

Ahlbom lachte so herzhaft, dass sein Brustkorb verkrampfte. Irgendwas schien ihm im Hals stecken geblieben zu sein, und schlagartig war er dunkelrot im Gesicht. Watts füllte sein Glas mit dem süßen Weißwein, und Ahlbom nahm hektisch ein paar große Schlucke.

Vor dem Essen hatten sie zwei Gläser Kognak getrunken. Zwei Flaschen Rotwein zu den warmen Gerichten. Watts hatte das zweite Schlafzimmer der Suite für Ahlbom reserviert. An einem Abend wie diesem bestand schließlich keine Notwendigkeit, nach Djursholm zurückzukehren.

»Apropos baldige Zukunft«, sagte Watts. »Ich bräuchte von dir immer noch die Namen all derer, die hier in Skandinavien auf unserer Liste stehen.«

»Die sollst du haben, wie ich es dir versprochen habe«, gab Ahlbom zurück. »Noch funktioniert mein Gedächtnis.«

»Ich will bloß auf Nummer sicher gehen. Und ich will nicht, dass die Liste ausgerechnet jetzt in die falschen Hände gerät.«

Ahlbom nickte.

»Du hast ja recht. Ich bilde mir immer ein, dass ich ewig lebe.«

»Es ist ja auch leicht zu glauben, dass wir über den Dingen stehen. Aber eines Tages wird Gott selbst dich zu sich rufen.«

»Eines Tages, der gar nicht mehr allzu weit weg ist, mit Sicherheit. Ich habe die Informationen bei einem Notar hinterlegt. Dort sind sie sicher.«

»Warum bittest du ihn nicht gleich, sie an mich weiterzuleiten, mein Freund? Zwischen uns liegt ein Weltmeer, und unsere Treffen werden seltener. Ruf ihn an, während ich uns noch einen Absacker einschenke.«

Ahlbom nickte und kramte in seiner Innentasche nach dem Telefon.

Watts betrat derweil die Bibliothek und lief von dort weiter ins Schlafzimmer. Er zog den Kleiderschrank auf und griff in die Tasche auf dem Schrankboden, auf der Allied Defense & Armor stand. Er zog einen Elektroschocker heraus und schob ihn sich in die Hosentasche. Dann trat er an den Getränkewagen und schenkte zwei ordentliche Gläser Whisky ein.

»Dann wäre das auch erledigt«, sagte Ahlbom, als Watts wiederkam, und nahm sein Glas entgegen. »Du bekommst morgen eine Mail.«

»Und sonst weiß niemand, dass du die Liste bei dem Notar abgefragt hast?«, erkundigte sich Watts.

»Nur du und ich.«

Watts nickte und wollte mit Ahlbom anstoßen, doch der starrte auf das Display seines Handys hinab.

»Was ist los, Nils?«

»Ich habe eine Nachricht bekommen. Anscheinend steht ein Streifenwagen vor meinem Haus. Könnte es sein, dass die Polizei mich wegen etwas verdächtigt? Hat das mit den Optionen zu tun?«

Die Polizei war ihnen dicht auf den Fersen. Es war höchste Zeit, dass er seine Geschäfte in Stockholm abschloss und in die USA zurückkehrte.

»Es gibt keinen Grund zur Sorge, ganz sicher. Das hängt bloß mit diesem Typen zusammen, der dich bei dem Investorentreffen mit Fragen bombardiert hat. Du bist ein wichtiger Mann, da will die Polizei bestimmt einfach kein Risiko eingehen.«

Ahlbom nickte und legte das Handy beiseite.

»Auf alles, was noch auf uns zukommt«, sagte Watts und stieß mit ihm an.

»Auf alles, was noch auf uns zukommt«, wiederholte Ahlbom.

Sie nahmen beide einen Schluck von dem schweren Maltwhisky und schlenderten auf das Gästezimmer der Suite zu.

»Ich hätte nicht gedacht, Lawrence, dass du nach all den Jahren noch mal nach Stockholm zurückkehren würdest. Aber ich bin froh, dass du es getan hast.«

Watts schaltete die Deckenlampe für ihn an.

»Ich hatte schon ganz vergessen, was für ein fantastisches Hotel das hier ist«, fuhr Ahlbom fort. »Es gibt nicht viele Orte in Stockholm, wo man im Bett liegen kann und so eine Aussicht auf das Schloss hat.«

»Zieh die Vorhänge zu«, sagte Watts scharf, und Ahlbom sah ihn erstaunt an.

Watts lächelte beschwichtigend.

»Sorry, wenn ich dich erschreckt habe«, sagte er. »Alte Gewohnheit aus jungen Jahren – man weiß nie, wer einem zusieht.«

»Natürlich«, erwiderte Ahlbom. »Aber mit deinem Schutz und dem der Polizei kann ich heute Nacht sicher gut schlafen.«

»Hast du nicht immer schon gut schlafen können? Sogar Weihnachten 1979?«

Ahlbom sah ihn verwundert an.

»Weihnachten 1979?«

»Seither habe ich immer wieder denselben Traum, Nils. Einen Albtraum, den ich im echten Leben erlebt habe und der mich seither nachts heimsucht.«

»Ah, Afghanistan«, sagte Ahlbom.

»Diese Leute, die sich dort in dem Bewässerungskanal versteckt hatten, waren Alte, Frauen und Kinder. Der Kommandant der Speznas-Einheit hat sie aufgespürt, obwohl wir alles getan hatten, um den Zugang zu tarnen. Er hat einen Benzinkanister in den Eingang geleert und dann ein Streichholz hineingeworfen. Und weißt du, was die Afghanen drinnen getan haben?«

»Nein?«

»Man sollte meinen, sie hätten die Flucht ergreifen wollen. Man sollte meinen, sie hätten versucht, aus dieser Flammenhölle zu entkommen. Aber so schlimm es dort drinnen auch war: Was sie draußen erwartete, wäre noch viel schlimmer gewesen. Nachdem die Russen weitergezogen waren, haben wir die Luke wieder aufgemacht. Haben die verbrannten Leichen nach draußen geschafft. Menschen, die nicht mehr zu identifizieren waren. Aber in dem Lehm entlang der Wände des Bewässerungsrohrs konnte man sie immer noch erkennen: die verzerrten Gesichter, die wie Engel auf uns herabblickten. Statt zu fliehen, hatten sie ihre Gesichter in den feuchten Lehm gepresst und gehofft, dass der Erstickungstod sie schneller holen würde als die Flammen.«

»Diese Gräuel der Kommunisten gehören der Vergangenheit an. Ihr habt den Kampf gewonnen.«

»Ja, aber du und deine Freunde aus der schwedischen Wirtschaft und Politik – ihr habt es uns wirklich schwer gemacht. Habt uns ein Vermögen gekostet – und zahlreiche Menschenleben. Die sowjetische Invasion in Afghanistan wäre niemals so schlimm ausgefallen, wenn ihr uns nicht hintergangen hättet.«

»Die Flugleitsysteme an die Russen zu verkaufen galt

damals als gute Sache«, entgegnete Ahlbom, der inzwischen verunsichert wirkte. »Wir hatten Rückendeckung – von der kompletten Regierung.«

»Palme hat uns gehasst. Wir als die wirksamste Kraft müssen uns gegen Regierungen erheben, wenn sie eine Gesellschaft fehlleiten. Hier in Schweden tut dies eine Bruderschaft, und einer der Brüder war damals in Afghanistan vor Ort. Er ist freiwillig mit in den Tunnel gestiegen und hat sich dort mit der örtlichen Bevölkerung versteckt. Er hat überlebt, aber seither ist sein Leben die Hölle. Trotzdem hat er mir geholfen, als ich verlässliche Männer aus Schweden gebraucht habe. Er hat mich seiner Bruderschaft vorgestellt, derselben Organisation, die im Verborgenen dem sozialistischen Wahnsinn Einhalt geboten und nur auf einen Führer wie mich gewartet hat. Er ist es auch, der von Zeit zu Zeit die hier in Schweden erforderlichen Korrekturmaßnahmen durchführt.«

Ahlbom machte ein ernstes Gesicht und nickte. Watts konnte ihm ansehen, wie unwohl er sich bei diesen Worten fühlte.

»Für uns aus der Wirtschaft ging es damals darum, in einer politisch angespannten Lage Möglichkeiten zu ergreifen«, wandte er ein.

»Man kann nicht immer bloß pragmatisch denken, Nils. Man muss auch an etwas glauben. Das habe ich dir immer zu erklären versucht. Und ich kann nicht riskieren, noch einmal hintergangen zu werden.«

Watts zog den Elektroschocker aus der Hosentasche und richtete ihn direkt auf Ahlboms Herz. Ein leichter Ruck mit dem Zeigefinger, und zwei Elektroden schossen wie Projektile heraus und blieben in Ahlboms Hemdbrust stecken.

Ahlbom sah kurz bleich auf, und dann fing er an, heftig zu zittern, während fünftausend Volt schwere Wellen von den Elektroden in seiner Brust ausgingen. Er sackte aufs Bett.

»Du hast mich gefragt, was ich in meiner Kristallkugel sehe, Nils. Was uns bevorsteht, hat eine jahrelange Planung erfordert. Jahre meines Lebens.«

Er strich Ahlbom eine Haarsträhne aus dem Gesicht. Schob ihm den Mund zu, um das Sabbern zu stoppen.

»Schritt für Schritt haben wir dieses Spiel in Gang gesetzt. Kurzfristig werden wir haushoch gewinnen, aber im Vergleich zur langfristigen Entwicklung wird das null und nichtig sein. Wenn der neue große Krieg ausbricht, wird niemand das Ende mehr absehen können. Denn der neue Feind ist unsichtbar. Und dann, mein Freund, sind es meine Waffen, die aufeinander gerichtet werden – auf beiden Seiten und für alle Ewigkeit.«

Ahlboms Zittern erstarb.

Watts zog ihm die Klamotten aus und hängte sie in den Kleiderschrank. Dann nahm er einen Schlafanzug aus der Reisetasche des Traders und streifte ihn ihm über. Anschließend schob er ihn unter die Bettdecke.

Wenn das Zimmermädchen morgen käme, würde es aussehen, als hätte der Herzschrittmacher versagt.

101

Max legte vom Steg in Gröndal ab. Er hoffte, dass Yvonne Niklasson sich an ihre Vereinbarung halten und die Wahrheit sagen würde, sobald die Polizei ihr zu Hilfe käme.

Er selbst musste sich jetzt auf jemand anderen konzentrieren.

Auf Lawrence Watts III.

Alias Bill Herron.

Langsam glitt er in Richtung Innenstadt. Er griff erneut zum Handy. Zog das Blatt mit dem Logo der Fondsgesellschaft heraus, das er auf einem Tisch im Nachbarraum des Spiegelsaals im Grand Hôtel gefunden hatte. Wenn jemand wusste, wo Watts sich befand, dann Nils Ahlbom.

Wie genau Ahlbom über Watts' Pläne Bescheid wusste, hätte er nicht sagen können. Klar war aber, dass die beiden zusammenarbeiteten. Mit Ahlbom Kontakt aufzunehmen bedeutete somit, sich auch Watts gegenüber zu erkennen zu geben. Doch ihm lief die Zeit davon, wenn er Sofia lebend finden wollte. Mit Vorsichtsmaßnahmen konnte Max sich nicht aufhalten.

Es klingelte ein paarmal, dann landete sein Anruf auf der Mailbox des Mannes.

»Hier spricht Max Anger. Ich müsste bitte dringend Lawrence Watts erreichen – es geht um eine verschwundene Frau. Sie ist Polizistin. Bitte rufen Sie mich sobald wie möglich zurück, es ist wirklich wichtig.«

Dann versuchte er, den Feind zu visualisieren und sich auf eine Konfrontation mit ihm vorzubereiten. Die Kombination aus Herrons und Watts' hervorstechenden Eigenschaften schien die perfekte Mischung für den Anführer einer Verschwörergruppe zu ergeben. Er hatte Geld im Überfluss, ein himmelweit gespanntes Netzwerk in der Finanzwelt und Rüstungsindustrie und war in der weltweit führenden, größten Geheimdienstorganisation ausgebildet worden. Er kannte sämtliche Tricks. Ein lebensgefährlicher Feind.

Während Max weiter übers Wasser glitt, musste er an Sofia denken. Er sah sie vor sich, nackt auf dem Bett in der Schrebergartenlaube. Wie sie mit hängenden Schultern auf dem Sofa in seinem Wohnzimmer gesessen hatte, ungeschminkt, in Jeans und hellgrauem Polohemd. Wie sie versucht hatte, ihm beizubringen, dass sie nicht nur Polizistin sei, sondern auch auf seiner Seite stehe. Er dachte wieder an die Spannung, die zwischen ihnen förmlich greifbar gewesen war, als sie seine Wohnung hatte verlassen und heimfahren müssen. Wie sie ihre große Tasche genommen hatte, in der Klamotten für den nächsten Morgen gelegen hatte. Wie sie zuvor die Hand an seine Gürtelschnalle gelegt hatte.

Konflikte oder Unzulänglichkeiten im engsten Bezugskreis.

Sie hatte recht gehabt. Wenn er ihr nur besser zugehört hätte! Wenn er noch eine Chance bekäme, würde er nie wieder aufhören, ihr zuzuhören, und sie nie wieder anzweifeln. Er würde sie abends auch nicht noch einmal nach Hause schicken.

Vor ihm glitt der Lichtkegel eines Suchscheinwerfers übers Wasser und blieb bei ihm hängen.

Ein großes Polizeiboot näherte sich in Höchstgeschwindigkeit.

102

Lawrence Watts hörte Ahlboms Mailbox ab. Max Anger – das war der Typ, der mit der Aufklärung von Barcks Tod beauftragt worden war, ohne dass er über seine wahre Aufgabe und den Drahtzieher aufgeklärt worden war. Er klang selbstbewusst und bestimmt, hatte Nachdruck und Dringlichkeit in seinen Anruf gelegt. Ein Mann in den Dreißigern, der beim schwedischen Pendant der Navy Seals ausgebildet worden war, einer Einheit, vor der alle den höchsten Respekt hatten. Womöglich das beste Amphibiengeschwader der ganzen Welt.

Strömbergs Jungs.

Sie hatten einander im Ordenshaus wiedererkannt. Cornelius hatte ihn angesehen wie ein Gespenst.

War Max ihm tatsächlich auf den Fersen? Oder würde Magnus einschreiten?

Diese Polizistin musste Max etwas bedeuten, das hatte er ihm anhören können. Sie wäre ihnen also vielleicht doch noch zu etwas nütze. Und somit hätte Max Anger auf jeden Fall noch etwas zu erledigen. Anschließend jedoch wäre hier in Schweden alles abgeschlossen. Dann würde er endlich den Flieger zurück in die USA besteigen.

Er verließ Ahlboms Zimmer und durchquerte das Wohnzimmer. Nahm sein eigenes Handy zur Hand und rief Magnus Bexton zurück.

»Hast du sie gefilmt und mir das Video geschickt?«

»Ja.«

»Wo genau bist du gerade?«

Bexton gab ihm seinen Standort durch.

»Bleib dort, bis ich mich wieder melde.«

Watts legte auf, nahm sich ein Blatt Papier und notierte die Adresse. Dann holte er seinen Laptop aus dem Schlafzimmer und trug ihn in den Kinoraum der Suite, legte den Laptop auf ein kleines Tischchen am hinteren Ende des Raumes, wo der Projektor verkabelt war. Er fuhr den Laptop hoch, kontrollierte das Filmchen, das er von Bexton gemailt bekommen hatte, und verband den Rechner mit der Filmtechnik.

Anschließend rief er bei der Rezeption an und gab dort seine Instruktionen durch.

Zu guter Letzt griff er wieder nach Ahlboms Handy. Schrieb eine SMS an Max' Nummer und drückte auf Senden.

»Kommen Sie ins Grand Hôtel. Prinsessan-Lilian-Suite. Die Rezeption weiß Bescheid, dass Sie kommen.«

103

Kommen Sie ins Grand Hôtel.

Irgendwer hatte geantwortet. Ahlbom oder Watts?

Die Rezeption weiß Bescheid, dass Sie kommen. Das war doch eine Falle. Er musste einen anderen Weg finden, um dort hinzugelangen.

Max sah von seinem Handy auf und in Richtung des Bootes mit dem starken Scheinwerferlicht im Bug. Ihm blieb nicht mehr viel Zeit. Jetzt galt es, vor der Polizei zum Långholmskanal zu kommen.

Der Durchlass war schmal und nicht sonderlich tief – das große Polizeiboot wäre gezwungen, einen Umweg zu fahren, und damit hätte Max den Vorsprung, den er benötigte.

Er drückte den Geschwindigkeitsregler nach unten. Das Boot bäumte sich regelrecht auf, ehe es sich wieder aufs Wasser legte und waagerecht auf der ruhigen Oberfläche lag. Dann steuerte er direkt auf das Polizeiboot zu – im gleißenden Lichtstrahl des Suchscheinwerfers. Die Polizei sah ihn deutlich vor sich. Jemand rief ihm zu, er möge das Tempo drosseln, doch er ignorierte die Warnung und steuerte wenige Meter, ehe sie kollidiert wären, abrupt nach steuerbord.

Auf dem Kanal gab er weiter Vollgas. Die Wellen, die er hinter sich herzog, brachten die alten Holzboote im Bootsverein Heleneborg mächtig zum Schaukeln. Sie schlugen gegeneinander, hier und da schnellte ein Fender über die Reling, Taue spannten sich, Ketten rasselten. Er setzte die Fahrt unter den Brücken hindurch fort und sah sich um. Das Polizeiboot wendete und würde das Inselchen gleich zur anderen Seite hin umrunden, genau wie er es vorhergesehen hatte. Als er auf der anderen Seite auf den offenen Riddarfjärden hinauskam, war er fürs Erste wieder allein.

Er nahm Fahrt gen Riddarholmen auf. Unterhalb der Evert Taubes terrass hielt er an, sprang an Land und ließ das Boot unvertäut auf dem Wasser treiben. Dann rannte er an der Riddarholmskyrkan, am Riddarhuset und am Schloss vorbei, weiter über die Strömbron in Richtung Kungsträdgården und auf den Eingang des Grand Hôtel zu.

Davor stand ein Kerl von der Security.

Max blieb stehen, um wieder zu Atem zu kommen. Das Herz hämmerte in seiner Brust. Dann nahm er sein Handy heraus und schickte Sarah eine Nachricht.

»Bin im Grand Hôtel, Prinsessan-Lilian-Suite. Wenn ich mich in der nächsten halben Stunde nicht zurückmelde, gib Carpelan Bescheid!«

An der Vorderfront des Hotels befanden sich die Balkone. Über der Terrasse im Hochparterre würde er in den ersten Stock gelangen können – und von dort weiter auf den breiten, durchgehenden Balkon im zweiten. Dahinter lag die Prinsessan-Lilian-Suite.

Er nahm ein paar Meter Anlauf und sprang, bekam die Kante zu dem Vorbau zu fassen und zog sich nach oben. Glitt über das Geländer und ging in die Hocke, um nicht entdeckt zu werden. Niemand schien seinen Sprung bemerkt zu haben.

Doch dies war lediglich der leichte erste Schritt gewesen. Er stand auf und schwang ein Bein übers Geländer. Spähte hinauf zu der Fensterfront. Die meisten Vorhänge waren vorgezogen. Unauffällig arbeitete er sich zwei Fenster weit vor, bis er direkt unter dem Balkon darüber zu stehen kam. Er setzte sachte einen Fuß aufs Fensterblech, stieß sich ab, griff nach dem Eisengeländer und zog sich hinauf auf den Balkon. Einen Stock über ihm war eine Balkontür bloß angelehnt – fast schon eine Einladung. Von drinnen war nichts zu hören, und soweit er sehen konnte, lief auch niemand umher. Um dort hochzukommen, würde er über das Balkongeländer balancieren müssen und von dort nach oben springen, was nicht unmöglich wäre, aber er hätte dazu auch nur eine Chance. Wenn er abrutschte, würde er schwer stürzen und sich sämtliche Knochen brechen. Allerdings hatte er den Punkt bereits hinter sich – und zwar schon seit Tagen –, an dem er noch hätte umkehren können.

Er stieg auf das Geländer und streckte die Arme seitlich aus, um das Gleichgewicht zu halten. Holte tief Luft und fixierte mit dem Blick den Balkon über ihm.

Dann sprang er.

Er bekam die untere Kante zu fassen, zog sich so weit hoch, dass er nach der Verankerung der eisernen Balustrade greifen konnte, schwang sich hinauf, kletterte über das Geländer und spähte in die Suite. Dort war es dunkel, nirgends brannte Licht. Max schob vorsichtig die Balkontür auf, die ein leises Quietschen von sich gab. Er trat über die Schwelle. Alles mucksmäuschenstill.

Irgendwas stimmte hier nicht.

Im nächsten Augenblick hörte er ein Zischen und Prasseln, dann krampfte sein Körper, und er hatte heftige

Zuckungen. Er versuchte noch, stehen zu bleiben und die Pfeile herauszureißen, die ihn in der Brust getroffen hatten, doch die Beine gaben unter ihm nach, und er stürzte ungebremst zu Boden.

104

Die Beleuchtung war angeschaltet worden. Das Zimmer sah aus wie der Salon in einem Luxusapartment. Max saß auf einem Stuhl an einem Esstisch für mindestens zehn Personen. Seine Handgelenke waren hinter der Stuhllehne gefesselt. Sein Körper fühlte sich an, als wäre er wachsweich.

Lawrence Watts III. saß ihm gegenüber. Vor ihm auf dem Tisch lag der Elektroschocker, der Max zu Boden geschickt hatte. Am Fenster zum Strömkajen standen zwei gepackte Taschen. Über der einen lag ein leichter schwarzer Mantel.

»Man kann nie vorsichtig genug sein«, sagte Watts auf Schwedisch mit breitem amerikanischen Akzent. »Sie sind größer als ich – und jünger. Und in Ihrer Nachricht auf Nils' Mailbox klangen Sie überdies wütend.«

»Wo ist Ahlbom?«

»Er wartet dort im Schlafzimmer auf Sie.«

Watts wies auf eine geschlossene Tür.

»Sie haben acht Jahre unter dem Namen Bill Herron in Schweden verbracht, nicht wahr?«, fragte Max. »Zwischen 1979 und 1987. In der Zeit haben Sie auch Schwedisch gelernt.«

»Eine schöne Sprache. Und ein schönes Land. Einer meiner Lieblingsorte auf dieser Welt. Wert, verteidigt zu werden, finden Sie nicht?«

»Wollen Sie mir jetzt ernsthaft erzählen, dass diese sinnlosen Morde in den letzten Tagen dazu dienen sollten, Schweden zu beschützen? Da werden Sie all Ihre verbalen Fähigkeiten aufbieten müssen, um mich zu überzeugen.«

»Vielleicht sollten Sie erst einmal erklären, was Sie hierhergeführt hat?«

»Tun Sie doch nicht so, Lawrence! Sie haben den Donnerstagsclub in der Botschaft ins Leben gerufen. Sie haben sich diesen Kommunistenhassern angeschlossen, die sich einst ›Adelsfahne‹ genannt haben. Sie haben junge Kadetten – und Gustav Barck vorneweg – verführt mit Ihrer geisteskranken Botschaft einer neuen Weltordnung, der Souveränität der USA und der Weltherrschaft des christlichen Glaubens! Doch er ist am Ende aufgewacht.«

»Jeden Tag nehmen sich Menschen das Leben ...«

»Wir haben Artikel gefunden – über Bill Herrons Erlebnisse in Afghanistan«, ging Max dazwischen. »Ich verstehe, dass Sie nach allem, was Sie in Lugar gesehen haben, nicht mehr allzu viel für die Russen übrighaben. Und ich weiß, dass Sie Rebellen im afghanischen Hochland ausgebildet haben – auch wenn Sie den Islam hassen.«

»Wir?«, hakte Lawrence nach. »Wer hat diese Artikel denn noch gelesen?«

»Die Polizei«, antwortete Max. Sarah würde er jetzt nicht ins Spiel bringen. »Sie haben sämtliche Infos, und es ist nur noch eine Frage der Zeit, bis sie hier sind. Ich sehe, Sie haben gepackt. Aber Sie werden nirgends mehr hinfahren.«

»Wir lautet denn die Anklage gegen mich?«

Gute Frage. Darauf hatte Max keine Antwort.

»Ich frage mich, ob wir wirklich die gleichen Ansichten über gewisse Dinge haben«, fuhr Watts fort. »Fanden Sie es gut, unter dem Joch der Sowjets aufzuwachsen, die nach dem Zweiten Weltkrieg die skandinavische Halbinsel belauert haben? Hätten Sie es gut gefunden, wenn Moslems die Macht ergriffen und halb Schweden in Ketten gelegt hätten, indem sie den Frauen verboten hätten, in der Öffentlichkeit auch nur ihr Gesicht zu zeigen oder ohne männliche Aufsicht in die Stadt zu gehen? So wie in Saudi-Arabien? Glauben Sie wirklich, dass die Welt für alle Zeiten mit derart fundamentalen Gegensätzen im Wertekodex funktioniert hätte? Früher oder später wäre es ihre Ideologie oder unsere. Was die wahren schwedischen Patrioten verteidigen, nennt sich *Pax Americana.* Die einzige Ideologie, die sicherstellt, dass dieses schöne Land und seine schönen Frauen ein unabhängiges, freies Leben führen können. Die einzige, die jene gottgegebene Souveränität Ihres Königs sicherstellt.«

Watts nickte in Richtung Schloss.

»Ich glaube, wenn der Krieg zwischen den Zivilisationen ausbricht, wären Sie einer der Soldaten, die ich gern auf meiner Seite wüsste. Und ich setze mein gesamtes Vermögen darauf, dass Sie mich an Ihrer Seite wollten.«

»Ihr Vermögen?«, hakte Max nach. »Geht es nicht ohnehin nur darum? Sie wollen doch gar keinen Frieden, Sie wollen ein neues Pearl Harbor, um Ihren Heiligen Krieg zu legitimieren. Ich nehme an, genau über diesen weltumfassenden Krieg haben Sie in Jerusalem mit Barck gesprochen. Nur dass der noch einen Funken Verstand übrig hatte. Was Sie ihm erzählt haben, hat ausgereicht, dass er sich das Leben genommen hat. Weil er eben nicht komplett verblendet und fehlgeleitet war. Er hätte mit dem schlechten Gewissen nicht weiterleben können.«

»Wie gesagt, Sie werden allen erklären müssen, warum Barck und die anderen sterben mussten. Sie hatten den Auftrag, nicht ich.«

»Sie haben Ihr altes Netzwerk hier in Schweden aktiviert. Strömberg und die anderen aus der schwedischen Bruderschaft haben leider nicht begriffen, dass Bexton letztlich nur Ihnen Folge geleistet hat.«

»Was weiß jemand wie Sie schon über echte Loyalität?«

»Strömberg hat sich eine Kugel in den Kopf gejagt, als ihm gedämmert hat, dass seine Verbindung zu Ihnen enttarnt war. Einer nach dem anderen musste sterben – und Sie haben sie geopfert.«

»Dann nehme ich an, ich muss dafür wirklich gute Gründe haben. Und zwar so gute, dass ich nicht willens bin, sie mit Ihnen zu teilen.«

»Wo ist Sofia Karlsson?«, wollte Max wissen.

»Das kann ich Ihnen sagen. Das will ich Ihnen sogar nur zu gern erzählen.«

»Wieso erzählen Sie das mir und nicht ...«

»Weil Ihr Auftrag noch nicht beendet ist. Ich will, dass Sie sie finden. Sie scheint Ihnen viel zu bedeuten.«

»Dass Barck ums Leben gekommen ist, war nicht der Grund, warum Sie hergekommen sind. Ich habe Ihre Spekulationen auf den Finanzmärkten studiert. Was haben Sie vor?«

»Das wird eine Überraschung.«

»Der saudische Nachrichtendienst ist Ihnen auf den Fersen. Selbst wenn Sie keine Hilfe von Ihrer geliebten CIA bekommen, werden sie weitermachen. Und wenn ich erst mal erzählt habe, was ich in Erfahrung gebracht habe, können Sie damit rechnen, dass die schwedische Regierung alles tun wird, um Sie zu stoppen. Was immer Sie vorhaben – es wird Ihnen nicht gelingen.«

Watts lachte.

»Sie haben wirklich keine Ahnung, wer wir sind. Glauben Sie, dass Organisationen wie die Mabahith, die MUST oder die schwedische Regierung irgendein Hindernis für uns darstellten? Wie viele Männer in Führungspositionen, glauben Sie, denken wie wir? Und wie viele führende Wirtschaftsvertreter, Banker und Politiker, glauben Sie, kennen wir?«

»Und all diese feinen Leute warten beim nächsten Investorentreffen der BE Investment Group in Washington auf Sie, ja?«

»Mit anderen Worten: Sie verstehen also, warum ich nach Hause fliegen muss.«

»Das werden Sie nicht. Sie haben die ganze Welt gegen sich.«

»Wir *sind* die Welt, Max, ob Sie das gut finden oder nicht. Und es gibt keine andere. Selbst wenn die Umstände unserer Begegnung andere gewesen wären und Sie Ihren Willen bekommen und mich ausgeschaltet hätten, wäre immer noch ich derjenige, der zuletzt lacht. Ich hätte Ihnen noch aus meinem Grab entgegengelacht.«

Er nahm den Elektroschocker von der Tischplatte, umrundete den Tisch und stellte sich hinter Max' Rücken. Dann nestelte er an dessen Handgelenken. Doch statt ihm einen weiteren Stromschlag zu versetzen, löste er die Fesseln.

»Ich will Ihnen etwas zeigen«, sagte er. »Sie gehen vor.«

Max stand auf. Watts drückte ihm den Elektroschocker in den Rücken und schob ihn vor sich her.

»Machen Sie die Tür auf.«

Max tat wie geheißen. Er betrat ein Zimmer mit einem dicken weißen Teppich und sechs weinroten Sesseln. Vor den zwei vorderen standen passende Fußhocker. An der Stirnseite hing eine große Leinwand.

»Setzen Sie sich.«

Max ließ sich auf einem der Sessel nieder.

Ein körniger Film lief an.

»Leider kann ich nicht bleiben und Ihnen Gesellschaft leisten«, sagte Watts. »Ich muss noch einiges erledigen. Aber Sie haben ja auch noch einiges vor.«

Auf der Leinwand sah Max, wie die Person, die die Kamera hielt, in einem Park auf eine Straßenlaterne zuging. Das Bild schwankte mit jedem Schritt.

Watts zog die Tür hinter sich zu. Max sprang vom Sessel auf und drückte die Klinke nach unten. Die Tür war verschlossen. Er versuchte, sie mit der Schulter aufzustemmen, war aber zu schwach. Die Tür gab nicht nach.

Er hörte, wie eine weitere Tür ins Schloss fiel. Watts hatte die Suite verlassen.

Max drehte sich wieder zu der Leinwand um. Der Kameramann lief auf eine Parkbank zu, auf der jemand saß. Hinter der Bank waren Lichtreflexionen auf Wasser zu sehen. Es sah aus, als hätte die Person auf der Bank eine Regenjacke an und schliefe.

Jetzt stand der Kameramann direkt vor ihr. Über einer Plastikfolie konnte Max einen entblößten Hinterkopf und Nacken erkennen. Der Kopf war auf die Schulter gesackt.

Sofia.

Max ging in die Knie.

Der Mann lief um die Bank herum und filmte sie von vorn. Mit der behandschuhten Hand zog er die Folie von

Sofias Gesicht. Es war blutverkrustet. Auf der rechten Seite blutete eine Kopfwunde.

Nachdem er das Gesicht freigelegt hatte, verschwand die Hand für eine Sekunde aus dem Bild. Dann tauchte ein Pistolenlauf an ihrer Schläfe auf.

105

Es dauerte zwanzig Minuten, ehe Max hörte, wie die Tür zur Suite aufging und mehrere Leute hereinstürmten.

»Max?«, rief jemand.

Per Carpelan.

»Hier drinnen«, antwortete er.

»Schließen Sie die Tür auf«, befahl Carpelan.

Dann betrat er in Begleitung eines Sicherheitsmannes vom Hotel das Zimmer. Hinter den beiden strömten Einsatzkräfte herein und schwärmten in die anderen Zimmer der Suite aus.

»Sofia ist hier«, sagte Max und gab ihm ein Blatt Papier mit einer Adresse, das unter der Leinwand gelegen hatte. »Wir dürfen keine Sekunde mehr verlieren.«

»Kommen Sie mit«, sagte Carpelan. »Yvonne Niklasson hat mir alles erzählt.«

Sie durchquerten bereits das Wohnzimmer, als ein Polizist aus einem der Schlafzimmer kam.

»Ein Toter im Bett«, teilte er ihnen mit. »Wir haben versucht, ihn wiederzubeleben. Keine Anzeichen von Gewalteinwirkung. Er scheint im Schlaf gestorben zu sein.«

»Nils Ahlbom«, sagte Max. »Watts verwischt wirklich sämtliche Spuren.«

106

Anton Niklasson saß in einem Büro der Rikskrim. Die Polizei hatte ihn im Hotel Diplomat aufgespürt. Dort hatte er auf dem Bett gelegen und tief geschlafen. Wie lange er geschlafen hätte, wenn sie nicht gekommen wären, hätte er nicht sagen können. Es fühlte sich an, als hätte er eine komplette Woche Schlaf nötig.

Am hinteren Ende des Raumes saß seine Mutter, Yvonne Niklasson. Seit er hier angekommen war, hatte er mitanhören müssen, was ihr vorgeworfen wurde. Er brachte es kaum fertig, ihr ins Gesicht zu sehen.

Der Ermittlungsleiter, Ulf Göransson, und Sarah Hansen von Vektor hatten ihnen überdies geschildert, wie die Gesamtsituation derzeit aussah.

Dass sein Vater, Gustav Barck, überall seine Finger im Spiel gehabt hatte.

Anton hatte auch von Magnus Bexton erfahren, einem Ex-Polizisten, der nach einem internen Polizeiskandal in den Achtzigern den Dienst hatte quittieren müssen und seither als Agent und Auftragskiller unterwegs gewesen war. Ein Mann mit Narben von schwersten Verbrennungen. Ein Mann ohne Gesicht.

Die Bedrohung, die von Bexton ausging, musste Gustav dazu getrieben haben, Selbstmord zu begehen.

Anton war felsenfest überzeugt, dass sein Vater kein schlechter Mensch gewesen war, ganz gleich welche Anklagepunkte jetzt gegen ihn ihm Raum standen. Er musste bereut haben, was er getan hatte, musste den Absprung gesucht haben, hatte sich wieder der Familie zuwenden wollen.

Aber es hatte keinen Absprung, keinen Ausweg mehr gegeben. Ein Mann hatte dies vereitelt.

Magnus Bexton.

Seine Mutter hatte unwissentlich Verschwörer um Hilfe gebeten, als sie hatte herausfinden wollen, was Barck zugestoßen war. Um ihr Geheimnis zu bewahren und ihre politische Karriere nicht zu gefährden. Hätte sein Vater nicht ein Testament bei seinem Anwalt Sixten Hedergren hinterlegt, wäre er immer noch ahnungslos, hätte noch immer geglaubt, dass er das Resultat eines Fehltritts in Yvonnes Jugend gewesen wäre, hätte seinen naiven Glauben daran bewahrt, mit seiner Arbeit im Außenministerium etwas Sinnvolles im Leben ausrichten zu können.

Stattdessen habe ich achtundsechzig Millionen Kronen geerbt, an denen Blut klebt. Und erfahren, dass mein Vater in den Selbstmord getrieben wurde.

Das Unwohlsein, das er verspürt hatte, war mittlerweile in etwas anderes umgeschlagen. Er hatte sich wieder unter Kontrolle, saugte sämtliche Informationen begierig in sich auf, nahm alles zur Kenntnis, was um ihn herum vor sich ging, und überlegte fieberhaft, was er tun konnte, um Gerechtigkeit zu üben. Gerechtigkeit für seinen Vater.

Dieser Polizist, Ulf Göransson, schien kaum still sitzen zu können. Er und die anderen warteten darauf, endlich zu erfahren, wo sich ihre Kollegin Sofia Karlsson befand. Sie hatte Bexton auf eigene Faust aufgesucht, und inzwischen waren sich alle einig, dass sie in Lebensgefahr schweben musste. Nichts anderes schien mehr eine Rolle zu spielen.

Ulf rutschte auf seinem Stuhl herum, hatte die Dienstwaffe auf dem Tisch abgelegt, wühlte in seinen Taschen nach einem Ersatzbleistift, nachdem sein erster abgebrochen war, als er hektisch die ganze Geschichte protokolliert hatte, von der keiner recht glauben konnte, dass sie der Wahrheit entsprach.

Keiner außer Sarah Hansen. Allem Anschein nach war sie sich ihrer Sache zweihundertprozentig sicher. Sie war sich sicher, dass Max Anger unschuldig und der Einzige war, der durchschaut hatte, wie alles zusammenhing.

Der Held, der am Ende alles aufklären würde.

Nur gab es in dieser Geschichte keine Helden, dachte Anton.

Noch während Sarah einen längeren Monolog von sich gab, meldete sich Ulfs Handy. Er sprang auf und riss die Tür zum Flur auf. Sarah und die anderen blieben wie erstarrt sitzen.

Es war, als wüssten sie alle intuitiv, dass dies der Anruf war, auf den sie gewartet hatten.

»Okay«, rief Ulf quer über den Gang. »Das Einsatzkommando unter meinem Kommando nach Schloss Karlberg. Keiner unternimmt etwas, bis wir uns dort mit Carpelan koordiniert haben. Er bringt Max Anger mit. Sofia befindet sich im Park der Militärakademie. Höchste Alarmstufe – wir müssen davon ausgehen, dass Bexton ebenfalls dort ist!«

Bexton, dachte Anton, das alles hast du zu verantworten. Du hast meinen Vater in den Abgrund gestoßen.

Sarah und Yvonne waren aufgestanden und wechselten einen Blick. Draußen auf dem Flur rannten Polizisten in Richtung Treppenhaus und hinunter zu den Einsatzfahrzeugen.

Anton stand ebenfalls auf, schob seine Hand in Richtung des Sitzplatzes, auf dem Ulf Göransson gesessen hatte, bis er ertastete, wonach er suchte, und es sich im Hinausgehen in den Hosenbund schob.

Draußen auf dem Korridor herrschte das reinste Chaos. Einsatzkräfte in schwarzer Montur mit Maschinengewehren und Schutzwesten.

Wenn das hier das Licht sein soll, dann bevorzuge ich meine Dunkelheit.

Unbemerkt schlich Anton hinaus und marschierte in die entgegengesetzte Richtung von allen anderen davon. Er hatte die Tür zum Treppenhaus geöffnet und lief die ersten Stufen hinunter, als er Ulf Göransson schreien hörte: »Wo ist meine Waffe?«

Dienstag, 11. September

107

Per Carpelan saß selbst am Steuer, als sie auf die Adresse zuhielten, die Max ihm gegeben hatte.

»Haben Sie auch in Arlanda und Bromma Bescheid gegeben?«, wollte Max wissen.

»Ja, hab von dort aber noch nichts gehört. Wenn der Flieger nicht schon in der Luft ist, können sie ihn dort noch ein bisschen aufhalten. Allerdings ist die Beweislage nicht ausreichend, um Watts hierzubehalten. Ich hab versucht, die Staatsanwältin zu erreichen, aber ehrlich gesagt weiß ich nicht, was ich ihr erzählen soll, wenn sie zurückruft.«

»Dass in seiner Hotelsuite ein Toter gefunden wurde. Und dass Watts ein ehemaliger CIA-Agent ist.«

»Ahlbom war fünfundachtzig, der kann auch eines natürlichen Todes gestorben sein. Und selbst wenn wir beide das nicht glauben, wird erst die Obduktion in ein paar Tagen zeigen, was die Todesursache war. Aber so lange wird Watts hier nicht rumsitzen und abwarten. Und das mit der CIA macht die Sache wohl nicht leichter – weder für die Staatsanwältin noch für mich selbst.«

Er ist auch zuvor schon mit Morden durchgekommen, schoss es Max durch den Kopf, und er erinnerte sich wieder daran, was Watts gesagt hatte, eher er ihn in den Kinosaal der Suite gesperrt hatte.

»Ihr Auftrag ist noch nicht beendet. Ich will, dass Sie sie finden.«

Das hier ist eine Falle, dachte Max. Als Watts uns dort hingelotst hat, hatte er einen Hintergedanken.

»Sicher, dass die Adresse stimmt?«, fragte Carpelan.

»Ja, ich habe die Stelle aus dem Film sogar wiedererkannt. Sofia sitzt vor der Akademie Karlberg auf der Parkbank unten am Ufer. Wo steckt Yvonne Niklasson gerade?«

»Bei uns im Revier«, antwortete Carpelan. »Sie muss uns noch einiges erklären.«

»Yvonne hat Strömberg kontaktiert, weil die beiden sich seit den Achtzigern kannten. Beruflich. Sie wusste allerdings nicht, dass Strömberg und unter anderem Magnus Bexton einer geheimen Bruderschaft angehört haben – und was Strömberg wiederum nicht wusste: dass Bextons Loyalitäten zu Lawrence Watts noch wesentlich stärker waren. Als Strömberg das begriffen hat – und dass Gustav Barcks Tod der Startschuss für Watts' Heiligen Krieg gewesen war –, dämmerte ihm das ganze Ausmaß der Verschwörung, und er setzte sich die Waffe an die Schläfe. Wir sind alle hinters Licht geführt worden. Ich, Yvonne Niklasson, Cornelius Strömberg.«

»Was für ein Wahnsinn«, murmelte Carpelan.

»Und das alles nur, weil Yvonne ihre politische Karriere nicht riskieren und ihren Sohn beschützen wollte. Es sind letztlich doch immer private Motive«, sagte Max.

»Jetzt klingen Sie schon wie ein Polizist«, bemerkte Carpelan.

»Sofia hat es von Anfang gesagt. Ich hätte auf sie hören müssen.«

»Da sind wir schon zwei, Max. Sie hat Bextons Fährte verdammt früh gewittert, nur habe ich sie davon abbringen wollen. Wenn wir sie jetzt nicht rechtzeitig finden, werde ich mir das niemals verzeihen.«

Carpelan starrte reglos geradeaus und fuhr, so schnell er konnte, in Richtung Karlberg.

»Ist Sarah noch im Revier?«, fragte Max.

»Ja, sie war bei der Befragung mit Yvonne dabei. Ohne ihre Hilfe hätten wir die Zusammenhänge niemals herstellen können.«

»Und Anton Niklasson?«

»Den haben wir gefunden. Der ist ebenfalls bei Yvonne, Sarah und Ulf im Revier. Sie haben eine Menge zu besprechen.«

Max nickte.

Wie viel wusste Anton über seinen Vater und dessen Leben? Was würden die neuen Informationen bei ihm auslösen?

Der Gedanke an den Schlamassel, den Yvonne angerichtet hatte, wich erneut wichtigeren Fragen. Die sich um Sofia und Magnus Bexton drehten. Um jenen Mann, der diverse Morde auf dem Gewissen hatte.

»Wenn wir dort ankommen, gehe ich vor«, entschied Max. »Wir dürfen nicht riskieren, dass Sofia ins Kreuzfeuer gerät, wenn die Einsatzkräfte auf Bexton treffen.«

Carpelan wandte den Blick von der Straße ab und sah zu Max hinüber.

»Nein. Sie bleiben hinter mir.«

Es wäre aussichtslos, Carpelan vom Gegenteil zu überzeugen. Allerdings war das Einsatzkommando mit Maschinengewehren bewaffnet. Vielleicht hatte Watts ja genau auf eine solche katastrophale Konfrontation gesetzt? Ein Schusswechsel, der all denen den Garaus machte, die von seinem Vorhaben wussten?

Vom Klarastrandsleden aus konnten sie die weiße Fassade des Schlosses Karlberg vor sich sehen. Sie war von einer Handvoll Straßenlaternen und den ersten Strahlen der aufgehenden Sonne erleuchtet. Carpelan ging ein wenig vom Gas, als er sich dem Pampaslänken näherte, und bog dann in die Schlossauffahrt ein.

Der schwarze Mannschaftswagen des Sondereinsatzkommandos war bereits vor Ort. Carpelan sprang aus dem Wagen und lief auf den Einsatzleiter zu, um sich ein Bild von der Lage zu machen. Sofia saß immer noch auf der Bank, doch den Mann, der sie dort hingeschafft hatte, hatten sie bislang nicht lokalisieren können. Sie beratschlagten, wie sie sich Sofia nähern sollten.

Max ließ den Blick über den Park vor der Akademie schweifen. Die Bank am Ufer. Von seiner Position aus war sie nichts weiter als ein Punkt in der Ferne. Er konnte nicht einmal erkennen, ob Sofia noch aufrecht dasaß und, wenn ja, ob sie es noch aus eigener Kraft konnte. Geschweige denn, ob sie noch atmete.

Sich im Hintergrund zu halten stand nicht zur Debatte. Er hatte Sofias Gesicht unter der Plastikfolie gesehen. Die schmerzverzerrte Miene, das Blut. Den reglosen Körper. Ein Schusswechsel wäre der Super-GAU.

Er schlenderte von den Polizisten weg in Richtung Klarastrandsleden. Als er hinreichend Abstand hatte, schlüpfte er hinter einen Baum und sprintete von dort hinunter zum Strand auf eine Bank zu, die auf einer zum Ufer abfallenden Wiese vor einer kleinen Baumgruppe stand.

Dort im Gehölz meinte er eine Reflexion zu erkennen. Er blieb stehen, machte sich klein, starrte zwischen die Bäume jenseits der Bank. Irgendjemand war dort zugange, der ihn seinerseits noch nicht entdeckt hatte. Vorsichtig schlich er auf den Ufersaum zu, watete ins Wasser, holte dann tief Luft und glitt unter die Oberfläche.

Dann schwamm er in Richtung der Baumgruppe. Kam keine fünf Meter unterhalb der Bank im seichten Wasser an die Oberfläche und hob den Kopf gerade so weit, dass er etwas sehen konnte.

Sofias Kopf ruhte immer noch auf der Schulter, genau wie er es in dem Filmchen gesehen hatte. Gut möglich, dass sie bereits tot war. Wenn nicht, brauchte sie umgehend medizinische Hilfe. Er blickte nach links, wo er zuvor die Reflexion entdeckt hatte. Dort stand ein Mann und beobachtete die Polizisten. Max konnte sein Gesicht nicht erkennen; doch die Statur passte nicht auf Bextons Beschreibung.

Ein junger Mann, der zur falschen Zeit am falschen Ort gelandet war. Max hätte ihn am liebsten angeschrien, er solle verschwinden, ehe hier die Hölle losbräche. Doch wenn er sich jetzt zu erkennen gäbe, wäre er selbst in Lebensgefahr.

Vielleicht war Bexton schon gar nicht mehr hier? Vielleicht saß auch er bereits in Watts' Privatjet, der soeben in den internationalen Luftraum entschwebte und in Richtung Washington flog?

Er sah wieder zu Sofia. Aus ihrer Kopfwunde sickerte Blut, das die Plastikfolie rot färbte. Eine Formation des Sonderkommandos näherte sich über die Wiese. Sie hatten Schutzwesten und Helme angelegt, die Automatikwaffen im Anschlag und gingen in je zehn Metern Abstand.

Irgendetwas passiert hier gleich, dachte Max. Watts musste sich etwas ausgedacht haben, um sie hier zu überrumpeln.

Er durfte nicht riskieren, Sofia zu verlieren – nicht jetzt, da sie in greifbarer Nähe war.

Er watete aus dem Wasser und stürzte auf sie zu.

»Sofia!«, wisperte er, zog die Folie von ihrem Hals und berührte ihr Gesicht. »Sofia, ich bin's, Max. Ich bringe dich ins Krankenhaus.«

Ihr Puls war schwach – aber er war noch da. Vorsichtig legte er die Arme um sie.

»Weg von der Bank!«, schrie einer der schwarz gekleideten Polizisten.

Max blickte auf, hielt die Hand in die Höhe. Sofia atmete, wenn auch gefährlich flach.

»Wie rührend«, sagte eine Stimme ganz in der Nähe.

Sie war nicht von links gekommen, wo er zuvor den jungen Mann entdeckt hatte, sondern von rechts. Aus dem Hain, den Max selbst gerade erst durchquert hatte. Der Mann musste sich dort hinter einem Baum versteckt haben, schon während Max ins Wasser gestiegen war.

»Probier's gar nicht erst mit irgendwelchen Heldentaten.«

Langsam richtete Max sich auf und drehte sich nach hinten um.

»Keinen Millimeter weiter!«

Neben ihm knisterte die Folie. Max sah sofort wieder nach Sofia. Geronnenes Blut tropfte von ihren Lippen.

»Was hast du mit ihr gemacht?«

»Waffe weg. Letzte Warnung.«

»Ich hab keine Waffe!«, schrie Max.

»Gut. Wenn das gelogen war, erschieße ich erst sie und dann dich.«

Der Mann machte ein paar Schritte auf ihn zu, blieb aber immer noch hinter den Baumstämmen und im Dämmerlicht in sicherer Deckung.

»Du hast uns zu all denen geführt, die wir zum Schweigen bringen mussten. Wir hätten sie ohnehin aufgespürt, aber so ging es schneller.«

»Was immer gleich passiert – für dich ist das Spiel aus«, sagte Max.

Magnus Bexton lachte.

Als er im nächsten Moment einen Schritt nach vorne machte und ins Licht der Parklaternen trat, sah Max ihn erstmals mit eigenen Augen. Muskelbepackt. Blitzende blaue Augen. Durch die Narben sah seine Gesichtshaut fast wie Marmor aus. Der Finger am Abzug steckte in schwarzem Polyesterstoff.

»Ich bin selten für unnötige Plaudereien zu haben«, sagte Bexton. »Und sich mit dir zu unterhalten kommt einer Plauderei mit einem Toten gleich.«

»Im Park wimmelt es nur so von Polizisten. Gib auf, Bexton. Sie ist Polizistin – das warst du doch früher auch. Sie macht doch nur ihren Job.«

Sofia rührte sich auf der Bank, hustete weiteres schwarzrotes Blut herauf. Max drehte sich zu ihr um.

»Keine Bewegung, hab ich gesagt!«, fauchte Bexton.

»Watts hat mir das Video gezeigt. Dann hat er uns hierhergeschickt. Er kam nach Schweden, um sämtliche Spuren hinter sich zu beseitigen. Spuren der schwedischen Bruderschaft, in der er Mitglied war, die er in den Achtzigern selbst mit aufgebaut hatte und die verantwortlich ist für die Gräueltaten, die ihr verübt habt. Ihr habt einiges auf dem Gewissen – Dinge, die eine Belastung für ihn darstellen, jetzt da er in die Elite der US-Politik und -Finanzwelt aufgestiegen ist. Er wird dich opfern, Magnus, genau wie er alle anderen geopfert hat. Jetzt bist nur noch du übrig. Rette deine eigene Haut. Lass ihn nicht gewinnen.«

»Waffe runter!«, rief jemand aus dem Einsatzkommando.

Bexton sah dem Mann entgegen, der sich langsam

näherte. Als er im nächsten Moment wieder Max ansah, hatte er ein Lächeln auf den Lippen.

»Noch ein einziges Wort, und ich geb ihr den Gnadenschuss. Sie ist doch ohnehin nur noch ein Rehkitz, das angefahren auf der Straße liegt. So gut wie tot.«

»Waffe runter!«, gellte es erneut den Hang herunter.

Schnell wie eine Schlange riss Bexton den Kopf herum.

Ein Schuss hallte durch die Dämmerung.

Bexton zuckte zurück und fiel schwer zu Boden.

Die Kugel hatte ihn in den Hals getroffen.

Die Männer des Sondereinsatzkommandos nahmen Schussposition ein und richteten ihre Gewehre auf den Hain zu Max' Linken.

Max drehte sich um. Hinter einem der Bäume kam ein junger Mann hervor und warf eine Handfeuerwaffe vor sich auf den Boden, sank auf die Knie und nahm die Hände über den Kopf.

Es war Anton Niklasson.

108

Zwei Leerstellen prangten in der neuen Blisterverpackung Alprazolam, die vor Max auf dem Tisch in seiner Wohnung lag. Die Flasche J&B stand direkt daneben. Er hatte nach wie vor die Klamotten von Sofias Vater an und war immer noch nass bis auf die Knochen. Trotzdem hatte er nicht vor, sich von der Stelle zu rühren, ehe der Anruf käme, auf den er wartete.

Endlich klingelte das Telefon.

»Raheem, ich habe Watts mit der schwedischen Organisation in Verbindung bringen können. Watts war früher bei der CIA und acht Jahre unter dem Namen Bill Herron in Schweden aktiv. Bevor er hierherkam, war er in Kabul stationiert. Er hat dort afghanische Guerillakämpfer trainiert – Mudschahedin.«

»Danke, Max. Genau diesen Mann suchen wir. Ich sehe zu, dass sich die Schlinge um seinen Hals zuzieht. Wissen Sie, wo er sich zurzeit befindet?«

»Watts ist in Washington, D.C. Mit Freunden und Kollegen, die in Kürze an einem Meeting der BE Investment Group teilnehmen sollen.«

Max Anger hatte keine Ahnung, wie lange er geschlafen hatte oder warum er aufgewacht war. Er setzte sich in seinem Bett auf und blickte hinaus auf die Kastanie auf dem Brända tomten. Die Sonne stand tief. Er sah auf die Uhr auf dem Nachttisch. Kurz vor drei am Nachmittag. In seiner Hosentasche vibrierte das Handy. Sarah Hansen rief an.

»Max, schalt sofort den Fernseher ein. CNN.«

CNN LIVE: BREAKING NEWS.
Amerika angegriffen. Tausende Tote befürchtet.

Arholma, im Januar 1996

Die Äste draußen schlugen hin und her, und Schnee wirbelte über die Erde. Max stand auf der Hügelkuppe, hielt sich die Ohren zu und blickte dem Rettungshubschrauber entgegen, der zur Landung ansetzte. Gut zwanzig Meter entfernt stand Torbjörn, ihr Nachbar, und versuchte, den Piloten mit hektischen Armbewegungen auf den besten Landeplatz zu weisen. In der offenen Tür zu ihrem Haus stand Ulla, die Freundin von Max' Mutter. Sie hatte Josefin bei ihrem täglichen Routinebesuch in einem erbärmlichen Zustand im Bett vorgefunden. Der Rücken hatte ihr schon länger Probleme gemacht, aufgrund der fortschreitenden Osteoporose hatte sie sich kaum mehr bewegen können. Die Schmerzen konnte kein Morphium dieser Welt lindern.

Sie hatte schon vor einer Ewigkeit aufgegeben.

Ulla hatte Max alarmiert und ihn gebeten, schnellstmöglich zu kommen. Als er angekommen war, hatte er zunächst nicht einmal zu ihr gedurft, erst hatte Ulla sie in Ordnung bringen müssen. Sowie Max der Ernst der Lage gedämmert hatte, hatte er den Notarzt gerufen. Josefin hatte geglaubt, sie könnte noch auf eigene Faust ins Krankenhaus fahren.

Nur dass sie nicht mehr in ein normales Krankenhaus fahren würde.

Und nach Arholma würde sie auch nie wieder zurückkehren können.

Als der Hubschrauber aufgesetzt hatte, sprangen Sanitäter mit einer Trage heraus. Max folgte ihnen ins Haus. Als sie Josefin auf die Trage gehoben hatten und zum Helikopter transportieren wollten, trat Max an einen von ihnen heran und bat darum, mit anpacken zu dürfen. Torbjörn tat es ihm auf der anderen Seite gleich. Gemeinsam trugen sie sie so vorsichtig, wie sie konnten, den Hügel hinab, um zu verhindern, dass sie das Ruckeln wie Speerspitzen im Rücken spürte. Und sie gingen langsam, damit Josefin ein letztes Mal tief Luft holen und den Duft des Meeres einatmen konnte.

Max ließ seine Mutter nicht aus dem Blick. Sie selbst hatte die Augen geschlossen. Man konnte kaum sehen, dass sie noch atmete.

Als die Sanitäter wieder übernahmen und sie an Bord des Hubschraubers hoben, blickte sie auf und streckte die Hand nach Max aus. Max umschloss sie mit beiden Händen.

Beide blinzelten Tränen weg. Ihre Wimpern, die einst so lang und dicht gewesen waren, dass sie ihrem Gesicht eine ganz eigene Wirkung verliehen hatten, waren inzwischen kurz und stumpf.

Max fehlten die Worte, um sie zu trösten oder zu beruhigen. Das Einzige, was er noch herausbekam, ehe der Hubschrauber in den Himmel stieg, war: »Ich komme nach, Mama. Ich bin immer für dich da. Immer.«

Freitag, 14. September

109

»Sie wollen mich noch eine Weile hierbehalten, Max«, erklärte Sofia. »Anscheinend bin ich noch zu instabil, als dass sie mich entlassen könnten. Außerdem müssen sie noch klären, ob mit meinem Kopf alles in Ordnung ist. Er hat mich offenbar heftig erwischt.«

»Wann kann ich dich besuchen?«, fragte er.

»Vielleicht in ein paar Tagen? Wie geht's dir überhaupt?«

Max wusste nicht, was er darauf erwidern sollte. Die letzten drei Tage hatte er vor dem Fernseher verbracht, hatte zwischen Kanälen hin und her gezappt, sich Erklärungen verschiedenster Journalisten und Experten angehört und versucht, die Welt zu begreifen.

Die Bilder vom World Trade Center wechselten sich ab mit Aufnahmen der Maschinen, die Wrackteile aus dem Pentagon und von einem Acker in Somerset County, Pennsylvania, bargen. Gemeinsam bildeten sie eine fremde, fast unwirkliche Szenerie. Die Szenerie vor seinem Fenster – Stockholm – fühlte sich indes genauso unwirklich an.

Eine neue Welt. Eine neue Zeitrechnung.

Über New York hing noch immer eine weiße Wolke – mehr war nicht geblieben von den beiden höchsten Gebäuden der Welt. Vor dem St. Vincent's Hospital in Manhattan standen Ärzte und anderes Krankenhauspersonal und warteten auf Überlebende, die nicht mehr gebracht würden. Daneben standen Leute Schlange, die Blut spenden wollten, doch niemand brauchte mehr Blut.

In der gesamten Metropole herrschte gespenstische Stille. Menschen saßen stumm in Cafés. Selbst die Taxis hupten nicht mehr.

Auf dem Union Square hatten sich New Yorker versammelt, die vor allem eines gemeinsam hatten: den Stolz auf ihr Land, auf ihre Polizei und die Feuerwehr. Die ganze Welt fühlte sich ihnen verbunden und hatte den Blick und alle Sympathien auf jene Stadt gerichtet, die nie schlief. Die Forderung auf ihren Plakaten war einhellig.

»Keine Bomben auf Afghanistan!«

Bilder zogen vorüber, auf dem Fernsehbildschirm, vor seinem inneren Auge.

Karlberg-Kadetten, die einem Ball entgegenfieberten. Ein Mann, der auf Bahngleise stürzte. Strömberg, der abdrückte und die weiße Fliesenwand hinter sich blutrot färbte.

Und dann all die Aussagen – Finanzspekulationen, eine über ein globales Netzwerk hinweg enorme Liste jeweils überschaubarer Put-Options-Posten. Die Kernschmelze der Flug- und Tourismusbranche. Niklassons resigniertes Geständnis. Gustav Barcks Warnungen und Prophezeiungen. Watts' knochentrockene Feststellung.

»Ich hätte Ihnen noch aus meinem Grab entgegengelacht.«

Knapp 3000 Tote.

6000 Verletzte.

»Ich habe gestern mit Per gesprochen«, sagte Sofia. »Yvonne Niklasson will umfassend aussagen. Was wir herausgefunden haben, wird Konsequenzen haben, Max. Es wird für mehr Offenheit und Transparenz sorgen.«

»Darf sie Anton besuchen?«

»Anton will nichts von ihr wissen. Aber seine Freundin Erika hat ihn besucht.«

Erika hatte Max an Paschie erinnert. Noch eine Frau, die den Mann verloren hatte, in den sie sich einst verliebt hatte. Ein junger Kanzleirat, der sein Leben zerstört hatte, indem er Rache für seinen Vater geübt hatte.

»Wusstest du, dass Casten Orrfeldts Witwe Vanessa mit Albrektsson zusammengearbeitet hat?«, fragte Sofia. »Die arme Frau! Ihr ganzes Leben war von den Taten der Bruderschaft geprägt. Sie war die reinste Terroristenbraut. Hat sich irgendjemand im Nachklang all dieser Ereignisse um sie gekümmert?«

Max antwortete nicht. Er hatte Vanessa versprochen, niemandem von ihrem Treffen auf dem Friedhof zu erzählen. Er hatte gleich gedacht, dass das komisch war, als sie ihn darum gebeten hatte, aber er hatte zugleich gesehen, wie verängstigt sie gewesen war. Sofia hatte es letztlich zum Ausdruck gebracht: Es bestand ein gewisses Risiko, dass in dem ganzen Durcheinander niemand an sie denken würde. Wenn nicht Max selbst sich darum kümmerte.

»Das Meeting der BE Investment Group ist vor den Anschlägen wie geplant abgehalten worden«, sagte er. »Der Vater des Präsidenten, Ex-Präsident George Bush senior, war ebenso anwesend wie führende saudische Investoren, die derselben Familie angehören wie der inzwischen meistgesuchte Mann der Welt, Osama bin Laden. Bush senior war ganz knapp noch aus Washington ausgeflogen, bevor der Flugraum gesperrt wurde. Der komplette Handel der New Yorker Börse ist bis auf Weiteres eingestellt. Wenn sie wieder öffnet, werden gigantische Vermögen ausradiert sein. Stattdessen werden einige wenige Personen über Nacht zu unfassbarem Reichtum gekommen sein.«

»Hast du noch mal von Raheem gehört? Haben sie Watts erwischt?«

»Nein, ich habe gar nichts mehr gehört. Aber klar ist doch, dass die Mabahith nichts mehr ausrichten konnte. Watts' Flieger nach Charleston ist nur Minuten nach dem von Bush abgehoben. Er ist in Sicherheit, nimmt neue Waffenbestellungen entgegen und zählt sein Geld.«

»Könntest du mir einen Gefallen tun?«, fragte Sofia. »Schalt den Fernseher aus. Geh an die frische Luft. Mach einen Spaziergang.«

Die Wasseroberfläche am Norr Mälarstrand lag vollkommen blank vor ihm, als hätten sich Wind, Wasser und Luft darauf geeinigt, dass sich erst mal alles wieder beruhigen müsste.

Sarahs Boot, das auf dem Riddarfjärden getrieben hatte, war von der Polizei sichergestellt worden und an einem Anleger am Söder Mälarstrand vertäut worden. Anschließend war es an seinen Stammplatz im Bootshaus im Kalvfjärden auf Tyresö überführt worden, wo es inzwischen darauf wartete, dass die Schäden im Gelcoat ausgebessert würden.

Sarah und Lisette waren in den letzten Tagen daheimgeblieben und hatten versucht, das wieder einigermaßen in Ordnung zu bringen, was die Polizei und die Ermittlungen in ihrem Haus und in ihrer Beziehung durcheinandergebracht hatten.

Vor Strömbergs Wohnung klebte immer noch das blauweiße Polizeisiegel. Nach der Stille im Treppenhaus zu urteilen war niemand dort. Die Leiche war abtransportiert worden, genau wie sämtliche Gegenstände, die für die weitere Aufklärung von Interesse wären. Doch im Hinblick darauf, was im Park vor der Militärakademie Karlberg passiert war – und nicht zuletzt in der Welt –, war es nicht gerade wahrscheinlich, dass Strömbergs Machenschaften sehr weit oben auf der Prioritätenliste der Rikskrim stünden.

Max lief die Treppe hoch, bis er vor der Tür zum Dachboden stand. Genau wie er sich gedacht hatte, war dort nichts abgesperrt worden, und es gab auch keinerlei Anzeichen, dass sich jemand gewaltsam Zutritt verschafft hätte.

Strömberg hatte ihn in die Irre geführt, aber in den letzten Minuten, bevor er seinem Leben ein Ende gesetzt hatte, hatte er noch einen entscheidenden Hinweis gegeben.

»Wollen Sie vielleicht jetzt gleich mein Archiv auf dem Dachboden durchsuchen?«

Mit Strömbergs Schlüsselbund schloss Max die Tür auf. Er drehte den altmodischen Lichtschalter um und sah einen Gang mit mehreren hühnerdrahtverkleideten Verschlägen vor sich. Ein Stück in den Dachboden hinein befand sich ein Abteil, das fast vollständig von einem großen grauen Archivschrank eingenommen wurde. Mit einem zweiten Schlüssel öffnete Max das Vorhängeschloss und trat ein. Mit einem dritten entriegelte er den Archivschrank.

In den Hängeschubladen hingen alphabetisch sortierte Aktendeckel. Max fuhr mit dem Finger über die Reiter mit dem Buchstaben A. Bei AL hielt er inne und zog ein paar zusammengeheftete Dokumente hervor, auf denen der Name ALBREKTSSON stand und an denen ein dicker wattierter Umschlag klemmte. Max zog ihn heraus, tastete darüber und wusste augenblicklich, was darin steckte.

Er schob das Fach wieder zu und wollte schon wieder

zum Schlüssel greifen, als ihm noch eine andere Sache einfiel, die Strömberg erwähnt hatte.

Er zog das Schubfach wieder auf. Seine Hände zitterten. Er blätterte an AL vorbei bis AN und schluckte trocken.

ANGER.

ANGER, JAKOB.

110

In den vergangenen Tagen hatte Sarah an Lisette eine ganz neue Seite entdeckt. Sarah hatte ihr erzählt, womit sie und Max beschäftigt gewesen waren – die ganze Geschichte mit Barck und Südafrika, Waffenschieber und Aasgeier, die sich bereicherten und den Tod in ganz Afrika und bis nach Stockholm verbreiteten. Lisette hatte zur Zeit des Zweiten Kongokrieges selbst im südlichen Afrika gelebt und dort die Nachrichten und Bilder vom Völkermord und den Plünderungen gesehen. Es war fast, als hätte all das, was Sarah schilderte, in ihr einen Schalter umgelegt. Zum ersten Mal seit vielen Jahren hatte sie hemmungslos geweint.

Für Lisette sah es aus, als stünde ganz New York in Flammen. Sie, die immer davon geträumt hatte, dort hinzureisen. Nach Greenwich Village, wo ihre Idole Drogen genommen und Sex gehabt und Musik für die Ewigkeit geschrieben hatten. Sie hatte sich immer danach gesehnt, sich dort ein, zwei Wochen lang durch ein urbanes Paradies treiben zu lassen, in dem alles normal und jeder Mensch in Ordnung war, ganz ungeachtet der Hautfarbe, der Religion oder der sexuellen Orientierung. In dem Träume geboren wurden und zerplatzten. Wo die Stadt allen und niemandem gehörte.

Lisette hatte immer die Wolkenkratzer sehen wollen, obwohl Sarah genau wusste, dass sie Höhenangst hatte – auch wenn sie das nie zugegeben hätte. Jetzt waren die

Wolkenkratzer ausgebrannt und implodiert. Sie hatten Bilder gesehen von Menschen, die weiße Hemden aus den Fenstern geschwenkt und verzweifelt um Hilfe gerufen hatten. Die mit der Hitze der Flammen im Rücken und vom Rauch blind keinen anderen Ausweg mehr gesehen hatten, als sich aus dem hundertsten Stockwerk zu stürzen. Einige mit nacktem Oberkörper. Andere mit einem Freund oder Arbeitskollegen im Arm. Sie waren mit über zweihundert Stundenkilometern auf den Asphalt hinabgestürzt.

Über der Atlantikbucht war eine langsam dahinziehende Aschewolke geblieben, die sich zu einem gigantischen Fragezeichen verzerrt hatte. Die Wolke schien alles in sich aufgesaugt zu haben – den menschlichen Verstand ebenso wie die Hoffnung.

Es war der dritte Tag nach den Anschlägen. Lisette saß noch immer im Wohnzimmer vor dem Fernseher und versuchte, ihr persönliches Puzzle zu vervollständigen. Sie hatte sämtliche Alltagstätigkeiten eingestellt, putzte nicht mehr, kochte nicht mehr, kümmerte sich nicht mehr um die Kinder. Selbst die Anzahlung, um die Sarah sich gekümmert hatte, ohne ein Wort darüber zu verlieren, spielte für sie keine Rolle mehr.

Sarah hatte mit Max gesprochen, nur ganz kurz, als sich zwischendurch eine Gelegenheit geboten hatte. Den Umständen entsprechend ging es ihm gut, aber es würde eine Weile dauern, ehe er wieder einsatzfähig wäre. Er hatte sie um eine einzige Sache gebeten, und sie war seiner Bitte sofort nachgekommen. Sie hatte Scorpio in Südafrika kontaktiert und Sego Naidus Schwester ausfindig gemacht, die inzwischen Segos Töchter zu sich genommen hatte. Sie hatte die Schwester wiederum mit Doktor Sandberg aus dem Sophiahemmet in Kontakt gebracht. Sandberg hatte versprochen zu tun, was in seiner Macht stünde, um sich der neurologischen Erkrankung des kleinen Mädchens anzunehmen.

Draußen auf dem Grundstück hatte Sarah den vorgesehenen Platz beinahe freigeräumt. Sie hatte Zweige zur Markierung in die Erde gesteckt, Steine entfernt und das Spätsommergras gemäht. Als sie hörte, dass sich der Lkw näherte, lief sie um das Haus herum und stellte sich in die Einfahrt, um die Lieferung entgegenzunehmen.

Auf den Paletten – mit Riemen gesichert, in Pappe verpackt – lagen die Einzelteile des einzigen Puzzles, um das sie selbst sich in den kommenden Tagen kümmern wollte. Ein Brutkasten, in dem Dinge ungestört und ohne weitere äußere Einflüsse als bloß die Sonne heranwachsen konnten. Helios Victoria, geklinkert.

Ihr eigenes Gewächshaus. Ihr eigenes Universum.

111

Max klingelte an der Tür zu Casten Orrfeldts Wohnung in der Rödabergsgatan, und Vanessa machte ihm auf. Sie hatte einen hellblauen Hausanzug an und sah blass aus, als hätte sie seit Tagen nicht mehr geschlafen.

»Eigentlich sollte es sich komisch anfühlen, Sie hereinzubitten«, sagte sie. »Vor ein paar Tagen hat die Polizei noch geglaubt, Sie hätten Casten ermordet.«

»Ich habe mich an unsere Abmachung gehalten«, sagte Max. »Ich habe niemandem erzählt, dass wir uns auf dem Friedhof getroffen haben. Es tut mir wahnsinnig leid, Vanessa, dass Sie schon wieder einen Toten betrauern müssen.«

Sie wischte sich nachlässig über die Augen.

»Wissen Sie, was Ihre Mutter mich damals gefragt hat, als wir uns im Büro der Kriegswaffeninspektion getroffen haben? Ob ich wüsste, wie es sich anfühlt, jemanden zu verlieren, den man liebt. Noch am selben Tag habe ich es erfahren.«

»Meine Mutter meinte es nicht böse«, sagte Max. »Sie konnte ja nicht wissen, dass Jonas Albrektsson noch am selben Tag sterben würde.«

»Das weiß ich«, erwiderte Vanessa. »Und ich weiß auch, dass sie mich damals durchschaut hatte, so wie nur Frauen es können. Sie wusste intuitiv, dass Jonas nicht nur mein Vorgesetzter war. Das hat sie mir nach seinem Tod nur zu deutlich gezeigt.«

»Ich dachte, Sie hätten nie wieder Kontakt miteinander gehabt?«

»Hatten wir auch nicht. Aber sie war dort am Gleis, als Jonas vor den Zug gestoßen wurde, wussten Sie das? Sie war die Einzige, die sich anschließend als Zeugin gemeldet hat.«

Max hielt ihrem trauervollen Blick stand. Rief sich das Bild seiner Mutter in Erinnerung. Die immer nur Gutes im Sinn gehabt hatte. Für die immer andere wichtiger gewesen waren als sie selbst. In dieser ganzen verlogenen Geschichte war sie die Einzige, die bis zuletzt ehrlich gewesen war.

»Ich hab hier etwas für Sie«, sagte er.

Er reichte ihr den Aktendeckel, den er in Strömbergs Archiv gefunden hatte.

»Was ist das?«, wollte sie wissen.

»Eine Akte über Jonas Albrektsson, die der Chef des militärischen Nachrichtendienstes in seinem Besitz hatte. Darin steckt umfassendes Material, das so gut wie alles erklärt. Unter anderem enthält die Akte auch einen Film, auf dem die Ereignisse im Hauptbahnhof, die zu Jonas' Tod geführt haben, rekonstruiert wurden. Der Film, der damals gestohlen wurde.«

Wieder liefen ihr Tränen über die Wangen. Sie wischte sich übers Gesicht.

»Warum tun Sie das für mich?«

»Damit Sie endlich Antworten auf Ihre Fragen bekommen und die Chance haben, mit alledem abzuschließen. Damit die Polizei den Fall wieder aufnehmen kann und Ihnen, Casten und Jonas Gerechtigkeit widerfährt. Und nicht zuletzt, weil meine Mutter es so gewollt hätte.«

112

Auf der Hügelkuppe auf Arholma erhellte ein Feuer die Nacht. Max hatte rund um das Haus alles gejätet und abgeholzt, den Apfelbaum beschnitten, der sich bereits durchs Dach gebohrt hatte, und die Äste ebenfalls ins Feuer geworfen.

Im Licht der Flammen glaubte Max einen Mann zu sehen, der am Ende eines der Anleger unten in Österhamn stand und zu ihm heraufblickte. Ihr alter Nachbar, Torbjörn. Max lief den Hang hinab und aufs Wasser zu.

Als Torbjörn Max' Schritte hörte, drehte er sich um.

»Lange nicht gesehen«, sagte er.

Max nickte.

»Darf ich Sie etwas fragen? Wissen Sie, wer Kenneth Bergström war? Den man im Juni 1986 in Norrtälje aus dem Hafenbecken gezogen hat?«

»Die Nachricht hat uns damals alle schockiert«, erwiderte Torbjörn. »Natürlich weiß ich, wer er war. Wir haben alle unsere Autos zu ihm in die Werkstatt gebracht. Auch dein Vater.«

Als Max das Haus betrat, holte er erst einmal tief Luft und versuchte, sich wieder zu beruhigen. Insgeheim hatte er immer gewusst, dass jemand das Auto seines Vaters manipuliert hatte. Und endlich wusste er auch, dass der Mechaniker, der es getan hatte, mit dem Leben dafür hatte bezahlen müssen.

Er lief die Kellertreppe hinunter. Schob die Tür zum Arbeitszimmer auf und setzte sich an den Schreibtisch. Nahm Mamas Collegeblock zur Hand und legte ihn vor sich hin. Schlug die Seite mit den Namen der drei Männer und ihren Todesdaten auf.

Jakob Anger, Kenneth Bergström, Jonas Albrektsson.

Dann las er wieder die letzte Zeile, die seine Mutter geschrieben hatte.

»Alles weg.«

Endlich hatte er begriffen, wie die drei Männer zusammenhingen. Eine Verschwörung, die hatte verhindern wollen, dass die Wahrheit ans Licht kam, hatte sie alle das Leben gekostet.

Er zog die Akte mit Jakob Angers Namen zu sich heran, die er aus Strömbergs Archiv mitgenommen hatte. Auf der ersten Seite klebte ein Foto seines Vaters, das aussah wie ein Fahndungsbild der Polizei. Faltiges Gesicht. Unrasiert. Düsterer Blick.

Jakob Anger.

Geboren am 23. Februar 1944 im Södersjukhuset in Stockholm. Wohnhaft auf Arholma in den nördlichen Stockholmer Schären/militärische Schutzzone. Kein festes Einkommen, Arbeitgeber unbekannt. Schwedischer Staatsbürger, russische Eltern. Im Erziehungsheim aufgewachsen gem. bekannter Vorgehensweise bei potenziell schlafenden russischen Agentenzellen in Schweden. Verheiratet mit Josefin Anger, schwedische Staatsbürgerin, nicht eingeweiht. Sohn Max Anger, durch den Vater unterrichtet; an der Küstenjägerschule durch das schwedische Militär ausgebildet in russischer Sprache, Spionage sowie Spio-

nageabwehr. Sämtliche Familienmitglieder stehen unter Beobachtung.

Versuch der Rekrutierung durch eigens errichtetes schwedisches Handelsunternehmen für Import/Export. Eingestellt, als Jakob Anger persönlich die Kriegsmaterialinspektion und Jonas Albrektsson kontaktiert hat. Unternehmen liquidiert und Operation beendet. Objekt unter fortgesetzter Beobachtung.

Unter dem Text prangte ein Stempel, dessen Symbol Max nur zu gut kannte. Der allgegenwärtige Doppeladler, der mit seinen beiden Köpfen Osten und Westen bewachte.

Russland.

Max glitt von seinem Stuhl und sank zu Boden. Schloss die Augen. Erinnerungen kamen in ihm hoch. Sein Vater, der sich über ihn beugte und ihm das Haar zerzauste.

»Irgendwann verstehst du das. Wir Inselbewohner haben eine Verantwortung für Schweden, eine Verantwortung, die uns der König übertragen hat.«

Objekt unter fortgesetzter Beobachtung.

Strömberg hatte versucht, Jakob zu rekrutieren, indem er ihn mittels eines Fake-Unternehmens in eine Falle hatte locken wollen. Doch er hatte sie durchschaut. Und er hatte bei Albrektsson Alarm geschlagen.

Sie hatten beide ihr Leben verloren. Und danach waren beide Familien im Visier des militärischen Nachrichtendienstes geblieben.

Vorsichtig zog er die dritte, die unterste Schublade in dem Aktenschränkchen auf, die er bei seinem letzten Besuch nicht durchsucht hatte. Sie war leer. Er schüttelte den Kopf. Sah wieder die Notiz seiner Mutter vor sich: *»Alles weg.«*

In seiner Erinnerung war er zurück in der Kindheit, als

er und sein Vater auf dem Orientteppich im Wohnzimmer gesessen hatten, um näher am Fernseher zu sitzen, auf dem das Eishockey-WM-Match Schweden gegen die Sowjetunion lief.

Schaiba, hatte sein Vater ihm beigebracht – das russische Wort für Puck.

Max war immer überzeugt gewesen, dass sein Vater nicht bei einem Unfall ums Leben gekommen war. Er hatte immer geglaubt, dass es die Russen gewesen seien. Daher war er in Sankt Petersburg auch auf Rachefeldzug gegangen.

Inzwischen war er sich nicht mehr sicher.

Die Unterlagen aus Strömbergs Akte hatten keine offiziellen Symbole oder Adressen enthalten. Stammten sie wirklich vom Geheimdienst oder von einer geheimen schwedischen Bruderschaft?

Und waren die Rollen, die Strömberg innegehabt hatte, überhaupt so klar zu trennen? Spielte das überhaupt noch eine Rolle?

Max betrachtete das Blatt Papier aus Strömbergs Akte. Es war auf den 11. Dezember 1986 datiert. Gegen Ende der Dienstzeit des Obersts beim MUST. Kurz bevor er an die Küstenjägerschule zurückkehrte und Max' Lehrer wurde. Ein paar Monate nach Albrektssons Tod. Viereinhalb Jahre nach Jakob Angers Tod.

Bei allem, was in den Unterlagen hinsichtlich seines Vaters angedeutet wurde, der angeblich für die Sowjets spioniert haben sollte, war eine Sache auffällig. Die kurze Zusammenfassung von Jakob Angers Leben und persönlichen Lebensumständen enthielt lediglich ein Geburtsdatum.

Keine Angaben zu seinem Tod.

Max schob das Material zusammen, legte es in seine Stofftasche und ging nach draußen. An der Feuerstelle stellte er die Tasche auf den felsigen Boden und blickte in Richtung Österhamn. Dort war niemand mehr zu sehen. Niemand, der ihn beobachtete.

Max lief zum Briefkasten, nahm das kleine Schild ab, auf dem *Zu verkaufen* stand, kehrte zurück zur Feuerstelle und warf es in die Flammen.

Dann zog er die Tasche auf, betrachtete ein letztes Mal das Foto seines Vaters, und warf die komplette Akte aus Strömbergs Archiv ebenfalls ins Feuer.

113

Auf dem Friedhof draußen auf Talludden blieb Max eine Weile stehen und sprach zu seiner Mutter. Nur die Steine und Bäume hörten ihm zu. Er hatte einige Antworten auf ihre Fragen gefunden, aber beileibe nicht alle. Er schloss die Augen, sagte ihr, dass er sie liebe, mehr als alles auf dieser Welt. Und dass die Sehnsucht nach ihr niemals nachlasse.

Er setzte sich auf das Dach eines alten Bunkers aus den Vierzigern und sah hinaus über die Fahrrinne aus der Ålandsee nach Arholma. Sein Blick verharrte bei den Lichtreflexionen des Mondes auf der Wasseroberfläche. Er versuchte, an nichts mehr zu denken.

Er hätte nicht sagen können, wie lange er dort gesessen hatte – den Kopf an die kahle Betonwand gelehnt –, als sein Handy anfing zu klingeln.

Auf dem Display stand *Ilja*.

Unter seinen Rippen hämmerte sein Herz.

»Ich habe Paschie gefunden«, teilte Ilja ihm mit.

Max schluckte schwer.

»Wo ist sie?«

»Sie wohnt mit einem Mann in einer kleinen Wohnung in Rosta, einem Vorort von Murmansk.«

»Verstehe.«

»Mit einem jungen Mann namens Konstantin«, fuhr Ilja fort. »Der Geburtsurkunde zufolge ist er knapp sechs Monate alt.«

Max blinzelte die Tränen weg. Konstantin Kowalenko.

»Du bist Vater, Max. Du hast einen Sohn.«

Max hob eine Hand ans Gesicht. Sein Oberkörper bebte. Er konnte die Tränen nicht länger zurückhalten.

»Du solltest jubeln vor Freude, mein Freund! Wir haben sie gefunden!«

»Schickst du mir ihre Adresse?«

»Kommt per E-Mail«, sagte Ilja. »Ich verstehe, dass du überwältigt bist. Du stehst immer noch auf der Liste derer, die Einreiseverbot haben. Wenn ich irgendetwas für dich oder für Paschie oder für deinen Sohn tun kann – was auch immer –, dann lass es mich wissen!«

»Im Augenblick nicht«, erwiderte Max. »Aber ich melde mich bald wieder. Wenn ich nach Russland komme.«

Nachwort des Autors

Für seine Treue und Umtriebigkeit ein herzliches Dankeschön an John Häggblom, meinen Verleger, und an all seine Kollegen vom Bokförlaget Forum und an das Nordin-Agency-Team mit Joakim Hansson an der Spitze.

Teile dieses Romans, dieses fiktiven Textes, sind von realen Personen und historischen sowie selbst erlebten Ereignissen inspiriert. Um komplizierte Zusammenhänge und monatelange Recherche zu komprimieren, habe ich mir die Freiheit genommen, Dinge zu vereinfachen, zusammenzufassen und einen Teil der Sachverhalte um der Romanerzählung willen abzuändern.